W0462984

LA PROPHÉTIE D'AVIGNON

EMMANUELLE REY-MAGNAN
ET PASCAL FONTANILLE

LA PROPHÉTIE D'AVIGNON

Michel LAFON

S'AGISSANT D'UN OUVRAGE DE FICTION, TOUTE RESSEMBLANCE AVEC DES PERSONNES EXISTANT OU AYANT EXISTÉ NE POURRAIT ÊTRE QUE PUREMENT FORTUITE.

Tous droits de traduction, d'adaptation
et de reproduction, réservés pour tous pays.

© Éditions Michel Lafon, 2007
7-13, boulevard Paul-Émile-Victor – Île de la Jatte
92521 Neuilly-sur-Seine Cedex

www.michel-lafon.com

« Nous sommes les gardiennes ultimes, nous les combattantes de l'ombre. Depuis des siècles, nous dissuadons les profanes d'approcher et affrontons les plus téméraires. Aujourd'hui, nous nous réveillons car le Temps est venu. Le Temps de la Prophétie. »

PROLOGUE

Seul dans la majestueuse cour d'honneur du palais des Papes d'Avignon, par une belle nuit d'été, le jeune gardien s'éclatait au son de la techno, son I-pod vissé sur les oreilles. Il n'avait pas hésité quand on lui avait proposé les nocturnes. Il n'avait jamais eu peur du noir et l'ambiance gothique, quasi surréaliste de l'endroit le faisait « trop kiffer ». Livré à lui-même dans ce monument chargé d'histoire et de légendes, il passait ainsi ses heures, avec comme uniques compagnes ces gargouilles sur le qui-vive depuis que les papes leur avaient donné l'ordre de garder le palais.

Tout à sa transe musicale, le gardien ne se rendit pas compte que l'ambiance avait changé. Des nuages menaçants jouaient maintenant à cache-cache avec le croissant de la lune naissante, des ombres maléfiques parcouraient les murs et se faufilaient à travers les mâchicoulis et les meurtrières en forme de croix... Et surtout, les gargouilles s'étaient réveillées. Après des siècles de présence passive, leurs yeux de pierre s'étaient ouverts, découvrant des pupilles dorées, leurs écailles avaient retrouvé leur lustre d'antan et leurs crocs étaient à nouveau acérés, prêts à déchiqueter l'ennemi s'il approchait.

Ce fut le grondement provenant des entrailles mêmes du palais qui tira le gardien de sa transe. Un grondement bientôt assourdissant, si angoissant qu'il sentit ses viscères se nouer et un filet de sueur glacée parcourir son échine. Terrorisé, le jeune gardien tomba à genoux, tel un pénitent qui se prosterne.

Cinquante mètres plus haut, observant d'un œil démoniaque ce petit d'homme mis à terre par la puissance de ce qui la guidait, la gargouille accomplit son devoir. Sa gueule s'ouvrit et laissa s'échapper une sphère incandescente qui vint s'écraser aux pieds du gardien.

Puis tout redevint normal. Les nuages disparurent, le grondement se tut, les gargouilles revinrent à leur état de pierre. Soudain libéré de ce son qui lui vrillait les oreilles, le jeune gardien se releva et reprit lentement ses esprits. Il en était à se demander s'il n'avait pas rêvé tout cela quand il la vit. À peine plus grosse qu'une boule de billard, elle luisait dans l'obscurité, posée sur la pierre brute du sol de la cour d'honneur. Subjugué, envoûté par sa couleur irisée, le gardien s'en approcha et la prit dans ses mains comme si son destin avait toujours été d'aller vers elle. À son contact, un sourire de bien-être total éclaira son visage.

Quand on retrouva le corps du jeune homme échoué sur les bords du Rhône le lendemain matin, ce même visage ne présentait plus qu'un rictus de souffrance. Le flic qui le sortit de l'eau ne put s'empêcher de penser à cet horrible tableau d'un homme qui hurle en se tenant la tête. *Le Cri*, de Munch.

⁂

– Le Munch, voici comment la police a surnommé ce pauvre garçon.

L'image du cadavre du gardien était projetée sur un des nombreux écrans plasma qui recouvraient les murs d'une salle de conférence high-tech. Sobrement meublée de bois clair, la pièce abritait ce qui se faisait de plus pointu en matériel de communication permettant conference calls, traductions simultanées et envoi de documents de toute nature d'un bout à l'autre de la planète.

Au mur, la colombe qui figurait sur le blason de l'EIA, l'European Intelligence Agency, semblait couver du regard les quinze personnes de nationalités différentes à qui s'adressait Dona Flores. Approchant la soixantaine, dotée d'un charisme rare, cette dernière avait conservé une beauté atypique qui inspirait le respect. Son profil aquilin rehaussait encore son port de tête majestueux. Mais c'était son regard qui marquait les gens. Un regard qui vous perçait à jour, qui lisait jusqu'au plus profond de votre âme.

Dona Flores reprit la parole tandis que défilaient sur l'écran des photos du gardien mort.

– Comme vous le savez, c'est ce garçon qui a trouvé la sphère… Notre intermédiaire devait la lui racheter, mais *ils* ont été plus rapides. Et plus expéditifs que nous. C'est donc confirmé : *ils* ont la sphère.

Une rumeur inquiète parcourut l'assemblée tandis que Dona Flores poursuivait, tendue, anticipant dans son esprit les conséquences de ce qu'elle allait révéler.

– Nous venons également d'apprendre qu'ils ont tué les professeurs Kobayashi et Vanhall. Quant à Dimitri Karienko, nous sommes sans nouvelles de lui depuis plus de vingt-quatre heures. En plus de la sphère, nous avons perdu trois des plus brillants historiens ralliés à notre cause…

Cette fois, la rumeur se transforma en brouhaha multilingue où transparaissait une peur grandissante, à la limite de la panique. L'arrivée de la sphère était devenue au fil des années une chimère qu'on attendait sans plus y croire vraiment. Et puis il y avait eu tellement de fausses alertes et de déceptions…

Après quelques minutes, le calme revint dans l'assemblée et les quinze décidèrent à l'unanimité que le temps était venu d'activer la cellule spéciale. Tous en leur for intérieur espéraient qu'il ne fût pas déjà trop tard.

I

En Avignon, le printemps avait toujours des allures d'été. Et, au cœur de la ville, malgré l'heure matinale, les passants cherchaient déjà la fraîcheur au pied des remparts crénelés du palais des Papes, qui surplombait les rues de son ombre monumentale.

Quand elle déboucha de la place de l'Horloge et se retrouva face au palais, Estelle Esperanza fut saisie par la majesté de l'édifice qui se dressait devant elle. En tant que conservatrice adjointe du palais des Papes, elle faisait ce chemin chaque matin, et chaque matin elle avait le même choc. Un vrai plaisir d'enfant que de se préparer à une émotion et se réjouir de la voir se renouveler sans jamais qu'elle s'émousse.

La silhouette fine et déliée d'Estelle traversa la place d'un pas décidé. Elle s'était finalement faite au tailleur bleu que lui avait imposé Brac, son nouveau chef, même si elle se sentait un peu étriquée dedans. Heureusement, sa masse de cheveux châtains, indomptable malgré ses efforts, cassait une image qui autrement lui aurait semblé trop stricte.

Estelle passa sous la porte des Champeaux, traversa la salle des gardes, désormais transformée en billetterie, puis déboucha dans la cour d'honneur. Lorsqu'elle y découvrit un groupe d'adolescents qui débutait sa visite, elle ne put résister et alla se joindre à eux. La guide la salua avec un sourire et, après un regard de connivence, se tourna vers son groupe.

– Je vous présente Estelle Esperanza, conservatrice adjointe du palais, qui nous fait l'honneur de se joindre à nous et qui ne manquera pas, j'en suis sûre, de vous révéler quelques secrets sur ce lieu.

Estelle haussa les yeux en souriant, amusée par la formule pompeuse que son amie avait utilisée. Les ados quant à eux s'étonnèrent de découvrir une si jeune et si jolie fille à un tel poste. Conservateur ou conservatrice, on les imaginait forcément vieux, poussiéreux, voire sentant l'antimite, alors que ceux qu'Estelle connaissait étaient plutôt des passionnés bien vivants qui se partageaient entre leur bureau et leur chantier de fouilles.

Comme à chaque fois qu'elle menait une visite, Estelle avait réussi à capter l'attention de tous, même des plus réticents à l'Histoire. Elle aimait partager sa passion pour le palais et faire comprendre qu'il avait été un lieu de vie et d'échange avant de se transformer en « monument historique ». Pour pimenter sa visite, elle avait quelques trucs. Notamment un passe qui donnait accès aux endroits normalement interdits au public. Les ados adoraient quand elle leur proposait de transgresser les règles et d'emprunter par exemple le chemin de garde, véritable passage secret qui traversait le palais tout entier. Sortant de leur rôle de visiteurs classiques, ils s'appropriaient plus facilement les lieux et se montraient beaucoup plus curieux quant aux explications historiques d'Estelle.

Le groupe se trouvait à présent dans le cloître.

– Les papes n'ont pas toujours habité Rome et ils ont régné près d'un siècle sur Avignon, dont ils avaient fait une ville influente. Jean XXII, en particulier, dont le règne a été très long, a bâti le tout premier palais des Papes en 1316…

À l'évocation de ce nom, un des ados leva la main. Avant qu'il ait ouvert la bouche, Estelle savait déjà ce qu'il allait lui demander. Avec Internet, les mythes, même les plus confidentiels, n'avaient plus de secret pour le grand public. Encore peu de temps auparavant, seuls les historiens et les férus d'ésotérisme avaient accès aux légendes autres que celles de leur ville ou de leur région. Maintenant, en deux clics et trois mots clés, on trouvait des dizaines de sites référencés sur les moindres arcanes de l'Histoire.

Estelle avait vu juste : l'ado qui la dévorait des yeux se lança, tout fier de son savoir.

– C'est lui qui a trouvé la Prophétie d'Avignon, hein m'dame ?

– Désolée de te décevoir mais cette histoire n'est qu'une légende. C'est vrai qu'on raconte que le pape Jean XXII a laissé une prophétie censée prévoir les grands événements jusqu'en l'an 4000, mais on n'a aucun manuscrit d'époque, aucun élément historique qui prouve son existence. Ce n'est rien d'autre qu'un mythe historique, au même titre que la quête du Graal ou le trésor des Templiers.

Avant de terminer la visite, Estelle fit visiter au petit groupe le chantier de fouilles préventives qu'on venait de démarrer contre le mur nord de la cour d'honneur. Chaque rénovation devait être suivie par un archéologue au cas où les travaux mettraient au jour des éléments historiques encore inconnus.

– La Prophétie, par exemple ?

L'ado était revenu à la charge. Pour une fois qu'il s'était intéressé à ses cours et avait fait des recherches ! Il avait passé la nuit devant son ordinateur et il était évident pour lui que le palais recelait encore des trésors cachés. Il était persuadé qu'on ne leur disait pas tout.

Mais Estelle n'entendait plus, comme absente à tout ce qui l'entourait. Toute son attention était tournée vers ce qu'elle venait de découvrir : une petite fille d'environ cinq ans, habillée d'une robe rouge, était apparue à une des fenêtres à meneaux du chemin de garde qui surplombait la cour d'honneur. Sa tête dépassait assez de la fenêtre pour qu'elle puisse voir Estelle et lui sourire. Au-dessus d'elle, les gargouilles semblaient veiller sur la fillette…

Estelle n'arrivait pas à détacher son regard de l'apparition. Elle l'avait déjà croisée quelquefois dans le palais, intriguée par sa présence, dans des endroits interdits au public de surcroît. Le mystère s'était encore épaissi quand elle avait découvert qu'aucun employé n'avait d'enfant de cet âge. Et que personne mis à part elle ne l'avait jamais vue !

Estelle suivit l'enfant du regard. Elle hésitait à la rejoindre mais, comme si elle avait deviné ses pensées, la fillette disparut soudain derrière la fenêtre.

La voix de l'adolescent fit retrouver ses esprits à Estelle. Plusieurs personnes avaient les yeux rivés vers la fenêtre, cherchant vainement ce qui avait attiré l'attention de leur guide. Estelle comprit que, cette fois encore, elle avait été la seule à voir la petite fille en rouge.

– Pourquoi vous dites que c'est un mythe, la Prophétie d'Avignon ? Sur Internet, il y a plein de sites qui racontent qu'elle est cachée sous le palais.

– J'ai même souvent entendu dire qu'elle prédisait l'alternance en 81 et que François Mitterrand en aurait eu connaissance, ajouta un accompagnateur.

– Là, vous confondez avec les prophéties de Nostradamus ! répondit Estelle avec malice.

Des rires résonnèrent dans le petit groupe.

– Si j'ai un conseil à vous donner, profitez de votre visite au palais pour admirer son architecture, sa beauté. C'est le plus grand palais gothique d'Europe… Et oubliez toutes ces histoires de prophétie. La réalité historique est souvent plus surprenante que les légendes. Bonne fin de journée !

Des applaudissements et quelques sifflets admiratifs accompagnèrent Estelle qui s'éloignait, soudain songeuse… Cette petite fille, qui donc était-elle ?

La conservatrice adjointe quitta la cour d'honneur pour rejoindre la partie du palais réservée à l'administration. Une porte interdite au public, suivie d'une autre et enfin d'une troisième qui ouvrait sur un couloir à l'atmosphère surréaliste. Dans ces murs vieux de plusieurs siècles, on découvrait un mélange hétéroclite de lourdes portes cloutées datant des papes, de moquettes beiges sans âge, de mobilier industriel des années soixante-dix et d'ordinateurs dernier cri apparus en même temps que le Wi-Fi quelques mois plus tôt.

La jeune femme entra dans son bureau et découvrit avec étonnement un homme tranquillement endormi, les pieds sur la table, les mains croisées sur la poitrine. David Périsse. La quarantaine séduisante, il affichait un teint mat habitué au soleil. Malgré sa tenue de ville assez élégante, quelques détails trahissaient sa passion pour l'aventure, notamment un étui en cuir patiné accroché à sa ceinture dans lequel se cachaient un couteau, une boussole et une loupe que lui avait offerte Estelle.

Elle sourit et s'approcha de lui sans faire le moindre bruit. D'un geste gracieux, elle dégagea la mèche de cheveux bruns qui lui cachait une partie du visage. Comme à chaque fois qu'elle le voyait, Estelle ne pouvait s'empêcher de le trouver craquant. Elle n'eut pas le temps de se replonger dans ses souvenirs. Les bras de David se refermèrent sur elle et la firent atterrir sur ses genoux. Périsse la serra contre lui avec tendresse. Ses yeux bleu nuit captèrent son regard et ne le quittèrent plus.

– Tu m'as tellement manqué. Depuis le temps que j'attends ce moment…

Autant amusée qu'agacée, Estelle se dégagea et se releva prestement. Rien ne trahissait plus son trouble. À se demander s'il n'avait pas effectivement disparu une fois David réveillé !

– Je te croyais en train de fouiner au fin fond du Yucatan…

– Jusqu'à ce que je reçoive un mail de Brac, il y a quelques jours…

À l'évocation du nom de son supérieur hiérarchique, Estelle fronça les sourcils d'étonnement.

– Il m'a demandé de suivre la campagne d'archéologie préventive sur le chantier de la cour d'honneur. Alors j'ai sauté dans le premier avion…

– Parce que tu lui obéis au doigt et à l'œil maintenant ?

La surprise d'Estelle n'était pas feinte cette fois. Elle détestait Brac, un arriviste de première, parachuté conservateur du palais des Papes quelques mois plus tôt.

Rien ne lui revenait chez cet homme sec et nerveux qui faisait régner la terreur parmi les employés du monument.

Depuis son arrivée, chacun devait rendre compte de ses moindres faits et gestes alors que lui hantait le palais de jour comme de nuit.

– En fait j'ai accepté uniquement parce que ça me rapprochait de toi… On dîne ensemble ce soir ?

– Tu mens toujours aussi mal, David, un vrai bonheur. Maintenant, tu m'excuseras mais j'ai du travail. Et ce soir je suis déjà prise.

La porte se referma au nez de Périsse, qui tentait encore d'amadouer une Estelle préoccupée par ce qu'elle venait d'apprendre.

⁂

– Ce n'est pas un David Périsse qui doit percer le mystère de la Prophétie d'Avignon ! C'est un membre de la famille Esperanza, un être au cœur pur ! Tu le sais Estelle, c'est comme ça, c'est notre destinée !

Tout en l'empêchant de se resservir de ce châteauneuf-du-pape qu'il avait sorti en son honneur, Estelle tenta de calmer son grand-père. Plus Louis s'énervait contre Périsse et Brac, plus elle regrettait d'être venue dîner.

– Ils font bien la paire tiens, l'énarque étriqué et l'Indiana Jones du pauvre !

Estelle soupira. Son grand-père se montrait toujours blessant quand il évoquait David devant elle. Les deux hommes se connaissaient pourtant bien et s'appréciaient, partageant le goût de la découverte et la passion des trésors oubliés. Mais tout avait changé le jour où Louis avait découvert qu'Estelle et David…

– La Prophétie est une légende, grand-père, une belle histoire à laquelle j'ai cru quand j'étais petite mais…

– Ce n'est pas une histoire, c'est la réalité ! Les Esperanza sont les gardiens de la Prophétie, Estelle. C'est comme ça, que tu le veuilles ou non !

Un bip discret rappela à Louis qu'il devait prendre les cachets pour son cœur fatigué. Tandis qu'il s'exécutait, Estelle le regarda avec tendresse. Louis et la légende de la Prophétie étaient indissociables pour elle. Il la lui avait racontée au moins mille fois sans qu'elle s'en lasse. Elle l'avait même aidé à la chercher dans le palais des Papes dont il avait été le plus fervent gardien. C'est lui qui lui avait fait découvrir ce vaisseau amiral qui semblait voguer sur le Rhône avec majesté alors qu'il était amarré en pleine ville. Ses mercredis, ses vacances scolaires, tout son temps libre d'enfant, Estelle l'avait passé avec son grand-père au palais. Quel terrain de jeu merveilleux et de rêves éveillés pour une enfant sensible et curieuse de tout !

Malheureusement pour Louis, cette obsession pour la Prophétie avait fini par le couper de la vie réelle et même d'Estelle qui, en grandissant, avait dû prendre de la distance avec son grand-père. Aujourd'hui, même si elle était de retour au palais des Papes, elle gardait une certaine retenue vis-à-vis de lui… La tension entre certains membres de sa famille ne lui en avait pas laissé le choix.

– La date approche, Estelle ! Cette fois, ça n'a rien à voir, nous le savons. À la prochaine lune, dans moins de vingt-neuf jours maintenant, elle va se révéler, c'est inéluctable.

Oh non… À peine ses cachets avalés, Louis repartait dans ses délires. Fatiguée, Estelle décida de rentrer chez elle. Tant pis pour le dessert qu'elle avait apporté !

– Tu peux bien m'accorder cinq minutes de ton précieux temps ! l'arrêta son grand-père. On ne sait jamais, je ne serai peut-être plus là demain…

Estelle détestait quand Louis jouait à ça. Le pire, c'est que ça marchait à tous les coups. Une fois de plus elle se retrouvait assise à côté de lui tandis qu'il enfilait ses lunettes demi-lune et allumait deux imposants ordinateurs dernier cri. Rapidement, sur l'un des écrans, apparut une constellation en 3D.

– Un veilleur de nuit du palais a été retrouvé mort. Contrairement aux dires de la police, ce n'était pas un accident mais un meurtre.

– De quoi tu parles ? Tu deviens parano...

– Non, je ne suis pas parano comme tu dis : le gamin avait trouvé quelque chose. C'est pour ça qu'il a été tué.

Estelle s'était assombrie. Elle n'aimait pas les divagations de Louis.

– Regarde. J'ai initialisé toutes les pièces du palais, le moindre recoin ! J'ai les coordonnées GPS de chaque mètre carré. Ça m'a pris des mois, ma chérie, des mois entiers...

Estelle regarda son grand-père avec une inquiétude grandissante.

– Ça ne peut pas être une coïncidence, ces travaux dans la cour d'honneur qui commencent... Il faut que tu les surveilles !

– Grand-père, tu me fais peur, arrête cet ordinateur s'il te plaît...

Mais Louis continuait à rentrer des chiffres et des chiffres dans un tableau qui prenait la totalité de l'écran. On devinait une excitation que les années semblaient avoir encore exacerbée.

– Périsse est une menace. C'est un excellent archéologue. Il sait, il la cherche aussi, tu peux me faire confiance. Mais il ne la cherche pas pour les bonnes raisons...

– Grand-père, arrête et écoute-moi !

Estelle sentit la rage monter en elle. Voir Louis se bousiller la santé avec ses recherches sans fin, elle ne pouvait plus le supporter. Ils allaient encore se disputer et elle finirait par partir en claquant la porte.

Elle allait élever la voix quand Louis, à nouveau en proie à une de ses crises, se mit à transpirer et à suffoquer.

– Il faut l'arrêter, tu comprends, tu dois l'arrêter, Estelle…

Louis n'eut pas le temps de finir sa phrase : terrassé par un malaise, il s'effondra aux pieds d'Estelle.

⁂

Jean Esperanza gara son coupé Mercedes devant la grande maison contemporaine qu'il avait fait construire avec Sandra, sa seconde femme, à la naissance de leur fils Julien. Vingt ans l'année précédente, vingt ans qu'ils avaient investi ces cubes de béton brut couleur miel harmonieusement agencés au milieu d'un jardin d'une beauté à couper le souffle et d'une piscine bleu émeraude.

Jean avait réussi dans la vie et il aimait que cela se voie. C'est parce qu'il avait un réel besoin de reconnaissance sociale qu'il était devenu chef du service de cardiologie de l'hôpital d'Avignon. Il était tout aussi fier de son épouse, Sandra Esperanza, violoniste mondialement connue. Mais le bonheur, le vrai, avait quitté sa vie vingt-cinq ans auparavant, le soir où la maison qu'il habitait avec Joyce, la mère d'Estelle, avait disparu dans les flammes.

La présence de malles griffées dans l'entrée indiqua à Jean que sa femme était de retour. Il sourit, heureux de cette surprise, car Sandra était censée être au Japon pour une semaine encore.

Dans le salon, installée sur la méridienne, les jambes repliées sous elle, enveloppée dans un pashmina, Sandra se laissait aller au massage des épaules que lui prodiguait Julien. La mère et le fils, tous deux blonds aux yeux d'un bleu très clair, partageaient une délicatesse qui ravissait Jean concernant son épouse mais qui l'agaçait chez Julien. Il aurait aimé un fils plus fort, plus masculin. Mais le jeune homme androgyne était le portrait de sa mère, comme Estelle, brune et volontaire, était celui de Jean par bien des côtés.

– J'ai repoussé mon enregistrement à Tokyo, vous me manquiez trop…

Jean alla embrasser sa femme. Il eut un moment d'hésitation avant d'aller vers son fils. Ces derniers temps, entre eux, les rapports étaient tendus. Jean était exaspéré par la nonchalance affichée de Julien. Celui-ci était censé bosser comme un fou pour ses examens de juin. Au lieu de cela, il découchait quasiment tous les soirs depuis quelques semaines.

– Alors, la fac, ça va ? Tu réussis à bosser comme tu veux ?

– T'inquiète, ça va…

Jean soupira. À nouveau, ce je-m'en-foutisme insupportable. Pour une fois, le fait que Julien ait une soirée de prévue le soulagea. Il voulait qu'il quitte la pièce, qu'il disparaisse de sa vue. Il ne supportait vraiment plus sa présence en ce moment !

Jean n'eut pas le temps de se servir un verre. Son portable sonna. C'était Estelle.

En vie mais furieux, Louis était installé dans une des chambres du service de Jean. La tension entre le père et le fils était palpable. Derrière la colère du médecin face à un patient récalcitrant se devinait une lourde rancœur que ni le père ni le fils ne pourraient plus faire disparaître. Trop de choses avaient été dites ou faites dans le passé…

– La prochaine fois, c'est une couronne mortuaire que je t'apporterai si tu continues comme ça !

– Arrête de t'acharner sur moi et laisse-moi vivre ma vie comme je l'entends, ça nous fera des vacances à tous les deux.

– C'est ce que tu as toujours fait de toute façon. Je ne vois pas pourquoi ça changerait !

L'arrivée d'Odette, la sœur de Louis, une vieille dame au regard malicieux et au caractère aussi trempé que son frère, finit d'agacer le vieux cardiaque.

– Toi aussi, ils t'ont prévenue ? Décidément, vous allez être déçus si je passe la nuit !

Odette embrassa Estelle et Sandra, qui se tenaient en retrait près de la porte de la chambre. Puis, impassible, elle s'installa tranquillement dans le fauteuil à côté du lit de son frère.

– Papa, papa, attends-moi !

Estelle rattrapa son père et lui prit la main, lui adressant un sourire réconfortant. Elle comprenait à quel point il était difficile pour Jean de voir Louis jouer avec la mort de façon aussi stupide.

– Je ne te demande même pas ce qui l'a mis dans cet état.

Estelle hésita avant de répondre. Elle connaissait la réaction à venir de son père. Mais celui-ci attendait tout de même qu'elle prononce le mot fatidique.

– Il pense que la Prophétie va se révéler lors du prochain cycle lunaire…

– Ça ne finira jamais, j'espère que tu en es consciente ! Jure-moi que ce vieux fou ne t'influencera pas !

– C'est pourtant une belle histoire…

– Une belle histoire qui a tué ma mère et m'a privé d'un père !

Dans la voiture qui les ramenait chez eux, Sandra posa son bras sur celui de Jean, qui conduisait sans dire un mot, la mâchoire serrée, le regard dur. Elle avait toujours été là pour lui. Quand elle l'avait rencontré, il vivait encore dans le drame de l'incendie qui lui avait enlevé sa première femme. À force d'amour et de patience, Sandra l'avait aidé à se reconstruire. Elle lui avait redonné goût à la vie.

Aujourd'hui pourtant, elle partageait le malaise de Jean. Elle sentait que le passé n'avait jamais été assez profondément enfoui, et qu'il pouvait ressurgir à tout moment…

– Il est peut-être temps de tout dire à Estelle, tu ne crois pas ?

– Jamais !

– C'est ta fille. Ta décision t'appartient.

– Ils sont revenus ! Ils veulent s'emparer de la Prophétie… Tu sais, toi, que je ne suis pas fou, qu'ils s'étaient enrôlés chez les nazis pour occuper le palais et la trouver ! Et crois-moi, ils étaient drôlement bien renseignés.

Assise dans un fauteuil, au chevet de son frère, Odette le regardait. Dans l'obscurité de la chambre d'hôpital, elle devinait à peine le profil fatigué. Elle observait sa respiration lente et douloureuse. Oui, elle savait qu'il disait vrai, mais elle savait également qu'il devait rester calme, que désormais la moindre émotion forte pourrait lui être fatale. Et elle ne voulait pas le perdre, ce frère aîné qui s'occupait d'elle depuis leur enfance.

– Ta Prophétie, elle ne nous a apporté que des ennuis, ils n'ont jamais rien trouvé, les Allemands, et toi pas plus qu'eux…

– Ils n'ont rien trouvé parce qu'ils ont dû fuir ! Parce que le 20 août 44, ils étaient à deux doigts de découvrir quelque chose, mais les Amerloques arrivaient alors ils ont plié bagage et ils ont tout fait péter !

Le silence se fit soudain dans la chambre. Les souvenirs avaient brusquement envahi l'espace, les souvenirs d'une journée qui avait définitivement fait basculer leurs vies respectives et avait décidé de leur avenir…

Claquant au vent, accroché au-dessus de la porte des Champeaux, un drapeau nazi gonflé d'orgueil signifie à la ville qui fut autrefois la rivale de Rome la domination du Troisième Reich sur l'Europe. Depuis novembre 1942 et la fin de la zone libre, la ville a dû se résoudre à accueillir une garnison SS qui, sous couvert de répertorier les plus importants monuments historiques de France, retourne chaque pierre du palais.

Grâce à sa connaissance du lieu et de ses moindres recoins, Louis Esperanza, plus jeune gardien en fonction, ne quitte pas les officiers d'une semelle. Il sait ce qu'ils recherchent et serait prêt à donner sa vie pour les empêcher d'y arriver. Ce jour d'août 1944, grâce à un ingénieux système de miroirs installé dans la rigole d'une gargouille, il observe quatre officiers en train de creuser le sol de la cour d'honneur.

Transpirant sous le soleil, les officiers enlèvent leur veste d'uniforme… puis défont leur col de chemise… pour terminer en tricot de corps, bretelles retombant sur leurs jodhpurs kaki.

C'est à cet instant que Louis voit pour la première fois la marque qui orne leur omoplate droite, une marque qui prouve que la légende familiale avait raison. Oui, le mal peut se présenter sous différentes formes, mais son but reste le même : s'approprier la Prophétie d'Avignon et régner sur le monde. Du haut de sa gargouille, Louis décide qu'il trouvera la Prophétie et la mettra à l'abri, quitte à y consacrer sa vie. Ce qu'il fera envers et contre tous, amis ou ennemis.

Plus tard ce jour-là, les Allemands prendront la fuite devant les troupes américaines. Voulant les en empêcher, une bande de jeunes résistants inconscients du danger s'opposera à eux. Louis ne sera que légèrement blessé, tandis qu'Augustin, son meilleur ami, trouvera la mort.

Quand il apprendra à Odette, sa jeune sœur, la mort de son fiancé, elle le regardera gravement en posant sa main sur son ventre. Louis comprendra alors que sa sœur aura besoin de lui. Elle n'aura pas droit au statut de veuve d'un héros de la Résistance, mais à celui de fille-mère…

La voix nouée par l'émotion, Odette articula bravement :

– Je ne veux pas que ça recommence, Louis. Je ne veux pas qu'on remue le passé.

Louis ne répondit pas. Son regard ne quittait pas la fenêtre par laquelle il admirait le soleil se levant sur Avignon et le palais des Papes.

⁂

Dans la cour d'honneur baignée de soleil, des compagnons du Devoir, l'aristocratie des artisans d'art, travaillaient sur le chantier de réhabilitation d'un bas-relief gothique. C'était un délicat entrelacs de dentelles de pierre symbolisant la sainte Croix unie au triangle divin de la Trinité, un motif typique du Moyen Âge.

Sur l'échafaudage, l'un des ouvriers, bleu de travail et transistor posé à ses pieds, descellait avec minutie une pierre sculptée au milieu de l'immense paroi verticale quand, soudain, le petit bruit sourd du marteau devint sec. Le burin s'enfonça d'un coup d'un seul, comme dans une cavité. Surpris, l'artisan positionna son burin quelques millimètres plus loin et répéta la manœuvre. Il obtint le même résultat.

– On a comme un problème là… Trouvez-moi Périsse !

Le chantier s'était arrêté. Un silence pesant emplissait la cour. Tous étaient regroupés non loin de l'échafaudage devant lequel se tenaient Périsse et Brac, le conservateur du palais. La cinquantaine sèche et rigide, ce dernier s'énervait après l'artisan accusé d'avoir saccagé un élément précieux de l'immense vaisseau de pierre classé monument historique… et contre Périsse qui l'avait laissé faire.

Profitant de la dispute des deux hommes, sans que personne ne la remarque, Estelle grimpa sur l'échafaudage et examina les deux cavités qu'avait creusées le burin. Son cœur accéléra lorsqu'il lui sembla apercevoir une lumière provenant de l'intérieur même de la muraille ! S'efforçant de rester calme, elle gratta précautionneusement avec son index la surface de la pierre. Celle-ci ne s'effrita pas. Estelle tenta alors de sonder l'intérieur d'une des cavités avec la pointe d'un stylo… quand soudain son regard s'arrêta sur le burin et le maillet que l'artisan avait abandonnés sur l'échafaudage.

– N'y pensez même pas ! hurla Brac quand il découvrit sa subalterne, maillet et burin en main.

Mais la tentation était trop grande pour y résister. Estelle devait savoir. Brac n'eut pas le temps d'atteindre l'échafaudage qu'Estelle avait déjà frappé le mur d'un coup sec. Les menaces qu'il lui lançait se perdirent alors dans un grondement venu du sol.

En effet le sol de la cour d'honneur s'était mis à gémir et à vibrer, comme secoué par la main d'un géant. Le grondement devint bientôt assourdissant alors que les mouvements saccadés du sol se répercutaient dans les murailles presque millénaires…

Déstabilisée en haut de l'échafaudage qui ondulait littéralement, terrifiée, Estelle tentait de garder un semblant d'équilibre. Bravant sa peur, elle réussit à glisser jusqu'à terre sans se briser les membres. Mais alors qu'elle se croyait sauvée, les secousses redoublèrent.

– Attention à vous !

Avant qu'elle ait eu le temps de comprendre ce qui se passait, elle se trouva projetée à terre par un homme qui se coucha sur elle pour la protéger. Puis soudain le sol arrêta de trembler, le grondement cessa, le calme revint.

Quand Estelle reprit ses esprits, son sauveur était ni plus ni moins allongé sur elle. Ce fut son regard qu'elle vit en premier. Un regard vert, pailleté d'or, où se mêlaient détermination et courage. Sans oublier une petite touche de provocation. Quand il redressa la tête, Estelle put voir tout son visage : le teint mat, les cheveux châtains coupés court, le menton volontaire et viril, et un grand sourire teinté d'ironie. Encore couché sur elle, l'inconnu s'amusait de toute évidence de la situation ambiguë dans laquelle ils se trouvaient. Amusée elle aussi, Estelle sourit. Elle cherchait surtout à ne pas laisser deviner son trouble.

– Excusez-moi, je souhaiterais me relever.

Un temps… Puis il s'exécuta et lui proposa sa main pour l'aider à retrouver la position verticale. Là, Estelle le découvrit dans son ensemble. Très grand, doté d'une musculature tout en finesse, et toujours ce regard vert perçant. « Un félin. Et parmi les félins, un guépard à la noblesse sauvage. » C'est l'image qui vint à l'esprit d'Estelle, qui n'arrivait pas à détacher son regard de l'inconnu. Qui était-il ? Comment se faisait-il qu'elle ne l'ait jamais vu ? Autrement, elle n'aurait pu l'oublier…

C'est à cet instant précis que la jeune femme prit conscience de la situation. Un silence total s'était emparé de la cour d'honneur. Elle se retourna et les découvrit tous, tournés vers la Merveille. De toute sa hauteur cyclopéenne, le mur sur lequel s'appuyait l'échafaudage s'était entièrement effondré, mettant au jour une rosace de pierre digne de la plus belle cathédrale de France, Notre-Dame de Paris.

L'apparition semblait irriguée d'une lumière céleste adoucie par le foisonnement des couleurs des vitraux antiques. « *Fiat lux*. Que la lumière soit ! », pensa Estelle en se souvenant des premiers mots de Dieu rapportés dans la Genèse. Elle était scientifique, cartésienne, athée… mais elle ne pouvait détacher son regard de ce spectacle fascinant. Elle n'était pas la seule.

Comme hypnotisés, tous les hommes et les femmes présents dans la cour d'honneur observaient eux aussi, muets, stupéfaits… Soudain un des ouvriers s'agenouilla en faisant un signe de croix, suivi d'un second puis d'un troisième… Bientôt, une dizaine de personnes était à genoux et une femme d'âge mur, restauratrice de sculptures, entama un cantique.

– Hop hop hop, on se relève tout de suite ! On n'est pas à Lourdes ici ! hurla Brac, qui ordonna à Périsse de bâcher la découverte et de briefer ses employés pour éviter toute fuite.

Puis Brac se retourna vers Estelle, affichant un sourire de mépris. Ils avaient à parler tous les deux. En privé.

Elle le détestait. Estelle avait beau se raisonner, elle détestait Brac depuis la première seconde où elle l'avait vu. C'était physique, épidermique, ça ne s'expliquait pas. Il faut dire que le conservateur lui rendait bien la pareille. Après avoir obligé Louis à prendre une retraite forcée, il tentait par des moyens détournés de la pousser à partir. Tout y était passé. Des promesses de postes honorifiques dans d'autres monuments, des menaces de sanction aussi…

Mais Estelle, dotée d'un fort caractère, avait par ailleurs un étonnant pouvoir d'inertie. Et cette fois encore, elle se préparait à l'écouter palabrer. Elle se demandait juste pourquoi il l'avait emmenée ici, dans le jardin du palais des Papes, un lieu à l'écart, à l'atmosphère apaisante. La réponse à sa question ne se fit pas attendre très longtemps.

– C'est ici que votre grand-père a perdu son travail le jour où je l'ai surpris en train de s'attaquer à cette vasque antique à coups de barre à mine…

Estelle ne cilla pas, habituée aux coups bas de Brac.

– Il était convaincu qu'elle contenait la preuve de l'existence de la Prophétie de Jean XXII… légende familiale si je ne m'abuse…

Agacée, Estelle refusa pourtant d'entrer dans le jeu de Brac et décida de lui sourire, prenant un air étonné.

– C'est dans vos gènes ! Vous, les Esperanza, croyez que le palais des Papes vous appartient. Tout ça parce que vos ancêtres ont dû vider les pots de chambre des papes d'Avignon !

Cette fois Estelle perdit son calme, l'insulte l'ayant atteinte de plein fouet. Elle pensa à Louis et à sa dévotion pour ces lieux. À la passion qu'elle-même vouait à cette période de l'histoire de France à laquelle elle avait même consacré son mémoire de thèse.

– Vous êtes odieux.

– Et vous, vous êtes suspendue, ma chère. Avec effet immédiat.

– Vous ne pouvez pas faire ça !

Mais le sourire mauvais de Brac suffit à la persuader du contraire. Il avait bien préparé son coup, pour ne pas dire son piège. Depuis le temps qu'il l'attendait au tournant ! Estelle s'en voulut immédiatement d'avoir suivi son instinct et donné ce coup de maillet.

⁂

– J'ai appris pour ta suspension, c'est n'importe quoi !

David tenta comme il le pouvait de réconforter Estelle qui arpentait l'Algeco dans lequel il avait installé son bureau. La jeune femme n'arrivait pas à admettre que, pour la première fois de sa vie, elle allait quitter le palais sans pouvoir y revenir quand elle le voudrait. Brac lui avait confisqué son badge et sa clé passe-partout, comme un flic à qui on reprend sa carte et son revolver.

– Dis-moi ce que vous cherchez, Brac et toi. Je sais que tu ne me dis pas tout, David.

Une fois de plus, Périsse décida de s'en tirer avec une pirouette. Il afficha son plus beau sourire et fit courir sa main sur l'avant-bras d'Estelle.

– On passe la soirée ensemble et je te raconte, d'accord ?

– Et on couche ensemble avant ou après tes explications ?

Un toussotement gêné retentit à la porte métallique de l'Algeco. C'était l'inconnu qui avait sauvé Estelle. Impossible de dire si la lueur qui dansait dans ses yeux était de l'ironie… Estelle profita de son arrivée pour s'éclipser après avoir prévenu David qu'elle n'abandonnait pas l'affaire et qu'elle finirait par découvrir ce qu'il lui cachait.

Le regard de l'inconnu ne l'avait pas quittée. De toute évidence, il avait apprécié sa repartie. Périsse lui aboya de fermer le chantier comme Brac le lui avait demandé.

– Et arrangez-vous pour que tout le monde la ferme concernant la rosace ! Sinon, vous et moi, on n'a plus qu'à se trouver un autre job, loin, très loin de Brac !

La rosace était maintenant recouverte d'une bâche de chantier en plastique kaki qui, si elle dissimulait sa forme, ne parvenait pas à masquer sa luminosité. Un halo laiteux s'échappait. Et pourtant la nuit était tombée depuis bien longtemps.

Seul face à elle, l'inconnu la regardait, l'air ému. Enfin elle s'était dévoilée… depuis le temps qu'Ils l'attendaient.

⁂

Cette nuit-là, alors que la lune veillait sur Avignon, la rosace se mit soudain à étinceler de mille feux dans la pénombre de la cour d'honneur. Des ombres apparurent, comme vivantes, et se faufilèrent sur les murs en direction des gargouilles, dans lesquelles elles se fondirent. À nouveau les gargouilles reprirent vie. Leurs yeux aux pupilles verticales s'ouvrirent, leurs écailles redevinrent luisantes et leurs crocs prêts à attaquer. Comme au temps de leur splendeur, elles reprenaient possession du palais et retrouvaient leur fonction de gardiennes du Temple. Comme par le passé, elles prêtèrent allégeance à celle qu'elles protégeraient envers et contre tout.

Tel un brasier, la rosace éclairait maintenant la cour d'honneur sur laquelle se penchaient les monstres de pierre, leur nombre démultiplié par les ombres qui continuaient à les rejoindre par dizaines. Les murs du palais semblaient respirer. Le palais reprenait vie après sept cents ans d'hibernation.

À travers un écran vidéo de surveillance, Brac assistait à la scène, fasciné. Il était le seul à vivre la renaissance du palais. Depuis le temps qu'il attendait cet instant !

Sans quitter l'écran des yeux, le conservateur se souvint de la toute première fois où il avait entendu parler d'Elle. La cérémonie se déroulait dans un ancien bagne désaffecté. Il pouvait l'admettre aujourd'hui, ce jour-là il était terrifié et serrait les dents pour ne pas craquer. D'abord l'endroit qui suintait encore des supplices des prisonniers. Et cette odeur de confinement liée à la souffrance qui flottait encore des années après.

Brac avait alors passé la nuit dans une des cellules désaffectées. Incapable de trouver le sommeil, il en avait examiné les moindres recoins, repérant des traces de sang au sol et aux murs. Les poils de ses avant-bras se dressèrent quand il se souvint des graffitis relatant les tortures qu'il avait découverts derrière sa paillasse… Mais ce qui l'avait le plus marqué, c'étaient les traces des doigts des prisonniers qui s'étaient acharnés à atteindre la meurtrière au point d'en éroder la pierre. Combien d'heures passées à tenter d'apercevoir le ciel cela pouvait-il représenter ?

Brac sourit, amusé de sa naïveté passée. À cette époque il ne savait pas encore puiser sa force dans ces petits signes que le Mal laisse derrière lui. Depuis il avait appris et s'en délectait avec perversité…

Et puis il y eut la cérémonie. La première à laquelle il avait été convié. La première après trois années de bons et loyaux services auprès des Frères. Là encore, il se souvenait de tout, de sa tenue de cérémonie coupée dans un drap de laine de couleur verte qu'il avait trouvée pendue sous son numéro qui était aussi son nom, le 103 à l'époque. Il répondait désormais au nom de frère Vingt-Trois et espérait atteindre rapidement le premier cercle, notamment grâce à la découverte de la rosace.

Quand Brac avait enfilé son manteau, il s'était étonné de voir qu'il était parfaitement ajusté. Décidément, Ils connaissaient tout de lui, même ses mensurations. Cela l'avait troublé car à cette époque il en était encore à se demander comment Ils pouvaient tout savoir. Brac s'était ensuite dirigé vers la salle. La cérémonie avait commencé. Ils étaient au complet, soit 151 frères. 151. Encore un nombre premier. S'il avait découvert que les nombres premiers régissaient la vie des Frères, il ne savait pas encore pourquoi.

Le chant sacré des Frères avait résonné sous la voûte de la salle. Et là l'émotion avait submergé Brac au point qu'il avait eu le sentiment d'entrer en transe. Tout ce qu'il avait pu connaître comme plaisirs physiques, même ceux qu'il aimait mêler à la douleur, n'avait rien de comparable avec celui qu'il avait éprouvé quand il avait été accepté dans le saint des saints et initié aux secrets des Frères, à leur pouvoir. C'était il y a plus de vingt ans et il ressentait encore une intense chaleur chaque fois qu'il se le remémorait.

Brac reprit ses esprits et se saisit d'un coffret de bois précieux dont la marqueterie dessinait un J gothique. Avec toute la délicatesse dont il était capable, il en souleva le couvercle. La lumière l'aveugla au point qu'il faillit lâcher le coffret. Une fois que ses yeux se furent habitués, il put l'admirer : reposant sur un capitonnage de velours noir, la sphère de l'Alchimiste semblait brûler de l'intérieur. Elle dégageait la même luminosité incandescente que la rosace. À nouveau Brac sourit. Il avançait encore plus vite qu'il l'avait espéré.

Leur règne absolu était proche.

⁂

Estelle s'était réveillée en sueur au milieu de la nuit, si bien qu'elle s'était un instant crue malade. Sa nuit avait été peuplée de rêves étranges et confus.

Heureusement la journée avait mieux commencé. Une journée placée sous le signe de l'amitié et de l'amour. Une journée sur laquelle elle comptait pour oublier quelques heures Brac et ses manigances de palais !

Aujourd'hui son meilleur ami Gil allait se pacser avec le nouvel amour de sa vie, Mehdi. Signature au tribunal d'instance, puis grande fête à la Mule du Pape, le café de Gil. « Une fête comme celle qu'on n'a pas pu faire quand on s'est mariés, Gil et moi », avait lâché Elsa, son ex-femme. « On n'avait pas les moyens ni la Mule à l'époque ! »

Seul bémol à la journée, Estelle devait gérer Elsa, qui avait décidé envers et contre tout d'assister au pacs. Gil avait hésité à l'inviter. Il savait que s'il ne le faisait pas, ça ferait un drame, et que s'il le faisait… Ça ferait également un drame ! Il avait finalement cédé, Elsa prétextant que cela allait l'aider à avancer dans sa vie.

« Il serait temps », n'avait pu s'empêcher de penser Estelle, chez qui Elsa squattait depuis sa séparation. Elle aimait bien Elsa, mais leur cohabitation devenait pesante.

Comme chaque fois que la jeune divorcée restait longtemps quelque part…

Estelle, Gil et Elsa s'étaient rencontrés sur les bancs du collège et ne s'étaient plus quittés depuis. Amis, amants, mari, femme, ex, ils avaient joué à eux trois toute la gamme des relations sentimentales possibles. Gil était le premier garçon avec qui Estelle était sortie. Mais ils étaient rapidement devenus trop amis pour continuer à s'embrasser aux intercours et pendant les boums.

Cette décision soulagea Elsa, qui avait toujours été amoureuse de Gil. À force de persévérance, elle réussit à le conquérir et l'amena même quelques années plus tard jusque devant monsieur le maire. Estelle fut le témoin d'Elsa alors qu'elle aurait voulu être celui de Gil. Mais Elsa l'aurait assurément mal pris.

Le mariage s'enlisa rapidement, comme l'avait malheureusement pressenti Estelle. Elle ne savait pas encore pourquoi, mais Gil n'était pas fait pour Elsa. Et pourtant, malgré leurs engueulades et les heures de bouderie de la jeune femme, tous deux s'entendaient à merveille dans le travail. Grâce à Estelle, ils avaient racheté la Mule du Pape, un vieux café collé au palais des Papes. C'était le café d'Odette, la sœur de Louis, Odette qui était trop vieille pour continuer à le tenir. Elle avait craqué sur le petit couple mignon tout plein et avait fini par passer la main.

Avec le talent d'Elsa pour l'aménagement intérieur et la convivialité de Gil, l'endroit était devenu un des lieux incontournables d'Avignon. Le vieux bistrot avait gardé son mobilier, devenu « vintage » mais agrémenté de touches baroques réchauffant une atmosphère austère. Six spectaculaires miroirs oubliés dans les entrepôts d'une usine désaffectée avaient fait entrer la lumière et ouvert l'endroit aux nouvelles générations.

On y venait déjeuner entre collègues, prendre l'apéro entre amis, refaire le monde en vidant la cave le soir et profiter du soleil en famille le dimanche. Les vieux habitués hantaient la terrasse aux heures creuses, anisette et belote étaient au rendez-vous.

Et puis un jour Estelle vint avec Mehdi, un copain rencontré à la fac. Quand ils dînèrent avec Elsa et Gil, une fois le service du soir terminé, seule Elsa ne remarqua pas les regards, les sourires, les frôlements entre les deux garçons. Depuis ce jour, Estelle savait que le coup de foudre existait. Elle l'avait vu se produire en direct, devant elle.

Quand il avait posé son regard sur Mehdi, Gil avait su qu'il l'attendait depuis toujours. Garçons ou filles, il ne s'était jamais posé la question, laissant le hasard des rencontres décider de sa vie sentimentale. Lui, ce qu'il attendait, c'était l'Amour, avec un grand A. Comme dans les livres, comme dans les films, comme dans les chansons. Et voilà que Mehdi venait dîner chez lui, s'asseoir naturellement en face de lui et lui souriait comme l'aurait fait un ange.

La rupture avec Elsa fut à la hauteur de ce qu'il attendait. Enfant gâtée et égocentrique dissimulée derrière son sourire doux et ses grands yeux clairs, Elsa n'avait jamais envisagé qu'on puisse lui « gâcher la vie », cette vie dont elle décidait seule depuis qu'elle était née. Il y eut des larmes, des coups, des menaces de suicide, une tentative avortée. Tout le registre du désespoir et de la culpabilisation y était passé. Au cœur de la tempête, Gil fit front, assumant tout, se montrant magnanime autant financièrement qu'humainement.

Estelle proposa à Elsa de venir habiter chez elle quelque temps. Elsa accepta. Pour elle, même si elle ne le dit jamais ouvertement, c'était la moindre des choses. C'était quand même Estelle qui avait présenté Mehdi à Gil. Sans elle, Elsa s'imaginait qu'elle serait encore « heureuse » avec ce mari devenu « comme un frère » depuis des mois.

Aujourd'hui, un an plus tard, Gil et Mehdi allaient se pacser en présence de tous leurs amis, et d'Elsa qui continuait à faire partie de leur vie.

– Mon psy dit que je suis prête et que tout va bien se passer, lâcha la jeune femme en aidant Estelle à fermer sa robe. Elle lança un regard envieux sur la silhouette harmonieuse de son amie et se reprit aussitôt en la complimentant.

Un rapide coup de brosse, une touche de mascara et Estelle serait prête. Elle soupira en regardant sa trousse à maquillage qui débordait de fards, gloss et autres eye-liners. Elle adorait les choisir, mais n'aimait pas s'en servir. D'abord elle n'avait pas la patience pour se maquiller des heures, comme le faisait Elsa, ensuite elle ne se sentait pas à l'aise trop peinturlurée. Chaque fois qu'elle avait forcé le trait, elle avait eu le sentiment d'en faire trop, de dévoiler une part de narcissisme qu'elle n'assumait pas ou encore de vouloir ouvertement attirer l'attention. Alors chaque fois elle avait fait disparaître le tout à la dernière minute.

Le carillon de la porte retentit. Certainement un copain qui passait les chercher pour aller à la mairie…

Estelle ouvrit la porte et découvrit Louis, les traits tirés, l'air fatigué. Il aurait dû être à l'hôpital, où il était prévu qu'il reste en observation quelques jours. À son regard, Estelle comprit que sa journée risquait de ne pas se dérouler comme elle l'avait prévu. Les premiers mots de son grand-père le lui confirmèrent :

– C'est le signe, Estelle ! Tout concorde, le début du cycle lunaire ultime et la découverte de la Rosace sacrée ! Et c'est toi qui l'as trouvée ! Toi et personne d'autre, tu comprends ?

⁂

Gil avait décidé de fermer la Mule du Pape uniquement le temps qu'avait duré la signature du pacs. À savoir dix minutes au tribunal, presque en catimini face à un fonctionnaire qui s'en moquait éperdument.

Alors, pour contrebalancer ce manque total de romantisme et d'enthousiasme, il avait organisé une grande fête avec tous ses amis, clients compris. C'était sa famille maintenant, les gens avec qui il partageait son quotidien, dont il s'occupait en les accueillant, en les nourrissant, en les réconfortant quand ils en avaient besoin. Il connaissait leurs vies, leurs habitudes, leurs défauts aussi. Tout ce qui permet de tisser des liens solides et durables. Et puis cette envie de s'occuper des autres, il la partageait avec Mehdi, depuis le début.

Elsa, elle, avait toujours eu une mentalité de « patronne ». Elle servait les gens mais ne les accueillait pas. Ils restaient des clients, indispensables au bon fonctionnement de l'établissement et qu'il fallait donc bien tolérer ! D'ailleurs aucun n'était devenu un ami pour elle. Enfermée dans son égocentrisme, elle n'avait jamais compris pourquoi les gens préféraient Gil ni pourquoi lui « s'éclatait à faire le larbin ». Ils auraient pu avoir plus de serveurs, mais non, il tenait à tout faire lui-même. Quelle perte de temps !

Gil avait rejoint Mehdi derrière le bar. Il le trouvait complètement craquant en barman. Tout lui plaisait chez lui.

Son regard doux encadré de grands cils, ses épaules solides, ses jambes athlétiques dont il avait bien du mal à détacher son regard quand le jeune homme partait servir les clients… Après tout c'était peut-être aussi simple que ça, le bonheur : son café, ses clients, son mec avec son plateau à la main qui lui souriait. Dans un élan de tendresse, Gil attrapa Mehdi au passage et le serra dans ses bras.

– Je suis trop heureux, je te jure, je peux plus me passer de toi.

– Ça tombe bien, j'ai décidé de m'incruster un bon moment ici.

Au moment où Mehdi allait embrasser Gil, Elsa apparut toute pimpante. À son regard brillant, son ancien compagnon devina qu'elle avait un peu trop bu.

– On trinque à votre bonheur, les amoureux ? C'est bien ce qu'on fait dans ce genre de circonstances, non ? Allez quoi, champagne !

Mehdi attrapa une bouteille et trois coupes. Il savait qu'elle faisait malheureusement « partie du lot », selon la formule de Gil. Elsa se rapprocha de Gil, affichant son plus innocent sourire.

– J'ai eu ta mère au téléphone, elle voulait avoir de mes nouvelles.

Mehdi lui tendit une coupe ainsi qu'à Gil.

– Je me suis toujours super bien entendue avec Marie-Ange, poursuivit-elle. Tu l'as pas encore rencontrée, toi ? ajouta-t-elle à l'intention de Mehdi.

Gil voulut intervenir, mais Mehdi le devança.

– Non, pas encore. Mais ça viendra.

– Oui, bien sûr. Faudrait encore que Gil assume d'avoir viré pédé…

Cette fois Gil intervint et retira la coupe des mains d'Elsa.

– Ça suffit. T'as trop picolé ! Je savais que j'aurais pas dû t'inviter.

Estelle arriva et découvrit le mélodrame qui ne demandait qu'à éclater. Elle s'en voulut de ne pas avoir été là plus tôt. Elle avait promis à Gil de surveiller Elsa, Gil qui lui lança un regard plein de reproches. Qu'est-ce qu'elle avait foutu ? Il comptait sur elle, lui. Estelle s'excusa d'un regard. Elle lui expliquerait qu'elle avait dû calmer son grand-père, parti en boucle sur la découverte de la rosace du palais des Papes. Inquiète qu'il n'ait pas voulu retourner à l'hôpital, elle avait préféré le raccompagner chez lui et attendre qu'il retrouve son calme. Du coup elle avait raté la signature du pacs et n'arrivait que maintenant !

Estelle fit signe à Gil de s'éloigner. Elle allait s'occuper d'Elsa. Protecteur, Gil prit Mehdi par les épaules et l'entraîna vers un groupe d'amis qui venaient d'entrer et les félicitaient avec enthousiasme.

– Vive les pacsés ! À l'amour !

Appuyée au bar, Elsa avait perdu son sourire et replongé dans sa coupe avec amertume. Estelle la rejoignit, lui proposant un jus de fruits pour l'aider à retrouver ses esprits.

– Tu sais ce qui m'énerve le plus quand je vois le mec de mon ex-mari ? C'est que j'ai beau chercher, je ne lui trouve aucun défaut !

– Apprends à faire avec, sinon tu vas te rendre la vie impossible. Tu sais bien que tu n'y es pour rien si Gil… C'est comme ça.

Touchée par sa détresse, Estelle la prit avec tendresse par les épaules, mais Elsa se recula brusquement, comme si tout contact physique lui était devenu insupportable. Elle ravala ses larmes et se força à sourire.

– Ça va, ça va. Ça va mieux de toute façon. Mais mon psy m'a conseillé d'éviter les épanchements sentimentaux.

Et sans plus d'explications, elle s'éloigna, se mêla à un groupe d'amis et leva sa coupe avec les autres, en signe de félicitations.

– Aux amoureux, soyez heureux, c'est tout le mal que je vous souhaite !

La nuit commençait à tomber. Des guirlandes multicolores éclairaient la terrasse de la Mule dominée par la silhouette imposante du palais. On avait dressé des buffets sur les tables. Le châteauneuf-du-pape coulait à flots.

Gil rejoignit Estelle, qui aidait au service. Il était heureux de partager son bonheur avec sa meilleure amie, sa confidente. Émue, celle-ci l'embrassa avec tendresse.

– Bientôt ce sera ton tour, dit Gil. Toi aussi tu vas trouver l'homme de ta vie.

– Bonjour les clichés, s'amusa Estelle pour éluder le sujet.

– Et pourtant, quand tu les vis, je peux te dire que c'est le kif total ! C'est bien sympa, les papes et leur joli palais, mais il te manque le prince charmant, ma puce.

– C'est ce que je me tue à lui dire !

Estelle sourit en reconnaissant la voix grave de David Périsse qui venait juste d'arriver. D'un regard elle comprit la manœuvre de Gil, qui s'était déjà éloigné vers d'autres invités, sa bouteille à la main.

– Tu passais par hasard et tu as entendu de la musique…

David sourit. Estelle le trouva très beau, sobrement habillé d'un pantalon de lin et d'une chemise blanche. Il dégageait un mélange de mâle assurance et de charme ambigu. En effleurant sa joue d'un baiser qu'elle voulait amical et léger, Estelle sentit son parfum, une eau de toilette rarissime de Guerlain, très masculine, qui instantanément lui rappela l'intensité sensuelle de leurs étreintes…

Elle savait qu'elle ne devait pas, mais ce soir elle se sentait vulnérable au charme de David. Elle avait envie qu'il la fasse rire, qu'il flirte avec elle, qu'il remplisse à nouveau la coupe de champagne qu'elle venait de vider d'un trait… Gil avait raison. La solitude lui pesait peut-être plus qu'elle ne voulait l'admettre.

Comme s'il lisait dans ses pensées, David lui prit la main et l'entraîna sur la piste de danse. Ils rejoignirent Elsa, entourée des copains de Gil et Mehdi, qui s'éclatait au rythme des classiques du disco. Rapidement Julien, le demi-frère d'Estelle, les rejoignit, puis arrivèrent Gil et Mehdi, qui se mêlèrent aux danseurs sous un tonnerre d'applaudissements. La soirée était officiellement lancée !

⁂

Loin de l'agitation de la Mule du Pape, le château de Saint-Gemme sombrait peu à peu dans la douce pénombre d'un crépuscule doré. Dans ce coin béni de Provence, la nature de tout temps avait été généreuse et la terre cultivée par l'homme. Le premier château avait été élevé sur les ruines d'une riche villa romaine. Deux constructions avaient suivi au cours des siècles pour aboutir finalement à la splendeur actuelle de Saint-Gemme, celle d'une villa palladienne des plus pures élevée à la fin du XVIIIe siècle par une famille aristocratique du Comtat.

Henri Esperanza n'avait rien d'un aristocrate mais il en avait pris toutes les attitudes. Il avait eu l'opportunité d'acheter dans les années soixante des terres déclassées de l'appellation châteauneuf-du-pape. Quelques mois plus tard, cette cinquantaine d'hectares réintégraient comme par miracle l'AOC. Le miracle avait coûté une petite fortune mais Henri s'en moquait. Il était riche. Dans la foulée, il avait racheté la demeure dans laquelle sa mère Odette Esperanza avait été domestique, le château de Saint-Gemme.

Dans la splendide bibliothèque aux murs tapissés de livres anciens aux reliures de cuir, plus précieux les uns que les autres, Henri jouissait de sa bonne fortune. Il avait au fil du temps constitué une collection d'incunables et d'orfèvrerie pontificale du Moyen Âge de la plus grande valeur. Et il était considéré en Europe comme le spécialiste de cette époque. Une sphère armillaire ayant appartenu à Clément VI trônait sur son bureau d'acajou, à côté d'un crâne humain. Une bible de Gutenberg posée sur un lutrin et ouverte sur l'Apocalypse de saint Jean complétait le décor. Le crâne ne manquait pas de surprendre les rares visiteurs autorisés à pénétrer dans la pièce. Aux plus érudits, Henri expliquait qu'il s'agissait d'une vanité, la représentation symbolique de la fugacité de la vie. Aux autres, Henri ne disait rien. Il détestait les gens incultes.

Vêtu d'une robe de chambre de soie et velours, chaussé de pantoufles d'intérieur portant son chiffre, un H mêlé au E d'Esperanza, Henri observait un poignard ancien, une dague sur le manche de laquelle était gravé un J gothique. Il l'admirait, fasciné, comme s'il la découvrait pour la première fois. Et pourtant !

Henri caressa le J avec une ferveur troublante. Un instant, il sembla comme hypnotisé par le symbole. Puis quelques coups frappés discrètement à la porte le firent revenir à la réalité. Il remit la dague dans le tiroir capitonné, à côté de trois autres armes blanches identiques.

La domestique entra et posa le plateau-repas sur un meuble prévu à cet effet. Quand il vit le paquet sur le plateau, Henri sourit, satisfait.

– On vient de le déposer pour vous, indiqua la servante en quittant la pièce.

Henri n'entendit pas, déjà occupé à découvrir sa nouvelle acquisition. Avec elle, il allait enfin pouvoir mener le jeu. Un jeu dont il jugeait avoir été trop longtemps et injustement exclu.

⁂

Quand sa montre bipa, Louis tendit machinalement la main vers le flacon de pilules qu'il devait prendre à heure fixe sous peine d'une rechute plus violente encore. Il fallait qu'il tienne jusqu'à la fin du cycle lunaire qui avait débuté quatre jours auparavant. À savoir vingt-cinq jours. Après il aurait rempli sa mission. Plus rien n'aurait d'importance, surtout pas sa propre vie.

Un bruit le fit sursauter. Ça venait de la petite cour de la maison ; celle qui abritait le tilleul centenaire sous lequel cinq générations d'Esperanza avaient grandi. La dernière étant Estelle, Estelle en qui Louis mettait tant d'espoirs. Dès sa naissance il avait su qu'elle était à part. Quand il en eut la confirmation quelques années plus tard, il en ressentit un soulagement, même si le doute existait. Mais lui, le doute, il n'avait jamais voulu l'accepter. Estelle était sa petite-fille, un point, c'est tout !

Louis sentit son cœur s'accélérer aux réminiscences du passé. Il se força à se calmer et à inspirer lentement en comptant jusqu'à dix. Il devait bien le reconnaître, son fils

Jean avait raison : son « palpitant » était fatigué, usé par trop d'émotions fortes et de coups de sang.

– Vingt-cinq jours à tenir, se répéta Louis en continuant à respirer profondément. Il commençait à retrouver son calme quand le bruit se fit à nouveau entendre.

– Qui est là ? Y a quelqu'un ?

Louis sortit jusque sous le tilleul et scruta son petit jardin plongé dans l'obscurité. Il sentait une présence. Il la sentait depuis quelque temps maintenant, mais ce soir il n'avait plus de doutes.

– Montrez-vous, bon Dieu !

C'est alors qu'apparut Henri, son neveu. Las, le vieux monsieur s'assit sur une des chaises de jardin à la peinture écaillée. Il passa une main dans sa tignasse blanche, essuyant au passage les traces de sueur sur son front.

– Tu veux ma mort ! Jouer avec les nerfs d'un vieux cardiaque, ça pourrait être efficace !

– Pardonne-moi, mon oncle. Je me suis dit que ça pouvait t'intéresser…

Avec un petit sourire, Henri posa un parchemin sur la table en fer et attendit la réaction de Louis. Celui-ci jeta un bref coup d'œil au document et le rendit à Henri.

– Le calendrier lunaire établi par Nostradamus, je l'ai déjà ! Ne perds pas ton temps Henri, je te l'ai déjà dit !

La rudesse des propos et le ton excédé employé par Louis atteignirent Henri de plein fouet. Un bref instant, la haine se lut sur son visage, puis il redevint froid et cassant.

– Ne le prends pas sur ce ton. Le temps est compté maintenant et tu devrais accepter mon aide. Si tu le voulais, ensemble, on avancerait plus vite.

– Tu ne peux pas être l'Élu.

– Je suis un Esperanza au même titre que toi, ma mère, Jean, Estelle ou Julien !

– L'argent et le bras long ne suffisent pas, Henri ! Tu n'auras jamais le cœur pur !

Fatigué, Louis se dirigea vers la maison, laissant son neveu seul, humilié, furieux. Henri décida de ne plus tenir compte de son oncle. Il était temps de s'affranchir de la famille. La Prophétie était à ce prix. Il le savait. Il l'avait toujours su.

La nuit était déjà bien avancée et Louis commençait à piquer du nez devant son ordinateur. Avec le décalage horaire, il devait veiller tard pour pouvoir échanger en direct avec ceux qui étaient à l'autre bout de la planète. L'ouverture sur le monde par les moyens de communication avait été un des émerveillements de sa vie. Il était né avec la TSF et mourrait sous le règne de l'Internet.

Dehors, le vent fit frémir les feuilles du tilleul. À nouveau Louis eut le sentiment d'être épié. Il savait que ce n'était pas Henri, mais cette présence qu'il devinait depuis quelque temps, tapie dans l'ombre.

II

À la Mule du Pape, l'ambiance était démente. On avait abandonné les années disco pour des rythmes plus saccadés, plus marqués. Passé deux heures du matin, c'était maintenant le règne du DJ et de la musique électro. Mehdi, Gil et leurs amis, habitués des soirées et des boîtes, s'éclataient aux pieds de deux superbes gogo dancers. Montés sur une table, débardeurs taille XXS et shorts moulants, les deux Apollons au corps bodybuildé et huilés se contorsionnaient avec insolence et provocation. Au bar, le whisky-Coca et la vodka-pomme avaient remplacé le vin. Les verres ne désemplissaient pas.

Deux coupes à la main, David rejoignit Estelle, assise un peu à l'écart. La jeune femme accepta de trinquer à leurs retrouvailles. David se pencha et l'embrassa dans le cou. Estelle savait qu'elle le regretterait, mais l'alcool embuait agréablement son esprit. La devinant encore hésitante, David lui prit la main et la porta à ses lèvres. Il déposa un premier baiser, léger, suivi d'un second plus appuyé et sensuel. Estelle se laissait faire, incapable de résister…

David garda sa main dans la sienne, l'embrassa à nouveau, puis la posa sur sa joue. Il aimait quand la jeune femme lui caressait le visage. Dans ces moments rares, ils dépassaient le contact charnel, laissant affleurer des sentiments plus profonds que le désir. C'était aussi ça qu'il aimait chez Estelle. Cette soudaine gravité qui pouvait venir voiler son regard et qui le bouleversait. Leurs lèvres allaient se trouver quand l'attention de David fut attirée par la présence d'une jolie fille brune en retrait de la foule. Seule, comme étrangère à la fête, elle ne quittait pas Mehdi des yeux. David la connaissait, il en était sûr. Il l'avait déjà vue quelque part, très récemment. Brusquement la fille tourna la tête et le regarda dans les yeux d'un air accusateur. Cela finit de troubler David.

– Je ne te suffis déjà plus ? lâcha Estelle, qui se méprit sur l'échange de regards et se dégagea violemment des bras de David.

– C'est juste que je me demande où j'ai déjà vu cette fille. Tu sais qui c'est ?

Le caractère impétueux d'Estelle l'emporta. Elle prit soudain conscience qu'elle venait de passer à côté d'une erreur qu'elle aurait payée cher, trop cher.

– Elle s'appelle Nadège. Elle bosse ici à la Mule comme serveuse. Tu verras, elle est très sympa !

David tenta de la retenir, mais le charme était rompu. Estelle s'éloigna et rejoignit Elsa sur la piste de danse. Elle se laissa prendre par la musique et décida de ne pas laisser David lui gâcher sa soirée. La fête allait continuer.

– On se connaît, on s'est déjà vus quelque part ?

Toujours intrigué par la fille solitaire, David l'avait rejointe. Elle tenta de lui échapper, mais il l'attrapa par le bras et la retint. Il voulait comprendre le malaise que cette fille provoquait chez lui.

– Nadège, c'est ça ? Pourquoi tu me dévisageais comme ça ?

À nouveau elle le regarda droit dans les yeux, au point de le troubler. Elle semblait lire en lui.

– Ce que tu fais n'est pas juste, et tu le sais, dit-elle.

– Mais de quoi tu parles ? Qu'est-ce que tu sais de moi ?

La fille n'eut pas le temps de répondre à David. Tout se passa très vite. Une moto fit irruption sur la place et fonça vers le restaurant. Le passager dégaina un poignard et le lança en direction des invités. Avant qu'il ait pu comprendre quoi que ce soit, David vit la fille s'écrouler à ses pieds, le poignard planté dans le dos.

La musique s'arrêta brusquement. La panique s'empara des invités quand ils découvrirent le corps ensanglanté de Nadège. Estelle arriva en courant tandis que David tentait de sauver la jeune serveuse.

– Vite, appelez de l'aide ! Estelle, aide-moi à stopper l'hémorragie. Hé, Nadège, tu m'entends ? Nadège, réponds !

– Elle est morte. Ça ne servira à rien.

Estelle s'accroupit à côté de David et posa sa main sur son épaule, lui faisant comprendre qu'il ne pouvait plus rien faire. Elle fixait le corps sans vie avec un malaise croissant. Allongée par terre, de dos, Nadège lui ressemblait. Même silhouette, même chevelure brune. Ce qu'elle n'osa pas dire à David, c'est que le pashmina fuchsia avec lequel il recouvrait pudiquement le visage de la victime était le sien. Nadège le lui avait emprunté plus tôt dans la soirée pour couvrir ses épaules dénudées. Cette fille lui ressemblait et elle était avec David, un peu isolée de la fête… Comme elle-même l'avait été toute la soirée. Le visage grave de Louis qui lui avait fait promettre d'être prudente lui revenait en tête.

Mais pourquoi quelqu'un aurait-il voulu la tuer ? Cela n'avait pas de sens.

C'est alors qu'Estelle remarqua l'expression de David qui regardait fixement l'arme du crime. Il avait peur… Estelle comprit bientôt sa frayeur.

– David ! Tu as vu ? C'est une dague !

Périsse ne répondit pas, blême. Il se contenta de se lever et de s'éloigner. Estelle hésita à le rejoindre, mais sa curiosité était plus forte. Elle examina la dague de plus près.

Sur le manche qui dépassait du dos ensanglanté de Nadège, un J gothique sculpté dans le métal… Ce J, Estelle le connaissait. Elle l'avait déjà vu sur un sceau en fer forgé datant du XIVe siècle. Instrument de la justice papale, initiale de Judas, ce sceau servait à marquer au fer rouge ceux qui avaient été jugés et condamnés par la pénitencerie pontificale. Quel rapport avec le drame dont ils venaient d'être témoins ?

Les gyrophares des voitures de police avaient remplacé les lumières des guirlandes électriques. Encore sous le choc, les invités s'étaient rassemblés dans la salle du café où des flics les entendaient avant de les laisser rentrer chez eux.

Dans un coin de la pièce, Estelle consolait Julien, son demi-frère.

– C'est ma faute si elle est morte. Elle voulait qu'on passe la nuit ensemble et moi je l'ai jetée !

Comme beaucoup de filles, Nadège avait succombé au charme de Julien. Avec sa gueule d'ange et son doux regard romantique, il les faisait toutes craquer. Mais ce qui finissait de les conquérir, c'était que Julien était toujours sincère. Quand il tombait amoureux d'une fille, il y croyait à fond. Il vivait l'histoire avec passion. Même si celle-ci ne durait jamais plus de quelques semaines ! Car Julien tombait très souvent amoureux. C'était ça, le fond du problème pour ses fiancées.

– Nadège, je l'aimais bien, j'aurais pas dû la larguer…

– Tu n'y es pour rien, Julien. Ça n'aurait rien changé…

Estelle avait toujours été là pour son petit frère. Grâce à lui et à Sandra, elle avait retrouvé le bonheur d'une vie familiale après deux années de tête-à-tête avec Jean, son père. Comme s'il cherchait à se dédouaner, Julien avoua à Estelle pourquoi il avait repoussé Nadège.

– Je suis amoureux, Estelle. Je vis un truc de dingue.

– Comme toujours, sourit Estelle, qui connaissait par cœur la vie sentimentale de son frère.

– Non, je te jure, cette fois c'est différent, c'est… je suis comme un fou.

La fièvre qu'elle perçut dans le regard de son frère hanta longtemps Estelle après que le jeune homme eut filé rejoindre des copains. Il était parti à la hâte, comme s'il ne voulait pas en dire plus.

Dehors, près du corps de Nadège, plusieurs techniciens de la police scientifique ainsi qu'un médecin légiste s'affairaient, relevant tout ce qui pourrait être analysé. Fibres, traces de pneus, empreintes…

Trihn, un jeune flic asiatique, tentait comme il le pouvait de prendre la déposition de Gil et Mehdi. On devinait aisément que c'était son « premier mort » et qu'il était totalement dépassé par les événements.

– Elle s'appelait Nadège Mallet et travaillait ici depuis presque trois mois comme serveuse… Mais ce soir, elle était là comme invitée, expliqua Mehdi en croisant ses bras contre son torse.

Il grelottait. Gil prit la parole à son tour.

– Écoutez lieutenant, on n'a jamais eu de problèmes de racket ni de dope... Il n'y a jamais eu de ça ici.

– Pourtant, ça ressemble à un coup de la mafia. La moto, l'arme du crime..., lâcha Trihn, qui cherchait à se donner une contenance.

– La mafia règle ses comptes à coups de flingue, pas de canif ! On vous a pas appris ça, à l'école de police, lieutenant ?

Tous trois se retournèrent et découvrirent le commissaire Renard. Une vraie légende à elle toute seule. La cinquantaine grisonnante, un léger embonpoint qui trahissait son goût pour la bonne chère et une repartie qui avait fait sa réputation auprès des jeunots qu'elle adorait terroriser. Enquêtrice hors pair – « Avec un nom pareil, j'ai pas eu trop le choix ! » –, elle dirigeait la police judiciaire d'Avignon depuis une quinzaine d'années.

Renard les rejoignit et brandit la dague, l'arme du crime, dans un sachet plastique sous le nez de son subordonné.

– Et puis ce poignard, là, avec ce J bizarroïde, ça fait pas mafieux, croyez-moi !

Trihn regarda avec appréhension la dague enfermée dans son sachet plastique. La vue du sang lui était insupportable... Il respira profondément, mais cela ne suffit pas. Il se sentit partir...

– Oh, il va pas tourner de l'œil, le jeunot !

Trop tard. Trihn s'était évanoui sur les pieds de Renard, qui soupira en se dégageant. L'enquête commençait bien, tiens !

⁂

– Tu es sûre que c'était une dague marquée d'un J gothique ? Ils sont prêts à tout ! Pauvre gamine…

Poussée par son instinct, Estelle avait débarqué chez Louis, qu'elle avait trouvé endormi dans son fauteuil. Elle avait hésité, mais elle devait savoir pourquoi il l'avait mise en garde avant le pacs.

– Pourquoi m'as-tu demandé d'être prudente ? Qu'est-ce que tu me caches ?

Louis tournait dans le salon comme un fauve en cage. Il regarda Estelle, sembla hésiter, mais secoua négativement la tête. Rien, il ne lui cachait rien.

– Réponds-moi, grand-père ! Tu savais qu'il allait se passer quelque chose !

– Non, bien sûr, sinon je t'aurais empêchée d'y aller.

Puis, sans laisser à Estelle le temps d'insister, il attrapa son petit carnet de moleskine noir, deux ou trois feuilles encore dans l'imprimante et sa veste beige pleine de poches…

– Il ne faut pas perdre de temps, ils sont de retour, tout recommence !

– Mais qui ? De quoi tu parles ?

– Viens, je te dis. Allez, vite !

Louis était déjà sur le pas de la porte, faisant signe à Estelle de se dépêcher.

– Tu comptes aller où en plein milieu de la nuit ?

Le regard de Louis en dit long. Estelle ouvrit de grands yeux. Une fois de plus elle regretta d'être venue le voir. Elle n'avait pas pu s'en empêcher, comme poussée par quelque chose de plus fort qu'elle.

– N'y pense même pas, grand-père, de toute façon on ne pourra pas entrer, je n'ai plus de badge…

Louis se contenta de lui sourire et s'éloigna d'un pas décidé.

Lucien, la cinquantaine bedonnante, remonta d'un geste nerveux la ceinture de son uniforme de gardien du palais des Papes. Il ouvrit une petite porte qui menait à la cour d'honneur et s'effaça pour laisser passer Estelle et Louis.

– C'est la dernière fois, Louis ! Si Brac me chope, c'est direct la porte pour faute grave !

– Comme tu veux, mon Lulu, mais il faudra te trouver un autre partenaire de poker aussi insomniaque que moi !

Le gardien de nuit s'éloigna en maugréant tandis que Louis trottinait déjà vers la bâche qui recouvrait la rosace, suivi d'Estelle.

– Les nuits sont longues, ici. C'est trop calme, les gardiens s'ennuient. Alors j'ai gardé ma place de quatrième…

Estelle fit une moue amusée.

– Et comme ça, tu as toujours eu accès au palais. Au nez et à la barbe de Brac !

– Ben tiens, j'allais pas me laisser faire par ce saligaud. Allez, aide-moi, je veux la voir la Merveille…

Estelle grimpa sur ce qu'il restait de l'échafaudage et aida son grand-père à décrocher la bâche, qui tomba lourdement à terre, dans un nuage de poussière.

Louis découvrit alors la rosace. Majestueuse, elle luisait faiblement dans la pénombre de la cour.

Les lèvres de Louis se mirent à trembler. L'émotion était trop forte. Des larmes vinrent brouiller son regard usé par des années de recherche acharnée.

Quand elle vit son grand-père tenter de cacher pudiquement les larmes qui coulaient le long de ses joues, Estelle sentit l'émotion la submerger à son tour. Longtemps elle garderait l'image de Louis pleurant comme un enfant devant la rosace. Cette splendeur architecturale lui prouvait qu'il avait eu raison de se battre envers et contre tout. Il n'était plus un vieux fou perdu qui avait épuisé sa vie à tenter de découvrir une chimère.

– La Rosace sacrée, la représentation symbolique de l'Être de lumière…, lâcha Louis dans un souffle.

Du haut de leur mur, les gargouilles semblaient les observer. Estelle eut même un instant le sentiment qu'elles avaient changé de couleur, de texture. Elle remarqua que la lune brillait d'un éclat particulier, plongeant la cour d'honneur dans une ambiance argentée quasi irréelle. Un bref coup d'œil à sa montre confirma à Estelle que le temps leur était compté.

– Grand-père, il faut se dépêcher.

S'arrachant à la contemplation de la rosace, Louis reprit ses esprits et sortit son carnet de moleskine noire.

– On cherche un symbole en forme de croix. « Priant l'Être de lumière reposent les croix, sous les croix repose la première marche… »

– D'où tiens-tu ça ? lui demanda Estelle, étonnée.

Louis montra une des pages qu'il avait prises dans son imprimante avant de partir. Il s'amusa de la réaction de sa petite fille quand il lui parla de Kobayashi, un vieil ami japonais, professeur d'histoire à l'université de Kyoto, spécialiste des mythes médiévaux européens.

– Parce que tu as des amis japonais, toi ?

– Internet ! répondit Louis d'un air blasé.

Le temps passait et Estelle redoutait de voir arriver Brac. Elle savait qu'il arpentait parfois le palais seul, la nuit. Des rumeurs circulaient parmi les gardiens qui lui inventaient régulièrement des aventures avec de mystérieuses femmes toujours habillées de grands manteaux. Jusque-là Estelle s'était amusée de leur imagination, mettant cela sur le compte des nuits solitaires passées dans cette grande forteresse. Mais depuis quelque temps, elle prêtait à ces déclarations une oreille plus attentive. Elle ne voulait pas le reconnaître, mais les insinuations de Louis concernant la mort du jeune gardien avaient trouvé un écho en elle.

Perdue dans ses pensées, Estelle faillit ne pas le voir. À première vue, il s'agissait d'un pavé cassé de plus, mais les stries qui le marquaient semblaient trop régulières pour être accidentelles.

– Grand-père, viens voir…

Estelle désigna à Louis la pierre qu'elle s'était mise à nettoyer avec un mouchoir.

– Regarde ! Il y a un dessin presque effacé. On dirait que les stries forment une croix…

Louis se mit péniblement à genoux et suivit les lignes tracées à même la pierre du bout des doigts tandis qu'Estelle continuait à gratter la terre. Elle souffla pour évacuer ce qu'il restait de terre et de poussière.

– Oui, c'est une croix… une croix des Templiers, murmura Louis.

– Qu'est-ce que ça veut dire ? s'étonna la jeune femme. C'est Clément V, le premier pape d'Avignon, qui a décrété la dissolution de l'ordre du Temple. Pourquoi retrouverait-on ce symbole dans le palais de ses successeurs ?

– Parce que Jean XXII savait parfaitement que ce sont les chevaliers du Temple qui ont rapporté la Prophétie en Europe à la chute du royaume chrétien de Jérusalem !

Tandis que Louis continuait à inspecter le sol, à moitié allongé dans la poussière, Estelle fut submergée par des souvenirs. Elle se revit dans la cour de la maison de Louis, sous le tilleul où elle avait passé une bonne partie de son enfance. L'odeur des croquants aux amandes qu'il cuisinait spécialement pour elle, l'orgeat à l'eau qui les accompagnait et l'histoire de la Prophétie qu'il ne se lassait jamais de lui raconter.

Estelle se souvint avec émotion de la première fois où il la lui avait racontée. Elle avait sept ans…

Ce jour-là, tandis que Louis prépare son goûter, Estelle abandonne le livre de la Bibliothèque rose qu'elle est en train de lire et se réfugie à l'ombre salvatrice du tilleul centenaire… Là, étalés sur la table de jardin, des livres anciens, des cartes en rouleaux, de vieux parchemins et un pendule abandonné par son propriétaire éveillent sa curiosité. Elle ne peut s'empêcher de prendre le pendule et de le faire se balancer comme elle a vu faire son grand-père.

Elle abandonne l'objet en découvrant un médaillon à moitié caché par un livre… C'est une étoile stylisée. Une étoile en relief qui pourrait faire penser à une petite cage vide…

C'est alors que Louis arrive soudain auprès d'elle, faisant sursauter sa petite-fille. Elle rend le pendentif à Louis, s'attendant à se faire gronder.

Celui-ci fait d'abord les gros yeux, mais au final la félicite pour sa curiosité : il faut être curieux dans la vie… Louis la prend sur ses genoux et lui explique que le médaillon est lié à la légende de la Prophétie, le plus grand trésor de tous les temps…

– Tu sais que j'ai un secret, n'est-ce pas ? Et tu voudrais le connaître… Je pense que tu as raison, tu es assez grande maintenant.

En déroulant une carte sur la table, Louis retrace pour elle le parcours du mystérieux trésor rapporté par les Juifs libérés de Babylone il y a des milliers d'années, déposé et oublié dans le Temple de Salomon, redécouvert des siècles plus tard par les chevaliers du Temple lors des croisades. Le trésor a ensuite été transféré en Europe par l'Ordre à la chute de Jérusalem, et le premier pape d'Avignon, Clément V, se l'est finalement approprié après la disparition des Templiers, en 1312…

– Et après ? demande Estelle, intriguée.

– Jean XXII, qui a succédé à Clément V, a caché la Prophétie. Et quand les papes sont retournés à Rome, elle est restée ici, en Avignon…

Sérieuse, Estelle réfléchit longuement, analysant la légende avec une maturité inattendue pour son âge, tandis que Louis la regarde avec émotion.

– Pourquoi la Prophétie est le plus grand trésor de tous les temps, grand-père ?

– Parce que la Prophétie prédit l'avenir du Monde… et celui qui connaît l'avenir détient le pouvoir absolu, aujourd'hui plus que jamais. C'est pour ça que je suis devenu gardien du palais des Papes, je la cherche et surtout je les empêche de s'en emparer !

– Qui, grand-père ?

Estelle se souviendra longtemps du visage de Louis qui soudain s'est durci. Puis il la serre dans ses bras, l'étouffe de baisers dans le cou…

– Ça, ce ne sont pas des histoires de petite fille, les petites filles doivent rêver aux trésors et aux princes charmants…

Louis était toujours en train d'inspecter les pavés alentour.

– Aide-moi à trouver d'autres croix. Oh, Estelle, ce n'est pas le moment de rêver. On touche au but, ma chérie ! La Prophétie n'est pas loin, je le sens.

Abandonnant ses souvenirs, Estelle sourit à son grand-père et vint s'agenouiller à ses côtés.

– C'est le plus beau conte que j'aie jamais entendu…

– Ce n'était pas un conte ! Tu en as la preuve aujourd'hui.

– N'importe qui peut s'être amusé à dessiner ces croix dans la pierre, souffla Estelle, qui redoutait que Louis ne trouve rien et ne se remette pas d'un échec supplémentaire.

Elle ne voulait pas qu'une nouvelle crise vienne gâcher ce moment partagé devant la rosace. Louis s'en rendit compte.

À nouveau il devinait les réticences de sa petite-fille alors que son rôle était primordial dans la quête, il le savait.

– Bien sûr, tu ne crois pas à la Prophétie… C'est ton droit le plus absolu. Mais demande-toi pourquoi tu es devenue conservatrice adjointe au palais. C'est un hasard d'après toi ?

Louis n'attendit pas la réaction d'Estelle. Il venait de trouver à même le sol d'autres croix.

Il sortit une craie de sa poche et entreprit de les relier entre elles. Ce qu'il découvrit le troubla au plus haut point.

– Regarde, les croix ! Elles forment un dessin…, une étoile…

– Identique à celle que tu portes autour du cou, chuchota Estelle, elle aussi grandement intriguée de reconnaître le symbole.

Louis regarda sa petite-fille d'un air ému et s'empara machinalement de son pendentif : l'étoile en relief qui avait tant intrigué Estelle quand elle était enfant.

– Tu te souviens de ça aussi alors ?

Soudain une voix grave résonna derrière eux, les faisant sursauter.

– Et le prénom Estelle vient de *stella*, « étoile » en latin, n'est-ce pas ? Quelle touchante histoire de famille !

Louis et Estelle découvrirent alors David Périsse qui les rejoignait, un sourire amusé aux lèvres. Depuis combien de temps les observait-il ?

Le vieil homme rangea aussitôt son étoile dans le col de sa chemise. Il savait Périsse malin et donc dangereux dans la course à la découverte de la Prophétie. Il fallait qu'il trouve une astuce, un plan pour s'en débarrasser, et très vite.

– Ce cher Périsse. Je m'étonnais de ne pas vous avoir encore croisé.

– Mon cher Louis, je vous manquais, avouez-le… Comme nos discussions, nos petits trocs d'informations, nos prises de bec aussi !

David Périsse avait été conservateur adjoint du palais des Papes avant de se lancer comme archéologue indépendant ; il travaillait maintenant pour de riches amateurs aussi bien que pour des monuments historiques.

Quand Louis l'avait vu débarquer au palais pour la première fois, quelques années auparavant, il avait su que Périsse avait le feu sacré, celui qui vous fait parcourir la planète pour aller à la rencontre d'un trésor oublié de tous. Docteur en archéologie, Périsse était aussi performant dans une bibliothèque de recherche que sur un chantier. Il avait l'instinct, l'esprit de synthèse et une force de travail remarquable.

Entre l'universitaire surdoué et l'autodidacte éclairé, une complicité était née. En plus, Périsse n'avait jamais cru à la Prophétie. Ce qui aux yeux de Louis était un réel atout. Il pouvait ainsi passer pour un vieil allumé, et ne pas attirer l'attention sur ses recherches, sinon pour faire sourire.

Leurs relations avaient commencé à se dégrader quand Estelle était entrée à la fac et avait eu Périsse comme prof. Même si Louis n'avait jamais posé de questions à Estelle, trop pudique pour se mêler de sa vie personnelle, il avait tout de suite deviné l'attirance qu'exerçait le séduisant professeur sur la brillante élève. Et puis les yeux rougis de sa petite-fille quelque temps plus tard avaient suffi à le tenir informé de la suite de l'histoire.

À partir de ce jour, Louis avait pris Périsse en grippe. Qu'on blesse sa petite-fille n'était pas admissible pour lui.

Mais c'était surtout le doute concernant la vraie nature de leur histoire qui avait alarmé Louis. Qu'un archéologue aussi brillant et arriviste que Périsse fréquente Estelle, une Esperanza, voilà qui était plus que louche pour le vieil homme qui n'avait jamais cru au hasard. Périsse savait, et tenterait un jour où l'autre de se servir d'elle pour accéder à la Prophétie. Cela s'était déjà produit dans la famille, cela se reproduirait fatalement.

– Je crois bien qu'on cherche la même chose, vous et moi, non ?

– Pas cette fois, David. Vous n'avez rien à faire ici, vous n'avez jamais cru à la Prophétie !

– Mais j'ai toujours cru aux trésors. Ce sont eux qui m'ont toujours guidé. Celui-ci par exemple…

David sortit alors de sa poche une sphère d'or. Il ne savait pas alors que c'était une gargouille qui l'avait dévoilée et pas davantage qu'elle avait coûté la vie à un jeune gardien de nuit.

À la vue de l'objet, Louis blêmit. Il regarda Périsse comme s'il avait vu le diable en personne.

– La sphère de l'Alchimiste…

– Je vois qu'elle ne vous est pas inconnue. Dites-moi comment on s'en sert et je vous la donne.

Estelle se tenait en retrait, assistant à l'affrontement. Louis semblait totalement déboussolé par l'objet avec lequel Périsse le narguait. Elle en revanche n'avait jamais vu cette sphère, ni aucun texte y faisant allusion. Elle connaissait l'existence des « alchimistes des papes », chargés par eux d'élaborer des médecines mais aussi de découvrir les secrets de la matière. Le plus célèbre d'entre eux n'avait-il pas, d'après la légende, découvert la pierre philosophale capable de changer le plomb en or ?

Louis s'approcha de Périsse. Ses yeux ne pouvaient se détacher de la sphère, qui s'était mise à luire en même temps que la rosace. Comme si la mise en présence de ces deux éléments avait déclenché leur réveil.

– Qui vous l'a donnée ? Vous travaillez pour qui ?

Périsse leva les yeux au ciel, agacé.

– On s'en fout de tout ça. Ce qui compte, c'est l'instant présent, c'est ce que nous allons découvrir. Allez, Louis, vous avez attendu ce moment toute votre vie !

Louis hésitait, entre envie et méfiance. Si Périsse était en possession de la sphère, cela voulait dire que… Mais l'archéologue, pressant, ne lui laissa pas le loisir de poursuivre ses déductions.

– Alors, c'est quoi, cette fameuse sphère de l'Alchimiste ?

– C'est une clé. Créée par le dernier alchimiste des papes d'Avignon. Donnez-la-moi…

Périsse s'exécuta et rejoignit Estelle qui l'interrogeait du regard. À quoi jouait-il ?

Louis contempla la sphère quelques instants avant de se retourner vers la rosace. Il réfléchissait à toute vitesse, arpentant la cour d'honneur, tournant fébrilement les pages noircies d'annotations et de croquis de son petit carnet de moleskine.

Finalement, répondant à une inspiration subite, il vint poser délicatement la sphère au creux de l'étoile qu'ils avaient découverte avec Estelle.

Tous trois attendirent. Rien ne se passait. Périsse fut le premier à perdre patience.

– Ça ne peut pas être aussi simple que ça !

Il était sur le point de reprendre la sphère quand le cœur en pierre de l'étoile s'abaissa et révéla un cercle de bronze qui s'ouvrit en corolle comme le diaphragme d'un appareil photo. La sphère chuta dans l'orifice, comme avalée par le sol. Puis le diaphragme se referma et le cœur de l'étoile reprit son aspect normal.

Un bruit sec se fit entendre, comme si la sphère était tombée sur une surface dure. Puis ce fut un bruit de mécanisme qui se mit en marche. Comme si la sphère roulait dans différents tuyaux.

Grâce au son, Louis, Estelle et Périsse pouvaient suivre la trajectoire de l'objet, qui semblait parcourir toute l'étendue de la cour d'honneur, roulant d'un bout à l'autre du sol dans des galeries creusées à même le socle rocheux.

C'est alors que mille rayons de lumière surgirent brusquement de la rosace, inondant l'espace au point de les aveugler, les obligeant à se couvrir les yeux.

À nouveau le palais reprenait vie, les gargouilles grimaçant sous la lune, les ombres courant le long des murs comme si elles cherchaient une issue. Mû par un instinct de protection, David prit Estelle dans ses bras, tandis que Louis tombait à genoux, protégeant ses yeux de ses mains.

Les nuages qui chargeaient le ciel s'écartèrent alors, laissant apparaître le croissant de lune qui luisait de façon surnaturelle. Un rayon s'en échappa et vint frapper la rosace en son centre. Il se réverbéra sur la surface polie et finit sa trajectoire sur une dalle de pierre au centre de la cour d'honneur.

Le calme revint. Les ombres se fondirent dans les recoins obscurs des murs.

– C'est ici qu'il faut creuser ! hurla Louis en indiquant l'endroit sur le sol où avait eu lieu l'impact du rayon de lune.

Il jeta un regard de triomphe à David et à Estelle, toujours enlacés sous la rosace.

Sous les pavés de granit que l'on avait toujours cru directement posés sur la roche, ils découvrirent un caveau rempli de terre. Périsse se précipita dans la réserve où était stocké le matériel de chantier et en revint avec deux pelles, deux bêches et un pied-de-biche. En quelques dizaines de minutes, la terre fouillée par Estelle et David forma un monticule impressionnant.

Assis à l'écart, épuisé, le teint blafard, Louis observait la scène avec excitation. Les premiers rayons du soleil s'annonçaient. Il fallait faire vite.

Toujours habillée de la robe élégante et sexy qu'elle portait au pacs, Estelle, couverte de poussière, était totalement indifférente à son apparence. Elle avait abandonné les lourds outils apportés par David et terminait de creuser à l'aide d'une griffe et d'une petite brosse pour éviter d'abîmer une éventuelle découverte. Soudain retentit un bruit métallique sourd et elle lança un regard de triomphe à Périsse, dont les yeux brillaient autant que les siens. Avec précaution, tous deux remontèrent une caisse en métal qu'ils déposèrent sur le sol, avant d'échanger un rapide baiser passionné.

– Estelle ! Ouvre cette satanée boîte ! grogna Louis qui n'y tenait plus.

Estelle fit céder le couvercle en fer, révélant un coffre précieux guilloché d'or et d'argent, décoré d'un blason pontifical.

– Le blason de Jean XXII… murmura Louis.

– C'est à toi de le faire, grand-père…

Bouleversé, les mains tremblantes, Louis ouvrit le coffre avec d'infinies précautions. Il dévoila un trésor d'or et de pierreries : une tiare pontificale intacte, accompagnée d'une crosse de saint Pierre et d'une châsse sertie de pierres précieuses.

– Le trésor de Jean XXII… Il y en a pour une fortune !

Louis prit la châsse et l'ouvrit. Elle était vide. Interloqué, il se mit à secouer l'objet dans tous les sens.

– Je ne comprends pas, il n'y a pas d'indice, rien qui évoque la Prophétie…

Tandis que Louis examinait le trésor fébrilement, David commençait déjà à faire l'inventaire des pierres précieuses. Cette fois, il avait gagné le gros lot !

– Une centaine de carats au bas mot… Certaines à peine taillées…

– Il y a forcément autre chose, un message, n'importe quoi ! s'exclama Louis. Regarde bien, Estelle, pense en énigme : « Priant l'Être de lumière reposent les croix, sous les croix repose la première marche… »

Soudain il grimaça de douleur et s'effondra, portant la main à son cœur fatigué. Estelle bondit auprès de lui.

– Grand-père ? David, aide-moi, vite !

– Louis, restez avec nous, Louis !

– Une ambulance pour monsieur Esperanza ! Et un nouveau blâme pour sa chère petite-fille ! Violation d'un monument historique, ça va vous occuper un moment…

Brac. Tandis que Louis perdait connaissance, Estelle et David découvrirent la présence du conservateur encadré de deux gardiens du palais, dont Lucien, qui dégainait son portable pour appeler les secours.

Estelle eut quand même le temps de voir le regard accusateur que Brac portait sur Périsse. Elle savait maintenant ce qu'ils cherchaient depuis le début des fouilles dans la cour d'honneur.

À moitié inconscient, Louis prit la main de sa petite-fille et la serra au point de lui faire mal.

– Tu ne sais rien, Estelle… Rien.

La jeune femme lui fit signe de rester calme, de ne pas parler. Louis se figea, terrassé par une douleur au côté.

– Grand-père, non ! Reste avec moi !

⁂

Le conservateur Brac avait ordonné la fermeture au public de la cour d'honneur. L'équipe du chantier de fouille s'affairait autour de la fosse qu'avaient creusée Estelle et David. Les hommes sondaient les environs, s'assurant que la totalité du trésor de Jean XXII avait été mise au jour.

Brac s'était enfermé avec Périsse dans l'Algeco qui lui tenait lieu de bureau. Les rideaux étaient tirés et les fenêtres hermétiquement fermées malgré la température qui commençait à devenir difficilement supportable.

Une couverture recouvrait le bureau en métal sur lequel trônait le trésor de Jean XXII, à savoir la tiare pontificale intacte, accompagnée de la crosse de saint Pierre et de la châsse sertie de pierres précieuses toujours aussi vide qu'énigmatique. Elle aurait dû contenir quelque chose, pourtant, quelques fragments d'os, des reliques de saint Bénezet par exemple, le saint patron de la ville.

Périsse essuya son front d'un geste nerveux. En plus de la chaleur, la présence de Brac le mettait mal à l'aise. Plusieurs fois, il avait perçu une lueur dans son regard… une lueur qu'il ne s'expliquait pas, mais qu'il n'aimait pas. Sous ses airs de fonctionnaire arrogant agrippé à son règlement et à son autorité hiérarchique, Brac cachait autre chose de beaucoup plus menaçant. Ne serait-ce que la haine qu'il éprouvait à l'égard d'Estelle et du vieux Louis. Ce n'était pas normal. Rien ne justifiait une telle violence dans ses réactions. Maintenant que le trésor était trouvé, David était bien décidé à toucher son argent et à prendre la tangente...

– Il n'y a rien de ce que nous cherchons là-dedans. Vous avez une obligation de résultat et le temps qui vous est accordé s'écoule très vite !

« Pas sûr qu'il me lâche comme ça », pensa Périsse, qui venait de revoir cet éclat si particulier dans le regard de son interlocuteur. Cette fois, c'était décidé, il arrêtait. Il laissait tomber ce malade.

– Cette quête a commencé il y a plus de six cents ans, alors on n'est pas à deux jours près ! L'archéologie n'a jamais été une science exacte et...

Il n'eut pas le temps de terminer sa phrase. Avec une agilité stupéfiante, Brac saisit un compas et le planta dans le dos de la main de David, la clouant à même le bureau.

Un hurlement de douleur résonna dans l'Algeco et se répercuta à l'infini entre les quatre murailles de la cour d'honneur. Périsse sentit des larmes lui piquer les yeux. La pointe avait non seulement traversé la chair mais elle avait aussi certainement touché un nerf... La douleur était horrible.

Il regardait avec effroi sa main comme crucifiée sur le bureau. Tandis qu'il hésitait à retirer le compas, Brac l'observait, le regard froid, l'air impassible.

– Je ne supporte plus votre désinvolture, Périsse.

– Vous êtes complètement taré !

Brac se pencha vers lui et l'empêcha d'un geste brusque de retirer le compas de sa main. La douleur vint porter un coup au cœur de l'archéologue, qui hurla à nouveau.

– Vous n'avez pas bien saisi qui nous sommes et ce que nous faisons à ceux qui se mettent en travers de notre route. La prochaine fois, ce sera une dague en plein cœur.

Le sentiment de malaise que Périsse avait ressenti devant le cadavre de Nadège se mêla à la souffrance intolérable. C'était Eux qui avaient tué la jeune femme. Et ce que David craignait le plus venait de se confirmer : Brac était l'un des leurs.

– C'est vous qui avez tué la gamine ! Pourquoi ? Qu'est-ce qu'elle vous avait fait ?

Brac se contenta de se pencher et de lui siffler à l'oreille :

– Je vous l'ai dit, le temps passe et notre patience s'évanouit… Ne vous en faites pas pour votre main. La douleur est très forte, mais aucune articulation n'est endommagée. Vous ne serez pas gêné pour poursuivre votre travail.

Brac disparut de l'Algeco, laissant David plié en deux devant le bureau, face à sa main toujours transpercée par le compas. Un mot lui revenait en boucle à l'esprit : « psychopathe ». Avec rage, il saisit le compas et le retira d'un coup sec.

⁂

À moitié endormie sur un fauteuil d'hôpital, Estelle veillait Louis. Le médecin qui avait pris en charge le vieil homme à son arrivée s'était montré pessimiste quant à ses chances de quitter ce lit un jour. Conscient mais très faible, Louis somnolait depuis, ouvrant parfois les yeux quelques instants avant de repartir dans ses songes.

Jean était passé entre deux opérations de cardiologie. Son visage fermé et son air dur trahissaient sa peur et sa peine de voir partir son père. Impuissant à le sauver car Louis était inopérable, incapable de communiquer avec lui, il était resté là, sans rien dire, à son chevet. Quand son père s'était réveillé, il avait hésité avant de se pencher pour l'embrasser.

Louis avait voulu protester, mais cette fois le regard de Jean l'en avait empêché. Son fils venait lui dire au revoir, à sa façon, et la dernière chose qu'il pouvait lui offrir était de respecter sa volonté. Alors Louis n'avait pas prononcé un mot, se contentant de sourire et de rassurer son fils d'un petit clin d'œil. Enfin, il espérait que Jean avait vu son clin d'œil car ses paupières étaient si lourdes…

Louis n'avait pas peur, car il savait qu'il n'allait pas mourir maintenant. Pas au moment où la première marche venait d'être découverte. Il avait encore beaucoup de choses à accomplir dans cette quête. Il fallait qu'il le lui dise et que Jean arrête de faire cette tête. Mais pourquoi les mots ne sortaient-ils pas de sa bouche comme il le voulait ? Pourquoi avait-il l'impression d'être étranger à lui-même, d'être spectateur de la scène ? Il fallait qu'il le demande à son fils. Après tout, c'était lui, le médecin de la famille.

Et puis Jean était parti, prétextant une opération urgente, se réfugiant comme il savait si bien le faire dans son travail. Le fait de sauver des vies lui avait permis de souvent passer à côté de la sienne et d'échapper aux moments trop durs. Une fois de plus il laissait Estelle faire face, comme il l'avait fait quand elle était enfant et que sa mère lui manquait trop. Une fois de plus il lui avait expliqué qu'il n'avait « pas le choix », cette phrase qu'aujourd'hui elle ne supportait plus d'entendre de quiconque, et il était parti.

Estelle croisa les doigts, tendit ses bras au-dessus de sa tête et s'étira longuement. Elle avait accumulé tellement de tensions que tout le haut de son dos lui semblait comme rigidifié. Elle songea au marbre, à sa densité que l'on devine sans même le toucher. Lentement elle fit basculer sa tête d'avant en arrière, réussissant ainsi à redonner un semblant de souplesse à son corps.

La jeune femme se leva et alla rejoindre son grand-père, endormi dans son lit, un masque à oxygène sur le visage. Avec tendresse, elle lui caressa le front.

Machinalement, elle fouilla dans son sac à la recherche de monnaie pour le distributeur. Elle commençait à mourir de faim.

Il regarda la jeune femme quitter le chevet de son grand-père et se diriger vers la salle d'attente, jouant avec des pièces de monnaie. Cela lui laissait quelques minutes pour récupérer ce qu'il venait chercher. C'était bien suffisant. Il se dirigea vers la porte de la chambre et l'ouvrit.

– Rassurez-moi, vous n'êtes pas encore mort ?

Comme son visiteur insistait, Louis ouvrit les yeux, tiré de sa somnolence par cette voix métallique et cette main qui lui secouait l'avant-bras. Le visage de Brac si près du sien le fit sursauter. Qu'est-ce que le conservateur du palais faisait là, penché sur lui, affichant un méchant sourire ?

– Il est en vie ! Bravo Esperanza, laissez-moi vous féliciter. J'étais le premier à vous appeler « le fada », je veux être le premier à vous témoigner ma gratitude pour la découverte du trésor…

Sentant le danger, Louis tenta de saisir la sonnette en déplaçant lentement sa main, mais Brac, comme s'il avait un sixième sens, l'avait déjà prise. D'un geste, il la mit hors de portée du vieil homme.

– Allons, nous n'avons pas encore terminé notre petite conversation… Magnifique trésor, n'est-ce pas ? Mais vous n'avez pas trouvé étrange que la châsse soit vide ?

Louis analysa rapidement la situation. Il ne pouvait pas faire face. Il ne pouvait pas appeler. Quand il vit le sac d'Estelle, posé sur la chaise à côté du lit, il reprit confiance.

Le sac, il fallait qu'il atteigne le sac. Mais Brac lui attrapa le visage, le forçant à le regarder.

– La châsse, Esperanza, elle aurait dû contenir un sceau pontifical, non ? Le sceau de Jean XXII !

L'expression de Louis le trahit ; Brac sourit.

– J'avais raison… Où est le sceau ? C'est vous qui l'avez.

Brac se pencha sur le vieil homme. Il affichait maintenant un regard froid, perçant. Louis tenta de se redresser. Il devait atteindre le sac. Mais Brac le repoussa brutalement sur le lit.

Soudain la lueur au fond des yeux de Brac, celle-là même qu'avait devinée Périsse et qu'il avait voulu fuir, la lueur était revenue.

– Judas, vous êtes un Frère de Judas ! laissa échapper Louis.

Au spectre maléfique qui traversa le regard de Brac, il comprit aussitôt que cet accès de sagacité serait le dernier ; on venait de le condamner à mort.

Dans la salle d'attente déserte, Estelle avait finalement choisi un « café long sucré » suivi d'un « court sans sucre ». Elle espérait pouvoir tenir éveillée la nuit entière. Même si elle n'osait pas se l'avouer, sa peur était de s'endormir au chevet de Louis et de se réveiller trop tard.

Louis avait fait tomber sa perfusion sur le sol en atteignant le sac de sa petite-fille. Brac ne s'en était pas alarmé, il imaginait que le vieil homme cherchait seulement à s'échapper.

Mais le bruit métallique avait attiré l'attention d'Estelle. La jeune femme s'étonna que le couloir soit toujours désert et qu'il n'y ait pas de personnel soignant dans les parages. Et si… Son pressentiment fut plus fort qu'elle. Elle accéléra le pas en direction de la chambre de son grand-père.

Brac immobilisait maintenant celui-ci avec force et plaqua un oreiller sur son visage. Louis sentit le contact doux du tissu de coton, l'odeur de fraîcheur de la lessive. Elle n'était pas désagréable, cette odeur, au contraire, mais elle signifiait ni plus ni moins qu'il allait mourir étouffé. Il essaya de se débattre, mais Brac était fort, trop fort…

Les bips du monitoring s'accélérèrent. Louis sentit le feu lui ronger la poitrine… Ce n'était pas ses poumons qui étaient en train de l'abandonner, mais son cœur, son vieux cœur malade. L'absence d'air avait provoqué un réflexe quasi animal de peur panique et son cerveau avait répondu par une colossale décharge d'adrénaline. À son tour le cœur réagissait. Par un début de fibrillation. Le corps du vieil homme tressaillit sous la douleur aiguë.

Quand Estelle ouvrit la porte de la chambre, elle découvrit son grand-père, gisant en travers de son lit, un oreiller coincé entre son visage et la glissière de sécurité en métal. Elle lutta pour le redresser. Le vieil homme était aussi lourd qu'un cadavre.

– Grand-père ! Grand-père, non, pas maintenant ! je t'en prie, pas maintenant, il ne faut pas, tu n'as pas le droit… Ne me laisse pas…

Louis agonisait dans les bras d'Estelle. Son cœur l'avait trahi. Il avait réussi à atteindre le sac de sa petite-fille, mais il fallait encore la mettre en garde. Il devait aussi lui donner le médaillon.

À nouveau Louis se sentit glisser dans l'au-delà, perdu devant la masse d'informations qu'il devait transmettre à Estelle. Il devait lui passer le relais, il devait lui expliquer la première marche.

– Les Frères de Judas… Ils sont… Tiens, le médaillon…

Avec ses dernières forces, Louis tendit à Estelle le médaillon en forme d'étoile qu'il portait autour du cou.

– Prends-le. Jure-moi... Jure-moi... Les Frères de Judas... La Prophétie... Jamais... Jamais... Empêche-les de s'en emparer... Jure-le-moi...

– Qui sont les Frères de Judas ?

La question d'Estelle ne parvint pas à Louis, obnubilé par sa mission. C'était ça le plus important, qu'Estelle continue à protéger la Prophétie, qu'elle les empêche de s'en emparer, c'était la mission des Esperanza. Les idées de Louis s'évanouirent pour ne laisser que cette dernière : la mission des Esperanza, la mission à laquelle il avait consacré sa vie.

– Jure-moi. Protège-la !

– Je te le jure.

Estelle eut tout juste le temps de répondre. Le bip du cardiomonitoring se transforma en une seule note stridente.

– Grand-père, non ! Grand-père, je t'en prie, ne me laisse pas !

Estelle sentit ses yeux déborder de larmes. Elle posa tendrement sa tête sur le torse du vieil homme, serrant dans sa main l'étoile qu'il lui avait léguée.

Dans le hall de l'hôpital, Brac s'écarta pour laisser passer l'équipe d'urgence. On venait de leur signaler un arrêt cardiaque à la réa. Un sourire fataliste apparut sur ses lèvres quand une infirmière lui tint la porte de sortie. La vie, la mort, la routine dans un hôpital.

Il admira un instant le croissant de lune qui annonçait le début du cycle lunaire, inspira profondément et s'éloigna d'un pas léger.

Enfin Louis Esperanza le laisserait en paix. Depuis le temps qu'il se retenait de se débarrasser de lui.

⁂

Par la fenêtre de son bureau de l'European Intelligence Agency, Dona Flores avait une vue imprenable sur la ville de Bruxelles et sur le ciel. Chaque matin passé entre ces murs commençait rituellement par une séance de méditation face au lever du soleil. Elle regardait l'astre de lumière apparaître et y puisait sa force, la force de continuer envers et contre tout.

Ce matin-là, quand son assistante vint lui remettre le pli qui lui annonçait le décès de Louis Esperanza, Dona Flores était déjà en train de se recueillir. Elle savait.

Louis Esperanza était mort. Une page de l'Histoire venait de se tourner douloureusement. Rageusement, Dona Flores essuya une larme avant de décacheter le pli et d'en sortir un compte rendu détaillé qu'elle lut avec attention.

Dans la salle de conférence de l'EIA, les représentants des États membres attendaient que la réunion extraordinaire débute. La tension était palpable depuis que le début de la quête avait été officiellement annoncé.

Le visage serein, Dona Flores entra et prit place dans le fauteuil présidentiel. Sans attendre, elle s'adressa à ses pairs.

– Nous venons d'en avoir confirmation : le trésor de Jean XXII a été découvert aujourd'hui à six heures trente GMT. Vous le savez tous, il s'agit de la première marche…

Un mélange d'excitation et d'appréhension se dégagea de la salle. Soudain, sur un des écrans plasma apparut le portrait d'une jeune femme. Il s'agissait de la photocopie couleur d'un passeport.

Dona Flores regarda longuement le visage qui s'affichait avant de se tourner vers ses interlocuteurs. Elle sourit avant d'annoncer solennellement l'information principale de cette session extraordinaire.

– C'est Estelle Esperanza, la petite-fille de Louis Esperanza, qui a permis cette découverte. Ce qui confirme ce que nous pensions. Cette jeune femme ne le sait pas encore, mais elle a un rôle essentiel dans la quête de la Prophétie.

La salle entière regardait maintenant le portrait d'Estelle avec appréhension. Allait-elle être à la hauteur ?

III

À la suite de son divorce, Elsa était restée couchée des semaines. Sept semaines exactement. Cachée sous sa couette, elle avait pleuré, crié, détesté, pardonné puis détesté à nouveau. Au début, Estelle, chez qui elle avait trouvé refuge, avait laissé faire, trouvant sa réaction compréhensible. Lorsqu'elle avait tenté de la faire sortir de son lit, Elsa avait menacé de partir, loin, d'aller se terrer quelque part où on la laisserait enfin tranquille. Estelle avait cédé, se disant que cela ne durerait pas.

Quand la douleur avait commencé à disparaître, Elsa avait tout fait pour l'entretenir. Elle ne voulait pas guérir. Elle ressassait ses souvenirs, se forçait à regarder des photos de Gil, écoutait en boucle ses messages téléphoniques qu'elle avait gardés. Elle espérait bien sûr que Gil comprendrait son erreur, qu'il viendrait la chercher et que tout recommencerait. Après tout, elle lui avait dit qu'elle accepterait Mehdi si cela leur permettait de rester ensemble. Elle s'en foutait, de Mehdi. Elle, ce qu'elle voulait, c'était Gil.

Gil ne vint pas. Les jours et les nuits se succédaient. Les réveils devenaient moins douloureux. Un jour, elle commença même à s'ennuyer. Sans qu'elle s'en rende compte, elle recommença à penser à son projet de monter une brocante. Elle chinait depuis des années, avait l'imagination nécessaire pour transformer les vieux objets et leur donner une seconde vie. Elle avait même un début de clientèle à qui elle avait déjà vendu de petits meubles autrefois destinés à la décoration de la Mule du Pape.

Elsa ne sortit pas tout de suite de son lit, décidée à montrer sa douleur au monde entier, et surtout à Estelle qui devait forcément tenir Gil au courant. Mais dès que son amie partait travailler, elle allumait son ordinateur portable et montait sa future affaire.

Quand Elsa posa enfin le pied par terre, elle se rendit directement au vieux garage désaffecté qu'elle avait déniché à l'Isle-sur-la-Sorgue, Mecque des brocanteurs et antiquaires de Provence. Là l'attendait l'artisan qu'elle avait embauché pour transformer l'endroit en boutique-atelier. Même les peintures commandées en Angleterre et les carreaux du Maroc arrivèrent ce jour-là. Elsa était de retour.

À présent la brocante marchait bien. L'ancien garage avait gardé son côté industriel avec ses portes vitrées en zinc et ses publicités peintes à même les murs. Elsa l'avait mis au goût du jour avec un parquet teinté à l'encre de chine et des couleurs sourdes dans les tons chocolat. Un mélange hétéroclite de meubles d'époque hors de prix, de mobilier contemporain et de petits objets de décoration bon marché terminait de rendre l'endroit agréable et terriblement tentateur. À tel point qu'Elsa pensait même embaucher deux personnes à plein temps pour l'aider à trouver les trésors recherchés par ses clients.

– J'ai beaucoup aimé votre dernière trouvaille.

La voix grave d'Henri Esperanza surprit Elsa qui décapait à l'acide un vieil établi rouillé. Une liasse de billets vint atterrir sur une chaise années soixante-dix en plastique blanc qui partirait certainement avant la fin de la journée.

– Pour vous servir, monseigneur ! Quand j'ai entendu « calendrier lunaire de Nostradamus », j'ai pensé Henri Esperanza. Vous voyez, je commence à vous connaître.

Henri était un des clients les plus fidèles d'Elsa. Le fait qu'elle n'hésite pas à « oublier » la provenance de certains des trésors qu'elle lui dénichait satisfaisait le collectionneur pointu qu'il était.

Henri s'assit et regarda Elsa quelques instants, hésitant. Jusqu'à quel point pouvait-il lui faire confiance ? Elle ne posait jamais de questions, mais que savait-elle vraiment de sa quête ?

– Je cherche un cadeau, un cadeau très spécial… Pour ma femme… Une sphère armillaire Renaissance.

Elsa hocha la tête, impassible.

– Tout un programme, n'est-ce pas ? ajouta Henri en souriant, observant avec attention la réaction de la jeune femme.

Elsa acquiesça poliment.

– J'attends de vos nouvelles alors. Et n'hésitez pas à me faire des surprises comme la dernière. Je suis preneur.

Henri regagna sa voiture, rassuré. Elle ne savait rien, et ne se doutait de rien. Seul l'argent comptait pour elle. C'était une excellente chose, car elle était vraiment douée pour dénicher la perle rare.

⁂

La salle d'attente de l'hôpital était encore déserte à cette heure matinale. Seules quelques silhouettes médicales jetaient parfois un regard curieux, hésitant à s'aventurer jusqu'aux distributeurs devant lesquels se tenait le commissaire Renard.

Tandis qu'elle attendait que son troisième café ait fini de couler, Renard se passa avec agacement la main dans les cheveux. En temps normal déjà elle avait du mal à dompter sa tignasse. Alors quand on la tirait du lit à six heures du matin pour foncer sur un décès suspect, c'était du n'importe quoi !

Sa mauvaise humeur augmenta encore quand son regard rencontra celui de Trihn. Un colin ! Voilà ce que lui évoquait sa nouvelle recrue. Et fayot avec ça ! Ah, il avait l'air malin avec son calepin flambant neuf et son stylo au capuchon mâchouillé.

– Donc je résume, votre grand-père, cardiaque au dernier degré, meurt. Et vous, vous pensez qu'un mystérieux meurtrier l'a tué.

Assise sur une des banquettes de l'accueil, Estelle acquiesça. Cela faisait maintenant plus d'une heure qu'elle répondait aux questions des deux flics.

– Je suis allée me chercher un café et j'ai entendu ces bruits. Ce n'est sûrement pas mon grand-père qui, de son lit, a fait tomber sa perfusion…

Renard haussa un sourcil, dubitative.

– Il a peut-être eu un dernier sursaut ! Vous avez vu quelqu'un ? Non. Et personne dans cet hosto n'a rien remarqué de suspect.

– Il m'a dit avant de… Excusez-moi…

Estelle retint difficilement ses larmes. Renard soupira, mal à l'aise, agacée. Trihn hésita, mais finit par prendre la parole.

– Bon, et ces « Frères de Judas » dont il vous a parlé, ça vous évoque quelque chose ? Ça a peut-être un rapport avec sa mort…

Renard fusilla Trihn du regard.

– Vous emballez pas, Tran ! On a juste un papi au palpitant fatigué et sa petite-fille sous le choc qui a du mal à encaisser !

– Trihn, mon nom c'est Trihn, lâcha le jeune lieutenant rougissant.

Renard acquiesça vaguement. Trihn ou Tran, ça ne changeait pas grand-chose pour elle. En revanche, cette Estelle Esperanza, elle, l'intéressait.

– Vous étiez à la Mule du Pape quand la gamine, la petite Nadège, s'est fait… Maintenant, votre grand-père… Dites donc, on meurt pas mal autour de vous dernièrement !

Trihn s'étrangla à moitié devant la brutalité des propos de sa chef. Il tenta de rattraper le coup auprès d'Estelle, qui retenait ses larmes, désemparée.

– On va demander une autopsie, comme ça on sera fixé.

Mais Estelle ne l'écoutait plus. Elle venait de voir Jean, son père, arriver et alla se précipiter dans ses bras. Jean la serra contre lui, s'excusant de ne pas avoir pu venir plus tôt.

Il ne pouvait pas avouer à sa fille qu'il venait de passer plus d'une heure, dehors, sur le parking, au volant de sa voiture, incapable d'affronter la mort de son père. Il n'avait même pas eu la force de l'annoncer à sa femme et à son fils.

Renard saisit la détresse de son regard et soupira à nouveau, mal à l'aise. Sans se soucier du panneau « Défense de fumer » devant lequel elle se tenait, elle alluma un cigarillo avant de se diriger d'un pas lourd vers la sortie. Elle ne fit même pas attention au regard réprobateur que lui lançait

Trihn. En revanche, elle ne le rata pas quand elle passa à sa hauteur.

– Si c'est une mort naturelle, l'autopsie, je la retire de votre prochaine paye.

⁂

Installé à une table de la terrasse de la Mule du Pape, Julien s'étira langoureusement. Les cernes sous ses yeux et son regard vague en disaient long sur la nuit qu'il venait de passer. Il faut dire qu'en ce moment Julien était amoureux. Jamais il n'avait été amoureux comme ça. Jamais il n'avait été vraiment amoureux, d'ailleurs.

Complice, Mehdi arriva, son plateau sous le bras, et s'assit en face de lui.

– Je ne te demande pas si t'as bien dormi… ou si t'as dormi tout court !

Julien sourit et lui fit un clin d'œil. Il aimait bien Mehdi. C'était le seul avec Gil à qui il avait confié son secret. Il savait qu'il pouvait leur faire confiance.

– T'as pensé à ce que je t'ai demandé ?

Mehdi afficha une moue ennuyée. Lui, les histoires d'amour, ça le faisait craquer, mais là, Julien jouait avec le feu et… en fait il hésitait entre le rôle du grand frère donneur de leçon et celui du pote complice.

– Gil veut faire des travaux, la peinture, tout ça pour avoir une chambre de plus à louer cet été. C'est dingue, on est déjà complets depuis deux mois !

– Allez s'te plait, vas-y, sois cool…

Devant le regard implorant que lui lançait Julien, Mehdi céda. De toute façon, il était bien placé pour savoir que son ami n'écouterait rien ni personne. Il était trop accro.

– Je te préviens, après tu ne me demandes plus rien ! Et moi je suis au courant de rien, je veux pas d'embrouilles avec Estelle.

Repoussant d'un geste vif un nuage de vapeur qui s'échappait du percolateur, Gil entrevit Mehdi et Julien en pleine discussion. Il n'était pas loin de se considérer lui aussi comme le frère aîné de Julien, l'ayant vu passer de l'enfance à l'adolescence et, depuis quelques mois, à l'âge adulte. Que Mehdi et lui soient devenus amis lui faisait plaisir. Pour lui, la notion de famille était extensible ! Amis, ex, parents, tous étaient les bienvenus à partir du moment où ils partageaient sa conception de la convivialité. Seulement, à cet instant précis, il vit quelqu'un qui ne pouvait pas être là.

Nadège était là, dans l'encoignure de la porte de la cuisine et elle le regardait, les yeux inondés de larmes, le teint blafard. Elle fixait Gil et semblait vouloir lui dire quelque chose. Tétanisé par l'apparition, celui-ci comprit tout de même ce qu'elle voulait dire. Il devina, plus qu'il ne l'entendit, un prénom :

– Louis ?

Gil n'eut pas le temps de réagir. L'eau bouillante du percolateur venait de lui brûler l'avant-bras. Il hurla de douleur, au point que Mehdi, à l'autre bout de la terrasse, l'entendit et accourut. Gil s'était déjà précipité vers la cuisine où avait disparu Nadège. Il fallait qu'il sache, il fallait qu'il la voie !

Mais quand il arriva dans la cuisine, celle-ci était déserte. Aucune trace de Nadège. Déboussolé, Gil se figea. Il ne comprenait plus. Nadège ne pouvait pas être là, et pourtant il l'avait vue ! Et maintenant elle avait disparu !

Mehdi l'avait rejoint.

– Tu t'es blessé ? Fais voir ton bras… Putain, faut le mettre sous l'eau. Ça va ? Oh, réponds !

Gil se tourna vers lui et lui offrit un regard perdu.

– J'ai vu Nadège… Elle était là…

– Quoi ?

Prenant conscience de l'ineptie qu'il venait de dire, Gil secoua la tête. Ça devait être la fatigue, le choc de la mort de Nadège. Sa présence lui avait semblé si réaliste qu'il n'en revenait pas lui-même. Il rassura Mehdi et le suivit derrière le comptoir pour faire couler de l'eau froide sur sa brûlure.

– Reste comme ça le plus longtemps possible. Je vais faire un saut chez le pharmacien voir ce qu'il faut mettre. Ben dis donc, tu t'es pas raté !

Quand il découvrit Julien qui les attendait derrière le bar, Mehdi prit Gil à témoin, tout en se contorsionnant pour attraper une clé ancienne.

– Trop bon, trop con ! On me sort les violons et moi, je plonge. Une vraie midinette ! Tiens la voilà la clé du grenier.

C'est alors qu'il prit conscience de la tête que faisait Julien : son grand sourire avait disparu, il était blême.

– J'ai raté un épisode là…

– C'est mon grand-père, il est mort cette nuit.

L'annonce de la nouvelle fit à Gil l'effet d'un coup de poing dans le ventre. Louis était mort. Louis, dont Nadège en larmes venait de lui donner le prénom. Ses idées s'embrouillèrent, son cœur s'affola. Ça voulait dire quoi, tout ça ? Pour la première fois de sa vie, Gil eut un mauvais pressentiment. Il regarda Julien que Mehdi réconfortait. Il aurait voulu leur dire… Mais leur dire quoi ? La peur qui lui vrillait le ventre, il la ressentait, il ne l'expliquait pas.

Instinctivement Estelle s'était réfugiée dans la demeure familiale. Lovée dans un des canapés du salon, elle s'était blottie contre Julien, qui lui caressait tendrement les cheveux. Tous deux flottaient dans un état cotonneux, essuyant une larme quand la mort de leur grand-père leur revenait à l'esprit.

À l'autre bout de la pièce, Jean se tenait devant une fenêtre, absorbé dans la contemplation de son jardin. Inlassablement il dressait la liste des instructions à donner au jardinier et inlassablement il l'oubliait, repartant de zéro. Il refusait de songer qu'il n'avait plus ni sa mère ni son père et qu'il était maintenant orphelin. Orphelin, quel drôle de mot pour un homme de son âge ! Et pourtant, c'était cette solitude qu'il ressentait. Un sentiment d'abandon total.

Jean regarda ses enfants avec une tendresse mêlée de détresse. Il ne pouvait pas les aider. Pour cela il aurait fallu qu'il soit à la hauteur, qu'il soit courageux. Le tendre sourire que lui adressa Sandra le ramena brutalement à sa condition d'orphelin.

Estelle n'arrivait pas à oublier les derniers mots de Louis. Elle pleurait son grand-père, mais les circonstances de sa mort lui torturaient l'esprit. Ce n'était pas seulement un vieil homme à bout de course qui était mort, c'était également quelqu'un qui avait consacré sa vie à une quête et qui l'avait même sacrifiée pour elle. Plusieurs fois déjà, Estelle avait essayé d'en parler avec son père, mais ce dernier s'était réfugié derrière sa douleur, allant jusqu'à refuser de l'écouter.

Jean ne lui laissait pas le choix. Il fallait qu'elle sache.

– D'après toi, papa, qui a tué grand-père ?

La brutalité de la question d'Estelle surprit tout le monde. Jean le premier. Mais ce fut Sandra qui réagit la première, effarée de ce qu'elle venait d'entendre. Louis était mort assassiné et on ne leur avait rien dit, à Julien et à elle ? Estelle ne dit rien, laissant Jean se sortir seul du non-dit, pour ne pas dire du mensonge dans lequel il avait voulu tenir sa famille.

– Mais enfin, personne n'a tué mon père ! C'est son cœur qui a lâché ! Il était malade et il refusait de prendre son traitement depuis des semaines ! Je suis bien placé pour le savoir.

Estelle secoua négativement la tête. Elle détestait mettre les gens au pied du mur, mais elle connaissait suffisamment son père pour savoir qu'il ne lui avait pas laissé le choix. La fuite et l'amnésie étaient ses principaux défauts. Elle en avait déjà malheureusement fait les frais. Cette fois elle ne le lâcherait pas, et l'obligerait à faire face à la situation, aussi dramatique soit-elle.

– Qui sont les Frères de Judas dont il m'a parlé ? Ils ont un lien avec la Prophétie ?

Cette fois Jean blêmit, se sentant pris au piège des questions de sa fille. Ce fut la colère qui l'emporta. Une colère sourde et violente.

– Écoute-moi bien, Estelle : je ne veux plus jamais entendre parler de cette histoire de Prophétie ! C'est clair ?

C'est alors qu'il s'aperçut qu'Estelle portait le médaillon en forme d'étoile de Louis. Ce maudit médaillon si symbolique. Il n'arrivait pas à croire que ce qu'il avait craint toute sa vie était arrivé. Non, la mort de Louis ne le délivrerait pas de la Prophétie ! Pis encore, cette mort avait précipité Estelle dans la quête qu'il redoutait plus que tout.

– Qu'est-ce que tu as autour du cou ?

– C'est grand-père, il me l'a donné juste avant de mourir.

– Tu ne devrais pas le porter !

Frondeuse, Estelle fixa son père dans les yeux. Pour une fois il se dévoilait. Il reconnaissait qu'il en savait plus que ce qu'il disait.

– Pourquoi ? Tu sais ce qu'il représente ?

– Je préférerais que tu me le donnes…

– C'est un cadeau, je le garde.

La colère défigurait maintenant Jean, qui semblait prêt à tout pour reprendre le médaillon. Sandra et Julien assistaient à l'affrontement sans en comprendre la violence.

– Estelle s'il te plaît, donne-le-moi !

Instinctivement la jeune femme mit la main sur le pendentif. Sandra profita de l'occasion pour intervenir et tenter de calmer le jeu.

– Jean ! Estelle, chérie… Nous sommes tous sous le coup de l'émotion et…

Jean ne lui laissa pas le temps de terminer sa phrase. Il quitta le salon brusquement, laissant Estelle seule face à ses questions.

⁂

Un trousseau de clés à la main, elle se tenait sur le perron de la maison de son grand-père. D'habitude elle frappait trois petits coups brefs. C'était une sorte de code entre elle et Louis. Il savait ainsi que c'était elle et ne se déplaçait pas pour ouvrir.

Estelle hésita un instant. Elle ne savait pas vraiment pourquoi elle était là. Ou plutôt elle ne voulait pas l'admettre.

Une fois dans le salon, elle fut saisie par l'émotion. Cette maison si familière, ces meubles qu'elle connaissait par cœur au point de ne plus les voir depuis longtemps. Plus son regard se promenait dans la pièce, plus sa gorge se serrait. La mort de Louis lui bondit au visage quand elle découvrit la tasse à café de son grand-père posée sur le bras du vieux fauteuil club qu'il aimait tant. Ce vieux fauteuil affaissé à force de l'avoir accueilli avec ses livres.

Perdue, Estelle se demandait si elle devait ramener la tasse à la cuisine comme elle le faisait d'habitude ou si… Elle n'eut pas la force d'accomplir ce geste dérisoire et pourtant si symbolique.

Elle respira un bon coup et alla ouvrir en grand les portes-fenêtres donnant sur la cour intérieure. La lumière entra dans la pièce comme si la vie elle-même avait repris. Louis n'aurait pas aimé voir sa petite-fille chérie s'apitoyer sur sa peine alors qu'il lui avait confié une mission. Une mission qui commençait par la recherche de ces fameux Frères de Judas.

Estelle s'installa à la place de son grand-père, devant deux ordinateurs dont les fonds d'écran la firent sourire. Sur l'un, une vue aérienne du palais des Papes, sur l'autre, un scan du calendrier lunaire de Nostradamus. Tout Louis résumé en deux images !

Mais Estelle eut beau rechercher « Frères de Judas », et tous les mots clés qui lui vinrent à l'esprit, elle ne trouva rien qui se rapportait au sujet. Le mystère demeurait.

La sonnerie de son téléphone portable la sortit brutalement de ses recherches. C'était Elsa qui avait appris la nouvelle et l'appelait pour lui dire qu'elle était là pour elle, qu'elle compatissait à sa douleur. Estelle ne savait pas quoi dire, mais que son amie l'appelle lui faisait chaud au cœur. Elle lui racontait mécaniquement la nuit qu'elle avait passée à l'hôpital quand, en farfouillant dans son sac à la recherche d'un chewing-gum, elle sentit un objet. Au fond du fourre-tout qui portait bien son nom se trouvait le carnet de moleskine noir de son grand-père.

Ce carnet était indissociable de Louis qui avait passé sa vie à le remplir, à l'enrichir de notes, dessins, collages. Où qu'il soit, quoi qu'il fasse, il avait l'habitude de le sortir un instant, d'y griffonner quelque chose et de le remettre dans sa poche. Ça avait toujours fasciné Estelle autant que cela contrariait Jean. C'était pour ce dernier le symbole physique de l'obsession de son père !

Estelle mit rapidement fin à sa conversation téléphonique et se saisit de l'objet après un temps d'hésitation. Ce carnet, que venait-il faire ici ? Qui l'y avait mis ? Autant de questions dont elle pressentait les réponses sans encore en saisir toutes les conséquences.

Qui d'autre que Louis aurait pu glisser le carnet dans son sac ? C'était une sorte de legs, un outil pour qu'elle poursuive la quête.

– Dire qu'on l'a tué ! C'est dur comme fin pour un gentil papy !

La voix maintenant familière du commissaire Renard résonna dans le salon. Estelle se retourna et la découvrit accompagnée du lieutenant Trihn et de deux flics en uniforme.

– Je vous demande pardon ?

– Vous aviez raison, mademoiselle, votre grand-père est bien mort assassiné d'après les premières constatations du légiste. Même si c'est son cœur qui a fini par lâcher, on l'a étouffé.

Estelle accusa le coup tandis que Renard commençait déjà à fureter à droite, à gauche.

– Ben dites donc, il était drôlement branché, le papy ! Tous ces ordinateurs… Y a plus de troisième âge !

– C'était un passionné d'histoire médiévale, de légendes, d'ésotérisme. Internet est un outil formidable pour les recherches et…

Renard leva les yeux au ciel, exaspérée qu'on lui fasse un cours de recherches avancées.

– OK, merci. Bon, ces trucs de tordus, là, ésotérisme et caetera… vous pensez que ça l'aurait poussé à croiser des allumés ? « Frères de Judas », c'est plutôt ésotérique comme nom.

Estelle eut beaucoup de mal à cacher son malaise quand elle vit Renard se saisir du carnet noir qu'elle avait posé sur le bureau. Heureusement elle eut le bon réflexe et le reprit tranquillement des mains du commissaire.

– Excusez-moi, mais c'est à moi. Rien à voir avec mon grand-père.

Un bref instant, Renard garda le carnet, refusant de le lâcher. Son regard croisa celui d'Estelle, qui ne cilla pas.

– Si vous le dites… Alors, ces Frères de Judas ?

– Je vous l'ai dit, jamais entendu parler. Sinon par mon grand-père.

– Bon, je ne vous chasse pas, mais on a une enquête sur le dos maintenant.

Estelle, à laquelle plus personne ne faisait attention, hésita un instant avant de partir. Il fallait qu'elle sache…

– Excusez-moi, commissaire, mais… Vous pensez que la mort de mon grand-père peut avoir un lien avec celle de Nadège ?

La réponse de Renard l'atteignit de plein fouet.

– Un lien ? À part vous, pour le moment, non.

⁂

Depuis le déménagement de la prison en 1871, les archives occupaient l'aile nord du palais, notamment la chapelle pontificale de Benoît XII. Quand on pénétrait dans ce lieu pour la première fois, on se sentait littéralement écrasé par la masse de documents conservés. Ils occupaient non seulement les murs mais également des alignements sans fin d'étagères aménagées dans la totalité de ce qui avait été la nef. Quatre kilomètres de rayonnages au total ! Seule source de lumière naturelle, les vitraux conféraient à l'endroit une atmosphère de quiétude et de recueillement.

Aujourd'hui, on ne vénérait plus Dieu mais les traces manuscrites qu'avaient laissées ses serviteurs les plus fidèles au fil des siècles.

Installée sur un des petits bureaux de la coursive, Estelle entamait une nouvelle journée de recherches. Elle n'avait pour le moment pas trouvé la moindre allusion aux Frères de Judas. Aucune confrérie, aucun ordre, aucune société secrète… Rien qui fasse penser à une organisation quelconque.

Plongée dans le carnet de moleskine de Louis, elle revenait sans cesse à l'unique dessin faisant référence aux Frères de Judas, un J gothique identique à celui qu'elle avait aperçu sur la dague ayant tué Nadège. Le J de la justice papale, initiale de Judas, qui servait à marquer au fer rouge ceux qui avaient été jugés et condamnés par la pénitencerie pontificale.

Les bras chargés de livres anciens aux reliures de cuir patiné, l'archiviste apparut comme sortie de nulle part. Son physique de souris cadrait si bien avec son lieu de travail qu'elle finissait par se fondre totalement dans le décor. Ce qui faisait toujours sourire Estelle quand elle faisait appel à elle.

– *Mystères des symboles païens, Sectes et ésotérisme, Rites et rituels des sociétés secrètes*… C'est en hommage à ce malheureux Louis, ces lectures ?

Ainsi son grand-père avait l'habitude de passer des journées entières à étudier ici, et dans ces livres justement ! Elle reprit espoir. À sa demande, l'archiviste alla lui chercher d'autres ouvrages que Louis compulsait régulièrement.

Soudain, au détour d'une page, Estelle découvrit une gravure représentant un autre J gothique identique à celui de la dague. Penchée sur le dessin, elle ne sentit pas tout de suite que son esprit s'engourdissait. Elle n'eut pas non plus conscience des mélopées lancinantes qui la berçaient et lui faisaient perdre pied.

Les yeux toujours rivés sur le J qui semblait maintenant avoir pris vie et dansait devant elle, Estelle eut alors une vision effrayante dans laquelle se mêlaient des flammes et des hurlements. Une douleur insoutenable la saisit, lui arrachant un cri strident.

Surprise par ce hurlement qui avait résonné dans toute la chapelle, l'archiviste sursauta au point de balafrer sa feuille de relevés d'un grand trait d'encre.

Estelle reprit ses esprits, groggy, comme si elle venait de se réveiller en sursaut. Devant elle, le J n'était plus qu'une gravure quelconque, une représentation de plus d'un symbole païen.

Ce qu'elle venait de vivre lui rappelait les nombreux cauchemars qu'elle avait faits après le drame… C'était similaire et en même temps très différent car, cette fois, elle ne dormait pas quand cela s'était produit. Et surtout elle savait aujourd'hui qu'il s'agissait d'un souvenir refoulé, pas d'un cauchemar.

⁂

D'un pas énergique, Dona Flores quitta la grande salle de réunion et se dirigea vers son bureau. Elle n'en pouvait plus de rester ici, maintenant il fallait qu'elle parte rapidement.

Son assistante lui tendit un document relié.

– Le compte rendu du sommet d'Oslo à signer avant que vous ne partiez et vous avez aussi reçu ceci… C'est arrivé d'Avignon cet après-midi.

Dona Flores reconnut l'écriture et interrogea son assistante du regard.

– On me l'a délivré en mains propres, personne ne l'a vu.

– Merci, Ève.

Une fois seule, elle perdit de sa superbe et s'assit derrière son imposant bureau. Un doux sourire apparut sur son visage.

Louis lui avait écrit une dernière lettre avant de mourir.

⁂

« Le trésor de Jean XXII – chefs-d'œuvre de l'art liturgique ». Estelle se tenait devant la grande affiche qui annonçait l'exposition que le palais des Papes inaugurait ce soir-là. Son cœur se serra quand elle dut, comme tous les autres invités, présenter son carton d'invitation afin de pouvoir entrer.

Elle ne savait même pas qui lui avait envoyé ce bristol. Brac, certainement, pour le plaisir de l'humilier en la faisant passer par les guichets « visiteurs ».

Elle le savait furieux. Lui qui voulait garder secrètes les découvertes avait été obligé d'organiser tout cela en catastrophe. Le palais était quotidiennement assailli de curieux prêts à tout ! On lui avait même parlé d'une pétition circulant sur le Net, l'accusant de faire de la rétention d'informations.

Estelle traversa la cour d'honneur, puis gravit quelques marches et arriva dans le musée de l'Œuvre où l'exposition avait été installée. Là s'entrechoquaient hauts murs de pierres brutes et vitrines en verre et acier. Le résultat était époustouflant. Tout le gratin d'Avignon et du monde des arts se pressait autour des vitrines pour admirer les objets découverts.

Estelle salua plusieurs personnes, puis alla se placer dans un coin de la salle, à l'écart. La curiosité l'avait poussée à venir, mais après son éviction du palais et la mort de son grand-père, elle n'avait pas trop envie de participer aux mondanités. Sur une petite estrade, engoncé dans sa veste de costume, Brac palabrait devant un micro. Estelle bâillait d'avance, rodée à ses discours bavards.

– C'est un grand honneur pour moi de pouvoir vous faire découvrir ce trésor avant son transfert au Vatican, son légitime propriétaire… Nous avions bien dans nos archives des traces de ces objets personnels de Jean XXII, mais nous pensions qu'ils avaient été disséminés à travers l'Europe…

Une main qui tenait une coupe de champagne apparut dans le champ de vision d'Estelle en même temps qu'une voix s'adressait à elle.

– Ça va peut-être vous aider à tenir…

Estelle mit un instant à reconnaître l'homme en costume cintré qui lui offrait un sourire ravageur. Celui-ci se penchait vers elle.

– Olivier Royal, je suis le chef de chantier de Périsse.

– Bien sûr ! D'ailleurs je n'ai pas eu le temps de vous remercier quand vous m'avez…

– Sauvagement plaquée au sol ? J'en garde un souvenir ému…

Estelle ne releva pas. Au fond de la salle, Brac terminait enfin son discours.

– … Avant de vous souhaiter une excellente soirée, je tiens à remercier personnellement David Périsse, l'homme sans qui ce trésor se cacherait toujours à quelques mètres de nous…

Estelle savait pertinemment que Brac omettrait de les citer Louis et elle. Mais sa gorge se serra tout de même. Louis n'aurait pas droit au moindre hommage dans ce palais auquel il avait consacré sa vie.

Sur l'estrade, David, habitué à ce genre de mondanités, maniait avec brio modestie et cabotinage. Il avait affiché une surprise de circonstance avant de tendre sa main à Brac et de s'emparer du micro. Estelle fut la seule à remarquer que les quelques regards qu'ils échangeaient étaient chargés de haine.

– Je vous remercie, monsieur le Conservateur, de m'avoir confié ce chantier. Il est vrai qu'une découverte de cette importance est toujours un moment formidablement riche en émotions…

– Il le fait bien, non ? glissa Olivier Royal, ironique, à l'oreille d'Estelle.

Estelle hocha la tête, étonnée de la pique, tandis que Périsse poursuivait son discours.

– … Émotion que je dois à Louis Esperanza, ancien gardien du palais et féru de chasse au trésor. Louis

Esperanza, tragiquement disparu il y a quelques jours et à qui je rends hommage ce soir…

David leva sa coupe de champagne, dans un silence de recueillement. Brac le foudroya du regard tandis qu'Estelle le remerciait d'un signe discret, les yeux embués. C'était tout David, ce discours : prisonnier de son personnage de baroudeur sans attache, il cachait le plus souvent ses véritables sentiments, qu'il n'assumait pas.

– … ainsi qu'à sa petite-fille, Estelle Esperanza, conservatrice adjointe du palais des Papes sans qui je n'aurais rien découvert.

Cette fois les applaudissements éclatèrent et vinrent prendre Estelle de court. Elle hésita un bref instant avant de lever gracieusement sa coupe en direction de l'archéologue.

Quand Estelle se retourna, elle découvrit qu'Olivier Royal n'était plus là. Elle balaya la salle du regard. Il avait purement et simplement disparu. La jeune femme ne voulait pas l'admettre, mais cet homme l'intriguait autant qu'il lui plaisait. Elle ne le connaissait pas, et pourtant… Pourtant il ne lui était pas étranger. Cette nouvelle intuition la troubla.

Elle avait finalement décidé de rester au cocktail. Pas question de laisser le champ libre à Brac. Pas question de le laisser saboter les relations de confiance qu'elle avait instaurées avec les personnalités influentes d'Avignon.

Elle s'arrêta net quand elle découvrit Henri en pleine discussion avec le conservateur. Elle ignorait que les deux hommes se connaissaient. Ainsi leur attitude familière, pour ne pas dire complice, la surprit.

Au bras d'Henri, Nadine, sa femme. Elle devait flirter avec la quarantaine, mais taisait son âge par politesse pour son mari, beaucoup plus âgé qu'elle. D'une rare beauté, blonde, racée, Nadine était l'incarnation parfaite de la grande bourgeoise bohème. Artiste peintre, elle se moquait de son mari et de son château, mais n'aurait pour rien au monde abandonné l'atelier de peinture qu'elle avait fait aménager au fond du parc du domaine. Son arrivée dans la vie d'Henri n'était pas passée inaperçue. Il faut dire qu'entre le collectionneur taciturne et cette femme pleine de vie, coquette et artiste à ses heures, le contraste était saisissant. Dix ans après, seule Odette émettait encore des réserves sur Nadine qu'elle n'avait jamais vraiment acceptée. La cohabitation se passait tant bien que mal, les deux femmes s'ignorant cordialement. Chacune avait délimité son territoire dans le domaine et son temps de présence auprès d'Henri qui était toujours resté en dehors de leurs différends.

Estelle se dirigea finalement vers Périsse et se glissa à ses côtés. Cabot, David se laissait féliciter pour sa découverte par un couple de notables, lui costume sombre et front dégarni, elle cardigan à boutons dorés et serre-tête en velours. Séduite par le côté aventurier de David, la femme ne le quittait pas des yeux.

– Ça doit être tellement passionnant comme métier… tous ces trésors !

– *C'est* passionnant !

« Il le fait bien… » Estelle sourit en repensant à Olivier Royal et à son ironie mordante. Sans même la regarder, David lui avait pris la main et la serrait maintenant dans la sienne. Estelle hésita à l'enlever, mais elle y trouva le réconfort dont elle avait besoin. Elle exerça à son tour une légère pression sur la main de David qui continuait à pérorer, abusant maintenant de phrases à double sens.

– Il a fallu que je me batte pour que ce trésor s'offre à moi et que je comprenne à quel point il était important…

Estelle fut touchée par ce qu'elle savait être une déclaration. Le notable, quant à lui, avait du mal à cacher qu'il était quelque peu largué et que la fascination de sa femme pour Périsse commençait à l'agacer au plus haut point.

– Maintenant, je vous prie de nous excuser. Une urgence, un nouveau trésor, qui sait ?

Et David entraîna Estelle par la main. Sans lui demander son avis, il la guida vers la sortie, saluant rapidement les gens qui auraient voulu leur parler.

– Tu m'as manqué, plus que tu ne le crois…

– Je t'ai trouvé très en forme ce soir, mais ne crois pas que ton petit jeu va marcher avec moi !

Dans la chambre aux fenêtres ouvertes, les rideaux voletant au vent, Estelle et David firent l'amour sauvagement, comme par instinct de survie. Comme s'ils ne s'étaient jamais quittés, leurs corps se trouvaient, se reconnaissaient. Tout se mélangea dans l'esprit d'Estelle, la douleur de la perte de Louis, la surprise de retrouver son amant, le plaisir des mains de David sur elle…

– Merci d'avoir rendu hommage à grand-père.

Estelle fit discrètement disparaître une larme qui coulait le long de sa joue. Allongé contre elle, fasciné par les courbes de son corps parfait, David semblait ne plus pouvoir s'arrêter de l'embrasser tendrement.

– C'est normal, c'est lui qui a découvert le trésor.

David bascula Estelle sur le dos. Son regard bleu océan se plongea dans celui de la jeune femme. Il savait qu'elle était la femme de sa vie.

– Tu t'es blessé à la main ?

– Accident de chantier, rien de grave…

David regarda sa main bandée et le visage haineux de Brac lui apparut un bref instant. Il le chassa de son esprit, se replongeant dans la contemplation d'Estelle.

– Tu es la seule femme au monde pour laquelle j'accepterais de changer de vie. Tu ne veux pas qu'on essaie à nouveau ?

– Si, bien sûr. Et dans deux jours tu croiseras une étudiante ou une stagiaire sur un chantier de fouilles…

Estelle avait retrouvé le sourire. Elle voulut quitter le lit, mais David la retint.

– Je suis sérieux, Estelle. Je me suis rendu compte à quel point tu comptais pour moi et… je t'aime, laisse-moi une chance.

Sa déclaration émut la jeune femme. Elle connaissait suffisamment David pour savoir à quel point ces mots lui coûtaient. Elle les avait souvent devinés, mais jamais entendus dans la bouche de son amant. Malheureusement il était trop tard pour eux. Elle le savait, et David aussi d'ailleurs.

Estelle posa sa main sur la joue de son amant et l'embrassa délicatement sur les lèvres.

– Je t'aime beaucoup, David. Mais…

Estelle n'eut pas besoin de terminer sa phrase. Tout avait été dit. Un bref instant Périsse ne put cacher sa profonde déception. Il se força à sourire, retrouva sa verve habituelle, mais le ton n'y était pas.

– Tu devrais réfléchir, tu sais, je suis un beau parti ! Avec moi, tu voyageras, tu sortiras enfin de ton palais, princesse. L'exotisme, l'aventure au quotidien…

Estelle disparut dans la salle de bains attenante à la chambre. Elle savait que David détestait montrer ses failles. Et, plus égoïstement, elle n'avait pas envie de les voir. Quoi qu'il se passe, David resterait son point faible, son premier amour.

Allongé sur le dos, les mains croisées derrière la nuque, David ne put s'empêcher de penser qu'il venait de passer à côté de la chance de sa vie. Celle de connaître enfin le bonheur d'une relation stable, d'un amour qui se construit dans le temps. Il devait bien reconnaître qu'arrivé à plus de quarante ans, il était fatigué de sa vie de séducteur. Il avait toujours autant de succès, voire plus même. Mais le plaisir n'était plus là. Il ne voulait pas l'admettre, mais il commençait à avoir peur de vieillir tout seul. De célibataire il sentait qu'il basculait parfois vers le vieux garçon. Idem pour sa liberté tant défendue, elle avait maintenant un avant-goût de solitude.

Son regard rencontra alors l'ordinateur portable d'Estelle, posé par terre à côté du lit. Ses atermoiements sentimentaux s'évanouirent quand ses recherches lui revinrent en tête. À nouveau le travail prenait le pas sur sa vie personnelle. C'était lui, il était comme ça. Et même s'il le regrettait parfois, comme cette nuit, il ne changerait pas.

Sur l'écran s'ouvrit une fenêtre demandant un mot de passe. « Estelle », « stella », « palais », « papes »... Il fallait faire vite s'il voulait...

– Tu vois, tu es incorrigible !

Enroulée dans une serviette, Estelle le regardait, partagée entre l'amusement et la déception.

– Ça n'a rien à voir, c'est pour le boulot. T'as rien sur les grilles de Cardano ?

– Si, mais ça dépend de quel genre de grille il s'agit… Tiens, j'ai fait un mémo sur celle-ci.

Estelle fit apparaître sur l'écran de son ordinateur une grille de Cardano. Il s'agissait d'un objet d'orfèvrerie qui ressemblait à une dentelle d'or et qui servait à coder des messages secrets. Le principe en était très simple. Il suffisait d'appliquer la grille sur le texte adéquat. Certaines lettres apparaissaient alors au gré des espaces libres de la dentelle. Les lettres mises bout à bout délivraient le message que l'on avait voulu garder secret.

– Pourquoi tu en as besoin ?

– En fait, j'en ai un peu emprunté une…

– Pas dans le trésor quand même ? David !

Le regard de Périsse luisait maintenant de la fièvre du chercheur sur une piste fraîche. Il se fit tentateur.

– Elle mène forcément quelque part, tu ne crois pas ?

– À la Prophétie de Jean XXII ? Quand je pense que tu traitais mon grand-père d'illuminé…

– Et je le pensais ! Moi, le trésor dont je veux parler c'est celui des Templiers !

Estelle éclata d'un rire nerveux. L'ironie de la situation était trop grande.

– Le trésor des Templiers, rien que ça ! Tu sais combien d'allumés y ont laissé la raison ?

– Ce que je sais, c'est qu'on est sur la piste d'une découverte énorme…

Par réflexe, David porta la main à sa blessure. Brac se rappelait soudain à son bon souvenir. « J'ai intérêt à faire vite », pensa-t-il.

– Cette grille appartient au Vatican, David, son seul et unique propriétaire !

Périsse ne répondit rien.

– David, tu dois rendre cette grille, tu m'écoutes ?

– C'est quoi, ce pendentif, cette étoile que tu portes autour du cou ?

– C'était à mon grand-père, Stella, l'étoile, tu te souviens ?

David ne répondit pas, il était parti chercher le programme de l'exposition du palais. Il connaissait cette étoile, il l'avait déjà vue, il en était sûr. Et ce n'était pas autour du cou du vieux gardien du palais mais…

– Tiens, regarde, là, la châsse du trésor, elle porte une étoile ciselée sur un de ses côtés. La même que la tienne !

Gagnée par la fébrilité de Périsse, Estelle lui avait déjà arraché le catalogue des mains, inspectant la photo.

– Tu es sûr ?

Malheureusement, l'angle de la prise de vue ne permettait pas de voir nettement l'étoile dont parlait David, mais un échange de regards leur suffit à se décider.

⁂

Le palais était désert à cette heure de la nuit. Seul un gardien faisait sa ronde, que David et Estelle évitèrent aisément, connaissant les lieux comme leur poche. Grâce à son badge, Périsse ouvrit devant eux chacune des portes, y compris celle de la salle d'exposition.

– Je ne te demande pas comment ton badge donne accès à la salle d'expo…

Périsse adressa à Estelle un sourire complice et lui vola un baiser. Tous deux ressentaient le délicieux frisson de la découverte, celui qui les avait poussés à choisir leurs métiers respectifs.

Quand ils débouchèrent enfin dans la salle, ils découvrirent soudain une silhouette fantomatique tout de noir vêtue qui était en train de s'emparer de la châsse et de la glisser dans un gros sac en bandoulière sans que le système d'alarme se soit déclenché.

Pour donner l'alerte, Estelle n'hésita pas un instant : elle s'arc-bouta et fit basculer une autre vitrine. La lourde masse de verre vint se fracasser à terre. Aussitôt les sirènes se mirent à hurler dans tout le palais. L'intrus, lui, prenait la fuite avec son butin…

– Il a la châsse, David, il part avec la châsse !

– Estelle, non ! C'est trop dangereux !

Mais Estelle s'était déjà élancée à la poursuite du voleur. David allait la rattraper quand elle disparut dans une des salles adjacentes, plongée dans l'obscurité. Brutalement arrêtée dans sa course, Estelle se retrouva prisonnière des bras puissants du fuyard. L'étau se resserra si vite et si fort qu'il lui coupa la respiration. L'homme possédait une force surnaturelle et semblait prêt à tout pour mener à bien sa mission.

Heureusement pour Estelle, David arriva quelques instants plus tard et se jeta littéralement sur celui qui lui broyait la poitrine. L'homme fut obligé de lâcher la jeune femme qu'il envoya bouler quelques mètres plus loin tandis qu'il décochait un coup de poing à David qui s'écroula, les mains sur le ventre.

Ses deux poursuivants à terre, l'homme reprit sa course. Estelle se releva aussitôt et se précipita vers David, qui gisait à terre, recroquevillé.

– T'inquiète ! Ça va aller, réussit à articuler David malgré la douleur qui déformait son visage.

Estelle repartit alors sur les traces du voleur. Celui-ci était déjà sur la loggia qui surplombait la cour d'honneur. Grâce à sa connaissance du palais, Estelle réussit à le rejoindre en empruntant le chemin de garde.

Elle parvint à lui couper la route, l'obligeant à s'engouffrer dans un escalier escarpé qui le mena en haut de la tour Saint-Laurent… où il se retrouva pris au piège entre le vide et Estelle qui débouchait à son tour de l'escalier.

– Arrêtez. Il n'y a pas d'issue !

Elle découvrit alors la châsse, à terre, entre elle et l'homme cagoulé dont elle ne devinait que le regard. Un regard noir profond qui la fixait sans ciller.

– Qui êtes-vous ? Que cherchez-vous ?

– *In girum imus nocte et consumimur igni… In girum imus nocte et consumimur igni…*

Estelle sentit ses esprits s'embrumer, comme si la mélopée l'enveloppait tout entière. Les yeux de l'homme ne la quittaient toujours pas.

Tous deux s'observèrent un long moment jusqu'à ce que les gardiens s'engouffrent à leur tour dans l'escalier. Alerté par le bruit, l'homme recula jusqu'à avoir les talons dans le vide. Derrière lui, Estelle le savait, se trouvait un à-pic de trente mètres.

Sans la quitter des yeux, l'homme en noir croisa ses bras sur sa poitrine et se laissa basculer de tout son long en arrière. Estelle se pencha en hurlant vers le précipice, mais le voleur s'était volatilisé. Aucune trace de corps gisant au bas du rempart, aucune possibilité pourtant de s'être accroché à quelque chose. Il avait purement et simplement disparu.

L'arrivée des gardiens ramena Estelle sur terre. Tandis qu'ils scrutaient à leur tour le vide abyssal, la jeune femme ramassa la châsse. Elle s'aperçut qu'effectivement un des côtés présentait une étoile identique à celle du pendentif de Louis, mais aussi qu'un double fond s'était ouvert dans sa chute. Dedans était dissimulé un sceau d'or. Poussée par un instinct plus fort que sa volonté, Estelle le glissa dans sa poche.

– Il a sauté. Heureusement, j'ai pu récupérer ce qu'il avait volé…

Lucien, l'ami de Louis, vint la rejoindre, inquiet et perplexe.

– Ça va, mademoiselle Estelle, il vous a pas fait de mal ? Vous êtes sûre qu'il a sauté ? Comme ça, dans le vide ?

Estelle ne sut quoi répondre. Elle n'avait aucune explication rationnelle à la disparition du mystérieux voleur.

Enfermée avec David Périsse dans l'Algeco qui lui servait de bureau, Estelle examinait le sceau papal. Il comportait deux parties métalliques encastrées l'une dans l'autre, à la façon des pièces d'euro cerclées.

Fébrile, David ne la quittait pas du regard. Brac n'allait pas tarder à débarquer, il le savait.

– Bon, ça donne quoi, tu trouves quelque chose ?

– J'ai déjà vu ce genre de sceau dans la réserve du musée du Vatican. Il sert en fait à cacher…

À cet instant précis Estelle réussit à désolidariser les deux pièces de métal.

– … un message que l'on veut garder secret.

Fasciné, David découvrit sur la tranche intérieure mise à nu des symboles gravés en relief. Sans attendre, Estelle trempa la tranche dans de l'encre et la fit rouler sur une feuille blanche. Un message en lettres gothiques apparut.

Le gentilhomme en Sainte-Mère grimé,
De la Prophétie d'Avignon a gravé la clé.

Estelle en eut le souffle coupé.

– David, la Prophétie ! C'est la première fois qu'on trouve une allusion directe à la Prophétie dans un document pontifical !

– Laisse-moi voir, il y a peut-être autre chose.

Mais David n'eut pas le temps d'étudier le sceau. Quelqu'un essayait avec violence d'ouvrir la porte de l'Algeco. La voix sèche qui ordonna à David de lui ouvrir confirma ses craintes. Brac !

Vite, il fit signe à Estelle de ne pas prononcer un mot. Il ne pouvait rien lui dire, mais il savait que si le conservateur la découvrait là, elle risquait beaucoup plus qu'une sanction administrative de plus.

– Ouvrez immédiatement, c'est un ordre ! hurla Brac, fou furieux.

Il s'acharnait maintenant sur la porte métallique, au point que les gonds commencèrent à travailler. à peine eut-il enfoncé la porte qu'il poussa violemment David à l'intérieur. En même temps qu'il s'adressait à l'archéologue, son regard scrutait la pièce, inquisiteur.

– Aucune trace d'un cambrioleur, lâcha-t-il. Quant à la châsse, on me l'a remise, mais vide.

Périsse feignit de ne pas comprendre. Brac s'approcha de lui et le fixa de son regard froid.

– N'oubliez pas pour qui vous travaillez, Périsse. Sinon, mon prochain avertissement sera bien plus douloureux que le premier !

Machinalement, Périsse protégea sa main blessée. Dissimulée sous le bureau métallique, recroquevillée derrière un bloc de tiroirs sur roulettes, Estelle sentit sa gorge se nouer. Elle venait de comprendre d'où venait la blessure à la main de David et devina sa peur. Brac était l'un des leurs, elle le savait maintenant. Un Frère de Judas !

Sous le regard menaçant de Brac, David céda. Il lui tendit le sceau papal reconstitué.

– J'allais vous l'apporter. Je n'ai pas pu résister à la tentation d'y jeter un coup d'œil, mais je n'ai rien trouvé d'intéressant…

David se dirigea vers la porte de l'Algeco, priant pour que Brac le suive. Celui-ci scanna une dernière fois la pièce, s'approcha du bureau. Estelle retint son souffle. Elle ne donnait pas cher de sa peau s'il la découvrait.

La jeune femme resta cachée là de longues minutes après que la porte se fut refermée. Elle avait redécouvert la peur, une peur qu'elle n'avait plus ressentie depuis la nuit, cette maudite nuit…

La nuit était toujours aussi profonde quand Brac s'engagea sur le pont Saint-Benezet. Il avait le sceau. Il allait enfin être récompensé, reconnu à sa juste valeur. En s'approchant de la chapelle supérieure, il se mit à siffloter. *Sur le pont d'Avignon…*

Une silhouette massive se détacha de l'ombre et s'approcha de lui. Une fois à sa hauteur, l'homme cagoulé se contenta de tendre sa main gantée de noir. Brac y déposa le sceau. Avec une agilité hors norme, son interlocuteur désolidarisa les deux parties métalliques. Il retira ensuite ses gants, découvrant de fines mains soignées, aux ongles manucurés. Faisant fi de la douleur physique, il s'entailla la paume et trempa le sceau dans son sang.

Mais quand il le fit rouler sur la paume de son autre main, seule une ligne accidentée apparut. Les symboles qui auraient dû se trouver là avaient disparu. Quelqu'un les avait effacés !

Lorsqu'il croisa le regard sans appel de l'homme, Brac sentit son cœur s'emballer. Il chercha un moyen de justifier cet échec, repensa à tout ce qu'il avait accompli pour l'Ordre sans jamais rien demander en retour.

Le goût du sang dans sa bouche le surprit. Tournant la tête, il aperçut le voleur du palais qui se tenait tout contre lui. Il sentit la dague avancer d'un centimètre de plus dans son poumon droit. La mort ne serait pas instantanée, il le savait. Et pour cause, c'était lui, Brac, qui avait formé cette jeune recrue. C'était son poulain, celui à qui il avait tout appris.

La douleur envahissait Brac au point qu'il n'arrivait plus à reprendre sa respiration. Il suffoquait sans toutefois perdre connaissance. C'était le principe même de cette mise à mort destinée à ceux qui avait failli à leur mission.

Le regard du bourreau confirma à Brac qu'il avait fait du bon travail : son élève ne connaissait pas la pitié. Une grimace commença à déformer le visage du conservateur. La même que celle qui avait valu au jeune gardien ce surnom, « le Munch ».

⁂

Un soleil éclatant écrasait de lumière le petit cimetière de campagne qui accueillait les obsèques de Louis. Devant le cercueil, Sandra jouait l'*Adagio* de Barber. L'émotion était à son comble tandis que la musique envoûtante s'échappait de son violon.

La gorge nouée, Estelle prit la main de son père. Même s'il tentait de cacher son chagrin, Jean répondit à son étreinte. Encadrée de Julien et d'Henri, Odette semblait étrangère à la cérémonie. Elle n'arrivait pas à croire que Louis était parti pour de bon, après tout ce qu'ils avaient traversé ensemble ! Les guerres, les joies, les drames. Ils s'étaient épaulés leur vie durant, chacun remplaçant le conjoint absent de l'autre.

Les Esperanza vinrent l'un après l'autre poser une rose blanche sur le cercueil. Quand ce fut le tour d'Estelle, elle hésita un instant, se figeant devant ce caisson de bois qui renfermait une partie de sa vie. Elle repensa au message qu'elle avait découvert dans le sceau papal et s'excusa en silence auprès de Louis pour toutes les fois où elle ne l'avait pas cru. Elle savait maintenant qu'il était loin du « vieux fou » que Jean avait si souvent accusé d'avoir détruit leur famille.

C'est alors qu'elle la vit. La petite fille à la robe rouge. Les yeux rougis, elle était assise sur le rebord d'une tombe proche. Elle aussi assistait à l'enterrement et elle aussi pleurait la disparition de Louis.

Estelle déposa sa rose et se dirigea vers la fillette. Enfin elle allait savoir, elle allait comprendre. Mais quand elle arriva à sa hauteur, la petite fille avait cette fois encore disparu.

Le trouble d'Estelle grandit encore quand elle découvrit la tombe désertée. C'était celle de Joyce Esperanza, sa mère disparue l'année de ses cinq ans.

Perturbée, perdue, elle ne put cette fois retenir ses larmes…

– Je suis là, lui souffla soudain Jean, l'entourant de ses bras.

– Tu l'as vue, la petite fille ?

– De qui tu parles, ma chérie ?

Estelle secoua la tête avec un sourire triste. Elle éluda, se contentant de désigner la tombe de Joyce du regard.

– Elle me manque tellement. J'aimerais qu'elle soit là, qu'elle me prenne dans ses bras et qu'elle me console, qu'elle me berce, comme elle le faisait quand j'étais petite.

– Elle t'aimait si fort, tu étais sa vie.

Estelle se blottit contre son père. Elle aurait voulu ne plus bouger, redevenir une enfant et retrouver une vie faite de bonheurs simples.

Ce fut Julien qui le premier remarqua la présence des flics sur le parking du cimetière. Il était avec Nadine, qui le consolait tendrement. Comme s'il savait ce qui allait se passer, il s'arrêta et attendit l'arrivée d'Estelle, prêt à la défendre.

– Mademoiselle Esperanza ? Savez-vous où est le professeur Brac actuellement ?

Abrupte comme à son habitude, le commissaire Renard était allée droit au but, ne s'embarrassant ni de la situation, ni des gens qui l'entouraient.

– Absolument pas. Pourquoi, je devrais ?

Renard s'approcha, affichant une moue interrogative, observant la réaction d'Estelle qui commençait à perdre son sang-froid. Julien s'interposa, décidé à escorter Estelle jusqu'à sa voiture.

– Écoutez, on vient d'enterrer notre grand-père, alors vos devinettes à la con…

– Il est à la morgue. On l'a retrouvé mort. Assassiné lui aussi. Quand l'avez-vous vu pour la dernière fois, mademoiselle Esperanza ?

Estelle hésita, repensant au sceau dérobé, à l'arrivée de Brac dans l'Algeco où elle avait dû se cacher. Mais le regard accusateur de Renard lui conseilla de se protéger, quitte à mentir.

– Je ne sais plus exactement. Si, à l'inauguration de la nouvelle exposition du palais.

Renard acquiesça, sans paraître la croire aucunement. Elle lui demanda de la suivre. Seule.

Dona Flores fit signe au chauffeur de l'attendre là. Elle voulait être seule.

La tombe de Louis était maintenant déserte, ainsi que le cimetière. Dona Flores s'approcha et se recueillit en silence. Elle avait toujours su qu'un jour elle viendrait prier sur la tombe de Louis. Cela faisait partie des événements auxquels on se refuse de penser, mais dont on sait qu'ils arriveront.

Ils avaient tant partagé tous les deux. Ils avaient tant de secrets en commun et de secrets l'un pour l'autre. Une vie n'avait pas suffi. Et pourtant, quelle vie ils avaient eue !

⁂

Dans le décor rutilant et médicalisé de la morgue high-tech du CHU d'Avignon, Estelle n'arrivait pas à détacher ses yeux du visage de Brac. Ce qui la stupéfiait c'était la grimace qui déformait son visage. Une grimace qui évoquait une telle souffrance…

– Comment est-il mort ?

Renard ne répondit pas. Elle se contenta de faire signe à un infirmier qui bascula le corps sur le côté gauche. Estelle découvrit alors que Brac portait une étrange cicatrice sur l'omoplate droite.

– Qu'est-ce que c'est ? C'est comme si on l'avait…

– Marqué au fer rouge, et cela remonte à des années. Mademoiselle Esperanza ?

Estelle s'était approchée, le regard braqué sur la scarification : un J gothique identique à celui qu'elle avait découvert aux archives du palais. À nouveau, des cris envahirent son esprit, à nouveau elle se retrouva devant un mur de flammes.

– Non !

Terrorisée, Estelle porta ses mains à ses oreilles et s'affaissa, obligeant Renard à la rattraper avant qu'elle ne tombe à terre.

– Oh oh, restez avec nous ! Vite, aidez-moi, vous, là, la blouse blanche !

Livide, Estelle se passa de l'eau sur le visage. Elle s'observa longuement dans la glace, comme si elle se découvrait pour la première fois. Puis, prenant son courage à deux mains, elle mit à nu son omoplate droite et la regarda dans la glace. Marquée par une cicatrice ancienne, la peau était blanchie sur une surface de quelques centimètres carrés.

Elle ne comprenait pas. Elle ne comprenait plus. Ce J omniprésent, l'existence de ces Frères de Judas, ces morts. Qui pouvait faire ça et pourquoi ? Est-ce qu'une légende comme la Prophétie pouvait se transformer en cauchemar au point que des hommes et des femmes meurent de façon si violente ?

Estelle eut juste le temps de remettre sa chemise avant que Renard débarque, un verre d'eau à la main.

– Dites donc, vous n'en faites pas des tonnes pour une cicatrice qui remonte à perpet' ? à moins que vous connaissiez ce J…

Estelle secoua négativement la tête.

Mais Renard n'était pas décidée à la laisser s'en tirer ainsi. Elle sentait qu'Estelle Esperanza ne jouait pas franc-jeu avec elle.

– J comme Judas, et Judas comme Frères de Judas, non ?

– Peut-être. Je ne sais pas.

Excédée, Renard bloqua la porte des sanitaires, empêchant Estelle de sortir.

– Bon, alors on va aller droit au but ! J'ai trois machab' qui gravitent autour de vous. Une gamine assassinée à quelques mètres de vous par un poignard ancien marqué d'un J gothique, J gothique que je retrouve gravé dans la chair du conservateur Brac qui venait de vous virer. Et pour finir, d'invisibles Frères de Judas, encore un J, corrigez-moi si je me trompe, qui ont tué votre grand-père. Et on vous retrouve une fois de plus à quelques mètres de la victime ! Je fais quoi, moi, avec tout ça ?

– Votre boulot de flic : vous retrouvez le meurtrier.

– Ou *la* meurtrière. Ne sous-estimons pas notre sexe.

– Vous me soupçonnez ?

– Pourquoi, je devrais ?

Estelle se dirigea à nouveau vers la porte. Cette fois Renard la laissa partir. Son instinct de flic lui dicta de ne pas la mettre en garde à vue, du moins pas tout de suite.

⁂

Périsse venait d'apprendre la mort de Brac par ses gars. Cette fois c'était décidé, il se barrait loin très loin d'ici. Après tout c'était Brac qui l'avait embauché, et maintenant Brac n'était plus. Il attrapa sa vieille sacoche en cuir qui le suivait partout et commença à ramasser ses affaires.

Périsse prit conscience de sa nervosité quand la sonnerie de son téléphone portable lui fit faire un bond en arrière. Il ne connaissait pas la voix, mais sut instantanément à qui il avait affaire. Des perles de sueur apparurent sur son front. Brac n'était que l'un d'entre eux. Et il travaillait pour eux, pas pour le conservateur.

– Puisque je vous dis que j'avance ! Mais il me faut du temps, un peu plus de temps. Quoi, pourquoi vous me demandez ça ? Oui, je l'ai avec moi. Allô ? Allô ?

Pourquoi diable son interlocuteur lui avait-il parlé de sa veste en cuir ? Interloqué, David s'en saisit et s'apprêtait à mettre la main dans la poche du vêtement quand un pressentiment l'arrêta.

Avec précaution, il soupesa le côté droit de sa veste. La poche contenait un objet lourd qui déséquilibrait le vêtement. Blême, il en sortit un poignard en forme de J gothique. Dans un réflexe, il le laissa tomber sur le sol.

– Putain ! Allez vous faire foutre !

Le poignard était plein de sang. Celui de Brac, sûrement !

David savait que, quoi qu'il fît, il ne leur échapperait pas. Sa seule chance était de leur fournir ce qu'ils voulaient.

Pour ça, il fallait repartir en chasse.

IV

Assis au volant de sa voiture, David regardait Elsa. Installée devant son atelier-boutique, celle-ci retapissait un petit canapé de style Louis XV avec un tissu contemporain. Les rayures bayadères redonnaient une nouvelle vie à l'armature ancienne et fatiguée.

Des rumeurs circulaient à propos de la jeune antiquaire, des rumeurs selon lesquelles elle servirait d'intermédiaire à des collectionneurs prêts à tout pour obtenir l'objet convoité. « Comme ce bon vieux Henri Esperanza… », pensa David qui avait surpris une fois l'oncle d'Estelle glissant une liasse de billets dans le sac d'Elsa. La dernière rumeur, celle qui avait poussé David à venir jusqu'à l'atelier, concernait un sceau en forme de J gothique. Était-ce le début d'un lien avec ce que Périsse recherchait ? Seule Elsa était en mesure de le lui indiquer…

Quand elle vit David qui s'avançait vers elle, un instant Elsa se prit à imaginer qu'il venait pour elle, juste comme ça, pour le plaisir de la voir. Mais elle n'était pas naïve et savait qu'elle n'avait jamais intéressé le séduisant archéologue, sinon en tant que meilleure amie d'Estelle.

Inscrite aux cours de David Périsse, Elsa avait été témoin du coup de foudre entre le professeur et l'élève la plus brillante de sa promotion. Elle savait combien son amie avait résisté avant de succomber au charme de celui qu'elles appelaient alors « monsieur Périsse ». Elle s'était même retrouvée à devoir mentir pour eux ; une relation entre prof et élève aurait pu porter hautement préjudice à l'un et à l'autre.

Ensuite Elsa en avait voulu à Estelle de laisser peu à peu tomber David. Elle lui en avait voulu car elle-même avait craqué pour lui et adorait le croiser dans le loft au détour d'un café matinal ou d'un apéro improvisé. C'était bien Elsa, ça : jalouse d'Estelle et furieuse quand celle-ci ne vivait plus ce qu'elle aurait aimé vivre !

Elsa s'arrêta dans ses réflexions, baissa le volume de sa chaîne hi-fi et offrit à David son plus charmant sourire.

– Je ne peux plus vivre sans musique depuis que je suis toute seule. C'est peut-être normal, hein, mais je ne sais pas ce que j'ai, je ne supporte plus le silence en fait. Mais ça va mieux ! Tu sais, je vais même voir un psy depuis quelque temps.

– C'est bien. Si ça t'aide…

Périsse s'était efforcé de mettre le maximum de conviction dans sa réponse, feignant d'être intéressé par la vie privée d'Elsa Monnier.

– Tu veux un café ? De toute façon, j'allais m'en faire un… Alors, et toi, c'est le grand retour dans la vie d'Estelle ?

Périsse fit une moue complice, qu'il voulait le plus ambiguë possible.

– Je pensais te voir à l'enterrement de Louis… Et je n'étais pas la seule.

– C'est compliqué. Écoute, j'ai entendu dire que tu avais mis en vente un fer à marquer en forme de J gothique il y a quelques semaines…

– Ah ! C'est pour ça que t'es là ?

La déception d'Elsa se lut sur son visage. Son regard radieux se brouilla pour laisser place à son air des mauvais jours. « Aïe », se dit David qui tenta aussitôt de rectifier le tir.

– Non, pas du tout, enfin pas que... D'ailleurs, je veux bien un café si tu en fais pour toi.

Elsa retrouva le sourire. De toute façon, elle n'allait pas lui laisser le choix. Elle était trop contente qu'il soit venu la voir. Pour une fois qu'elle pouvait profiter de sa présence sans Estelle !

– Ce fer à marquer, c'est toute une histoire ! C'est Henri Esperanza qui l'a acheté aux enchères, et le vendeur, c'est un jeune mec zarbi qui ne voulait pas que son nom apparaisse. Moi, j'ai juste fait l'intermédiaire entre lui et le commissaire-priseur.

– Et ce vendeur, t'as pas noté ses coordonnées dans ton registre, par hasard ?

– Je t'apporte ça avec le café. Mais ça reste entre nous, hein ? Assieds-toi, j'en ai pour deux secondes.

Elsa disparut dans l'atelier, laissant David agacé de s'être laissé piéger. Celui-ci regarda machinalement son téléphone portable, vérifiant l'heure et d'éventuels appels manqués. Rien. Si au moins la piste Elsa pouvait le mener quelque part !

⁂

En ce jour de deuil, la famille Esperanza au complet s'était réunie chez Nadine et Henri. Odette avait tenu à tout organiser elle-même, comme pour rendre un dernier hommage à son regretté frère. Sur la terrasse qui surplombait le domaine et offrait une vue spectaculaire sur Avignon, chacun vivait ce moment à sa manière, certains perdus dans leurs pensées, d'autres maladivement actifs comme Odette, tablier noué autour de la taille, qui s'inquiétait de ce que personne ne manque de rien.

Sandra s'approcha de la vieille dame et lui prit avec une douce autorité le plateau qu'elle s'apprêtait à faire circuler parmi les convives.

– Laissez, Odette, je vais m'en occuper. Reposez-vous.

– Je ne peux pas. Si j'arrête, je pense, et si je pense, je pleure. Après tout ce qu'on a traversé, Louis et moi… Tu le sais toi, hein, ma Sandra ?

La femme de Jean acquiesça, bouleversée de voir celle qu'elle considérait comme sa grand-mère si profondément affectée. Elle aurait tant voulu l'aider, la réconforter. Sachant qu'aucun mot n'aiderait Odette, Sandra l'entraîna dans la cuisine.

– Je crois qu'on est à court de croquets… Vous pensez pouvoir en faire d'autres ?

Appuyée lascivement contre la rambarde de la terrasse, Nadine regardait les deux femmes s'éloigner, et soupira d'agacement.

– Même aujourd'hui il faut que ta mère fasse la bonniche. Ça la fout bien devant la diva, je te jure ! lança-t-elle à Henri.

– Et toi, même aujourd'hui tu dois être garce ?

Nadine sursauta, surprise du ton employé par son mari. Leurs rapports étaient pourtant bons ces temps-ci. Chacun semblait avoir enfin trouvé ses marques, laissant à l'autre la liberté promise. Se doutait-il de ce qu'elle essayait de lui cacher en déployant une énergie considérable ? Non, Henri ne pouvait pas avoir le moindre soupçon…

– Ne recommence pas, Estelle, pas aujourd'hui, s'il te plaît…

Jean avait tout fait pour éviter de se retrouver en tête à tête avec sa fille car il savait qu'elle allait lui reparler de Louis, de la Prophétie, et ça, il ne le voulait surtout pas. Pas maintenant, après tout ce qu'il venait de traverser.

L'enterrement, d'abord, auquel il avait assisté comme emporté dans un mauvais rêve. L'arrivée du cercueil, cette boîte de bois dans laquelle reposait son père. Il se souvenait juste qu'il l'avait trouvé petit. Plus petit qu'il l'aurait imaginé.

Et puis cette femme, ce commissaire venu annoncer une nouvelle mort. Une mort suspecte. Celle d'un homme que détestait son père et qu'Estelle s'était mise elle aussi à haïr. Jean s'était rendu à la morgue, située dans l'hôpital où il travaillait. Il avait attendu de pouvoir se retrouver seul avec le cadavre et avait ausculté son omoplate droite. Le J gothique était bien là où il s'attendait à le trouver. Sur la planche en ferraille, c'était Brac. Sa haine envers lui fut soudain si forte que Jean l'avait frappé au visage de toutes ses forces. Les chairs flasques et sans vie s'étaient contentées de ballotter mollement tandis que la tête s'était affaissée sur le côté. Jean était demeuré seul face à sa colère.

– Papa, écoute-moi, au moins, je ne t'ai pas tout dit ! Tiens, regarde…

Jean s'arrêta et fit face à Estelle. Elle ne le laisserait pas tranquille, il le savait. Il devait tenir, donner le change, il ne fallait pas qu'elle se doute de quoi que ce soit.

Estelle tendit à son père le morceau de papier sur lequel était inscrit le message tiré du sceau papal. Jean plissa les yeux.

– « Le gentilhomme en Sainte Mère grimé, de la Prophétie d'Avignon a gravé la clé. » C'est quoi au juste ? s'étonna-t-il. C'est censé me parler ?

– C'est une énigme. Elle était cachée dans le trésor de Jean XXII qu'on a découvert avec grand-père. C'est peut-être la preuve que la Prophétie existe !

Jean soupira, lui rendant le papier, prêt à s'éloigner. Mais comme il s'y attendait, Estelle ne le laissa pas s'en tirer à si bon compte.

– Et grand-père ? Et Nadège ? Pourquoi on les a tués ? Brac aussi, on l'a tué. Lui en plus il avait un J gothique marqué au fer rouge sur l'épaule ! Le J des Frères de Judas, j'en ai eu la confirmation aux archives ! C'est normal, tu trouves ?

– Je ne sais pas !

Jean ne laissa rien transparaître. Même quand Estelle se planta devant lui et lui désigna son omoplate droite.

– J'ai quasiment la même cicatrice, au même endroit !

– Quoi ? Mais ne confonds pas tout ! Ta cicatrice, tu sais très bien d'où elle vient.

– Je sais uniquement ce que tu m'as raconté !

Jean retroussa alors avec violence les manches de sa chemise et sur ses deux avant-bras apparurent des cicatrices de brûlures.

– Tu as été brûlée dans l'incendie quand une poutre est tombée sur nous. Je te serrais dans mes bras pour échapper au brasier !

– Je ne me souviens pas…

– Tu n'avais que cinq ans.

– Je ne me souviens pas de maman non plus…

Devant la détresse d'Estelle, qui semblait soudain si fragile, Jean se radoucit.

– Elle a juste eu le temps de te confier à moi avant de disparaître dans les flammes.

Ému à son tour, il prit sa fille par les épaules et la serra contre lui avec tendresse.

– Allez, viens, oublie toutes ces histoires, allons rejoindre les autres.

Estelle se dégagea lentement mais fermement.

– Pourquoi tu refuses à ce point de parler de la Prophétie ?

– Parce que je n'y crois pas, parce que je n'y ai jamais cru ! Mon père a passé sa vie à se ridiculiser avec ses histoires de vieux fou. Ah çà, il en a toujours eu, du temps, pour ses conneries ! Mais sa famille…

– Même aujourd'hui tu lui en veux ?

– Et comment ! Tu la veux la vérité sur ton grand-père adoré ? Il a laissé mourir sa femme de chagrin, et ensuite il a carrément oublié l'existence de son fils ! La voilà, la vérité ! Voilà qui était Louis Esperanza, le vrai, celui que tu admires tant ! Un vieil égoïste !

En proie à une colère froide, Jean s'éloigna, laissant Estelle perdue. Elle savait qu'en poussant son père dans ses retranchements, elle allait le faire réagir. Mais elle ne s'attendait pas à cet aveu si douloureux et si sincère. Maintenant elle s'en voulait.

En plus, Jean avait réussi à semer le doute dans son esprit.

Nadine raccompagna le premier adjoint au maire et son épouse. Ces derniers ne connaissaient pas Louis, mais eu égard à Jean et à Henri Esperanza, ils étaient venus soutenir la famille dans cette épreuve. Nadine avait été aussi parfaite qu'eux, à enfiler les clichés comme des perles, affichant un air de circonstance. Elle n'avait jamais aimé Louis, et il le lui avait toujours bien rendu d'ailleurs. Lui et Odette représentaient tout ce qu'elle détestait avec leur côté « gens de peu » mais si « courageux face à l'adversité ». Gens de peu qui vivaient depuis bien longtemps aux frais de leurs enfants, devenus parvenus. Toute cette hypocrisie fatiguait Nadine.

Elle s'attendait à trouver Odette à la cuisine. C'était en fait la seule pièce où la vieille dame se sentait vraiment chez elle. « Comme quand elle était bonniche », ne put s'empêcher de penser Nadine, qui la supportait de moins en moins au quotidien.

Mais ce fut Julien que Nadine trouva quand elle arriva dans la grande pièce lumineuse aux carreaux de faïence jaune d'or. Julien, les jambes croisées, appuyé contre le piano de cuisson. Attendrie par le regard triste qu'il lui lançait, Nadine vint le prendre dans ses bras et le serra contre elle. Il sentait bon, sa peau était si douce, comme encore imprégnée d'enfance.

Julien nicha son menton dans le creux de son omoplate et laissa couler une larme. Nadine ne bougeait pas, elle l'entourait seulement de sa présence.

– Je te trouve très courageux…

Julien releva la tête, étonné du ton maternel qu'elle employait quand il remarqua la présence d'Henri, qui lui souriait, insondable.

– C'est vrai que tu es courageux, Julien… Ton père te cherche. Et moi, je cherchais ma femme. Et je vous ai trouvés, tous les deux…

Henri prit Nadine par les épaules et l'entraîna avec lui vers le jardin, laissant Julien sur le qui-vive.

⁂

Un papier à la main, Périsse conduisait lentement, cherchant une adresse : le 37, rue des Lavandiers. Sous ses yeux, les numéros défilaient. 33, un vieil immeuble limite insalubre. 35, idem. 39…

– 39 ? C'est quoi ce délire ?

La voiture de David recula brusquement et pila devant un terrain vague.

– C'est quoi ce délire, bordel de merde ?

Elsa avait forcément fait une erreur en lui donnant cette adresse !

Fébrile, David descendit de la voiture et arpenta le terrain, plus pour se calmer que dans l'espoir de trouver quelque chose. À nouveau, c'était l'impasse. À nouveau, il ne savait plus où ni quoi chercher.

Quand son téléphone se mit à vibrer, David était tellement nerveux qu'il fit un bond de côté, allant s'écorcher dans des ronces. Il dégagea son bras d'un coup sec, s'égratignant la main au passage. Puis, machinalement, il porta sa main blessée à sa bouche. Le goût métallique du sang lui provoqua un haut-le-cœur. Comme s'il avait soudain le pressentiment de sa mort prochaine. Il en oublia son téléphone portable et se dirigea, hagard, vers sa voiture.

Il était condamné, il le savait.

– David, c'est Estelle. Bon allez, rappelle-moi quand tu as ce message, s'il te plaît, je veux te parler de quelque chose d'important. Je t'embrasse.

La nuit était tombée. Enveloppée dans un plaid, Estelle s'était installée sur une chaise longue du jardin. Elle s'inquiétait pour David. D'abord son absence à l'enterrement de Louis. Puis ce silence, malgré les nombreux messages qu'elle lui avait laissés.

Plongée dans ses pensées, elle n'avait pas vu Odette, venue se glisser à côté d'elle et qui lui prit la main affectueusement.

– Louis a été tué par les Frères de Judas.

Estelle se tourna vers sa grand-tante, choquée par sa déclaration pour le moins inattendue.

– Tu les connais ?

– Ce sont eux qui ont tué Augustin, le père d'Henri, parce qu'il s'est mis en travers de leur chemin…

– Mais Augustin est mort à la fin de la Seconde Guerre mondiale.

Odette acquiesça. Son regard se teinta de nostalgie. Elle avait peur de replonger dans ses souvenirs, mais Estelle méritait de savoir.

La vieille dame lui raconta comment Augustin et Louis avaient tenté d'arrêter les nazis quand ceux-ci avaient voulu fuir devant l'ennemi. Certes les deux hommes faisaient partie de la Résistance, mais cette action-là, ils l'avaient décidée seuls, prêts à tout pour empêcher les nazis de fuir avec ce qu'ils avaient découvert pendant leur fouille du palais.

– Et qu'avaient-ils découvert ?

Odette soupira, haussa les épaules. L'ironie de cette histoire voulait qu'Augustin soit mort « pour rien » : ils n'avaient jamais repris quoi que ce soit aux nazis, et il n'était pas dit que ceux-ci avaient un jour trouvé un quelconque trésor.

– Louis était persuadé qu'ils avaient mis la main sur des plans et des calendriers… et qu'un jour ils reviendraient.

Les deux femmes frissonnèrent, comme si cette dernière phrase leur faisait soudain prendre conscience que Louis avait, là encore, certainement eu raison.

– Ils ont vendu leur âme au diable. Ils veulent que le mal règne sur cette Terre.

Odette se signa puis elle prit les mains d'Estelle et la regarda droit dans les yeux. Comme implorante.

– Écoute les conseils de ton père, ma cocotte, te mêle pas de ça, c'est trop dangereux…

– Dis-moi toute la vérité, et après je déciderai.

Un instant Odette sembla hésiter puis elle se ravisa.

– Ce n'est pas à moi… Je ne peux pas. Tiens-toi à l'écart de ça. Tant de gens sont morts déjà. Je ne veux pas que ça recommence.

⁂

Il se dégageait de l'endroit une ambiance surréaliste, renforcée par le faible éclairage de la lune qui se reflétait sur un imposant J gothique en marbre noir incrusté sur le sol. Creusée à même la roche, la salle offrait une perspective déroutante de par sa taille démesurée, et ses parois n'étaient pas sans évoquer celles d'une carrière.

Dans un bruissement d'étoffe, vingt et une silhouettes sanglées dans de longs manteaux vert olive vinrent se positionner autour du J gothique. Lentement, l'une d'entre elles se détacha du cercle et avança en son centre.

– Aujourd'hui nous accueillons un nouveau frère. Il remplacera Vingt-Trois, qui a failli à sa tâche…

C'est alors qu'apparut, escorté par deux émissaires en tunique noire, un homme torse nu, simplement vêtu d'un large pantalon, noir lui aussi, similaire aux tenues d'arts martiaux. Une cagoule noire masquait son visage. Seules quelques gouttes de sueur qui perlaient sur son torse trahissaient sa crainte de la cérémonie à venir. Il se savait prêt, voulait être intronisé Frère de Judas.

Arrivé au centre du cercle, l'homme s'inclina et salua ceux qui, autour de lui, l'observaient toujours en silence, puis il mit un genou à terre. À ce moment précis, les frères présents firent entendre leurs voix, entamant une inquiétante incantation.

– *In girum imus nocte et consumimur igni… In girum imus nocte et consumimur igni…*

Ce furent autant de tessitures rauques, comme dénuées d'humanité, qui résonnèrent à travers l'immense salle, allant s'entrechoquer contre les parois, semblant rebondir sans fin.

Au centre du cercle, l'homme agenouillé s'allongea ensuite sur le J gothique noir, face contre terre, puis il écarta ses bras et ses jambes.

Un trait de lumière bleu qui semblait provenir de la lune vint lui frapper l'omoplate droite. À la vitesse de l'éclair, avec une précision surnaturelle, le laser marqua l'homme au plus profond de sa chair.

Un hurlement de douleur vint se mêler au chœur même des incantations qui avaient décuplé. Les Frères de Judas saluaient l'arrivée parmi eux d'un nouveau membre, désormais marqué, comme eux, d'un J gothique sur l'omoplate droite.

– Frère, tu es désormais Vingt-Trois.

L'homme à terre n'eut pas la force d'attraper la main du frère qui voulait l'aider à se relever. La douleur était si forte qu'elle avait fini par l'entraîner au plus profond de son subconscient. Il y croisa des ombres inquiétantes, quelques J gothiques dansant dans des flammes et enfin une gargouille qui lui offrait son plus terrible sourire. Il n'eut pas le temps d'avoir peur car le noir l'engloutit bientôt totalement.

⁂

À l'entrée principale du palais des Papes, sous la porte des Champeaux, Estelle tentait d'amadouer le vieux Lucien pour le convaincre de la laisser pénétrer dans l'édifice. Elle n'avait toujours pas réussi à joindre David Périsse et son inquiétude s'était transformée en peur. David avait des ennuis, de sérieux ennuis, elle en avait maintenant l'intime conviction.

– Je ne peux pas vous laisser entrer, mademoiselle Estelle, je ne peux pas. Avec un blâme administratif, vous comprenez…

– Et si j'achète un ticket ?

– Oh, ne me faites pas ça…

– Écoutez, Lucien : je dois voir David Périsse, c'est urgent !

– Ben appelez-le, je sais pas, moi…

Olivier Royal apparut soudain et s'adressa avec une autorité naturelle au gardien.

– C'est bon, je vais accompagner mademoiselle Esperanza. Monsieur Périsse l'attend.

Lucien hésita, soupçonneux, mais le chef de chantier ne lui laissa pas le choix : il embarquait déjà Estelle avec lui. Le gardien soupira, finalement soulagé de ne pas avoir eu à mettre Estelle à la porte du palais. Il l'aimait beaucoup et la respectait au point d'espérer la voir nommée conservatrice à la place de Brac. Mais à son âge, même si elle en avait assurément les épaules, cela lui semblait peu probable. Les employés du palais allaient encore hériter d'un col blanc du Nord qui viendrait leur apprendre comment faire leur boulot.

– Pas très discret, comme arrivée, glissa Olivier Royal, à Estelle qui détecta tout de suite la présence de flics en civil sur les lieux. Elle évita de croiser le regard du lieutenant Trihn, mais ce dernier se dirigeait déjà vers elle d'un pas décidé.

– Je dois vous demander où vous allez, mademoiselle Esperanza.

– Elle a rendez-vous avec l'archéologue en charge du chantier. Et elle est déjà en retard !

Royal se retourna vers Estelle, l'air agacé.

– Vous savez pourtant que Périsse n'aime pas attendre !

Trihn s'écarta, les laissant passer.

– Pourquoi m'aidez-vous ? lâcha Estelle, décontenancée par l'attitude de Royal.

– Je ne trouve pas normal que vous soyez mise à l'écart comme ça. Vous savez, ça cause pas mal depuis la mort de Brac… Ils nous ont tous interrogés sur vos rapports avec lui.

– Ça devient vraiment n'importe quoi ! Pourquoi je l'aurais tué ?

– Ne vous en faites pas, ils vous connaissent bien, les gars, et puis ils ne sont pas dupes : c'est des méthodes de flic, c'est classique…

Décidément, Royal était un homme plein de surprises : son aptitude à jouer la comédie, son analyse synthétique de la situation…

Estelle ne put s'empêcher de sourire.

– Vous êtes assez étonnant pour un chef de chantier.

– Si vous le dites…

À nouveau ce trouble entre eux. À nouveau le regard vert de Royal qu'Estelle eut du mal à soutenir. Était-elle la seule à avoir ce sentiment de déjà-vu, cette impression de le connaître depuis longtemps ?

– Qu'est-ce que tu fais là ?

La voix de David Périsse trahit sa colère. Elle n'aurait pas dû venir, elle n'avait rien à faire là.

David avait entraîné Estelle dans l'Algeco. Il ne voulait pas qu'on la voie avec lui, il ne voulait pas qu'on pense qu'ils travaillaient ensemble. Nerveusement, il descendit les stores métalliques. Mais considérant qu'il paraîtrait encore plus suspect de s'enfermer comme ça avec elle, aussitôt il les remonta.

Appuyée contre le bureau, déboussolée, Estelle regardait Périsse s'acharner sur les fenêtres. Tout dans son attitude trahissait la peur, la fébrilité.

– Je ne bougerai pas tant que tu ne m'auras pas dit ce qui se passe.

– Mais rien, il ne se passe rien. J'ai du boulot, je suis occupé, c'est tout.

– Au point de ne pas venir à l'enterrement de Louis ?

Périsse marqua le coup.

– Je suis désolé, il y a eu un problème sur un des sites, et…

– Pas à moi, David. Dis-moi la vérité !

– Mais y a rien ! Allez, je te rappelle dès que j'y vois plus clair, OK ?

Il fallait qu'elle parte. La foutre à la porte devant tout le monde, c'était la seule chose à faire. Tenter de faire passer le message qu'elle ne lui apportait rien !

Mais Estelle ne se laissa pas faire, s'interposant avec virulence.

– Brac est mort, on l'a tué ! Je sais que tu travaillais pour lui et que c'était un Frère de Judas ! Dans quoi tu t'es fourré, David ?

Périsse se figea à l'évocation de Brac, puis il se laissa tomber lourdement sur sa chaise. Il ne savait plus quoi faire. Il ne voyait plus

– La vérité, c'est que je suis dans la merde, vraiment dans la merde. Tu ne peux rien pour moi. Personne ne peut rien, c'est trop tard ! Regarde ce qu'ils ont fait à la gamine, à Louis et… à Brac.

– Qu'est-ce qui se passe, David ? Dis-moi… Tu sais quelque chose sur toutes ces morts ?

Elle était si belle. Périsse lui caressa tendrement la joue. Jamais il ne l'avait aimée comme à cet instant. Jamais il n'avait à ce point compris quel trésor elle représentait.

– Tu es quelqu'un de bien. Tu m'as rendu meilleur, tu sais… Et il y avait du boulot !

La sincérité mêlée de fatalisme qu'elle décelait dans la voix de David paniqua Estelle. Tous ses sens étaient en alerte. La situation était donc encore plus grave qu'elle ne l'avait envisagée.

– À quoi tu joues ?

– Tu vas être heureuse. Tu vas rencontrer l'homme qu'il te faut et il ne déconnera pas, lui… Tu vas avoir une belle vie, je le sais.

– David, s'il te plaît ! Arrête ça tout de suite.

Il la prit dans ses bras et la serra contre lui. Quand il enfouit son visage dans son cou, un instant, sa peur disparut. Son parfum lui rappela leurs nuits d'amour, leurs moments de pure complicité. Ils avaient été rares, mais tellement intenses que David s'en souvenait parfaitement.

Il l'embrassa avant de lui murmurer à l'oreille, comme une dernière supplique :

– Ils sont trop forts ! J'ai joué trop gros… et j'ai perdu. Ne t'en mêle pas, c'est trop dangereux. Oublie toutes ces histoires de Prophétie.

Il l'embrassa avec fougue au point que sa lèvre heurta ses dents. À nouveau ce petit goût de sang. À nouveau cet aperçu de la mort qu'il ne pourrait plus fuir très longtemps.

David disparut, laissant Estelle si déstabilisée qu'elle porta la main à sa bouche comme pour s'empêcher de crier. Déjà la silhouette de David s'évanouissait sous la porte des Champeaux tandis qu'une larme annonciatrice glissait sur la joue d'Estelle.

⁂

Toute pimpante, Elsa était installée au bar d'un café branché d'Avignon. Elle échangeait depuis un moment des regards soutenus avec un beau brun aux yeux noisette. Elle commençait à s'impatienter : l'homme était un peu long à la détente. Finalement, celui-ci se décida à se lever et à la rejoindre.

– Dommage, on ne peut pas trinquer, ton verre est vide. Je t'en offre un autre ?

– *Why not…*

– Oh ! Luigi, tu nous mets deux coupes.

Elsa s'étira langoureusement. Elle se sentait si bien ce soir… Peut-être la séance chez son psy. Elle avait beaucoup parlé d'Estelle, Estelle dont elle enviait la vie et l'attention que les gens lui portaient. Certes son amie venait de perdre son grand-père, mais elle, Elsa, elle n'en avait jamais eu, de grand-père. ça, les gens s'en foutaient bien ! On ne l'avait jamais consolée de ça !

– Tu viens souvent ici ? Je ne t'ai jamais vue…

Elsa abandonna ses pensées pour se consacrer à son interlocuteur.

– Normal, d'habitude je suis incognito, répondit-elle en souriant.

– Je m'appelle Bruno.

– Enchantée, Bruno ! Moi, c'est… Estelle.

Estelle ? Pourquoi ce temps d'hésitation avant de répondre ? Le visage du jeune homme exprima un certain étonnement, malgré lui. Mais il n'avait objectivement aucune raison de ne pas la croire.

– Estelle, c'est un beau prénom…

– N'est-ce pas ?

Deux coupes de champagne furent délicatement posées devant eux.

– À Estelle alors…

Elsa leva sa coupe et trinqua avec Bruno. À lui aussi Estelle plaisait !

⁂

Loin de se douter qu'Elsa buvait ainsi à sa santé, Estelle s'était endormie à son bureau. Après le départ précipité de David, elle était revenue chez elle et s'était remise à étudier le message trouvé dans le trésor. Elle devait aider Périsse. Elle devait trouver quelque chose qui permette à l'archéologue de gagner du temps.

Un bip discret la tira de son sommeil. Les recherches qu'elle avait programmées sur son ordinateur venaient de s'achever. *« Le gentilhomme en Sainte Mère grimé, de la Prophétie d'Avignon a gravé la clé… »* « Sainte Mère fait référence à Notre-Dame… », lut Estelle. Évidemment ! Un doute l'assaillit soudain et elle se replongea dans le carnet de moleskine de son grand-père. Elle y trouva la représentation d'une voûte céleste qu'elle avait jusqu'à présent laissée de côté.

Mais Estelle s'aperçut surtout que plusieurs notes de Louis allaient dans le sens de son hypothèse : Notre-Dame faisait référence à un personnage historique fort connu, très souvent galvaudé mais toujours mystérieux…

Soudain l'espoir revint de pouvoir aider David. Estelle avait une piste, une piste certes inattendue, mais une piste solide ! Elle se saisit de son téléphone, priant pour que Périsse décroche.

Miracle ! Il prit l'appel dès la première sonnerie.

– David ! Le gentilhomme en Sainte Mère grimé, c'est Nostradamus ! La Sainte Mère égale Notre-Dame, égale Nostradamus. J'ai trouvé, David ! Mais je ne comprends pas pourquoi on fait référence à lui.

Dans son bureau, toutes lumières éteintes, Périsse regardait nerveusement vers la porte de l'Algeco tandis qu'il rangeait dans sa vieille sacoche usée ses dossiers, ses objets personnels…

– Tu ne bouges pas de chez toi, j'arrive. Et surtout tu ne parles à personne de ce que tu as trouvé. À personne, OK ? J'arrive.

À l'autre bout du fil, décontenancée, Estelle acquiesça. Troublée, elle ne quittait pas des yeux la baie vitrée grande ouverte qui donnait sur sa terrasse. Tout à coup le noir de la nuit lui sembla menaçant. Elle allait pour raccrocher et fermer la porte-fenêtre mais la voix de David la retint.

– Estelle ! Écoute, si jamais… Comment dire… Tu te souviens de l'étudiante espagnole ? L'étudiante espagnole, ne l'oublie pas. Maintenant enferme-toi et attends-moi, j'arrive.

Plongée dans un gros livre consacré à Nostradamus, Estelle sursauta quand on frappa deux petits coups discrets à sa porte.

Alors qu'elle allait vérifier qu'il s'agissait bien de David, elle dut s'appuyer à la porte pour ne pas tomber. Tout se mettait à tanguer autour d'elle. Elle comprit rapidement que ce n'était pas son loft qui bougeait, mais elle qui perdait connaissance.

Avant qu'elle ait pu faire quoi que ce soit, Estelle s'effondra sur le sol, inconsciente.

Ce furent les premiers rayons du soleil qui la tirèrent du lourd sommeil sans rêve dans lequel elle était plongée. Même à travers ses paupières closes, la lumière lui était douloureuse, l'obligeant à se tourner sur le côté. Sa tête était lourde, sa bouche pâteuse, ses membres endoloris.

Il lui fallut faire un effort pour enfin réussir à ouvrir les yeux. Et c'est là qu'elle le découvrit. Elle s'étonna un instant d'entrevoir du rouge sur ses draps blanc. Puis ce fut l'image de David allongé à côté d'elle qui la stupéfia. Que faisait-il là ? Et pourquoi portait-il cette espèce de foulard rouge ? Rouge… Toujours cette couleur qui attirait l'attention d'Estelle sans qu'elle puisse encore se réveiller complètement.

Puis en un instant elle comprit. Elle se jeta hors du lit en hurlant, tournant la tête pour ne plus le voir.

Allongé sur le dos, le regard vitreux, David gisait, égorgé, un poignard marqué du J gothique planté en plein cœur. Le sang s'était échappé de son cou, avait coulé au point d'imbiber profondément ses vêtements et de colorer les draps.

Estelle n'eut pas le temps d'encaisser le choc que déjà les flics s'acharnaient sur la porte d'entrée.

– Police, mademoiselle Esperanza, nous savons que vous êtes là ! Ouvrez ou on défonce la porte !

Estelle sentit la panique monter en elle quand elle reconnut la voix du commissaire Renard. Elle hésita, ne sachant comment réagir. Puis son regard se posa sur la fenêtre entrouverte et son instinct lui dicta de ne pas hésiter.

N'ayant pas obtenu de réponse, Trihn défonça la porte. Il hurla de douleur, persuadé qu'il venait de se déboîter l'épaule. Pour le remercier d'avoir ouvert le passage à l'équipe, Renard se contenta de le bousculer, le faisant tressaillir à nouveau.

– Putain, mais bougez-vous ! Halte, police !

Son flingue à la main, Renard se précipita vers les différentes portes et les ouvrit avec violence jusqu'à trouver la chambre d'Estelle.

Enfin alertée par le bruit qui avait eu raison de ses boules Quiès, Elsa se mit à hurler comme une hystérique. Que se passait-il ? Ses cris redoublèrent quand elle découvrit le cadavre de David Périsse qu'observait Renard, son flingue toujours à la main.

– Mais que quelqu'un la fasse taire ! hurla Renard qui se précipitait vers la fenêtre entrouverte.

Elle eut tout juste le temps d'apercevoir Estelle, déjà loin, et de noter que son débardeur blanc était maculé de rouge.

Une force poussait toujours Estelle à fuir le plus loin possible. Sans réfléchir, elle s'était mise à courir, de plus en plus vite, s'interdisant de se retourner, de regarder derrière elle. Elle entendit vaguement les hurlements de Renard qui lui ordonnait de s'arrêter, mais les sons se perdaient dans son esprit encore embrumé.

Soudain elle vit une voiture débouler. En un instant elle comprit que le véhicule ne pourrait pas l'éviter. Le choc fut violent. Estelle se trouva projetée au sol, tandis que le conducteur bondissait hors de sa voiture.

– Ça va ? Vous n'avez rien ?

Stupéfaite, Estelle vit arriver vers elle… Olivier Royal ! Aussi surpris qu'elle, celui-ci regarda son débardeur, l'air affolé.

– Vous êtes blessée, qu'est-ce qui se passe ?

Estelle prit conscience qu'elle était recouverte de sang. Du sang de David Périsse ! Au bout de la rue, des flics apparurent et les identifièrent en un regard.

Acculée, Estelle se releva et se précipita vers la place passager de la voiture d'Olivier Royal.

– Il faut que vous m'emmeniez à l'hôpital, vite…

Olivier hésita un instant à la vue des flics qui se dirigeaient vers eux. Estelle le regarda, suppliante.

– Démarrez, je vous en prie, je vous expliquerai en route.

Olivier écrasa l'accélérateur pour semer les flics. Le commissaire Renard le tint en joue un instant, avant de tirer en l'air de dépit. À nouveau, Estelle Esperanza lui échappait ! Seule différence : Renard avait cette fois les coudées franches pour la retrouver et l'inculper de meurtre.

Assise à côté d'Olivier Royal, Estelle, absente aux autres et surtout à elle-même, se laissait bercer par les mouvements de la voiture. Sa tête était lourde et ses idées se mélangeaient, l'assaillant par vagues.

– Vous avez mal ? Répondez-moi !

Sortant à peine de sa léthargie, Estelle comprit vaguement qu'Olivier faisait référence à son débardeur blanc maculé de sang. Elle passa mécaniquement sa main sur sa poitrine, son ventre.

– Non, j'ai rien... Je ne suis pas blessée.

– D'où vient ce sang alors ?

Elle regarda Olivier comme si elle prenait soudain conscience de sa présence.

– Arrêtez-vous ! Tout de suite ! Qu'est-ce que vous faisiez devant chez moi ?

– Je vous ai vue sortir et... C'est juste que...

La main d'Estelle se dirigea discrètement vers la poignée de la portière. Mais au moment où elle allait l'ouvrir et prendre la fuite, Olivier actionna la fermeture automatique des portes. Elle était prise au piège !

– Vous ne vous en tirerez pas comme ça ! Qu'est-ce qui vous est arrivé ? Et où est Périsse ? Répondez !

– David ? Pourquoi me parlez-vous de lui ?

– C'est lui qui m'a demandé de venir le chercher devant chez vous ce matin. Et c'est vous, maculée de sang, que je vois arriver ! Je crois que j'ai droit à une explication, non ?

Estelle hésita, ne sachant quoi répondre. L'image de David, le regard vitreux, le corps ensanglanté, lui revint si violemment qu'elle sentit ses yeux se remplir de larmes.

– David est mort. Je l'ai trouvé en travers de mon lit ce matin en me réveillant. La gorge tranchée.

Au même moment, le cadavre de David Périsse était évacué du loft tandis que les techniciens de la police scientifique continuaient à recueillir échantillons divers et empreintes.

Sur le seuil de la porte, Renard raccrocha son portable, excédée. Elle s'approcha de Trihn et lui hurla littéralement dans les oreilles comme s'il était à l'autre bout de la pièce.

– Lieutenant Tran ! Vous avez demandé votre mutation pour incompatibilité d'humeur ?

Plutôt que de corriger vertement la énième erreur de Renard sur son nom, Trihn rougit, pris en flagrant délit de lâcheté.

– Pour une fois que vous enquêtez sur autre chose que des vols d'autoradio et des braquages à la petite semaine ! Déjà que je vous trouvais crétin, j'étais loin du compte !

– Mon nom, c'est Trihn. Quitte à me persécuter, utilisez mon vrai nom, commissaire !

Cette fois, Trihn se sentit devenir écarlate. Il avait mis le peu de courage qu'il avait dans sa réponse et en attendait bravement les conséquences. Renard le toisa un instant, avant de s'éloigner comme si de rien n'était.

– Eh ben, voilà ! Il se rebiffe, c'est pas trop tôt ! Bon, elle dit quoi la copine, Elsa ? Elle a pas l'air dans son assiette…

– Elle est rentrée à quatre heures du matin. Elle avait un peu bu, elle s'est endormie tout de suite… Elle n'a rien vu, rien entendu.

– Elle a vraiment le sommeil lourd alors. Il a pas dû se laisser égorger sans moufter, notre client !

Renard rejoignit Elsa, qui regardait avec effroi la civière s'éloigner, emportant le corps de David Périsse recouvert d'un drap blanc.

– Vous la connaissez depuis longtemps, Estelle Esperanza ?

– Dix ans. On s'est rencontrées en première année de fac. Moi, j'ai arrêté après le Deug ; Estelle, elle, elle a continué. Elle a toujours eu de l'ambition…

– Vous la croyez capable de tuer ?

Prise au dépourvu par la brutalité de la question, Elsa ne répondit pas tout de suite. Son hésitation n'échappa pas à Renard, qui décida de la cuisiner un peu plus.

⁂

– Vous n'êtes pas chef de chantier, n'est-ce pas ?

Olivier avait garé sa voiture dans une petite rue calme. Il tendit un mouchoir en papier à Estelle, qui n'avait pas pu retenir ses larmes plus longtemps.

– Non. J'avais assuré la protection d'un chantier de fouilles de Périsse en plein cœur de Bagdad. C'est comme ça qu'on s'est connus.

– Vous savez pour qui il travaillait ici ?

– Au début, il a cru bosser pour un milliardaire américain aussi obsédé que lui par le trésor des Templiers. Il a vite compris que ce type n'était qu'un intermédiaire pour un groupe dangereux.

– Les Frères de Judas. Avec David, on a trouvé ce qui pourrait être une preuve matérielle de l'existence de la Prophétie…

Estelle s'arrêta, consciente d'en avoir trop dit. Elle s'étonna de la confiance que lui inspirait Olivier Royal. Après tout elle ne le connaissait pas.

Les mots firent cependant leur chemin dans l'esprit de Royal.

– C'est pour ça qu'ils ne vous ont pas tuée, la nuit dernière, en même temps que David…

– Je suis sûre qu'on m'a droguée, j'étais à leur merci.

Elle s'essuya les yeux, tenant sa tête douloureuse. Le brouillard qui l'habitait se dissipait lentement, laissant place à un violent mal de crâne.

– Vous ne bougez pas de là, OK ?

Sans attendre la réaction d'Estelle, Olivier quitta la voiture et disparut dans une rue adjacente. Soudain seule, Estelle se sentit mal à l'aise dans son débardeur encore taché. Son premier réflexe fut d'envoyer un texto à son père afin de le rassurer.

Posé sur la table basse du salon, le téléphone portable de Jean se mit à vibrer instantanément. Malheureusement ce fut le commissaire Renard qui l'attrapa. Après sa petite discussion avec Elsa Monnier, Renard, suivant son instinct, s'était précipitée chez Jean. Elle sentait, elle savait qu'elle devait focaliser son attention sur la famille Esperanza, que tout tournait autour d'eux. Tant de morts en si peu de temps, tous plus ou moins liés à eux, à Estelle en particulier.

– « Vais bien, te contacte plus tard. » Vous voilà rassuré, monsieur Esperanza, non ?

Renard sourit avec ironie à Jean et balança le portable à Trihn, qui l'attrapa à la volée, manquant le faire tomber à terre.

– Je vous donne cinq minutes pour localiser la borne d'émission de ce message. Après, je vous mute. Enfin si vous êtes encore là…

Puis, heureuse de la tournure des événements, elle se tourna vers Jean et Sandra, reprenant son interrogatoire là où elle l'avait interrompu.

– David Périsse était le premier amour de votre fille… Amour trahi si j'en crois Elsa Monnier, sa colocataire. D'après elle, Périsse sautait sur tout ce qui bougeait !

– Ma fille a rompu tous liens sentimentaux avec David Périsse il y a quatre ans.

– Ah oui ? Toujours d'après mademoiselle Monnier, votre fille a passé la nuit avec lui il y a moins de quarante-huit heures…

Jean accusa le coup, soudain troublé.

– Vous la croyez capable de tuer ? poursuivit Renard.

Jean hésita une fraction de seconde avant de répondre. Le ton ferme qu'il employa pour répondre « non » ne suffit pas au commissaire, qui décida de le pousser dans ses retranchements.

– J'ai appris que vous étiez veuf, que la mère d'Estelle était morte dans un incendie…

– C'est arrivé il y a plus de vingt ans, je ne vois pas ce qui peut…

– Votre fille était présente ce jour-là, le jour de l'incendie ?

Cette fois Sandra ne put s'empêcher d'intervenir. Depuis le début de cette conversation qui avait rapidement tourné au vif interrogatoire, elle tentait de cerner Renard, l'observant en silence.

– Mais qu'allez-vous imaginer ?

– Croyez-moi, madame, la réalité est souvent pire que le pire de vos cauchemars !

Jean fit signe à Sandra de laisser tomber. Il prit une longue inspiration et se lança.

– C'était un soir d'hiver 1983, il faisait nuit… Sur la route, j'ai vu une lueur au loin… La maison était isolée, trop. Personne n'avait alerté les secours. Quand je suis arrivé, les flammes dévoraient déjà les murs de l'étage… J'ai réussi à sauver ma fille… pas sa mère.

Sandra serra la main de Jean, qui regardait Renard d'un air de défi.

– C'était un accident. Un feu de cheminée qui a embrasé un tissu.

– À quel étage ? Où était votre fille quand vous l'avez trouvée ?

– Vous perdez votre temps, commissaire. Ma fille avait à peine cinq ans.

Troublé, Jean s'était levé, et était allé reprendre ses esprits près de la fenêtre.

Renard ne croyait pas en sa sincérité. Quelque chose clochait. Elle devinait qu'il ne lui avait pas tout dit.

⁂

– Je suis au regret de vous annoncer que les supporters de la théorie du complot que nous qualifions en général de paranoïaques ont pour une fois parfaitement raison.

Un léger brouhaha envahit la salle de conférence de l'European Intelligence Agency. Installée derrière le micro de la tribune, Dona Flores tira d'un geste nerveux sur les pans de son tailleur gris anthracite tandis que défilaient derrière elle, sur un écran plasma, les photographies de plusieurs personnes d'origines différentes.

Quand le portrait de Louis apparut, Dona Flores ne cilla pas, concentrée sur la salle qui rassemblait les représentants des états membres de la Communauté européenne ainsi que d'autres pays amis.

Dona Flores se tourna vers Aubagnac, le représentant de la France. Très mince dans son costume noir, celui-ci affichait un regard d'aigle adouci par une chevelure noire abondante savamment domptée qui lui conférait ce côté intellectuel tant prisé dans les cercles parisiens.

Le visage fermé, le Français prit la parole.

– Nos analystes ont projeté que la puissance que donnerait la Prophétie aux Frères de Judas pourrait leur permettre de mener leur projet à bien. Un projet délirant qui vise à contrôler la totalité des marchés financiers et à asservir les peuples dans l'intérêt d'une poignée d'hommes et de femmes assoiffés de pouvoir.

– Cela nous rappelle à tous les heures les plus sombres de notre histoire…, ajouta sombrement Dona Flores tandis qu'Aubagnac poursuivait.

– La DGSE en liaison avec le MI 5 a identifié l'un des relais financiers des Frères de Judas : il s'agit de l'International Liberty Bank. La branche de Londres est d'ores et déjà sous surveillance.

Tandis que le brouhaha reprenait dans la salle, alimenté par ces dernières informations, Dona Flores se pencha vers Aubagnac.

– On m'a informée qu'Estelle Esperanza venait d'être secourue par un individu non identifié… Est-ce l'un de vos hommes ? demanda-t-elle au représentant français quelque peu décontenancé.

– Non. Nous n'avons placé personne auprès d'elle.

– C'est inquiétant. Je ne crois pas au bon samaritain !

⁂

Estelle commençait à paniquer, seule dans la voiture d'Olivier Royal. Peut-être l'avait-il tout simplement plantée là, la croyant coupable du meurtre de David. Elle allait prendre la fuite quand une grosse cylindrée vint se garer à côté du véhicule.

Le motard casqué fixa Estelle, qui prit peur, mais elle reconnut bientôt Royal. Celui-ci remarqua tout de suite le téléphone qu'elle tenait dans les mains.

– Rassurez-moi, vous ne vous en êtes pas servie au moins ?

– Je n'ai appelé personne. J'ai simplement envoyé un texto à mon père…

Estelle eut à peine le temps de finir sa phrase que Royal balança son portable dans le caniveau.

– Putain ! C'est pire qu'une balise Argos, ce truc ! Vous regardez jamais la télé ? Bon, montez !

Olivier lui tendit un deuxième casque.

– Volé, lui aussi, comme la moto. Vous le mettez quand même ?

Estelle hésita, perdue. Elle sentit le désespoir l'envahir à nouveau. Olivier se radoucit et lui tendit le casque une seconde fois.

– Allez, venez, faut pas qu'on reste là.

⁂

D'un pas assuré, Dona Flores suivait ses deux gardes du corps dans les interminables couloirs de l'European Intelligence Agency. Personne à part elle ne pouvait savoir à quel point ce moment était décisif. Dans quelques instants, elle quitterait ses fonctions de présidente de l'Agence pour retrouver les siens et jouer pleinement son rôle dans cette quête.

Quand elle déboucha sur le toit du bâtiment administratif, Aubagnac l'attendait à quelques mètres de l'hélicoptère dont les pales tournaient déjà.

– Notre aviation civile vient de vous accorder l'autorisation de survoler le territoire.

Dona Flores se contenta d'un « merci » laconique et se dirigea vers le cockpit de l'appareil.

– Il n'y a que vous qui connaissez l'importance de votre rôle dans cette partie d'échecs.

Sans même ralentir le pas, Dona Flores soupira, rompue aux exercices de style et aux tournures de phrase ouvrant la porte aux interprétations les plus diverses.

– Ce n'est pas un rôle que j'ai choisi, mon cher Jacques, j'en ai hérité. Comme Estelle Esperanza a hérité le sien de sa famille... Vous le savez aussi bien que nous.

Vexé, Aubagnac prit sur lui pour ne rien montrer, se cachant derrière une attitude flegmatique parfaitement rodée.

– Bonne chance.

Le ton de sa voix ne laissait aucun doute quant à l'ironie de sa remarque. Dona Flores tourna vers lui son beau visage grave et lui offrit un sourire las avant de monter dans l'hélicoptère qui allait la mener à Avignon.

⁂

– Elle est coriace, la petite...

La rage étranglait presque le commissaire Renard, qui tenait le téléphone d'Estelle dans la main. À côté d'elle un technicien de la police scientifique, habillé d'une combinaison blanche, continuait, imperturbable, à scruter le caniveau où on avait retrouvé le portable. Renard ne dit rien, mais elle savait qu'il perdait son temps.

Plus loin, Trihn lui indiqua une marque noire sur la chaussée.

– Y a une trace unique de pneu, juste à côté du caniveau. Une moto, certainement… Et elle est plus profonde que la normale. Un conducteur et un passager, peut-être…

– Et vous lisez dans le marc de café aussi ? aboya Renard.

Elle jeta un regard navré au jeune Asiatique, qui s'empourpra comme à son habitude.

– Appelez la scientifique, qu'ils s'occupent de ça. Et on renforce la surveillance autour de la famille et des proches. On les met sur écoute. Fixe, portable, messagerie Internet et tout le tintouin !

Trihn courut vers la voiture. Renard le regarda s'éloigner, l'air découragé. Au moins le savon qu'elle lui avait passé ce matin l'avait-il secoué. Il était encore loin d'être au niveau, mais il avait l'air de vouloir se bouger.

⁂

Le lendemain matin, le soleil était à peine levé quand la moto d'Olivier traversa une vaste étendue de vignes et vint se garer à côté d'un petit cabanon abandonné. Instinctivement, le jeune homme jeta un coup d'œil circulaire avant de pousser une porte de bois vermoulu que bloquait en partie la végétation.

– Estelle, vous êtes réveillée ?

Le sang d'Olivier ne fit qu'un tour quand, une fois ses yeux habitués à la pénombre, il découvrit qu'elle n'était plus sur la paillasse où il l'avait laissée assoupie moins d'une heure auparavant.

Son angoisse grandit encore quand il scruta sans succès les hectares de vignes alentour. Aucune silhouette en vue, personne. Avait-elle eu peur ? S'était-elle crue abandonnée ? Olivier commençait à regretter sa petite escapade au village voisin quand enfin il la découvrit, en contrebas, près de la rivière.

Il allait l'interpeller, mais ce qu'il vit le stoppa net. Se croyant seule, la jeune femme avait ôté son débardeur maculé de sang et tentait vainement de faire disparaître les traces. Malgré sa gêne, Olivier ne put détourner son regard des seins parfaits qui s'offraient à sa vue. Cette vision d'Estelle si vulnérable, au buste semblable à celui d'une statue de marbre, le tétanisa. Jamais auparavant il n'avait ressenti pareil sentiment à l'égard d'une femme, jamais d'ailleurs il n'avait été troublé comme il l'était depuis qu'il l'avait rencontrée.

Loin de se douter qu'elle était observée, Estelle remit son débardeur après l'avoir essoré comme elle le pouvait. Elle rougit quand elle se rendit compte à quel point cette tenue était suggestive. En transparence, on devinait les ronds parfaits de ses seins, dont les mamelons s'étaient dressés au contact du linge glacé.

Une vague tache rouge attira son attention sur la rive opposée. C'était la petite fille du palais des Papes qui venait d'arriver, qui s'était assise et qui avait plongé les pieds dans l'eau glacée. Estelle tenta comme à chaque fois d'établir le contact, mais la fillette semblait ne pas la voir.

Soudain elle se laissa glisser dans l'eau et disparut de la surface, comme avalée par la masse bleutée. Paniquée, Estelle n'hésita pas et se précipita à son tour dans le lit de la rivière. Le contact soudain avec l'eau glacée lui coupa le souffle au point qu'elle perdit pied et se trouva elle aussi entraînée par le courant.

Malgré sa panique, elle aperçut la fillette à la robe rouge qui flottait entre deux eaux quelques mètres devant elle.

Estelle avait toujours été une bonne nageuse. Elle accéléra ses mouvements de brasse afin de rejoindre la petite fille, mais des algues vinrent soudain lui entraver les jambes. Ses tempes se mirent à bourdonner et des voix commencèrent à lui caresser les oreilles. Elle perçut des chuchotements qui se transformèrent bientôt en incantations dans lesquelles on répétait son nom à l'infini, comme dans un mantra.

Le courant l'emportait avec une puissance décuplée, l'eau s'était teintée d'un rouge sanglant et les voix l'appelaient à présent en hurlant. Estelle sentit son esprit s'engourdir. Elle se prit à vouloir arrêter de lutter contre les algues qui l'attiraient vers le fond. Elle désirait rejoindre les voix et retrouver le calme. Elle hésitait à se laisser aller et à se glisser dans ce sommeil profond qui lui faisait envie…

C'est alors que deux bras l'enlacèrent et la tirèrent vers la surface, brisant l'étreinte des algues. Estelle ne se débattait plus, passive, la vue troublée, les sens engourdis. Sa dernière pensée avant de percer la surface et de reprendre enfin son souffle fut pour la petite fille qui avait disparu. Pourtant elle n'était pas inquiète. Elle savait que l'enfant reviendrait la voir bientôt, très bientôt…

– Ça vous arrive souvent de vouloir vous noyer ?

Furieux, Olivier tentait de reprendre sa respiration, allongé sur la rive à côté d'Estelle, qu'il avait sortie de l'eau. Ses poumons le brûlaient d'avoir trop longtemps manqué d'air, ses membres le faisaient souffrir d'avoir lutté contre le courant.

– J'ai vu… J'ai cru voir… Non, rien. Merci d'avoir été là, le courant était vraiment fort.

Voulant fuir les demandes d'explication d'Olivier, Estelle se releva et se dirigea vers le cabanon. Ignorant la gêne de la jeune femme, qui cachait sa poitrine en croisant les bras, Royal la rattrapa.

– Je vous ai entendue parler à quelqu'un avant de disparaître sous l'eau…

Estelle s'arrêta, hésita un instant, mais choisit à nouveau la fuite.

– Vous avez dû rêver. J'ai glissé et je suis bêtement tombée à l'eau, c'est tout.

En arrivant devant le cabanon, Olivier attrapa un sac plastique et le tendit à Estelle.

– J'étais parti faire un saut au village et… Tenez, j'ai pensé que ça pourrait servir.

Estelle découvrit un chemisier, un jean, un foulard fantaisie et quelques affaires de toilette. Elle regarda l'ensemble avec un sourire, agréablement surprise des choix du jeune homme.

– Le foulard, c'est pour vos cheveux. Je me suis dit que ce serait mieux qu'une tondeuse.

Il lui tendit alors le quotidien régional, dont elle découvrit la une avec effroi.

– « Un meurtre, une suspecte, deux fugitifs ! » C'est officiel, vous êtes en cavale et moi je suis votre complice ! Une photo pour vous, un portrait-robot pour moi.

– Je n'arrive pas à y croire !

Pendant qu'elle se changeait, Olivier, lui tournant le dos, lisait l'article qui retraçait la découverte du cadavre de David Périsse et la fuite d'Estelle. Ne s'encombrant pas du secret de l'instruction ni de la présomption d'innocence, Renard citait Estelle comme la coupable évidente de ce meurtre. Voire d'autres sur lesquels la commissaire enquêtait également.

– Vous ne trouvez pas ça bizarre, cette flic qui s'acharne contre vous, qui débarque chez vous à l'instant même où vous découvrez que David a été tué ?

– Vous pensez qu'elle fait partie des… Frères de Judas ?

Olivier afficha une moue sceptique.

– Vous y croyez, vous, à ces trucs, la Prophétie, les Frères de Judas ?

– Ce dont je suis sûre, c'est que des fanatiques sont prêts à tuer pour trouver cette prophétie et s'en emparer.

– Vous ne m'avez pas répondu. Vous y croyez ?

Estelle hésita un instant puis écrivit sa réponse au dos du journal, qu'elle tendit à Olivier.

– « Le gentilhomme en Sainte Mère grimé, de la Prophétie d'Avignon a gravé la clé »… Ça veut dire quoi ?

– Je ne crois qu'aux preuves scientifiques et pour le moment je n'ai que ça. Cette formule fait référence à Nostradamus. David aussi avait trouvé quelque chose. Il venait chez moi pour m'en parler… Vous savez ce que c'était ?

Olivier secoua négativement la tête. Il observait Estelle, qui tentait de rassembler ses idées.

– Nostradamus a gravé la clé de la Prophétie. C'est ça, le sens de l'énigme. Ça veut dire que Nostradamus en a détenu la clé, donc l'accès.

– Vous êtes sûre que Périsse ne vous a pas laissé un indice caché, un message ?

Perdue dans ses pensées, Estelle tentait de se remémorer un détail, un signe quelconque. Mais elle ne trouvait rien. La seule chose qui lui revenait sans cesse à l'esprit quand elle cherchait dans ses souvenirs l'objet de ses dernières discussions avec David, c'était la peur qui habitait l'archéologue. Une peur contre laquelle Estelle se battait pour ne pas y succomber à son tour.

– Qu'est-ce qu'il vous a dit, la dernière fois qu'il vous a parlé ?

Estelle regarda soudain Olivier comme s'il était le Messie. Un sourire vint éclairer son visage.

– Il a fait référence à l'étudiante espagnole !

– L'étudiante espagnole ?

– Il faut qu'on aille sur le campus de la fac d'Avignon !

V

Dans les allées du parc de l'université, Estelle et Olivier se mêlèrent aux étudiants qui déambulaient, profitaient du soleil pour réviser leurs cours allongés dans l'herbe ou lézarder, tout simplement. Les cheveux recouverts par le foulard d'Olivier, Estelle se blottit contre l'épaule que le jeune homme lui offrait.

– C'est ici, lâcha Estelle qui s'installa sur le banc qu'elle venait de désigner à Royal.

Tandis qu'il la rejoignait, elle se pencha et, feignant d'avoir fait tomber quelque chose, inspecta le dessous du banc.

– C'est quoi la symbolique de ce banc au juste ?

– J'ai surpris ici même David en train de flirter avec sa nouvelle stagiaire espagnole alors qu'on était ensemble depuis moins d'un mois…

– Et ?

– Je l'ai giflé avant de comprendre que David était comme ça et qu'il ne changerait jamais. De ce jour on est devenus… amis.

Olivier sourit, amusé par l'anecdote et la franchise d'Estelle.

– Excusez-moi mais… vous couchez avec tous vos amis ?

– C'est David qui vous l'a dit ? Il s'en est vanté, c'est ça ?

– Il était plutôt content de lui, en effet…

L'air narquois d'Olivier agaça Estelle, qui tenta sans succès de le repousser : il s'était déjà collé à elle et resserrait son étreinte.

– Ne vous méprenez pas, mademoiselle Esperanza ! Je joue juste mon rôle, c'est tout.

Il lui indiqua deux gardiens en uniforme qui passaient à proximité. Estelle tourna la tête afin qu'ils ne la voient pas de face. Olivier en profita pour s'approcher de son oreille.

– Bon, franchement, c'est pas désagréable…

– Lâchez-moi.

– Sinon vous allez me gifler ? Et après on pourrait être… « amis » ?

Estelle le repoussa brusquement d'un coup de coude et attrapa d'un geste souple une enveloppe scotchée sous le banc.

– Ne vous méprenez pas non plus. Je voulais juste attraper ça.

Elle lui offrit alors son plus beau sourire et s'appuya contre lui, très chatte.

– On ne sera jamais amis… On est simplement complices !

Olivier allait répondre quand Estelle le coupa net. Elle venait d'ouvrir l'enveloppe et tenait entre ses mains une petite grille carrée en or d'une dizaine de centimètres de côté.

– La grille de Cardano dont m'avait parlé David ! Il l'avait subtilisée dans le trésor pontifical…

– Une grille de Cardano ! Formidable, dites-moi !

Celle que tenait Estelle était un véritable chef-d'œuvre d'orfèvrerie. Si finement ciselée, elle évoquait un morceau de dentelle ancienne sur lequel était représentée une sphère armillaire que la jeune femme reconnut au premier coup d'œil.

– Bon, et on en fait quoi de votre grille ?

– « On » ? Pourquoi, « on » fait équipe ?

– J'ai pas envie que vous vous fassiez buter comme David, c'est tout.

– C'est trop sympa de votre part !

Olivier lui lança un regard impatient qu'Estelle soutint, avant de lâcher prise.

– Je pense que la grille s'applique sur les *Centuries*, les fameux textes prophétiques de Nostradamus… Celui-ci est présent dans le message que j'ai trouvé, et sur la grille est représentée la sphère armillaire qui est aussi présente sur la couverture des éditions originales de ces textes.

– Et le seul texte original est celui de la première édition. Logique.

– Très logique… Or il ne reste que trois exemplaires de l'édition originale. Le premier, à Munich, a été emprunté par un certain Adolf Hitler et n'a jamais été rendu ; le deuxième est à Vienne et le troisième est… chez mon parrain : Henri, grand bibliophile et collectionneur d'objets ésotériques !

– Hasard ou coïncidence ?

– J'ai de plus en plus de mal à croire à l'un ou à l'autre.

⁂

Henri pénétra dans la petite chapelle qui jouxtait le bâtiment principal du domaine. Elle demeurait dans l'ombre été comme hiver, noyée sous la végétation qui étouffait jusqu'aux chants des oiseaux qui peuplaient le parc. Certains la trouvaient oppressante, d'autres comme Odette aimaient s'y recueillir des heures durant.

Comme il l'avait deviné, Henri y trouva sa mère, agenouillée devant le petit autel sur lequel trônaient les photos de ceux qui les avaient quittés.

Plus les années passaient, plus Odette s'enfermait dans sa solitude, priant pour les disparus, tentant d'apaiser les souvenirs vivaces de ce passé qu'elle n'arriverait jamais à oublier totalement.

– Maman, tu ne vas pas passer toute ton après-midi ici… Sois raisonnable, s'il te plaît.

– Je dois prier. Pour Estelle, pour Louis, pour mon pauvre Augustin. Pour notre salut. Tout recommence ! Ils sont revenus !

Troublé, Henri vint lui prendre le bras. Il caressa avec une infinie douceur la peau ridée de celle qui avait tout donné pour lui.

– Du mal peut naître le bien, tu le sais, maman…

Odette le foudroya du regard avant de se replonger dans ses prières sans fin.

– Ne dis pas ça, pas devant eux qui en sont morts.

Les paroles d'Odette résonnaient encore à son esprit quand Henri découvrit Estelle dans sa bibliothèque. Accompagnée d'un homme, la jeune femme était sur le qui-vive, ayant réussi à échapper aux flics qui surveillaient le domaine.

Dans un élan spontané, Henri vint la serrer dans ses bras, heureux de la découvrir en bonne santé, mais inquiet de sa condition de fugitive.

– Tu dois te rendre à la police. Tu dois prouver ton innocence… Fuir n'a aucun sens.

– Si je me rends, je vais passer des semaines, voire des mois, en préventive. Tu comprends, Henri, tout m'accuse ! C'est un piège !

– Je peux appeler des amis… Le préfet, il me doit un service…

Estelle coupa court à la conversation. Elle lui expliqua pourquoi elle était venue jusqu'à lui et lui demanda de la laisser consulter son édition des *Centuries* de Nostradamus. À ces mots, le regard d'Henri s'alluma.

– Ne me dis pas que tout cela a à voir avec la Prophétie !

Tout excité, oubliant les recommandations qu'il venait de lui faire, Henri enfila des gants de coton blanc et en donna une paire à Estelle. La main que lui tendit Olivier resta vide, preuve s'il en était que celui-ci n'était pas invité à participer aux recherches.

Avec une précaution infinie, Henri ouvrit une des vitrines de la bibliothèque et y prit un livre relié de cuir. Son regard fiévreux trahissait sa passion maladive pour les ouvrages anciens, celui-ci en particulier.

– David et moi avons découvert que Nostradamus possédait la clé de la Prophétie…

– Ce qui voudrait dire que Nostradamus aurait eu accès à la Prophétie en son temps !

Henri blêmit sous l'émotion. Estelle devina alors la brève hésitation qui l'effleura avant de lui confier le livre.

Il s'installa ensuite auprès d'elle et se plongea dans la contemplation de la grille de Cardano qu'elle venait de lui tendre.

– Tout le monde a toujours cru qu'étant astronome et astrologue, il lisait l'avenir dans les astres, fit remarquer Estelle.

– Alors que d'après vous, il le lisait dans la Prophétie de Jean XXII ? Ce serait une découverte fantastique ! Dommage que Louis ne soit plus là pour approfondir cette thèse : « Tu te rends compte, Estelle, c'est révolutionnaire ! »

Estelle ne put s'empêcher de sourire, elle aussi en proie à une vive émotion.

⁂

Installée au bar de la Mule du Pape, Elsa racontait pour la énième fois à Gil le traumatisme qu'elle avait vécu avec la découverte du cadavre de David dans la pièce voisine de sa chambre.

– J'ai eu la peur de ma vie ! Puis tout ce sang… Tu peux pas savoir… David était là, en travers du lit, les yeux grands ouverts… J'ai tout vu, tu sais, y a de quoi être traumatisée !

– Ça a dû être terrible pour Estelle…

Elsa ne put s'empêcher de prendre la mouche. À nouveau on plaignait Estelle au lieu de s'occuper d'elle.

– Ça, elle s'est mise dans de beaux draps ! Quelle drôle d'idée de fuir quand la police arrive… Voilà, maintenant elle est en première page du *Vaucluse libéré* !

Gil jeta un coup d'œil affligé sur le journal.

– C'est n'importe quoi ! Elle est innocente, c'est évident !

– Oui, j'espère…, lâcha Elsa, qui se rapprocha de Gil et de Mehdi en affichant un air ennuyé. Parce que vous savez, David et elle, c'était… très passionnel des fois. Il lui en a fait voir de toutes les couleurs !

Les deux garçons échangèrent un regard affolé tandis qu'elle passait tranquillement derrière le bar pour se faire un café.

– T'as pas raconté ça aux flics au moins ? Elsa, rassure-moi !

– J'ai pas eu le choix ! Tu aurais vu la sorcière qui m'a interrogée !

Tandis qu'Elsa continuait à se conduire en maîtresse des lieux sous le regard excédé du couple, Sandra traversa la terrasse de la Mule du Pape et rejoignit Sylvain Epstein, un homme très séduisant d'une quarantaine d'années. Dès qu'il la vit, Epstein lâcha le journal qu'il était en train de lire et se leva pour l'accueillir.

– Bonjour, maître…

Comme à chaque fois, Epstein fut ébloui par la beauté de Sandra. Tout en elle semblait toucher à la perfection mais c'était ce voile quasi imperceptible de nostalgie qui la rendait unique et si charismatique. Comme si la souffrance de ses ancêtres s'était ancrée dans ses chairs, dans son âme à jamais.

Car si Sylvain Epstein et Sandra se rencontraient régulièrement depuis quelques mois, c'était justement à cause de ce passé tragique. Presque toute la famille de Sandra avait en effet disparu pendant la guerre, exterminée dans les camps de concentration. Seuls son père et sa mère avaient échappé à la tragédie car des gens courageux les avaient cachés, eux et d'autres enfants juifs.

Ses parents avaient grandi ensemble, chacun remplaçant affectivement comme il le pouvait la famille que l'autre avait perdue. Puis, comme pour prouver que la vie était plus forte que tout, ils avaient à leur tour fondé leur propre famille en se mariant et en donnant naissance à Sandra.

Aujourd'hui Sandra avait contacté maître Epstein pour qu'il l'aide à rendre hommage à ceux qui avaient sauvé ses parents. Elle voulait que Louis et Odette Esperanza reçoivent la médaille des Justes.

Epstein serra délicatement la main que lui tendait Sandra. Il tenta comme il le pouvait de masquer son trouble, ayant été informé de l'actualité malheureuse de la famille Esperanza.

– Sandra… Je suis désolé. Je viens seulement d'apprendre ce qui est arrivé à votre belle-fille. Si je peux vous aider…

– Estelle n'est pour rien dans cette sordide histoire. Mon mari est intervenu auprès du procureur, il faut qu'elle se rende au plus vite pour pouvoir se défendre.

– Vous savez où elle est ?

– Malheureusement non.

Epstein ne put s'empêcher de prendre à nouveau la main de Sandra et de la serrer dans la sienne. Il se retenait car il aurait donné n'importe quoi à cet instant pour l'enlacer, pour la consoler. Mais elle était la femme d'un autre et il ne voulait en aucun cas qu'elle se méprenne sur ses intentions.

Confiante, Sandra le remercia d'un sourire puis l'informa de ses dernières conversations avec Odette, laquelle, jusqu'à présent, avait refusé de recevoir la moindre récompense, la moindre médaille ou quoi que ce soit de ce genre.

– Je crois qu'elle va enfin finir par accepter. La disparition de son frère Louis l'a bouleversée…

– Le comité est désolé de n'accorder la médaille des Justes à monsieur Esperanza qu'à titre posthume. Nous aurions évidemment préféré le faire de son vivant…

– Louis et Odette, Justes parmi les nations, j'ai rêvé de ce moment depuis des années… Sans eux, je n'existerais pas.

– Et le monde aurait été privé d'une des plus grandes violonistes de notre époque…

La silhouette d'Odette apparut de l'autre côté de la place. Elle se dirigeait vers la Mule d'un pas alerte, comme elle le faisait chaque matin depuis plus de soixante ans.

Sandra jeta un coup d'œil à sa montre puis à Epstein.

– Vous voyez, je ne vous avais pas menti. À cette heure vous êtes sûr de la trouver ici. Un vrai métronome !

– À croire que les héros sont des gens comme tout le monde ! répondit Epstein.

Le regard d'Odette s'illumina quand elle découvrit la présence de Sandra, mais se renfrogna tout aussi vite à la vue de son interlocuteur.

– Monsieur Epstein ! Si je m'attendais…

– Je n'abandonne pas facilement, vous savez !

– Moi non plus et je vous ai dit non, j'en veux pas de votre décoration.

Sandra vint au secours d'Epstein, qu'Odette prenait un malin plaisir à malmener chaque fois qu'elle le croisait.

– Odette, faites-le pour Louis… Il avait accepté de la recevoir. Il aurait ressenti une grande fierté à l'idée que la médaille vous soit remise ensemble.

– Je te l'ai dit cent fois, cocotte. J'ai pas sauvé tes parents et les autres pour obtenir quoi que ce soit soixante ans après ! Je l'ai fait parce que… parce que je ne pouvais pas faire autrement, tiens !

– Notre comité serait honoré que vous acceptiez, madame Esperanza. Vous avez sauvé dix enfants. Et leurs descendants aimeraient vous voir porter la médaille des Justes.

Estelle se pencha à nouveau sur les *Centuries*, avide d'étudier les lettres suivantes. Rapidement, elle réussit à reconstituer un quatrain entier :

Des trois matres en l'honneur
Les fidèles célèbrent le chœur
De Clément l'offrande demeure
Et orne l'Égyptienne aux grandes heures

– Encore une énigme ! Vous y comprenez quelque chose ? lâcha Olivier, déçu du manque de clarté du message.

Henri retira ses lunettes, l'œil brillant, l'air content de lui.

– C'est un quatrain. Il fait référence aux Saintes-Maries-de-la-Mer, mon cher !

– Je suis largué, là…

– Les trois matres en l'honneur, ce sont les trois déesses païennes que les peuples antiques adoraient en Camargue.

Estelle acquiesça, prenant la relève de son oncle dans l'explication.

– Et quand la région a été évangélisée, les premiers chrétiens ont repris à leur compte ce culte païen en l'adaptant, et les trois matres sont devenues les trois saintes arrivées par la mer…

Olivier ne put s'empêcher d'adresser un regard admiratif à Estelle. La jeune femme s'en aperçut et rougit. Afin de masquer son trouble, elle se replongea dans le quatrain tandis qu'Henri concluait.

– Marie Salomé, Marie-Madeleine et Marie Jacobé ! Qui sont vénérées aux Saintes-Maries-de-la-Mer…

La voix d'Estelle s'éleva soudain, grave.

– Les Saintes-Maries-de-la-Mer…, où je suis allée plusieurs fois quand j'étais petite, avec mon grand-père !

Le souvenir revenait, qui la surprit elle-même. Mais un bruit de voitures attira leur attention. Henri se précipita à la fenêtre.

– Merde ! Les flics débarquent !

Paniquée, Estelle récupéra ses affaires et les fourra dans la sacoche de cuir que lui tendait Henri. Celui-ci se dirigea ensuite vers sa bibliothèque et actionna un mécanisme. Tout un pan s'ouvrit, qui se transforma en une porte donnant accès à un escalier plongé dans l'obscurité.

– Filez vite ! L'escalier donne sur le côté de la maison, dans un bosquet, à une vingtaine de mètres... Et faites attention à vous.

Estelle l'embrassa rapidement sur la joue avant de disparaître, avalée par le trou noir. Olivier s'y engouffra à son tour, claquant la porte derrière eux.

Dans la cour d'honneur du domaine, plusieurs voitures s'étaient garées, libérant une dizaine de flics en uniforme et en civil. À leur tête, décidée à en découdre avec le propriétaire des lieux, apparut Renard. Trihn était sur ses talons.

Elle répartit ses hommes sur un ton militaire avant de venir affronter Henri, impassible sur le perron de la demeure.

– Où sont-ils ? De toute façon ils ne peuvent pas nous échapper...

– Mais de qui parlez-vous, madame ? Nous n'avons pas été présentés, et je ne vous invite pas à entrer.

– Bon, les gars, vous fouillez la baraque... Tout !

Trois flics en tenue entrèrent sans plus attendre en bousculant Henri.

– Et vous, arrêtez de vous foutre de ma gueule, j'ai une commission rogatoire ! Où sont Estelle Esperanza et son complice ? Y a un témoin ! Quelqu'un les a vus se planquer ici !

– C'est impossible, il n'y a personne. À part ma mère, ma femme et moi. Et nos employés de maison bien sûr.

Renard eut à peine le temps de s'énerver que Trihn et un jeune lieutenant du nom de Villers arrivaient en tenant par le bras Julien. Julien, en jean, torse nu et pieds nus, qui se débattait comme un beau diable.

– Putain, mais lâchez-moi !

Cette fois, Henri perdit son flegme légendaire et blêmit.

– Qu'est-ce tu fais ici ?

Mais il regretta dans l'instant sa question, se rendant compte malheureusement trop tard de la perche qu'il venait de tendre à la commissaire.

– T'as entendu ? Qu'est-ce que tu fous ici ? T'étais avec ta sœur ?

– Pourquoi ? Estelle est venue ? J'ai pas à vous répondre d'abord…

– Tu mens très mal, t'étais avec ta sœur ! C'est toi qui l'as aidée à fuir ! Bon allez hop, en garde à vue, ça va t'aider à te souvenir.

Nadine choisit cet instant pour apparaître à son tour sur le seuil de la maison. Elle croisa un instant le regard d'Henri qui lui ordonna en silence de se taire. Mais elle n'en fit rien et vint se placer aux côtés de Julien.

– Vous vous trompez. Julien n'a pas fait ce dont vous l'accusez.

– Pourquoi ? Vous êtes son alibi ?

– Exactement. Julien a passé la nuit avec moi. Et toute la matinée. Dans ma chambre…

Plus loin, dissimulés dans un bosquet, Estelle et Olivier observaient la scène. Quand elle comprit que la mystérieuse femme qui avait transformé son Don Juan de frère en amoureux romantique n'était autre que Nadine, Estelle accusa le coup. Voilà donc pourquoi il n'avait pas voulu lui en parler…

Mais avant même de se demander ce qu'elle pensait de cette relation, Estelle s'inquiéta de la réaction d'Henri. Muré dans un mutisme inquiétant, celui-ci ne quittait pas des yeux Julien. Estelle était sur le point d'intervenir, de venir en aide à son frère qu'elle avait toujours protégé, mais une main ferme l'empêcha de se découvrir.

– Vous ne pouvez rien pour lui, du moins pas maintenant.

Olivier lui prit la main et, profitant du fait que les flics présents attendaient le dénouement du drame familial qui se jouait sous leurs yeux, il entraîna la jeune femme vers le fond du parc, où sa moto était camouflée derrière le mur d'enceinte.

Appelés sur une autre piste qui devait les mener à Estelle, les flics avaient rapidement quitté le domaine, emmenant Julien avec eux pour prendre sa déposition.

Sur la terrasse surplombant le Rhône, Nadine hésita un bref instant avant de rejoindre Henri, toujours mutique, qui semblait s'oublier dans la dégustation d'un whisky sans âge. Ce n'était pas la peur d'affronter son mari qui la retenait, mais plutôt la lassitude d'une scène maintes fois vécue et qui n'allait pas manquer de se reproduire. Une fois de plus.

– Tu te laisses dominer par le ressentiment, Henri… C'est néfaste pour toi. Et pour moi aussi.

– Les règles du jeu étaient claires, pourtant !

Nadine s'approcha de son mari et, très chatte, voulut se lover contre lui. Tous deux étaient adultes et les règles de leurs relations étaient en effet clairement définies. Quand Henri la repoussa d'un geste brusque, elle ne s'en offusqua pas, n'hésitant pas à revenir à la charge.

– Tu m'as toujours laissée obtenir des autres hommes ce que tu ne peux pas me donner… Rien n'a changé.

– Si ! Tu as transgressé les règles !

Nadine lui offrit son sourire le plus sulfureux.

– Elles sont faites pour ça… C'est ennuyeux de toujours jouer la même partie, tu ne trouves pas ?

– Avec Julien, tu as dépassé les bornes ! Tu mets un terme à cette liaison, c'est clair ?

Henri lui avait pris le poignet et le serrait avec une force qui la surprit et lui fit mal. Tous deux s'affrontèrent un long moment du regard avant qu'il consente à la lâcher et quitte la terrasse.

Une fois seule, Nadine dut reconnaître qu'elle n'avait jamais vu son mari aller aussi loin. Elle frotta son poignet endolori, perplexe quant à la décision qu'elle allait devoir prendre.

⁂

– Bruno ? Salut, c'est Estelle…

– Salut, ma belle, c'est sympa d'appeler. Tu t'ennuies déjà de moi ?

– T'as qu'à venir, tu verras bien…

– Attention je suis capable de débarquer dans la seconde…

– Ah ouais ? Vraiment ? OK, à tout de suite, je t'attends.

Renard arrêta le magnéto grâce auquel elle venait d'écouter cette édifiante conversation. Elle se trouvait dans une camionnette banalisée, un « soum », garé au coin de la rue du loft d'Estelle. Elle félicita le jeune flic qui avait enregistré la conversation et faillit même l'embrasser quand il lui confirma que les deux tourtereaux étaient au chaud depuis plus d'une demi-heure.

À la tête d'une dizaine d'hommes, dont Trihn, qui jouait des coudes pour rester à côté d'elle, Renard mena l'assaut, donnant l'ordre de défoncer la porte.

– On ne bouge plus ! Police !

Dans la pénombre, deux silhouettes enlacées, à moitié déshabillées, surgirent du profond canapé tels deux diables de leur boîte. Aussitôt ceinturée par deux flics, Elsa se mit à hurler, se débattant comme elle le pouvait, imitée par Bruno, le garçon qu'elle avait rencontré au bar.

– Eh ! Non mais… Au secours ! Aïe !

– Non mais ça va pas ! Lâchez-moi ! Estelle, c'est quoi ce plan foireux ?

Trihn mit un instant avant de comprendre la situation. Pourquoi cet homme appelait-il Elsa Estelle ? Furieuse de voir que la femme présente dans le loft n'était pas celle qu'ils cherchaient, Renard vint se planter devant elle.

– Elsa, expliquez-moi à quoi vous jouez…

– Elsa ? Mais c'est quoi ce délire ? La dernière fois tu t'appelais Estelle ! s'exclama Bruno.

– Où est votre putain de copine !

Bousculant Bruno, qui tentait évidemment de comprendre lui aussi ce qui lui arrivait, Renard aboya de toutes ses forces sur la jeune femme, qui s'effondra en larmes, pathétique.

⁂

Loin de toute cette agitation, le visage appuyé sur le dos d'Olivier, ses bras enserrant sa taille, Estelle se laissait bercer par la vitesse de la moto qui fendait le crépuscule sur une autoroute déserte.

L'engin prit la sortie indiquant les Saintes-Maries-de-la-Mer et s'arrêta en lisière de la petite ville dominée par son église fortifiée.

– Qu'est-ce qu'on fait ? s'inquiéta alors Olivier. Je ne pense pas qu'on puisse prendre une chambre d'hôtel, les flics ont dû nous signaler dans toute la région. À moins qu'on dorme sur la plage…

Estelle se passa machinalement la main dans les cheveux et s'étira un long moment, peu habituée aux longs voyages à moto.

– On ne sera pas les seuls ! répondit-elle. Demain, c'est le grand pèlerinage gitan, et tous dorment sur la plage, c'est la tradition. Mais je sais où aller. Il faut entrer un peu dans les terres, dans la direction du mas de la Cure…

Elle ne put lui fournir une réponse plus précise. Elle savait juste que c'était l'endroit où son grand-père l'avait amenée plusieurs fois… et qu'elle devait y aller.

– Pourquoi ?

– Je le sais, c'est tout.

Quelques minutes plus tard, alors que le soleil allait disparaître derrière la crête d'une colline, la moto s'arrêta devant le portail d'un mas perdu en pleine campagne.

Tous deux passèrent l'imposante grille en fer forgé et se dirigèrent vers le perron. Estelle crut percevoir la rumeur de chants gitans, au loin. Puis, comme si elle redoutait ce qu'elle allait découvrir, elle prit une profonde inspiration et actionna le lourd heurtoir en cuivre.

La porte s'ouvrit sur Dona Flores. Vêtue d'une jupe à motifs provençaux et d'un chemisier blanc, elle avait dénoué ses cheveux, qui n'étaient plus retenus que par deux peignes en ivoire.

Éblouie par les derniers rayons du soleil, elle dut se protéger les yeux pour distinguer les deux silhouettes qui se tenaient devant elle.

– Dona Flores ? Je suis la petite-fille de Louis Esperanza, Estelle. Je suis venue ici autrefois…

Le visage de Dona Flores s'illumina d'un sourire, puis en une fraction de seconde s'assombrit. Un voile de tristesse traversa son beau regard.

– Si tu es là, c'est que tu as besoin d'aide et tu es venue frapper à la bonne porte. Entre, mon enfant. Ton ami est aussi le bienvenu.

Dona Flores et ses deux invités étaient maintenant confortablement installés sur une terrasse qui surplombait de somptueux jardins. Le soleil avait définitivement disparu derrière la colline et une multitude de photophores remplaçaient agréablement sa lumière.

– Pour être franche avec toi, Estelle, je savais que tu viendrais. Je l'ai su à l'instant même où j'ai appris la mort de mon pauvre Louis.

Estelle ne put s'empêcher de marquer son étonnement alors que Dona Flores essuyait l'ombre d'une larme.

– Je ne comprends pas. Ce n'est qu'en déchiffrant le quatrain que j'ai compris que… En fait, je…

Dona Flores devina instantanément le doute qui venait de traverser Estelle. Elle s'approcha d'elle et lui prit les mains.

– Tu ne sais pas si tu peux me faire confiance, entièrement confiance, n'est-ce pas ?

Estelle acquiesça, cherchant le soutien d'Olivier. Mais ce dernier regardait ostensiblement ailleurs.

– Tu apprendras bientôt à écouter ton cœur, Estelle. C'est lui seul qui te dictera ce qui est juste… et ce qui ne l'est pas.

– Mon grand-père vous faisait confiance. Il m'a amenée ici trois fois quand j'étais petite.

– Il voulait être sûr que tu n'oublierais jamais les Saintes-Maries-de-la-Mer.

Olivier abandonna la contemplation des jardins et se retourna, agacé par la tournure que prenait la conversation.

– C'est un quatrain planqué dans l'édition originale des prophéties de Nostradamus qui nous a amenés ici, pas les souvenirs d'Estelle !

À sa grande surprise, ce ne fut pas Dona Flores, mais Estelle qui lui répondit. Elle semblait maintenant sûre d'être au bon endroit.

– Ce n'est pas vraiment ça. Quand on a déchiffré le quatrain, j'ai compris… J'ai senti que la prochaine étape était de venir ici.

Olivier éclata d'un rire ironique. Son regard blessa Estelle, qui se leva, vexée, prête à l'affronter.

– OK, d'accord. Vous m'avez embarqué dans votre délire sur la Prophétie et en plus, maintenant, vous entendez des voix !

– Je ne vous ai jamais dit que j'y croyais ! Et je ne vous ai jamais obligé à me suivre, c'est vous qui vous prenez pour mon sauveur !

Leurs deux tempéraments exaltés les entraînèrent à nouveau dans une prise de bec sans issue à laquelle Dona Flores finit par se mêler, les obligeant à l'écouter.

– Mes enfants… Mes enfants, voyons, écoutez-moi : tout ce qui arrive nous dépasse. C'est la Prophétie qui vous a guidés l'un vers l'autre !

– Oh là, stop ! Avec tout le respect que je vous dois, moi, les délires mystiques, c'est pas mon truc !

Dona Flores ferma les yeux un instant. Un instant seulement, mais ce fut comme si le temps s'était soudain arrêté.

Quand elle les rouvrit, Olivier, troublé, s'était tu.

– Olivier Royal… C'est bien ton nom, n'est-ce pas ? Tu n'es pas là par hasard, tu le sais.

Olivier ne réagit pas, plus déstabilisé qu'il ne voulait le laisser paraître, comme si elle avait lu en lui.

Ce fut Estelle qui brisa le silence, libérant du même coup Olivier, resté sous l'emprise du regard perçant de Dona Flores.

– Dites-moi ce que vous savez de la Prophétie. Mon grand-père m'a laissé son carnet et toutes ses notes… mais il y a des pans entiers de l'énigme qui m'échappent.

Dona Flores sourit. Elle hésita un instant avant de se lancer, espérant que l'un et l'autre étaient prêts à entendre ce qu'elle allait leur annoncer. Rien n'était moins sûr, mais le temps pressait et elle devait parler.

– Ce que je sais, c'est que Louis y a consacré sa vie. Et qu'il avait fini par comprendre que la Prophétie se révélerait lorsque le temps serait venu… et à qui elle le voudrait. Si vous êtes ici, c'est que vous avez été choisis. Et que le temps est venu.

Sous le poids de cette nouvelle révélation, Estelle accusa le coup, alors qu'Olivier regardait ailleurs. Il semblait plus gêné qu'autre chose par ce qu'il avait l'air de prendre pour une crise de folie douce de la part de leur hôtesse.

⁂

À la Mule du Pape ce soir-là, la terrasse était bondée. La soirée était si douce que les gens avaient repris leurs habitudes d'été. À savoir apéro jusqu'à pas d'heure et aucune envie de rentrer chez soi.

Dans la cave, Gil était en train de remplacer un fût vide par un fût plein sur la pompe à bière, quand un courant d'air lui frôla le cou.

– C'est toi, Mehdi ? Tu peux venir me donner un coup de main, s'te plaît ?

N'obtenant aucune réponse, Gil se retourna et s'étonna de ne pas trouver son ami derrière lui. Il était pourtant persuadé d'avoir deviné sa présence…

Un instant plus tard, il se retourna à nouveau, soudain en proie à un début de panique qu'il ne comprit pas tout de suite. Mais Gil avait beau s'empêcher d'y penser, la vision de Nadège, ou plutôt de son fantôme quelques jours auparavant, ne l'avait pas quitté.

Sans qu'il les maîtrise, ses mains terminèrent très rapidement d'installer le nouveau fût et ses jambes le portèrent tout aussi rapidement vers l'escalier… où il découvrit Nadège, assise sur une des marches. La terreur remplaça la peur et Gil recula d'un bond.

– Oh merde…

Nadège, blême, planta ses grands yeux tristes dans son regard.

– Il faut libérer la bête… Gil… La bête…

Décidé à se reprendre, Gil secoua la tête, se forçant à rire.

– Je te vois pas, t'existes pas…

Mais la main de Nadège vint se poser sur son bras, et le contact glacé le fit sursauter.

– Libère la bête…

Au bord de la crise, coincé entre la cave et un fantôme qui l'empêchait de s'enfuir, Gil ferma les yeux et se précipita la tête baissée comme un coureur, grimpant les marches quatre à quatre.

À son immense soulagement, aucun obstacle n'entrava sa route. Nadège n'était plus là. Mais en haut des marches, quand Gil regarda son bras, là où la main de Nadège s'était posée, il vit que sa peau était mouillée.

– Mais c'est quoi ça ?

Il sortit enfin sur la terrasse, livide, prêt à suffoquer, son regard croisa brièvement celui de Julien, qui s'élançait dans le petit escalier de pierre menant au grenier.

– Fais pas cette tête, on n'est pas responsables de lui, on lui a juste prêté le petit grenier…

Gil sursauta, découvrant Mehdi qui se tenait derrière lui. À son regard affolé, celui-ci comprit qu'il s'était trompé sur le sens de ce regard.

– C'est pas ça…

– Quoi alors ?

– Je sais pas, j'ai un mauvais pressentiment…

Mehdi sourit avec tendresse à Gil, le prenant par les épaules.

– C'est ton côté grand frère qui prend le dessus. Il est amoureux, pas de la bonne personne, mais il est amoureux, c'est tout !

Mehdi s'éloigna, rejoignant des clients qui l'appelaient pour une commande tandis que Gil dirigeait à nouveau son regard vers l'escalier. Son malaise n'avait pas disparu, bien au contraire.

Dans la pénombre de la petite chambre du grenier, blottie dans les bras de Julien, Nadine prit la main de son amant et la posa sur sa joue.

– C'était une journée épouvantable…

– Ça va trop loin, qu'est-ce qu'on va faire maintenant qu'Henri est au courant ?

Aux aguets, Nadine devinait les pensées profondes de Julien. Elle se serra contre lui.

– Ne me laisse pas, Julien, je ne peux plus vivre sans toi.

– Mais on ne peut pas continuer comme ça ! Il va nous pourrir la vie ! Tu le connais…

– Toi et moi on ne peut plus se quitter, plus maintenant…

Très sensuelle, elle embrassa avec fougue Julien, qui répondit à son étreinte. Elle avait sur lui un ascendant qu'il ne s'expliquait pas. Il avait pourtant connu beaucoup de filles, n'hésitant pas à abuser parfois du succès qu'il avait auprès d'elles depuis son plus jeune âge. Dépucelé à treize ans par une monitrice d'équitation, Julien avait ensuite enchaîné les conquêtes, s'enivrant sans jamais se lasser des filles qu'il collectionnait.

Avec Nadine, cela avait été différent dès le début. D'abord parce qu'il ne l'avait jamais perçue comme une conquête possible, trop sage finalement pour oser s'attaquer à la jeune femme d'Henri. Ensuite parce qu'elle lui avait résisté. Elle s'était amusée des tableaux de chasse de ce jeune Don Juan en herbe, jouant le rôle de la confidente lors des dîners et autres rencontres familiales.

Puis elle lui avait proposé de venir poser pour lui et lui avait demandé dès la première séance de se dénuder complètement. Le fait de se retrouver nu devant Nadine, offert à son regard, avait troublé Julien au point que la première séance avait dû s'arrêter plus rapidement que prévu pour cause d'érection intempestive.

Nadine en avait ri, lui expliquant que cela arrivait… et cela arriva à chaque fois qu'il se déshabilla devant elle. Toujours joueuse, Nadine lui avait proposé de l'aider et avant qu'il ait pu répondre, elle le chevauchait, lui faisant découvrir un plaisir qu'il n'aurait jamais soupçonné.

De ce jour, Julien était devenu dépendant de Nadine, comme si tous les sentiments qu'il avait refusés aux autres femmes s'étaient concentrés pour elle. Il l'aimait au-delà de tout, ne pouvait se passer de sa peau, de son odeur, de sa présence. Il était comme envoûté.

– On va partir loin d'ici.

Julien regarda Nadine avec stupeur, incrédule.

– Partir ? C'est ce que tu veux ? Vraiment ?

– Oui mon amour, rien que nous deux.

À nouveau Nadine était sur lui et commençait à le déshabiller, lui murmurant des mots doux à l'oreille. À nouveau Julien n'était plus maître de lui, voguant entre le plaisir charnel et le fantasme d'une vie future qu'ils construiraient à deux.

⁂

À mille lieues de cette ambiance torride, un café à la main, Renard regardait Elsa passer devant elle, encadrée par deux flics.

– J'ai rien fait, je suis innocente ! Pourquoi vous me mettez en garde à vue ?

– Pour vous laisser le temps de réfléchir ! La prochaine fois que vous emprunterez le nom d'une copine, faites gaffe qu'elle ne soit pas en cavale !

Trihn suivit Renard dans son bureau et lui tendit un papier sur lequel était notée une adresse.

– Tenez, elle a lâché ça, ça va vous intéresser…

– 37, rue des Lavandiers ? C'est quoi ?

– L'adresse du vendeur du fer à marquer gothique acheté aux enchères par Henri Esperanza.

– Elsa Monnier a aussi à voir avec ça ?

Trihn afficha un grand sourire, pas mécontent de lui.

– Et le jackpot, c'est qu'elle a donné cette adresse à Périsse la veille de sa mort. Et il y est allé !

– Alors on y va ! Avignon *by night*, Trihn, j'en rêvais !

Trihn remarqua avec plaisir que Renard s'était enfin souvenue de son nom. Il préféra ne pas lui faire remarquer qu'il avait fini sa journée depuis longtemps. Quant aux heures sup, il se dit qu'il allait devoir s'asseoir dessus.

Une Maglite à la main, Renard et Trihn arpentaient le terrain vague situé entre le 35 et le 39 de la rue des Lavandiers. La bonne humeur avait quitté le policier, qui s'énervait à patouiller dans les ronces et la gadoue sans rien y voir.

– Y a rien ici ! Merde, c'est trop sombre, on voit rien !

– Oh, le jeunot, faudrait apprendre à pas baisser les bras à la première contrariété ! Elle est trop larguée pour manipuler qui que ce soit, la Elsa Monnier. Si elle vous a filé cette adresse, c'est que quelqu'un la lui a donnée !

Trihn haussa les épaules, profitant de ce que Renard lui tournait le dos. Il ne put s'empêcher de maugréer.

– En général, quand on file l'adresse d'un terrain vague c'est qu'on veut pas être retrouvé !

– Qu'est-ce que vous marmonnez ?

– Rien…

En plus, elle avait une ouïe surdéveloppée, la vieille bique !

– Venez là au lieu de râler. Il devait y avoir une baraque ici… Y a les traces des fondations. Regardez : un escalier qui descend !

– Ça devait être l'entrée d'une cave… Ils ont rasé le dessus.

– Mais pas le dessous ! Aidez-moi à dégager l'entrée.

Comme le passage apparaissait, Renard l'éclaira. Trihn l'examina d'un air peu assuré. Renard soutint son regard avant de s'y engouffrer.

– Vous venez avec moi quand même ?

Trihn acquiesça, se forçant à sourire. Oui, il en rêvait !

À l'aide de sa lampe, Renard éclairait les murs de la cave désaffectée, où étaient dessinées des croix gammées ainsi que d'autres tags et graffitis.

– C'est coquet. Ça pue mais c'est coquet. On a fait du feu ici…

Instinctivement, elle sortit de sa poche un petit sachet plastique et y mit des fragments de cendres d'un feu de camp.

De son côté, Trihn inspectait un petit recoin plongé dans un noir si profond qu'il n'en distinguait même pas le fond. Pourtant son attention fut bientôt attirée par un objet.

– Vous pouvez venir éclairer, il y a un truc là, on dirait une paire de gants…

Renard n'eut pas le temps d'orienter sa torche que Trihn poussa un hurlement de terreur, lâchant le gant qu'il venait de ramasser.

– Oh putain !

Ce n'étaient pas des gants, mais deux mains coupées, sectionnées net à la naissance du poignet.

Tandis que Trihn vomissait dans un coin, Renard inspecta les mains, prenant sur elle pour ne pas défaillir à son tour. Les mains ne saignaient pas, elles avaient l'air « vivantes ».

⁂

– Suivez-moi…

Dona Flores guidait Estelle et Olivier à travers les nombreuses allées des jardins. Quelques torches disséminées semblaient dessiner un chemin à travers ce labyrinthe de verdure.

Olivier s'approcha d'Estelle et s'adressa à elle à voix basse, tel un gamin ne voulant pas se faire attraper par la maîtresse.

– Ça n'a pas l'air de vous faire très plaisir de savoir que le destin nous a réunis !

Estelle haussa les épaules.

– Pour l'instant, c'est une cavale qui nous réunit, et le destin n'a rien à voir là-dedans ! Je ne crois pas plus que vous au délire mystique… mais je sais aussi très bien ce que je ressens !

– Et vous ressentez quoi pour moi ?

– Rien ! Et inutile de vous faire des idées, vous n'êtes absolument pas mon type de mec.

Olivier sourit, amusé. Il n'en croyait pas un mot.

Enfin, derrière un bosquet, alors que le son des violons tziganes se faisait de plus en plus fort, Estelle et Olivier découvrirent, stupéfaits, une quarantaine de personnes. Enfants, adultes et anciens jouaient de la musique et dansaient autour d'un immense feu de camp. Les braises s'envolaient dans les airs et toute la fête baignait dans les chaudes couleurs du brasier.

– Wow… C'est quoi, ça ?

Dona Flores se contenta de lui répondre par un sourire confiant et se dirigea vers un homme d'une cinquantaine d'années, le chef du groupe de gitans.

En la voyant, les femmes s'arrêtèrent de danser, les enfants de chanter, les musiciens de jouer… Seuls le bruit et le craquement du feu, les cris des insectes nocturnes animaient encore la nuit. Estelle, instinctivement, se rapprocha d'Olivier.

Le chef se dirigea vers eux d'un pas décidé et les observa longuement avant de les étreindre tous deux dans une accolade respectueuse.

– Nous vous attendions. Cela fait des siècles que ma famille vous attend…

Il s'approcha ensuite de Dona Flores et la salua à son tour.

– … Mais l'Oracle avait raison. Mes amis, mes frères ! Ils sont venus, Ils sont là. Et la Prophétie va être révélée au monde !

Réagissant à cette dernière phrase, des chants d'allégresse éclatèrent alors dans la nuit tandis que des feux de Bengale et des coups de fusil étaient tirés vers le ciel.

Olivier se pencha vers Estelle.

– Si j'avais su qu'ils nous attendaient depuis si longtemps, j'aurais mis quelque chose de plus habillé !

La fête tzigane avait repris avec plus de ferveur encore. Comme avalés par le groupe, Estelle et Olivier étaient embrassés, félicités. Puis on vint leur offrir à boire dans de grandes coupes en or. Tous deux eurent le réflexe d'échanger un regard perplexe, puis, voyant Dona Flores porter sa coupe à ses lèvres, ils firent de même, rassurés.

Des acclamations de joie les remercièrent d'avoir accepté l'offrande. Plusieurs femmes vinrent ensuite entourer Estelle.

– Nous t'attendions, ma belle, tu es venue. *Querida*…

Estelle eut alors le sentiment que le groupe entier se mettait à tourner autour d'elle. Elle se sentit soudain devenue spectatrice. La musique, la foule, le brasier, Dona Flores qui l'observait avec tant d'émotion… tout cela se fit à la fois plus clair dans son esprit et plus embrouillé. Elle crut même un instant apercevoir son grand-père qui lui souriait.

Emportée par un tourbillon de femmes qui l'entraînaient dans leur danse, Estelle perdit alors son regard dans les braises qui montaient vers le ciel et les étoiles. La tête en arrière, elle s'abandonna à l'ivresse de l'instant.

Puis elle perçut une mélodie étrange qui provenait du jardin par lequel elle était arrivée. Elle quitta le groupe, comme envoûtée, et se dirigea vers la mélopée.

– *In girum imus nocte et consumimur igni… In girum imus nocte et consumimur igni…*

Alors qu'elle s'approchait de la source de ces chants, Estelle fut bientôt entourée d'une douzaine de silhouettes inquiétantes, habillées de longues robes vert olive, qui reprirent en chœur leur inquiétante incantation.

– *In girum imus nocte et consumimur igni… In girum imus nocte et consumimur igni…*

C'est alors qu'une voix masculine au timbre grave résonna et vint couvrir le chœur :

– Tu nous appartiens, Estelle Esperanza ! *Tu nous appartiens !*

Prise de panique, Estelle se débattit et s'enfuit, courant droit devant elle. Elle se retrouva au cœur d'un labyrinthe végétal dont elle fut rapidement prisonnière.

À chaque fois qu'elle abordait un virage, c'était pour se retrouver face à un cul-de-sac tandis que les voix du chœur semblaient se rapprocher d'elle, inexorablement. Affolée, elle reprit sa course et trébucha, tombant à plat ventre. Les voix arrivaient derrière elle…

Elle s'aperçut que le sol était pavé de pierres gravées. Leur motif ? Un J gothique. Le J des Frères de Judas. Le peu de doute qui lui restait s'envola.

Les Frères de Judas l'avaient trouvée et la voulaient pour eux ! Comme pour confirmer ce qu'elle avait déjà compris, la voix grave résonna à nouveau derrière elle.

– Tu nous appartiens, Estelle Esperanza ! Tu nous appartiens !

Estelle se laissa alors totalement aller contre lui. Plus que jamais elle appréciait sa présence à ses côtés, ses bras vigoureux qui la serraient contre son torse.

Comme elle lui souriait, Olivier s'approcha de ses lèvres. Il y déposa un baiser, timidement, comme s'il se demandait quelle allait être la réaction de la jeune femme.

Estelle hésita un bref instant puis elle l'embrassa avec fougue. Olivier la serra plus fort contre lui : enfin il pouvait donner libre cours aux sentiments qu'il sentait naître en lui depuis leur première rencontre.

Quelques mètres plus loin, la fête tzigane battait son plein, mêlant musique et danse aux braseros dont les flammes semblaient rendre hommage à la lune décroissante. Au milieu des gitans, Dona Flores ne pouvait quitter du regard le couple enlacé.

– Tu avais raison, Louis, la Prophétie s'accomplit, murmura-t-elle.

À ce moment, les chants tziganes s'intensifièrent, comme pour célébrer la nouvelle union.

⁂

Le lendemain matin, le jour était à peine levé que le commissaire Renard et le lieutenant Trihn étaient déjà sur le pied de guerre, face à une table en inox sur laquelle reposaient les deux mains embaumées.

Pour sa première autopsie, Trihn s'était préparé du mieux qu'il avait pu : petit déjeuner léger et Baume du tigre appliqué sous les narines, pour atténuer les multiples odeurs inhérentes à l'endroit. C'était Villers, un de ses collègues, qui l'avait briefé. Mais celui-ci avait malheureusement oublié de le prévenir que le baume en question pouvait fortement brûler la peau si on en abusait… Consciencieux comme il l'était, Trihn, le bas des narines littéralement en feu, prenait sur lui pour ne pas se mettre à pleurer !

Remarquant ses yeux rougis, Renard se méprit, persuadée que son assistant était au bord des larmes, et elle se contenta de lever les yeux au ciel. Heureusement pour Trihn, Albert, le légiste, arriva, lui évitant de se prendre encore une de ces réflexions acerbes qu'affectionnait sa patronne.

– C'est fou ce que deux mains peuvent parler ! lâcha Albert sans préambule.

– C'est ce qu'on appelle le langage des signes, non ? ne put s'empêcher de renchérir Renard.

Devant l'air outré que Trihn afficha, la commissaire s'énerva.

– On peut être flic et avoir de l'humour ! Enfin, certains d'entre nous seulement…

– Excusez-moi, je pensais à la victime, c'est tout.

Trihn était assez satisfait d'avoir enfin osé lui répondre. Malheureusement pour lui, sa petite gloire ne dura qu'un instant : Renard lança un regard éloquent à Albert, qui se mit à rire dans sa barbe. « Ah ouais, le mec, quand même… »

– Bon alors, Albert, reprit Renard, concrètement elles nous disent quoi, les moufles ?

Le docteur Albert se plongea dans ses notes, retrouvant son sérieux.

– Alors, alors… Deux mains provenant de la même victime. Coupées post mortem… Finalement c'est plutôt une bonne nouvelle.

Devant le rictus pincé de Trihn, Albert précisa :

– Une bonne nouvelle pour la victime, autrement elle se serait vidée de son sang, ce qui lui promettait une mort lente et douloureuse. Sections franches, les os ne sont pas abîmés.

C'est un travail de professionnel… certainement un médecin. En tout cas quelqu'un qui connaît parfaitement l'anatomie.

– Et sur le propriétaire, on peut dire quoi ?

– Un homme, étant donné la taille et la pilosité des mains, de toute évidence gaucher… et fumeur, comme l'indique la trace de nicotine entre l'index et le majeur de la main gauche. Marié : regardez l'absence de bronzage à la place de l'alliance… Ce n'était pas un manuel, pas de callosités ni de traces de blessures dues à des outils…

Albert poursuivit la lecture de ses notes, et sourit soudain.

– Ah ouais, celle-là j'adore… Cerise sur le gâteau ! La substance qui a servi à les embaumer est plutôt rare. C'est un mélange de produits chimiques que les Soviétiques utilisaient pour momifier leurs grands hommes !

– Manquait plus que les Russes dans cette affaire ! s'exclama Renard.

– C'est vraiment une odeur très caractéristique. J'ai cherché pendant deux jours, mais je l'ai retrouvée.

Le légiste se saisit d'une des mains et la tendit à Renard qui la renifla vaguement, puis fit une grimace.

– Faut reconnaître que c'est spécial…

Trihn avait blêmi devant cette main qui se baladait et ce qu'il craignait arriva : Albert la lui tendit.

– Vous voulez sentir ?

– Désolé, mais ça va pas être possible là…

Le jeune policier se retourna brusquement et réprima un haut-le-cœur.

⁂

Elsa était installée dans la cuisine de la Mule du Pape, où Gil lui servait un copieux petit déjeuner. Elle avait passé la nuit en cellule, puis son ex-mari était venu la chercher chez les flics. Elle l'avait appelé car elle ne se sentait pas de rentrer toute seule au loft d'Estelle.

Gil posa la tasse qu'il avait dans les mains.

– Mais pourquoi tu t'es fait passer pour Estelle ? C'est quoi cette embrouille ?

– Un malentendu, laisse tomber...

– Non, Elsa, je laisse pas tomber, faut qu'on parle tous les deux, et sérieusement !

Elsa acquiesça, mal à l'aise.

– Oui, c'est idiot, hein, ce que j'ai fait. Mais je voulais pas, c'est juste que je me suis retrouvée seule à la maison et que j'ai flippé... Je sais pas pourquoi je lui ai pas donné mon vrai nom, à ce mec. Et puis je te dis, je m'en fous de lui...

Gil sentit que la conversation allait déraper. Il connaissait Elsa par cœur et ne voulait pas que cette simple demande d'explications les relance dans des discussions sans fin sur leur histoire passée.

– T'as pas à me rendre de comptes, on est divorcés, on a repris chacun notre liberté. C'est pas de ça que je voulais parler.

– Pour ce que j'en fais, de ma liberté ! Depuis qu'on est plus ensemble, je vais pas bien, hein, mais pourtant j'essaie et... Je t'en veux pas pour Mehdi et la Mule, tout ça, je comprends, tu sais. Mais c'est dur...

Elsa fondit soudain en larmes, prenant Gil au dépourvu. Il n'avait jamais supporté de la voir pleurer.

– Excuse-moi, allez, viens là. Ça va aller, t'inquiète pas...

Il enlaça Elsa et la réconforta comme il le pouvait. À peine dans les bras de son ex, Elsa, rassérénée, lui sourit tendrement. Abusant de la situation, elle alla même jusqu'à lui caresser la joue.

– J'adore quand t'es pas rasé. Ça m'a toujours plu de passer ma main comme ça.

– Non, arrête, joue pas à ça…

Gil écarta la main d'Elsa, mais celle-ci n'avait pas l'intention de s'éloigner, au contraire.

– Je veux juste que tu me serres dans tes bras une minute, c'est trop dur en ce moment.

Gil eut la confirmation qu'il n'aurait pas dû céder quand elle se mit à lui caresser le torse, à l'embrasser dans le cou… Il tenta de la repousser, mais elle avait déjà commencé à ouvrir sa chemise, passant sa main sur la poitrine de son ex-mari.

Les mains d'Elsa se dirigeaient déjà vers l'entrejambe de Gil, qui ne savait plus quoi faire.

– Arrête, je te dis ! Elsa, s'te plaît…

– Ça me manque trop, tu me manques trop. Tu te souviens, c'était fort nous deux, hein ? Dis-moi que ça te manque pas.

Dans la pénombre de l'arrière-salle, Elsa passa à la vitesse supérieure. D'un geste agile elle enleva son haut et dégrafa son soutien-gorge, offrant à son amant sa poitrine opulente. Elle lui saisit les mains et les plaqua sur ses seins tandis qu'elle se cambrait pour recevoir ses caresses.

Gil ne tergiversa pas plus longtemps et lui rendit ses baisers. Elsa ne put s'empêcher d'afficher un sourire victorieux quand elle dégrafa le pantalon de son amant et le fit tomber à terre.

Ni l'un ni l'autre ne se rendirent compte que Mehdi les observait par la porte qui donnait sur la terrasse. La mâchoire serrée, les yeux brouillés de larmes de haine, il hésita un instant avant de rebrousser chemin et de disparaître dans le dédale des petites rues avoisinantes.

⁂

Ce fut la sensation d'une présence à ses côtés qui réveilla Estelle. Elle mit un temps avant de se retourner, mue par un pressentiment qui lui intimait l'ordre de rester immobile.

– Tu ressembles tellement à ton grand-père…

Estelle se retourna et découvrit Dona Flores, assise sur le lit, qui la fixait de son regard énigmatique.

– Pourquoi grand-père a-t-il gardé votre histoire secrète pendant toutes ces années ? lui demanda-t-elle.

– Il avait certainement peur de trahir la mémoire de sa femme. Mais, surtout, ce qui nous a réunis pouvait aussi nous séparer à chaque instant.

Estelle s'était redressée, aux aguets.

– Vous parlez de la Prophétie ?

– Tant d'hommes et de femmes l'ont cherchée. Des bons et des moins bons… Louis savait que les Saintes-Maries-de-la-Mer étaient une étape importante dans la quête de la Prophétie.

– Et vous, vous avez toujours vécu ici ?

– Depuis la nuit des temps, nous veillons, nous aussi, sur la Prophétie.

– Qui, nous ?

– Les femmes de ma famille. Nous appartenons à la confrérie des Serviteurs de Sarah, la vierge noire, la sainte patronne des Gitans.

À ces mots, les deux derniers vers du quatrain qu'elle avait découvert grâce à la grille de Cardano revinrent à l'esprit d'Estelle.

« De Clément l'offrande demeure, Et orne l'Égyptienne aux grandes heures… »

– L'Égyptienne, c'est Sarah, n'est-ce pas ? demanda la jeune femme.

Sa voix était pleine d'espoir : elle se savait sur la bonne piste.

Dona Flores acquiesça.

– Sarah, arrivée en barque de Palestine avec Marie Salomé, Marie Jacobé et Marie-Madeleine. Elle était leur servante…

– Je sais que le pape Clément VI a fait en grande pompe une donation à la chapelle des Saintes-Maries-de-la-Mer…

– Si tu cherches un objet qui orne Sarah, sache qu'elle ne porte ses ornements précieux qu'un jour par an, le jour de la procession.

– Et c'est aujourd'hui… comme par hasard.

Dona Flores devança les réflexions d'Estelle avec un sourire énigmatique.

– Les coïncidences n'existent pas, pas plus que les hasards dans cette quête. Que tu le veuilles ou non, ton destin est écrit. Quel qu'il soit.

Estelle médita ces paroles, perdue dans ses pensées. Son esprit cartésien se trouvait sans cesse mis à l'épreuve au fil de ses recherches qui s'étaient – Dona Flores avait raison – transformées en quête. Elle n'avait jamais cru à la destinée. Du moins jusqu'à ce jour et…

Dona Flores la tira de ses réflexions, lui tendant un objet bien réel : une grosse cassette vidéo dont le format indiquait l'ancienneté.

– Ton grand-père m'a fait promettre de te la donner si un jour tu venais jusqu'ici…

Elle ouvrit un placard dans lequel trônaient un téléviseur et un lourd magnétoscope.

– Est-ce que vous… Vous savez ce qu'il y a dessus ? questionna Estelle.

– Aie confiance, suis ton instinct, ne le crains pas.

D'un geste décidé, la jeune femme inséra la cassette et pressa la touche « lecture ».

Sur l'écran apparut, en gros plan, le visage de Louis. Il avait de toute évidence posé la caméra sur une table, ce qui donnait un cadrage curieux. Louis recula et s'installa dans un fauteuil face à la caméra.

Quand elle entendit la voix de son grand-père, Estelle eut le plus grand mal à contenir son émotion.

– Ma chérie, si tu visionnes un jour cette vidéo, c'est que tu auras repris le flambeau. Je suis fier de toi… J'ai demandé à Dona Flores, ma tendre amie, de te donner cette cassette pour que tu saches ce qui t'attend. Dès le moment où tu auras trouvé la première marche menant à la Prophétie, tu seras en danger. Je t'ai toujours raconté la face lumineuse de la légende des Esperanza, mais il y a également une face obscure dont j'ai voulu te protéger. Certains sont prêts à tout pour mettre la main sur la Prophétie, pour s'approprier son pouvoir. Dans le passé, des femmes et des hommes ont épousé des membres de notre famille pour nous espionner et voler nos secrets… et le sang des Esperanza s'est mélangé à celui de nos ennemis les plus déterminés, les Frères de Judas.

Soudain une fillette entra dans le champ, derrière Louis. Elle ressemblait à la petite fille en rouge qu'Estelle avait déjà croisée. Louis la prit sur ses genoux et lui indiqua la caméra.

– Vas-y, Estelle, fais coucou à la caméra.

– À qui tu parles, grand-père ?

– À quelqu'un à qui ça va faire très plaisir de te voir…

La petite fille dit ainsi bonjour à Estelle par écran interposé, puis serra le cou de Louis avec amour.

Hypnotisée, Estelle s'était approchée de l'écran. Elle posa sa main sur la petite fille.

– C'est moi à six ans… Et je ressemble à la petite fille de mes visions, mais en même temps ce n'est pas moi. Je ne comprends pas !

Dona Flores vint poser une main apaisante sur l'épaule d'Estelle.

– Il y a toujours eu un pouvoir dans ta famille, mais chez toi il paraît plus développé, je le sens… Plus tu te rapprocheras de la Prophétie, plus il sera puissant. Tu ne dois pas en avoir peur.

– Et de ça non plus, je ne dois pas avoir peur ?

Estelle défit sa chemise de nuit et lui montra son omoplate droite, sur laquelle se trouvait sa cicatrice ronde.

– On m'a toujours dit que j'avais été blessée dans l'incendie qui a coûté la vie à ma mère. Mais maintenant je doute… C'est comme si on avait voulu effacer une marque au fer rouge, un J par exemple ! Grand-père voulait que je comprenne que le sang des Esperanza avait été mêlé à celui des Frères de Judas… Vous savez quelque chose là-dessus me concernant ?

Pour la première fois, le regard de Dona Flores se fit fuyant. Sa superbe avait disparu et un profond trouble semblait l'habiter.

– Je ne peux pas te répondre, finit-elle par murmurer, sinon qu'il faut faire confiance à ton grand-père et à ce qu'il t'a dit…

⁂

Dans sa chambre, Julien terminait de remplir à la hâte un sac de voyage. Il hésita un instant avant de se diriger vers la fenêtre. Il y balança le sac après s'être assuré que personne ne pourrait le voir : ni ses parents ni les flics qui surveillaient la maison depuis la disparition d'Estelle.

Le bagage atteignit lourdement le sol, entre deux massifs de lavande.

Dans le hall, le jeune homme tomba nez à nez avec sa mère.

– Julien, ton père est au téléphone avec le substitut du procureur. Ça concerne Estelle…

Il faillit se confier à elle, mais décida finalement qu'il l'appellerait plus tard. C'était plus prudent.

– OK maman, tu me tiens au courant si vous avez des nouvelles, faut que je file !

Sandra l'embrassa affectueusement tandis qu'il la serrait dans ses bras un peu plus fort que d'habitude. Inquiète pour son fils depuis quelque temps, Sandra sentit chez lui un léger malaise et elle le rattrapa sur le pas de la porte.

– Julien, ça va, tu es sûr ? Il y a autre chose dont tu veux qu'on parle ?

– Non rien, t'inquiète.

Julien lui fit un signe de main et s'éclipsa, laissant sa mère perplexe.

Sandra devait parler à Jean de son mauvais pressentiment. Elle attendit avec impatience que son mari termine son coup de fil. Mais sitôt raccroché, ce dernier était déjà sur le départ. Décidément !

– Le procureur m'attend, il peut me voir ce matin.

– Jean, Julien m'inquiète, c'est peut-être la disparition d'Estelle, mais il avait l'air tout bizarre…

– Je dois y aller là, on en parle à mon retour.

Jean se dirigeait déjà vers sa voiture quand Sandra l'arrêta.

– Excuse-moi d'insister mais je pense que Julien ne va vraiment pas bien. Je ne sais pas ce qu'il a et…

– Je n'ai pas le temps, d'accord ? En plus, les états d'âme de Julien, on en parle un peu trop si tu veux mon avis. À plus tard !

La voiture démarra brusquement, laissant Sandra désemparée.

⁂

Dans sa luxueuse salle de bains, Nadine, en peignoir de soie, attendait fébrilement que s'affiche le résultat d'un test de grossesse.

Quand elle vit la couleur de la tige, elle revérifia aussitôt la signification sur l'emballage : un trait bleu, oui, elle était bien enceinte ! Un sourire extatique apparut sur son visage.

Depuis le temps ! Depuis le temps qu'elle attendait ce moment !

La sonnerie de son téléphone portable la fit revenir brusquement à la réalité. Elle ne répondait pas. Le gazouillis électronique retentit à nouveau quelques instants plus tard. À la vue du nom de Julien, Nadine hésita.

Dans le petit grenier de la Mule du Pape, assis sur le lit, son sac à ses pieds, Julien composa à nouveau le numéro de téléphone de sa maîtresse.

– Ouais, c'est encore moi. Écoute, je comprends pas, j'arrive pas à te joindre, je me demande si je dois débarquer au domaine…

Quand il entendit frapper, Julien raccrocha aussi sec et se précipita pour ouvrir.

– Putain, je commençais à flipper !

Mais derrière la porte, c'était Gil.

– Quoi, Gil ? Y a un problème ?

– Non, enfin… Écoute, je veux pas me mêler de tes affaires, mais Nadine vient de m'appeler pour me dire qu'elle ne viendrait pas.

– Quoi ? Comment ça, elle t'a appelé ? Mais j'arrive pas à la joindre, moi, ça fait au moins cent fois que j'essaie ! C'est quoi, ce délire ?

Gil soupira, mal à l'aise, furieux de se retrouver à jouer le mauvais rôle.

– Je le savais, merde, j'avais un mauvais feeling. Je la sentais pas de toute façon…

– Attends, mais de quoi tu parles ?

– C'est fini, Julien, elle ne veut plus de toi, elle m'a chargé de te le dire !

Fou de rage, Julien s'en prit violemment à Gil. Il l'attrapa par le col, prêt à le frapper.

– Pourquoi tu me dis ça ? Tu mens… Tu mens…

Mais en voyant l'expression de Gil, il comprit. Il s'effondra alors sur le lit, la tête entre les mains. Et il se mit à pleurer, comme un gosse qu'il était encore.

⁂

– Est-ce que ça va ?

Olivier avait rejoint Estelle sur la terrasse du mas de Dona Flores. Les bras croisés, le visage fermé, la jeune femme regardait fixement l'horizon, hermétique au somptueux paysage camarguais qui s'offrait à elle.

– Super, si ce n'est que le sang des Frères de Judas coule dans les veines de ma famille… et donc dans les miennes ! Mais vous ne croyez pas à ces foutaises, n'est-ce pas ?

Olivier ne put s'empêcher de hausser les épaules, fataliste.

– Qui peut croire à des conneries pareilles au XXIe siècle ? Le coup de la Prophétie cachée, déjà… Mais bon, pourquoi pas, des vieux documents on en découvre tous les jours…

– On ne sait même pas quelle forme la Prophétie peut avoir, soupira Estelle.

Elle semblait si fragile… Olivier préféra ne pas insister. Il resta un moment sans rien dire puis vint lui chuchoter à l'oreille :

– À part ça, vous avez passé une bonne nuit ? Vous avez rêvé de moi ?

La jeune femme lui jeta un regard étrange et baissa les yeux.

– J'oserai jamais vous raconter. C'était trop… chaud.

Pendant un instant, Olivier fut déstabilisé jusqu'à ce qu'Estelle éclate de rire.

– On s'est embrassés, c'est tout, pas de quoi faire une insomnie !

– D'accord, alors. D'autant que je ne savais pas comment vous le dire, mais je préfère les rousses.

Un bref silence s'installa entre eux. Ce fut Olivier qui le rompit.

– Bon, Dona Flores nous prête sa voiture. Ça vous intéresse toujours d'aller à la procession ?

En ce jour de pèlerinage, les petites rues sinueuses des Saintes-Maries-de-la-Mer accueillaient une population hétéroclite, mêlant gitans aux tenues de fête colorées et touristes éblouis par l'ambiance.

Estelle et Olivier se fondirent dans le groupe, dont la joie augmentait à mesure que l'heure de la procession approchait. S'assurant que personne ne les suivait, ils se faufilèrent jusqu'à l'église des Saintes, vaste vaisseau de pierres rosées se dressant sobrement mais fièrement au-dessus de la petite cité.

Étonnamment calme après le vacarme des rues, la nef était comme baignée d'une lumière irréelle. Là, juchées sur leurs barques, les statues des saintes semblaient attendre, prêtes pour la procession.

Olivier paraissait mal à l'aise dans le silence du lieu de culte. Il suivit Estelle qui se dirigea vers les statues, fascinée par ce qu'elles dégageaient. Devant la jeune femme se dressait maintenant la vierge noire, Sarah l'Égyptienne, dont la poitrine était couverte d'une multitude de médailles, de chaînes d'or, de pierres précieuses et semi-précieuses, de pendentifs et de croix.

Mais Estelle ne put s'en approcher davantage : elle fut arrêtée par les porteurs qui avaient eu l'honneur d'être choisis. Ils encerclaient leurs saintes, se recueillant à leurs pieds.

– On ne pourra rien faire ici. Il faut qu'on attende.

En retrait, Olivier regardait lui aussi la vierge noire, l'air dubitatif.

– Pas facile de repérer un cadeau du pape Clément dans toute cette quincaillerie !

– Cette quincaillerie, comme vous dites, c'est le témoignage de la foi de milliers d'hommes et de femmes à travers plus de mille ans. C'est une habitude chez vous, de ne rien respecter ?

Olivier se contenta de rire. Il charria Estelle sur son sérieux en lui faisant remarquer qu'elle se tenait sur une pierre tombale de marbre noir scellée dans le sol.

– Regardez sur quoi vous marchez avant de me faire la morale !

Estelle s'en écarta prestement et déchiffra machinalement le nom qui y était inscrit. Ce nom était accompagné d'un arbre généalogique et d'un œil stylisé.

SYLAS REPENZAO
1748 – 1802

– C'est étrange, fit-elle, cet œil est un symbole datant du Moyen Âge qu'utilisaient notamment les papes. Il invite à porter un autre regard sur le support qu'il accompagne.

À nouveau Olivier eut cette lueur d'amusement dans les yeux.

– J'adore quand vous faites ça.

– Quoi, qu'est-ce que j'ai fait ?

– Ce petit côté maîtresse d'école hypersérieux et en même temps très excitant…

Dans un réflexe, le bras d'Estelle vint s'écraser sur le torse d'Olivier et lui coupa le souffle un instant.

– … Mais ce qui gâche tout, c'est votre manque d'humour ! poursuivit-il

Estelle ne l'écoutait déjà plus. Elle s'était remise à contempler la pierre tombale, totalement absorbée.

– C'est encore une anagramme, lâcha Olivier.

– Chuut, deux secondes, j'essaie de me souvenir, ce nom me dit quelque chose…

– Regardez, je vous dis, c'est une anagramme : votre nom apparaît, Esperanza ! Et il reste un L, un O, un S, et un Y.

Estelle écarquilla les yeux.

– Loys Esperanza ! Je n'arrive pas à y croire, c'est un de mes ancêtres ! Le dernier à avoir su où la Prophétie était cachée, d'après la légende…

Désormais plongée dans l'étude de l'arbre généalogique, Estelle s'était figée, en proie à une vive émotion.

– Loys Esperanza est le descendant direct de Jacques Duèse ! Voilà pourquoi mon grand-père était sûr du lien entre la Prophétie et la famille Esperanza… Et il avait raison !

– Vous pourriez arrêter de parler en énigmes ? Qui est ce type ?

– Jacques Duèse est le véritable nom du pape Jean XXII. Ce qui veut dire que ma famille descend en droite ligne du deuxième pape d'Avignon, celui qui a découvert la Prophétie !

⁂

Assise à la terrasse de la Mule du Pape, Odette, le regard buté, tenait ses bras serrés contre sa poitrine. À côté d'elle, l'inspecteur Trihn la harcelait de questions. Il commençait à lui chauffer les oreilles !

– Notre famille est une famille comme les autres. On n'a rien à cacher, rien à raconter !

– Excusez moi d'insister, madame, mais votre frère a quand même été assassiné et votre petite-nièce est en cavale. Pas mal pour une famille comme les autres, vous ne trouvez pas ?

– Pfft, c'est des fadaises, tout ça !

Trihn laissa passer un instant avant de contre-attaquer. Il arrivait maintenant aux questions qu'il brûlait de poser à Odette.

– En tout cas votre fils, il a bien réussi dans la vie, et rapidement à ce qu'on dit.

– *On* est un con ! Vous le savez pas encore, ça ?

Trihn ne se démonta pas. Il sourit même en imaginant ce que donnerait le même interrogatoire mené par Renard et sa… repartie légendaire.

– Il a fait fortune dans le vin, c'est ça ?

– Parfaitement ! Il a acheté des vignes dont personne ne voulait et il a travaillé dur.

– Il a surtout obtenu leur reclassement en AOC châteauneuf-du-pape quelques mois après les avoir achetées pour une bouchée de pain…

Odette fut un instant troublée, mais elle se ressaisit aussitôt.

– Pourquoi vous me le demandez si vous le savez déjà ? De toute façon, moi, les affaires, c'est pas mon truc.

Prenant Gil à témoin, elle poursuivit.

– Demandez-le-lui, à lui. La Mule, c'était mon seul bien et je me suis fait repasser quand je le lui ai vendu !

Tandis qu'il posait le thé d'Odette devant elle, Gil soupira bruyamment.

– Odette, faudrait pas pousser, et puis je vous permets pas de raconter vos salades à la clientèle.

– J'ai pas le choix, c'est un interrogatoire !

De retour au comptoir du café, Gil déposa brusquement son plateau sur le bar, faisant sursauter Mehdi.

– Elle est en forme ce matin, la vieille bique !

– Faut dire qu'il la cherche, le petit flic, ça fait au moins une demi-heure qu'il la cuisine.

Cette réponse ne fit qu'augmenter la colère de Gil. Quel temps perdu à interroger Odette alors qu'Estelle était certainement en danger ! Personne n'avait eu de ses nouvelles depuis qu'elle avait pris la fuite. Et puis Odette n'avait rien à cacher, tout le monde le savait, non ?

– Et tu les reconnais à quoi, toi, les gens qui ont quelque chose à cacher ? lâcha Mehdi.

Puis il attrapa un casier vide et descendit à la cave, où il se mit à le remplir rageusement.

Cherchant de toute évidence la confrontation, Gil le rejoignit et l'interpella brutalement.

– Tu t'es levé du pied gauche, OK, mais ça commence à être lourd, là ! C'est quoi, au juste, ton problème ?

– *Mon* problème ? C'est toi, mon problème !

– Ben voyons, et qu'est-ce que j'ai encore fait ?

Mehdi vint se planter devant lui, lui jetant un regard glacial.

– Je t'ai vu en train de sauter Elsa. Tu joues à quoi ? Tu regrettes le temps où tu baisais des nanas, c'est ça ? Tu vois, moi je me fais draguer quasiment tous les jours dans ce putain de café et c'est pas pour ça que je te trompe !

La colère avait quitté Gil. Il se sentait parfaitement minable de s'être laissé avoir par Elsa.

– Arrête, c'est nul ! Je t'ai pas trompé ! C'est Elsa aussi, quand je suis allé la chercher chez les flics… Tu sais comment elle est quand elle va mal.

– Ouais, quelle salope, elle t'a forcé !

Touché par la détresse de Mehdi, Gil eut soudain peur de le perdre. Il savait que Mehdi avait été plus que patient en ce qui concernait Elsa et qu'une fois de plus pouvait être la fois de trop.

Gil tenta de prendre son ami par les épaules mais, dans un réflexe, celui-ci lui envoya un coup de poing. En quelques secondes, la dispute se transforma en corps-à-corps violent. Voulant se dégager, Gil poussa Mehdi, qui alla s'effondrer contre un casier de bouteilles scellé dans le mur. Impuissant, Gil vit le casier se détacher et tomber lourdement sur son compagnon.

– Merde ! Bouge pas.

Il se précipita et réussit à soulever le casier, dégageant Mehdi qui, heureusement, n'avait pas été blessé. Le barman se frottait maintenant la tête, complètement sonné.

– Et en plus tu me frappes ! Des fois je me demande pourquoi je t'aime…

Gil vint l'enlacer tendrement, s'excusant, jurant qu'il allait se faire pardonner, qu'Elsa allait sortir pour de bon de leur vie, qu'il ne se laisserait plus avoir…

Mais Mehdi ne l'écoutait pas, son regard était attiré par quelque chose d'étrange dans le mur de la cave. En se descellant, le casier à bouteilles avait arraché quelques briques. Derrière on devinait une cavité.

– T'as vu ? Y a un trou derrière le mur. On dirait qu'il est creux. Vas-y, aide-moi…

À deux ils firent tomber les autres briques. Ce qu'ils découvrirent dans la cavité leur fit pousser un hurlement de peur : un monstre hideux, aux dents acérées, dardait vers eux son museau diabolique. Gil et Mehdi se tenaient devant une gargouille gothique qui ricanait, menaçante.

– Qui a pu planquer un truc pareil ici ? s'écria Mehdi en frissonnant de dégoût.

Gil, de son côté, était blême. Il s'éloignait à reculons de la gargouille tandis que, dans sa tête, résonnait la voix blanche de Nadège qu'il avait vue ici même, dans la cave.

– La bête, Gil, il faut libérer la bête…

⁂

En débarquant à la PJ d'Avignon, Trihn ne put s'empêcher d'afficher un petit sourire de contentement. Il avait décidé de suivre la piste Henri Esperanza et il s'en félicitait. Pour une fois, il allait avoir des choses à raconter à Renard et il pourrait lui prouver que lui aussi avait de l'instinct.

– Ah, quand même ! Un peu plus et on partait sans vous ! lui hurla la commissaire sur le départ, son holster dans les mains, une demi-douzaine de képis sur les talons.

Pris de court, Trihn bafouilla, perdant sa maigre assurance en un clin d'œil.

– J'étais avec Odette Esperanza, je crois que je tiens quelque chose sur son fils…

– OK, super. Nous, de notre côté, l'appel à témoins a fonctionné. Devinez quoi ? On vient de nous livrer Estelle Esperanza sur un plateau : elle se balade aux Saintes-Maries-de-la-Mer avec son ange gardien !

Une fois devant la voiture, Trihn voulut monter côté conducteur, mais Renard le bouscula sans ménagement.

– Non, on n'a pas le temps, laissez-moi le volant !

– Mais je peux conduire, je…

Trop tard. Renard avait déjà mis le contact, menaçant de partir sans lui s'il ne se dépêchait pas de grimper. Elle mit la sirène en marche, affichant un air de recueillement.

– J'adore cette musique !

Devant le regard atterré de Trihn, elle cala au démarrage, manquant lui faire manger le pare-brise.

– Humour, Tran, humour…

⁂

Aux Saintes-Maries-de-la-Mer, la procession avait commencé. Chants gitans, fumée de cierges et d'encens…

Parmi les fidèles, Estelle et Olivier suivaient le cortège dédié à Sarah l'Égyptienne, ne quittant pas des yeux le frêle esquif sur lequel se dressait la vierge noire, attendant le moment propice pour enfin l'approcher.

Enivrée par la ferveur qui les entourait, la jeune femme ressentit une émotion puissante, comme si elle avait attendu ce jour précis depuis toujours. Elle ressentit le besoin de prendre la main d'Olivier. Fragile étreinte qu'il accepta sans question, sensible lui aussi à cette ambiance étrange.

Ensemble, ils accélérèrent le pas à l'unisson pour remonter la procession et se rapprocher encore de l'effigie de Sarah.

– Vous pouvez m'expliquer un truc ? Comment une scientifique comme vous finit par se prendre au jeu ?

Estelle hésita, comme si elle cherchait au plus profond d'elle-même la réponse à apporter.

– Je ne sais pas, un faisceau de présomptions. Le cycle lunaire dont mon grand-père parlait a débuté. Depuis, on a trouvé la rosace, on a découvert le trésor et décodé le message dans les *Centuries*… et maintenant on est là, le jour même de la procession : rien n'est dû au hasard. C'est la Prophétie qui nous guide jusqu'à elle…

– « Nous » ? Je ne suis pas un Esperanza, Estelle. Moi, c'est le hasard qui m'a jeté dans cette histoire.

Estelle s'arrêta et le regarda droit dans les yeux.

– Le hasard ? Mais le hasard n'existe pas, je n'y crois plus !

Cette réponse spontanée troubla Olivier plus qu'il ne l'aurait voulu. Estelle ne lui laissa pas le temps de répondre. Elle lui prit la main et l'entraîna vivement vers la tête de la procession.

À quelques rues de là, Renard fulminait, arrêtée par une rangée de barrières posées par les forces de l'ordre pour canaliser la foule. Elle brandit sa carte par la portière et la présenta au gendarme en faction, une vraie force de la nature qui la regardait placidement du haut de son mètre quatre-vingt-dix.

– PJ d'Avignon ! Ouvrez la barrière, on recherche des fugitifs.

– Désolé, commandant, mais je ne peux laisser passer aucun véhicule, même pour des collègues.

– Commissaire, pas commandant ! Et c'est une procédure d'urgence, je ne vous laisse pas le choix.

Le gendarme s'avança lentement, venant présenter son poitrail à Renard.

– Et moi je vous laisse pas jouer les Starsky et Hutch dans mes ruelles bondées. De toute façon, vous pourrez pas avancer !

Impassible, il croisa les bras sur sa poitrine, au grand agacement de Renard, qui donna l'ordre à ses hommes de descendre de voiture et de la suivre à pied.

– Allez, on se magne, on a assez perdu de temps.

Et, s'adressant au gendarme :

– Vous, mon petit gars, vous perdez rien pour attendre !

Olivier et Estelle arrivaient à la hauteur de Sarah l'Égyptienne quand un coup de feu éclata dans la ruelle, suivi d'un deuxième puis d'un autre encore.

– Police, arrêtez-les !

Prête à tout pour les stopper, Renard tirait en l'air pour que la foule compacte les laisse passer, elle et ses coéquipiers.

Emportés par le flot des participants en proie à un mouvement de panique, les porteurs avaient le plus grand mal à maintenir l'équilibre de la barque. Jusqu'à ce que l'un des leurs perde pied et tombe à terre.

Sous les yeux d'Estelle et d'Olivier, qui luttaient pour atteindre le palanquin, la sainte vacilla dangereusement avant de s'effondrer sur les pavés. Sa chute provoqua un électrochoc dans la foule. Les spectateurs se retournèrent d'un seul mouvement vers Renard et ses hommes, qui venaient de profaner la procession.

En une fraction de seconde, profitant du chaos, Estelle se précipita sur la statue.

– Maintenant !

Olivier et elle relevèrent l'effigie à la hâte. Devant la masse de colliers et de bijoux portés par Sarah, Estelle hésita. Puis en un éclair, comme mue par un instinct puissant, elle attrapa une sorte de patte de félin ornée de pierres brillantes. Elle échangea rapidement un regard avec Olivier qui, d'un signe de tête, lui donna son assentiment.

Tous deux abandonnèrent la vierge noire et s'engouffrèrent dans une ruelle latérale, échappant ainsi à la foule et aux flics.

Un instant avant que Renard et son équipe ne débarquent à leur tour dans la ruelle, Olivier et Estelle réussirent à se hisser sur un balcon et se plaquèrent au sol.

Alors que les flics passaient en courant au-dessous d'eux, Olivier, qui s'était retrouvé allongé sur Estelle lui murmura :

– Romantique, non ? Ça me rappelle notre rencontre…

D'un coup d'épaule, la jeune femme réussit à le renverser et se retrouva couchée sur lui.

– Je préfère comme ça, ça ne vous gêne pas ?

Puis, sans lui laisser le temps de réagir, elle se releva et lui tendit la main pour l'aider à se redresser. Tous deux reprirent leur course dans les ruelles, le calme s'intensifiant au fur et à mesure qu'ils s'éloignaient de la procession. Quand ils purent enfin s'arrêter un instant, ils étaient à bout de souffle.

Olivier prit dans ses mains la breloque qu'Estelle avait passée à son cou. Il l'examina sous toutes les coutures, perplexe.

– Comment vous avez su que c'était la bonne ?

– Comme vous…

Non, il ne croyait pas à ces histoires ! Et pourtant, force lui était de constater qu'il avait, lui aussi, « reconnu » le pendentif. Pourquoi ?

Il n'eut pas le temps de s'appesantir sur la question : Renard venait d'apparaître au coin de la venelle, un large sourire aux lèvres.

– Dommage pour vous, c'est un cul-de-sac.

En un instant, Estelle et Olivier se retrouvèrent encerclés et menottés.

– Allez, on rentre ! râla Renard. Je déteste les déplacements.

– Je viens d'avoir le procureur au téléphone et c'est non sans un certain plaisir que je vous annonce votre mise en garde à vue officielle pour les meurtres du professeur Brac et de David Périsse…

Renard fit face à Estelle, qui se tenait assise dans une salle d'interrogatoire, encore menottée. La fatigue se lisait sur son visage. Des cernes soulignaient ses yeux verts, trahissant le contrecoup de ce qu'elle avait enduré.

– Pourquoi pas celui de mon grand-père, tant que vous y êtes ? siffla-t-elle.

– Je ne désespère pas, croyez-moi.

– C'est ridicule et vous le savez. Je n'ai tué personne, je suis victime d'une machination !

– Oui, j'avais oublié, « ils » sont parmi nous et « ils » veulent nous détruire. Bon allez, ça suffit maintenant, fini de jouer ! Où étiez-vous la nuit où Brac a été tué ?

Ce soir-là, Estelle était avec David Périsse, qui, et pour cause, ne pourrait jamais le confirmer. Devinant l'impasse dans laquelle elle se trouvait, la jeune femme se sentit flancher. Mais elle ne voulait pas craquer devant cette commissaire qu'elle détestait et qui était décidée à la pousser à bout.

– Vous feriez mieux de chercher du côté des Frères de Judas ! Ce sont eux qui sont derrière tous ces meurtres.

– Là, vous m'intéressez.

– Vous les connaissez, vous avez des liens avec car David travaillait pour eux, c'est eux qui l'ont tué… mon grand-père aussi…

– Vous avez une preuve qu'ils existent ? Qui me dit que vous n'êtes pas l'une des leurs ? Qui me dit que vous ne les utilisez pas pour masquer vos propres crimes ?

À ces mots, Estelle se raidit. Elle repensa au message vidéo que lui avait laissé Louis. Elle ne put s'empêcher de jeter un regard désorienté à Renard, qui la fixait froidement.

Décidément, ce n'était pas le jour de Trihn. Le lieutenant avait été chargé de commencer l'interrogatoire d'Olivier Royal. Fier que Renard lui confie enfin une mission de confiance, il avait vite déchanté quand il avait compris que le complice d'Estelle refuserait de répondre à la moindre de ses questions. Royal, en effet, demandait en boucle à parler au commissaire Renard.

Blasée, la commissaire le fit attendre des heures avant de venir le voir. Elle n'allait pas se laisser dicter sa conduite par un fugitif. Surtout qu'il l'intéressait beaucoup moins que son désormais officiel suspect principal.

– Alors... Royal Olivier, trente-trois ans, inconnu des services de police. Jusqu'à ce jour, puisque maintenant vous êtes soupçonné de complicité de meurtre.

– 06 00 85 82 52.

– Pardon ?

– 06 00 85 82 52.

– Pas de ça avec moi, pas de coup de fil avant que je le décide ! C'est quoi, c'est le portable de votre avocat ?

– Non, la réponse à beaucoup de vos questions.

Étonnamment, Royal ne marquait ni la fatigue ni la moindre appréhension. Renard était interloquée par son aplomb.

– Je préfère vous prévenir, je déteste les petits malins.

– C'est vous qui voyez.

Renard eut un méchant sourire. Ce genre de défi l'amusait au plus haut point. Elle avait le temps et le système pour elle. Et elle finissait toujours par avoir l'avantage.

– OK, vous voulez jouer. Je vous aurai prévenu.

Elle tendit son portable à Royal et le regarda pianoter le fameux numéro avant de lui arracher le téléphone des mains au moment où la communication était établie.

– Commissaire Renard à l'appareil, à qui ai-je l'honneur ?

La réponse qu'elle obtint sembla changer la donne du tout au tout.

Royal resta en confinement jusqu'à ce que le commissariat s'endorme pour la nuit. Là, sans qu'il y ait de témoins, Renard partit avec lui après avoir signé elle-même son bon de sortie, mettant ainsi fin à sa garde à vue.

Officiellement, Olivier Royal n'était qu'un simple témoin dont on avait pris la déposition en bonne et due forme.

⁂

Au cœur du quartier des affaires de la City, la lune projetait un halo blafard sur les gratte-ciel.

Au dernier étage de l'un d'entre eux, dans un bureau mêlant élégamment le verre et l'acier, un homme à la cinquantaine élégante attrapa son parapluie et son chapeau de feutre. Il avait toujours détesté cette ville et son climat si rugueux. Heureusement la Liberty Bank, dont il était le président, avait de nombreuses antennes à travers le monde et ne tarderait pas à en avoir davantage.

L'homme s'apprêtait à monter dans l'ascenseur, escorté de son garde du corps, quand son jeune bras droit affolé l'arrêta. Il s'adressa à lui dans un anglais dont le président ne supportait plus l'accent précieux.

– Sir, on vient de me contacter sur la Red Line. Scotland Yard est en route, secondé par la brigade financière. Ils seront là d'un instant à l'autre maintenant et…

– *Too late, Sixty-One*… lâcha le président, exaspéré.

Le garde du corps tira froidement une balle dans la tête du jeune Britannique qui s'effondra avant d'avoir pu finir sa phrase. Il venait de connaître le même sort que les deux assistants personnels du président.

Quelques instants plus tard, quittant un parking souterrain, une Bentley aux vitres teintées croisa plusieurs voitures de police qui, toutes sirènes hurlantes, vinrent se garer au frein à main devant la tour de la Liberty Bank.

⁂

Ce matin-là, Nadine s'était levée de bonne heure, en proie à une bouffée d'inspiration qu'elle n'avait plus connue depuis longtemps. Les mystères de la maternité peut-être, avait-elle pensé.

Après une razzia chez le « marchand de couleurs », comme elle aimait appeler celui qui la fournissait en peintures et fournitures diverses, elle déboula dans son atelier, priant pour que l'inspiration ne s'évanouisse pas.

Elle eut à peine le temps d'entrer qu'une ombre surgit devant elle. Impatient, fébrile, Julien l'attrapa et la serra contre lui pour ne plus la lâcher.

– Tu m'as fait peur ! Qu'est-ce que tu fais là ? s'affola Nadine.

– C'est toi qui m'as donné la clé, tu as déjà oublié ?

Nadine réussit à se dégager et alla prestement fermer la porte, aux abois.

– Tu as croisé quelqu'un ? Henri ne t'a pas vu au moins ?

– Je m'en tape d'Henri, ce que je veux savoir, moi, c'est pourquoi t'es pas venue au rendez-vous ! Pourquoi tu réponds pas quand j'appelle ? C'est quoi, ce délire ?

D'un geste nerveux, Nadine attrapa son paquet de fines menthol et en alluma une.

– Je peux pas partir comme ça, je peux pas faire ça à Henri. C'est mon mari, c'est... Mais quand je te vois, je... Oh, Julien, il faut que tu m'aides, va-t'en, laisse-moi...

– Mais tu ne l'aimes plus, c'est avec moi que tu veux être !

La spontanéité de Julien, son enthousiasme semblèrent une fois de plus avoir raison des bonnes résolutions de Nadine.

– Tout est si simple pour toi ! Tu es jeune, tu es libre... C'est vrai que je n'aime plus Henri, mais je le respecte trop pour m'enfuir comme ça du jour au lendemain. Tu comprendras si un jour tu te maries...

– Et si j'attends ? Si je te laisse du temps ? Je suis prêt à tout, moi !

Nadine acquiesça d'un baiser qui en appela un autre, passionnel.

– Tu as bien fait de venir, nous deux ça ne peut pas se terminer de toute façon. Mais il faut qu'on soit plus discrets, tu es d'accord ? Je savais que si je te voyais je ne pourrais pas résister. Promets-moi que c'est la dernière fois.

Très câline, Nadine se plaqua contre Julien et entreprit de le déshabiller.

– Tout ce que tu veux. Tu me rends fou...

– Tu as réfléchi à mon ultimatum ?

Henri s'adressait à Nadine, qui était venue le rejoindre dans la bibliothèque, comme elle le faisait parfois. Comme elle le faisait avant, quand leur couple fonctionnait encore comme un couple normal. Mais cette époque était maintenant révolue depuis longtemps et Henri n'avait jamais eu la fibre nostalgique.

Nadine ne répondait pas, se contentant de le regarder, savourant par avance sa victoire.

– Alors dis-moi, qu'as-tu décidé ?

– Je suis enceinte.

La nouvelle atteignit Henri avec une violence qui le surprit lui-même. Il avait tant attendu cette phrase dans le passé qu'elle en était devenue irréelle. Et là, maintenant qu'elle surgissait, elle avait évidemment une signification tout autre.

– Comment as-tu…

– J'ai fait ça pour toi, pour que tu aies enfin un descendant des Esperanza. Maintenant écoute-moi bien, Henri : si tu n'en veux pas, je pars et tu ne me reverras jamais. Mais si je reste, ce ne sera pas pour supporter d'autres crises de jalousie. Alors c'est toi qui vas réfléchir !

Nadine avait goûté chacun des mots qu'elle avait prononcés. Enfin elle prenait le dessus, après toutes ces années d'abnégation et de sacrifices. Enfin elle allait pouvoir prendre son destin en main.

⁂

– Que les choses soient claires, je vous laisse deux minutes, pas plus.

Renard soutint le regard de Jean Esperanza, réitérant de la sorte l'expression de son mécontentement. Grâce à ses relations haut placées, le père d'Estelle avait réussi à obtenir de lui rendre visite durant sa garde à vue. Ce qui, aux yeux de la loi et du commissaire Renard, était une aberration, un abus de pouvoir caractérisé. Mais Renard savait que, mis à part « s'asseoir dessus », pour rester correcte, elle ne pouvait pas y faire grand-chose.

Jean ouvrit la porte de la salle dans laquelle l'attendait Estelle. Avant d'y entrer, il se tourna vers le commissaire.

– Je vous remercie.

– Vraiment pas de quoi, on m'a pas laissé le choix. Deux minutes, c'est bien compris ?

L'émotion des retrouvailles entre Jean et Estelle fut immense. D'un bref regard, le père nota que sa fille avait les traits tirés, mais fut rassuré de voir qu'elle tenait le coup.

– Ne me refais jamais ça ! J'étais tellement inquiet.

– J'avais peur que tu ne puisses pas venir. Il faut que je sorte rapidement d'ici, on ne peut pas leur laisser la voie libre.

– De quoi parles-tu ?

– Je peux pas tout t'expliquer, mais… Écoute papa, je suis sur le point de trouver la Prophétie, j'ai un rôle à jouer, grand-père avait raison.

Jean n'en crut pas ses oreilles. Il s'était attendu à beaucoup de choses, mais pas à ce que sa fille ait pris le relais de son satané père.

– Estelle ! Tu es en garde à vue pour meurtre, je crois que tu ne te rends pas bien compte de la situation…

– Mais tout le monde sait que c'est n'importe quoi. Je n'ai tué personne !

– Estelle, c'est grave. J'ai parlé avec le procureur et il m'a conseillé de prendre un très bon avocat.

Estelle ne releva pas. Elle fit face à son père, décidée à ne rien cacher et à pousser Jean à faire de même.

– Grand-père m'a laissé un message pour me parler de sang mêlé… du nôtre et de celui des Frères de Judas ! De quoi parlait-il ?

Jean regarda sa fille avec désespoir. Il n'eut pas le temps de répondre que Renard était déjà là, tapotant sa montre.

– Ça passe vite, deux minutes, vous trouvez pas ?

Jean hocha la tête. Il embrassa mécaniquement sa fille et lui donna une carte de visite avant de quitter la pièce, les épaules basses.

– L'avocat s'appelle maître Perry, lança-t-il derrière son épaule. Il est au courant, il travaille déjà sur ton dossier.

Estelle ne bougea pas, les mâchoires serrées, les yeux secs. Pourquoi son père s'obstinait-il ainsi à refuser de lui parler de son passé ?

Abattue, allongée à même le béton du banc de la cellule dans laquelle on l'avait mise, Estelle n'arrivait pas à croire qu'elle était peut-être enfermée pour de longues années. Et si Jean avait raison de s'inquiéter pour elle ? Si on la croyait vraiment coupable et qu'elle se retrouve condamnée pour tous ces meurtres ? Un frisson de terreur lui parcourut l'échine.

C'est alors qu'elle entendit la voix d'une fillette qui chantonnait. Instantanément elle sut qu'il s'agissait de la petite fille en rouge. Elle se précipita vers les barreaux de la porte, se contorsionnant pour apercevoir la fillette. Sans résultat.

– Qui est là ? Montre-toi, je sais que tu es là…

Pour seule réponse, elle obtint à nouveau un chantonnement qui se transforma bientôt en pleurs, en complainte à laquelle Estelle dut assister, impuissante. Elle tenta à nouveau d'appeler la petite fille, cherchant à la consoler, à l'attirer vers elle.

Le bruit métallique de l'ouverture d'une porte mit fin aux pleurs, qui s'évanouirent, laissant place à la fureur du commissaire Renard.

– Fin de votre garde à vue, mademoiselle Esperanza ! Le juge des libertés a refusé votre mise en détention provisoire alors que tout était contre vous. Vous pouvez dire merci à votre père et à ses relations !

Sur le seuil de la cellule, Estelle hésita un instant, n'arrivant pas à croire qu'on la remettait en liberté si facilement.

Quand elle se retrouva dehors quelques minutes plus tard, encore fébrile, elle vit Olivier Royal qui l'attendait. Ainsi lui aussi venait-il d'être relâché ?

Tandis qu'ils s'éloignaient ensemble, Estelle lui fit part de son sentiment de malaise à l'égard de Renard.

– C'est pas normal qu'elle nous ait laissés partir comme ça… Elle nous cache quelque chose.

Imperturbable, Olivier feignit la surprise.

– Qu'est-ce que vous voulez dire ? Elle n'a rien de concret contre nous, c'est tout.

– Non. Elle cherche à nous manipuler et j'ai horreur de ça.

– Je vous dépose chez vous ?

Estelle acquiesça avec un sourire. Elle s'était habituée à la compagnie d'Olivier, songea-t-elle, et il allait lui manquer. Mais leurs routes allaient se séparer bientôt. Elle ne voyait vraiment pas ce qui pourrait continuer à les réunir.

⁂

À peine Estelle et Olivier eurent-ils tourné dans la rue où la jeune femme habitait que tout se précipita. Ce qui l'alerta fut la présence de deux véhicules stationnés devant chez elle. Sur l'un deux : un gyrophare allumé. La police.

– C'est pas vrai, c'est une blague…

La présence sur les lieux du lieutenant Trihn, qui se dirigeait vers eux, confirma que cela recommençait.

– Ça n'arrête jamais avec vous. C'est un festival ! lâcha Trihn.

– Quoi, qu'est-ce qui s'est passé ?

Trihn n'eut pas le temps de répondre à Estelle, celle-ci s'était déjà précipitée à l'intérieur de son loft, qu'elle découvrit entièrement dévasté. Les meubles avaient été renversés, les bibelots jetés à terre, pour la plupart brisés. Même les cadres accrochés aux murs avaient été arrachés.

Au milieu de ce capharnaüm, Elsa, hystérique, pleurait dans les bras de Gil, qui tentait de la calmer.

– C'est pas possible. Toutes mes affaires, mes souvenirs. Ils ont tout cassé. Regarde, même le vase chinois que tu m'avais offert, tu te souviens, le petit bleu et vert.

– C'est pas grave, ne t'inquiète pas.

À l'écart, hésitant à ramasser le moindre objet vu l'étendue des dégâts, Mehdi aperçut soudain Estelle et courut vers elle pour la serrer dans ses bras.

– Estelle ! Regardez, elle est revenue… Ça va, tu vas bien ?

Quand Gil leva la tête et vit son amie, il abandonna littéralement Elsa.

– Oh bon Dieu, ce que je suis content ! On était tellement inquiets pour toi…

Et il l'embrassa à son tour. La jeune femme lui rendit son étreinte, mais son attention était captée par l'appartement.

– Qu'est-ce qui s'est passé ? Vous savez ce qui s'est passé ?

– C'est Elsa. Quand elle est rentrée, elle a trouvé l'appart sens dessus dessous. Elle m'a appelé et on a prévenu les flics.

Estelle jeta un regard reconnaissant à son amie, mais celle-ci ne partageait manifestement pas le soulagement de Gil et Mehdi et la fixait d'un œil maussade.

C'est alors qu'Olivier interpella Estelle pour lui montrer quelque chose. Sur un pan de mur, à la place des tableaux décrochés, se trouvaient maintenant punaisées des photos très particulières.

Intriguée, Estelle s'en rapprocha. Son sang ne fit qu'un tour quand elle découvrit ce que représentaient les clichés. Il s'agissait en effet de photos d'Elsa et elle, seules ou ensemble… De photos volées au gré de leur vie quotidienne et prises à leur insu.

– À quoi ils jouent ? Regardez, ce sont des photos volées. Elsa et moi devant la porte, et même dans le salon !

Elsa la rejoignit, dans l'incompréhension la plus totale.

– Tu veux dire qu'on nous a observées ici, chez nous ?

La jeune femme avançait la main pour en détacher une, mais Olivier l'arrêta fermement.

– N'y touchez pas, laissez faire la police.

– Mais c'est moi, là, sur la photo, c'est mon intimité qu'on a violée… Vous vous rendez compte ?

En proie à une crise de colère proche de l'hystérie, Elsa attrapa Estelle par les épaules.

– Mais qu'est-ce qui se passe, Estelle ? Qu'est-ce que tu as fait ?

– Je suis désolée, je…

Dans un réflexe, Estelle chercha à prendre Elsa dans ses bras afin de lui apporter son soutien, mais son amie eut une violente réaction de rejet et la repoussa brutalement.

– Lâche-moi ! C'est ta faute, David est mort par ta faute et moi j'ai bien failli être emprisonnée à cause de toi ! J'ai tout perdu à cause de toi, tout ! Ma vie entière est détruite À CAUSE DE TOI !

Gil tenta d'intervenir pour calmer le jeu, mais Elsa était lancée. Quand elle eut déballé son sac, elle se mit à sangloter, sous le regard absent d'Estelle, qui ne savait plus comment réagir, assommée par les accusations.

Elsa était blottie dans les bras de son ex-mari, elle l'implorait de l'emmener loin, de ne pas la laisser tomber.

– J'ai peur…

Alors que Gil hésitait, ce fut Mehdi qui céda et acquiesça avec fatalisme. Bien sûr qu'Elsa pouvait venir à la Mule du Pape en attendant… Quand il s'entendit prononcer ce dernier mot, Mehdi sut qu'il allait devoir attendre longtemps avant de se débarrasser d'elle. Mais que pouvait-il faire d'autre en de pareilles circonstances ?

⁂

– J'ai le résultat, pour les empreintes des mains ! Vous savez, celles qui…

Trihn se tenait timidement sur le pas de la porte du bureau de Renard, n'osant pas entrer avant qu'elle lui en ait donné la permission.

Concentrée sur l'énorme pizza qu'elle mangeait à même la boîte de livraison, Renard leva les yeux vers celui qui osait déranger le bon déroulement de son dîner.

– On n'en a qu'une paire jusqu'à présent ! Bon, et alors ?

– Alors au fichier national, ça donne rien. Ni sur celui des délinquants et criminels…

– Et vous appelez ça un résultat ?

Au lieu de rougir et de baisser les yeux, le lieutenant Trihn prit un air satisfait. Cette fois, il allait marquer des points.

– Ouais, parce que je sais qui était leur propriétaire. J'ai cherché dans le fichier de la police nationale qui recense les empreintes de tous les flics de France… Et le gars était de la maison.

– Un flic ? Vous déconnez ?

– PJ de Lille. Il s'appelait Guillaume Lothaire. Trente-cinq ans, grade de capitaine. Disparu il y a neuf mois… Il enquêtait sur les Frères de Judas !

Trihn savourait déjà son triomphe, attendant la réaction de Renard.

Malheureusement, une fois encore, ce ne fut pas celle qu'il avait espérée. La commissaire s'effondra sur son bureau, blême. Ce qu'elle commençait à redouter venait de se concrétiser.

– J'avais raison ! Cette paire de mains avait une signification : c'est un avertissement qui nous est destiné. Et si ces Frères de Judas sont suffisamment dingues pour s'attaquer aux flics, c'est qu'ils sont très, très dangereux.

Le petit sourire de Trihn s'évanouit aussitôt devant l'air inquiet de Renard. L'angoisse de sa boss devenait contagieuse…

⁂

Olivier ouvrit la porte de son appartement. Situé dans un ancien hôtel particulier de la vieille ville d'Avignon, le bâtiment était aussi décrépi que charmant. La nuit venait de tomber et seule une vague ampoule éclairait le palier.

– C'est pas somptueux, mais c'est confortable, vous allez voir…

Brisée par toutes ces émotions, Estelle s'était laissée glisser le long du mur, jusqu'à s'asseoir sur une marche de l'escalier de pierre qui desservait les étages. Son regard s'était instinctivement fixé sur le croissant de lune qu'elle apercevait par la fenêtre du palier.

– Je ne sais pas ce que je fais là. Tout va décidément trop vite.

Quand il la vit si vulnérable, Olivier vint s'asseoir à côté d'elle. La minuterie s'éteignit au même instant, les baignant dans l'éclat laiteux de la lune.

– Vous tremblez.

Estelle tourna son visage vers lui et avança la main vers sa joue, qu'elle caressa tendrement.

– Heureusement, vous êtes là…

Comme s'il avait attendu un signal, Olivier l'enlaça, la plaquant contre lui, cherchant ses lèvres. Estelle répondit à son étreinte, leurs bouches se cognant sous l'effet de la passion qu'ils réfrénaient depuis trop longtemps maintenant.

Les mains d'Olivier s'égarèrent dans les vêtements d'Estelle, qui frissonna quand sa chair mise à nu toucha la pierre glacée de l'escalier. Les caresses d'Olivier lui firent prendre conscience de l'impatience de son désir.

Leurs corps se soudèrent et tous deux, sous la lueur blanche, laissèrent le plaisir les submerger.

Il faisait encore nuit noire quand Estelle se réveilla. Elle se demanda un instant où elle se trouvait. Puis le souvenir si vivant des heures précédentes lui revint, la faisant rougir d'émotion. Elle était chez Olivier, sur le canapé de son salon… car ils n'avaient jamais réussi à atteindre la chambre à coucher.

La jeune femme s'étira langoureusement et, ne voyant pas son amant, se leva pour partir à sa recherche.

L'appartement était plongé dans une semi-pénombre très agréable. À nouveau Estelle ne put s'empêcher d'admirer la lune par les hautes fenêtres aux rambardes sinueuses.

– Olivier ? Tu es là ?

La cuisine qu'Estelle découvrit lui plut tout de suite. Succinctement meublée, elle n'en était pas moins chaleureuse avec sa grande table ancienne.

Cette impression de bien-être quitta brusquement Estelle quand, une bouteille de jus de fruits à la main, elle voulut trouver un verre et découvrit un placard entièrement vide. Puis un second, puis un troisième, jusqu'à se rendre compte que tous les meubles de la cuisine étaient vides. Comme si l'endroit n'était pas habité…

Un signal d'alarme s'enclencha dans sa tête, la poussant à explorer le reste de l'appartement. Sur la pointe des pieds, Estelle passa en revue les nombreuses chambres, toutes très sommairement meublées, quand elle entendit le bruit d'une douche qui se mettait en marche.

Sans trahir sa présence, Estelle s'approcha de la salle de bains et entrevit par l'interstice de la porte Olivier Royal, nu sous l'eau brûlante.

Soudain un bip discret suivi d'un bourdonnement de vibreur la fit sursauter. Olivier sortit de sa douche et, tout en attrapant une serviette, répondit à l'appel. Pensant qu'Estelle dormait toujours, il parlait à voix basse, loin de se douter qu'elle se trouvait à quelques mètres de lui.

– Oui, elle est avec moi. Elle dort… ça a marché comme sur des roulettes, elle n'a pas voulu rester chez elle. Il faut dire que j'avais mis le paquet niveau mise en scène ! Je sais, ne vous inquiétez pas… Évidemment qu'elle ne se doute de rien…

Derrière la porte entrebâillée, Estelle crut que sa tête allait éclater. La fureur et la terreur se mélangeaient en elle. Ses idées s'entrechoquaient, ses repères s'embrouillaient.

Dans une pulsion, elle posa la main sur la poignée de la porte, prête à affronter celui qui venait de la trahir si profondément. Mais, alors qu'elle allait pousser le battant, son sang se glaça.

Olivier venait de se retourner, offrant son dos à Estelle, qui y découvrit un J gothique gravé dans sa chair, au niveau de l'omoplate droite.

VII

Le bruit de la porte que venait de claquer Estelle en prenant la fuite, terrorisée, résonna jusque dans la salle de bains. Olivier mit fin aussitôt à sa conversation téléphonique, noua à la hâte une serviette autour de ses hanches, et se précipita en direction du salon.

Il dut se rendre à l'évidence : Estelle s'était envolée. D'un geste machinal, il posa la main sur le J gothique qui lui flétrissait l'épaule. La frustration et la colère déformaient son visage.

Courant avec l'énergie du désespoir, aveuglée par les phares des voitures qu'elle croisait, Estelle remontait un large boulevard à plusieurs voies. La moindre personne qu'elle croisait lui semblait suspecte. Comme ces deux hommes qui la suivirent du regard un instant de trop, la poussant à accélérer encore sa course.

– Olivier Royal porte un J gothique gravé sur l'omoplate ! Il vous faut quoi comme preuve supplémentaire ?

Estelle faisait face à Renard, dont les bâillements s'enchaînaient ainsi que les brefs coups d'œil à sa montre que la commissaire ne cessait de consulter.

– Royal a le droit de se faire graver ce qu'il veut où il veut.

– Ne faites pas semblant de ne pas comprendre !

– Je vous le répète, mademoiselle Esperanza, la loi punit la mutilation volontaire et ce que vous me décrivez n'en fait pas partie.

Devant tant de mauvaise foi, la colère de la jeune femme décupla.

– C'est un Frère de Judas ! Depuis le début il nous manipule, tous ! Moi la première ! C'est pour ça qu'il était en bas de chez moi le matin où je me suis réveillée à côté du corps de David ! Parce que c'est lui, le meurtrier ! Et il est possible qu'il ait tué Brac et mon grand-père, il était là, au courant de tout, il travaillait sur le chantier archéologique du palais !

Quelques applaudissements fatigués vinrent ponctuer sa déclaration.

– Bravo, vous êtes très convaincante. Je vous promets d'étudier cette piste. Allez, je ne vous raccompagne pas, vous connaissez le chemin…

– Le jour où la vérité éclatera, et ça ne sera certainement pas grâce à vous, je n'aimerais pas être à votre place, commissaire !

Renard s'était levée et se dirigeait vers la porte de son bureau, intimant l'ordre à un képi en faction de ne pas intervenir.

– Vous savez que vous commencez à me les briser ? Vous déboulez ici au milieu de la nuit, et en plus vous m'obligez à sortir de mon lit pour entendre vos délires.

– Vous voulez que je revienne aux heures ouvrables ?

Cette fois ce fut Renard qui perdit son sang-froid. Elle confia Estelle au képi, la menaçant de la placer pour le restant de la nuit en cellule de dégrisement. À bout de nerfs, celle-ci se laissa reconduire au seuil du commissariat.

Une fois seule dans son bureau, Renard soupira un grand coup avant de décrocher son téléphone pour appeler Olivier Royal, qui faisait les cent pas dans son vaste appartement.

– Elle sait, se contenta de lâcher Renard.

– Je m'en doutais. Bon, et elle est où maintenant ?

– Je l'ai foutue à la porte.

– Vous la faites suivre au moins !

Renard leva les yeux au ciel, hésitant avant d'exploser. Elle préféra finalement se montrer sarcastique.

– Ben non, pourquoi ? Évidemment qu'elle n'est pas repartie seule ! Je l'ai pas laissée s'évanouir dans la nature, moi !

Puis elle raccrocha au nez d'Olivier, ravie d'avoir eu le dernier mot. Accablé par la tournure que prenaient les événements, Royal se laissa lourdement tomber dans le profond canapé sur lequel il avait abandonné Estelle moins de deux heures auparavant. Il n'aimait pas se lamenter sur ses erreurs, mais cette fois il ne put s'en empêcher. Il avait trop peur des conséquences de son manque de vigilance.

Au cœur de la ville d'Avignon plongée dans l'obscurité de la nuit, la berline de Jean avançait au ralenti, tous feux éteints. Nerveux, le père d'Estelle scrutait les environs, jusqu'au moment où il découvrit sa fille qui se cachait au coin d'une sombre venelle.

Abandonnant son véhicule, Jean se précipita pour recueillir Estelle dans ses bras. Elle affichait un air qui en disait long sur son état d'épuisement, tant moral que physique. Ses traits étaient tirés et son regard perdu trahissait sa détresse.

– Ma chérie, mais qu'est-ce qui t'est arrivé ?

– Royal est un Frère de Judas ! Je suis tombée dans leur piège !

– Calme-toi, je suis là…

– Il les a tous tués… Ils les ont tués… et ils vont continuer !

Estelle ne put terminer sa phrase. Les sanglots qu'elle retenait depuis sa macabre découverte se transformèrent en torrents de larmes. Elle s'effondra dans les bras protecteurs de son père.

⁂

À la même heure, à Hong Kong, le soleil se couchait sur la baie, offrant une vue spectaculaire où se mêlaient gratte-ciel, navires ultramodernes et jonques chinoises dans un contraste saisissant.

Derrière les baies vitrées des bureaux de l'Asian International Liberty Bank, miss Wou, splendide Asiatique sanglée dans un tailleur strict, servait avec cérémonie le thé au chairman.

D'un geste ferme, celui-ci prit la main de sa collaboratrice et examina sa chevalière ornée d'un J au design japonisant. La jeune femme se libéra de l'emprise en souriant d'un sourire froid qui plut au chairman.

– Sir, nous venons d'apprendre qu'un bijou a été subtilisé lors de la procession des Saintes-Maries-de-la-Mer.

– Ça, je le sais déjà, lâcha l'homme d'une voix agacée. Quoi d'autre ?

Miss Wou lui tendit un dossier plastifié dans lequel se trouvaient des photographies volées d'Estelle et Olivier enlacés, puis d'Estelle lors de sa fuite de chez Olivier.

– Olivier Royal s'est bêtement fait démasquer. Estelle Esperanza a découvert qui il était…

La fureur qui s'empara du chairman fit sursauter miss Wou, qui parvint à grand-peine à cacher sa panique. Son patron était connu pour ses accès de violence.

– *Stupid guy !* Je dois parler à Sept, maintenant !

– Yes, sir… Autre chose : une gargouille a été découverte à la Mule du Pape. On ignore encore sa signification, mais on y travaille.

– *A gargoyle ? Really ?*

La nouvelle intrigua suffisamment le chairman pour le calmer et le plonger dans une profonde réflexion.

⁂

Quelques heures plus tard, devant cette même gargouille, Elsa proposait à Gil de trouver un acheteur.

– Si vous voulez vous en débarrasser, je dois pouvoir en tirer un prix sympa !

– Je sais pas trop…

Le monstre de pierre les regardait fixement de ses yeux féroces, montrant les dents comme avant l'attaque.

À chaque fois qu'il descendait à la cave, Gil devait prendre sur lui pour ne pas céder à la peur et partir en courant. Il avait même été jusqu'à jeter une couverture sur la bête, mais systématiquement il la retrouvait sur le sol. Comme si la gargouille l'avait envoyée valdinguer.

Évidemment, Gil n'avait pu en parler à personne, au risque de passer pour fada.

– Hé, te prends pas la tête. C'est juste une gargouille en pierre, rien d'autre.

– Je sais mais… C'est plus compliqué que ça.

Elsa laissa échapper un rire cristallin et prit Gil par la taille. Ce dernier, perdu dans ses pensées, n'y fit même pas attention, toujours hypnotisé par la terrible figure.

– Quoi ? Ben raconte, tu te fais un délire ésotérique ?

Elsa se rapprocha encore de Gil, qu'elle tenait maintenant serré fort contre elle. Se méprenant sur son manque de réaction, elle alla même jusqu'à poser sa tête sur l'épaule de son ex-mari.

– Vous vous foutez vraiment de ma gueule tous les deux !

Gil et Elsa sursautèrent ensemble, surpris par Mehdi, qui les fusillait du regard. D'un geste mécanique, Gil repoussa Elsa.

– Dis pas n'importe quoi. J'ai demandé à Elsa d'expertiser la gargouille, c'est tout !

– C'est pas du tout ce que tu crois, hein…

Mehdi allait répliquer quand il vit le regard de la gargouille s'animer et se diriger vers lui avec férocité. Le voyant se décomposer, Gil finit par s'énerver.

– Quoi encore ? Qu'est-ce qui se passe ?

– Vous avez vu ? Vous avez pas vu ? La gargouille ! Elle nous regardait !

Gil et Elsa se retournèrent et examinèrent la gargouille, dont les yeux étaient redevenus de pierre.

– Dites-moi, vous faites la paire, tous les deux ! Mais vous ne m'aurez pas comme ça, les gars ! Vivante ou pas, c'est le même prix !

Elsa s'éclipsa, trop contente de s'en tirer à si bon compte. Gil était venu rejoindre Mehdi, toujours tétanisé.

– Tu te fous de moi avec mes histoires de fantôme, c'est ça ? C'est pas hypercool…

Mais le regard de Mehdi ne se détachait pas de la gargouille.

– Oh, dis-moi que tu déconnes, allez merde, arrête !

Quand Mehdi se tourna vers Gil, celui-ci lut dans les yeux de son compagnon la peur qu'il avait lui-même ressentie à chaque fois qu'il avait vu Nadège.

Elsa se dirigeait vers sa voiture garée à quelques rues de la Mule du Pape quand la porte d'un imposant coupé Mercedes vint lui barrer le chemin.

– Montez !

Elle se pencha et découvrit Henri au volant du bolide. Elle hésita un instant avant d'accepter l'invitation.

– Monsieur Esperanza, quelle bonne surprise !

La voiture démarra nerveusement et les conduisit vers l'extérieur de la ville. D'un regard qu'elle voulait distrait, Elsa observait par la vitre passager pour tenter de découvrir où Henri l'emmenait.

– Je vous paye assez pour obtenir discrétion *et* rapidité, vous ne pensez pas ? Alors, qu'avez-vous à me dire ?

– Je suis sur le coup, je vous l'ai déjà dit. Je vous appelle dès que je l'ai négociée.

Le pied d'Henri s'écrasa sur l'accélérateur, plaquant Elsa au fond de son siège. Elle voulut enclencher sa ceinture, mais Henri lui sourit, secouant négativement la tête. Inutile, il était excellent conducteur.

– Cette gargouille est à moi, Elsa ! La Mule du Pape a toujours appartenu à ma famille !

– Alors fallait pas laisser votre mère la vendre…

Elsa regretta instantanément que cette maudite repartie lui ait échappé. Elle baissa les yeux instinctivement.

– Je vais faire le maximum, je vous le promets.

Henri sourit à nouveau, les yeux rivés sur la route, la main cramponnée au levier de vitesses.

⁂

Les yeux encore gonflés de sommeil, Estelle rejoignit Jean, installé au bord de la piscine devant un copieux petit déjeuner. Il l'avait fait préparer pour elle, pour qu'elle reprenne des forces. Estelle se contenta d'un café, qu'elle but pelotonnée sur une chaise de jardin.

– Comment tu te sens ?

– Comme quelqu'un qui a été trahi. Trahie par l'homme à qui j'avais accordé ma confiance.

Silencieux, Jean ne quittait pas sa fille des yeux, inquiet de la voir dans un tel état. Elle d'ordinaire si vivante, si combative, semblait abattue, comme résignée.

– Merci de ne pas me dire que tu m'avais prévenue, réussit-elle à lâcher, décidée à rompre le pesant silence qui s'était installé entre eux.

Voyant que Jean n'enchaînait pas, elle décida de se lancer, prenant sur elle pour trouver l'énergie d'affronter son père.

– Papa, il faut que tu me croies. La Prophétie existe, j'en ai la preuve. C'est une quête, avec des indices, et des messages que seuls les initiés peuvent décoder…

Jean ne put cacher son agacement. Il s'en voulut d'avoir cru un bref instant que toute cette histoire était derrière eux, qu'Estelle avait déjà trop souffert pour vouloir continuer.

– Estelle…

– Non, écoute-moi jusqu'au bout, cette fois. C'est pour ça que Royal m'a approchée, parce qu'il est des leurs. Les Frères de Judas pensaient pouvoir me contrôler grâce à lui. Et moi je suis tombée dans le panneau.

Jean serra les mâchoires, atteint de plein fouet par la pertinence de l'analyse de sa fille. Puis :

– C'est une histoire sans fin qui recommence à chaque génération. Je t'ai menti, Estelle. Depuis des années je te mens. J'ai voulu te protéger, t'éviter de te lancer à ton tour dans cette quête.

– Je ne comprends pas.

– Viens avec moi.

Dissimulé derrière un rayonnage de livres se trouvait un petit coffre-fort scellé à même le mur. Jean en composa la combinaison, l'ouvrit et en sortit une petite arme de poing qu'il tendit à Estelle.

– Avant toute chose, je veux que tu la prennes et que tu ne t'en sépares plus. D'accord ?

Estelle prit le revolver, surprise par le contact du métal glacé avec sa main et du poids conséquent d'un si petit objet.

– Tu es allée plus loin dans la quête que personne avant toi. Papa voyait en toi le Cœur pur, l'élue, et il avait raison.

La surprise se lut sur le visage d'Estelle. Elle s'attendait à beaucoup de choses, mais jamais elle n'avait envisagé ces révélations de son père.

– Attends, je ne te suis pas. Tu m'as toujours dit que la Prophétie était un délire de vieux fou, comme tu l'appelais… et maintenant tu m'annonces que tu y as toujours cru toi aussi ?

– Je n'avais pas le choix. Je devais te mentir pour te protéger.

– Mais… Et grand-père ? Il savait ? Il savait que tu y croyais aussi ?

– Oui, et il me comprenait. J'ai payé un lourd tribut à la Prophétie. Moi aussi j'ai été manipulé, trahi.

Les mots de Jean résonnèrent au plus profond d'Estelle. La jeune femme fut brusquement assaillie par un flot ininterrompu de souvenirs, de réflexions. Les flammes qu'elle voyait dans ses rêves, la douleur qu'elle avait ressentie sur son omoplate droite et la cicatrice qui la marquait à jamais, les révélations de Louis sur sa cassette posthume… Les choses se mirent en place dans son esprit et tout à coup la vérité lui apparut, évidente, inéluctable.

– Ma mère appartenait aux Frères de Judas, c'est ça ?

Jean se contenta de baisser les yeux, comme incapable de répondre à cette question.

– Ne nie pas ! Grand-père m'a laissé une vidéo chez une amie à lui, Dona Flores. Il m'y a expliqué pas mal de choses.

– Le vieux filou…

– Et tu connais Dona Flores, bien sûr.

Le regard de Jean le trahit, prouvant à Estelle à quel point, durant toutes ces années, son père lui avait caché la vérité. Il savait. Il savait tout ce qu'elle avait eu tant de mal à découvrir jusqu'ici.

– Parle-moi de ma mère, dis-moi toute la vérité, tu me la dois.

Jean se résigna à sortir d'un coffret de bois les souvenirs qui le hantaient encore. Plus de vingt ans après… Devant les yeux écarquillés d'Estelle, il étala de nombreuses photographies de Joyce, prises avant qu'elle disparaisse pour toujours.

Tout en les présentant à Estelle comme s'il s'agissait des cartes d'un tarot divinatoire, Jean, pour la première fois, parla à sa fille de celle qu'il avait tant aimée et qui l'avait tant fait souffrir.

La première fois que Jean avait vu Joyce, c'était pendant le festival d'Avignon. Appartenant à une troupe de théâtre itinérant, se réclamant du mouvement Flower Power, Joyce hypnotisait les spectateurs dès qu'elle apparaissait sur scène. D'une beauté rayonnante, elle envoûtait plus qu'elle ne charmait.

Jean ne pouvait détacher son regard de cette apparition et avait résolu d'assister à toutes les représentations jusqu'à ce qu'elle le remarque et lui sourie. Encore maintenant, tant d'années après, il se rappelait le sourire qu'elle lui avait enfin offert un jour. Jean avait su à cet instant que Joyce était la femme de sa vie et que jamais plus il ne pourrait vivre sans elle.

Quand les comédiens avaient enfin quitté la ville, Joyce avait abandonné la troupe sans regrets. Elle avait décidé de rester avec Jean et de vivre jusqu'au bout cette histoire naissante et prometteuse. Une histoire qui s'était concrétisée rapidement par un mariage dans les règles de l'époque, pattes d'eph' et marguerites dans les cheveux, puis avec un bébé qu'on emmaillota dans des langes indiens.

Estelle ne put retenir ses larmes devant les photos qui venaient illustrer le témoignage poignant de Jean. Jamais elle n'avait vu sa mère si jeune, si souriante, si heureuse. Jamais elle ne l'avait vue la tenir elle, Estelle, dans ses bras, et l'embrasser avec une tendresse infinie. Même Jean oublia la dureté qui le caractérisait pour profiter un bref instant de ces souvenirs de bonheur. Estelle lui prit la main, émue de partager enfin un moment de réelle complicité avec son père.

Pourtant, devant le cliché de leur ancienne maison, le regard de Jean se durcit.

– Et puis il y a eu ce jour maudit. Ton grand-père avait toujours eu des soupçons sur Joyce, mais moi je n'ai jamais voulu les entendre. Ce jour-là j'ai réalisé que ta mère faisait partie des Frères de Judas et qu'elle m'avait manipulé pour avoir un enfant issu des Esperanza…

Les mots avaient été prononcés avec difficulté. On devinait la violence du sentiment de trahison que Jean avait ressenti.

– Ce monstre t'a marquée au fer rouge et allait te livrer aux siens.

– J'avais tout oublié, mais maintenant je me rappelle… La douleur, les cris… J'avais si mal.

Jean luttait pour rester maître de lui-même et continuer son récit.

– Lorsque je suis rentré et que j'ai découvert ce que ta mère t'avait fait, nous avons eu une violente dispute. Un rideau a pris feu et le salon s'est embrasé. Très vite le feu s'est répandu dans toute la maison…

– Toi, tu t'en es sorti, mais pas elle…

Jean acquiesça après un long moment de silence.

– J'ai réussi à aller dans ta chambre. Je t'ai prise dans mes bras et je me suis retrouvé dehors alors que la maison n'était plus qu'un brasier.

Instinctivement, Estelle mit la main sur son épaule.

– Papa, tu crois que je suis… Si j'ai été marquée, je suis l'une des leurs ?

Estelle ne parvint pas à terminer sa phrase. Jean la prit dans ses bras et la serra contre lui.

– Non ! Tu es un cœur pur, Estelle. N'en doute jamais !

Un instant perdue, elle finit par répondre à l'étreinte de son père, mais son esprit était ailleurs, égaré parmi les questions et les doutes qui l'assaillaient.

⁂

Sur un matelas posé à même les tomettes anciennes du sol de l'atelier, Julien et Nadine faisaient l'amour avec passion. Chevauchant son amant, Nadine s'offrait à lui, libre et impudique dans l'expression du plaisir qui montait en elle. Le jeune homme n'arrivait pas à détacher son regard des seins, de la gorge et du visage aux yeux clos de celle qui le rendait fou.

Quand elle se cambra, surprise par la jouissance, il se laissa à son tour glisser vers le plaisir. Ses mains se refermèrent sur les seins de Nadine, qui apprécia la douleur que ce geste lui procura en ravivant le plaisir qui la quittait lentement, par vagues successives.

Dans un réflexe, Nadine reboutonna l'ample chemise blanche qui ne la quittait jamais puis attrapa son paquet de cigarettes fines au goût de menthol.

– Ne bouge pas…

Julien se retourna, surpris de découvrir dans les mains de sa maîtresse un appareil photo. Repoussant la mèche de cheveux qui mangeait le visage du jeune homme, Nadine prit différents gros plans de lui, de ses mains, de la cambrure de son dos, de l'arrondi parfait de ses fesses qui s'offraient à elle, nues.

– Voilà. Encore une…

Julien se prit au jeu, cachant à moitié son visage dans un coussin, lui offrant ses plus beaux sourires. Jusqu'au moment où il entrevit des larmes dans les yeux de Nadine. L'appareil photo ne suffisait plus à masquer la tristesse qui avait soudain envahi sa maîtresse.

– Ça ne va pas ? Pourquoi tu pleures ?

– Je ne pleure pas.

Julien se leva et caressa les cheveux de son amante.

– D'habitude, je suis ton modèle pour tes toiles. Et là tu fais des photos de moi ? Pourquoi ? C'est la première fois.

– Parce que je veux me souvenir de toi, Julien. De toi tel que tu es, du grain de ta peau, du dessin de ta bouche, de la cambrure de tes reins…

– Tu veux me quitter ?

– On ne peut pas se cacher éternellement…

Nadine s'écarta mais Julien la retint par le poignet. Elle grimaça de douleur.

– Qu'est-ce que tu as ? Je t'ai fait mal ? Montre-moi.

Julien découvrit alors une trace bleue sur l'avant-bras de Nadine. Une trace qu'elle avait cherché à camoufler avec du fond de teint. Le maquillage avait taché la manche de sa chemise blanche.

– C'est Henri ? Il t'a frappée ?

Elle ne répondit pas, perdue. Des larmes coulaient sur ses joues, qu'elle ne parvenait pas à contenir malgré ses efforts.

– Dis-moi ce qui s'est passé ! Mon amour, je t'en prie…

– Henri a trouvé mon test de grossesse. Il est devenu fou quand il a découvert que j'étais enceinte de toi.

– On va avoir un enfant ?

Devant l'acquiescement timide de Nadine qui semblait redouter sa réaction, Julien fut submergé par l'émotion et la serra contre son cœur. La femme qu'il aimait le plus au monde allait lui donner un enfant !

Tout à son bonheur, il ne vit pas que Nadine ne partageait pas son enthousiasme.

⁂

Majestueux, le palais des Papes accueillait les préparatifs de la cérémonie de remise de médaille des Justes qui allait avoir lieu le soir même.

Alors qu'elle traversait la cour d'honneur, Sandra se perdit, comme à chaque fois qu'elle y venait, dans la contemplation de cet endroit hors du temps. Tournant le dos à la porte des Champeaux, elle se laissa emporter par la sensation de vertige que faisaient naître en elle les hauts murs qui l'encerclaient. Un court instant, il lui sembla même qu'une des gargouilles sous lesquelles elle se trouvait l'observait du coin de son œil féroce.

– Tout est prêt pour ce soir…

Sandra sursauta à cette intervention inopinée de Sylvain Epstein qui se tenait à quelques mètres d'elle. Elle se sentit rosir, comme prise en flagrant délit.

Sylvain lui indiqua l'aile des Grands Dignitaires, où allait avoir lieu la cérémonie.

– Ce sera un très beau moment, poursuivit-il. Vous avez décidé de votre programme musical ?

Sandra acquiesça, heureuse qu'enfin quelqu'un s'intéresse autant qu'elle à la soirée qui se préparait. Les morceaux qu'elle allait jouer, elle les avait répétés d'arrache-pied, sans jamais réussir toutefois à attirer l'attention de Jean, qui ne quittait l'hôpital que pour se cloîtrer dans son bureau. Avec tous les événements dramatiques auxquels son mari avait récemment dû faire face, Sandra s'était montrée plus attentionnée que jamais mais elle avait fini par admettre que Jean se détachait d'elle, d'elle et de leur vie de couple. Même leur fils semblait lui peser.

Ce que Sandra refusait encore de reconnaître, cependant, c'est qu'à travers la mort de Louis et ce qui arrivait à Estelle, c'était le passé qui ressurgissait. Un passé dans lequel elle n'aurait jamais sa place, quoi qu'elle fasse.

Epstein réitéra sa question concernant le programme musical, étonné de voir Sandra capable de partir si loin, si vite. Elle lui sourit, s'excusant de sa distraction.

– Je jouerai quelques vieilles mélodies klezmer en première partie puis une œuvre de Mozart, la *Sonate pour violon K 481*...

– C'est une merveille. À Rome, cet hiver, votre interprétation était magnifique.

– Vous y étiez ?

– Oui, et j'ai également eu la chance de vous entendre jouer à Berlin, à Londres et à Oslo.

Sandra se demanda comment elle devait réagir à un tel aveu.

– Quel hasard que vous ayez été dans ces villes au moment de mes concerts !

– Pour être franc, ma présence ne devait rien au hasard. Je suis fan de musique classique... et fan de vous.

Le trouble devint palpable entre eux. Sandra baissa les yeux.

– Je suis très touchée... Merci.

L'arrivée d'Henri Esperanza, qui les bouscula presque en traversant la cour de son pas décidé, mit fin à la gêne qui s'était installée. Sandra sauta sur l'occasion pour changer de sujet.

– Henri ? Tu tombes bien, je te présente maître Sylvain Epstein... Sylvain, Henri Esperanza.

– Enchanté de vous rencontrer enfin, monsieur Esperanza.

Henri répondit à la poignée de main que lui offrait Epstein, affichant un sourire ambigu et le dévisageant avec insistance.

– Voici donc l'homme qui empêche ma mère de dormir ces dernières semaines !

– Votre mère est une personne très modeste, cela force le respect.

– C'est l'une de ses très nombreuses qualités, en effet. Maintenant excusez-moi, mais je suis attendu.

Henri s'éloigna rapidement sous le regard interloqué d'Epstein, qui se tourna vers Sandra.

– Sympathique..., lâcha l'avocat, flegmatique.

Le calme qui régnait dans la bibliothèque du palais contrastait avec le va-et-vient incessant des touristes pressés de découvrir le cinquième monument historique le plus visité de France.

Henri avait rejoint Estelle à sa demande et tous deux contemplaient un spectaculaire petit arbre en or qui reposait dans une vitrine sécurisée. Ce chef-d'œuvre de l'orfèvrerie pontificale était l'arbre à poison de Jean XXII. De la taille d'un bonsaï, en or massif serti de pierres précieuses, il présentait, suspendues à ses branches, diverses breloques, chacune constituée d'une matière différente. Allant d'une dent de requin au plus pur des cristaux de roche, en passant par de l'argent ou encore de l'ambre, ces différents matériaux étaient censés réagir à la présence des poisons tant redoutés. On les trempait donc inlassablement dans les mets destinés au pape avant que ce dernier daigne y goûter.

Parmi les breloques figurait la patte de félin qu'Estelle et Olivier Royal avaient prise au cou de Sarah lors de la procession des Saintes-Maries-de-la-Mer. À l'issue de nombreuses heures de recherches, aiguillée aussi par un vague croquis dans le carnet de son grand-père, Estelle s'était intéressée à l'arbre à poison. Mais ce dernier ne lui avait rien révélé en retour. Elle se trouvait donc dans une impasse.

– Grand-père se doutait certainement que cet arbre à poison devait jouer un rôle. Lequel, ça, je n'ai pas réussi à le déterminer !

– Fais voir.

Henri prit le carnet et étudia avec attention le dessin de Louis.

– Je n'ai peut-être pas pris la bonne relique pendant la procession, intervint sa nièce. Tout est allé si vite… C'était plutôt instinctif…

Henri délaissa alors le carnet pour observer l'arbre à poison.

– Je l'ai étudié sous toutes les coutures. Il n'y a rien. Pas de mécanisme secret, pas d'inscription, rien.

– Et alors ? Tu ne vas pas abandonner maintenant ! réagit Henri. Il faut continuer sur cette piste… Voyons déjà ce qu'on trouve d'autre, d'accord ?

Henri avança la main vers le calepin de Louis, Estelle devança son geste et s'en saisit. Henri sourit, mais son agacement était perceptible : il était évident que sa nièce n'entendait pas tout partager avec lui.

– J'ai de la chance d'avoir pour parrain l'un des plus grands spécialistes de l'orfèvrerie pontificale du Moyen Âge, articula-t-elle aussitôt.

– Et je mets toutes mes connaissances à votre service, ma chère, répondit Henri sur un ton mi-figue mi-raisin.

Estelle ne releva pas, habituée au caractère ambigu de son parrain.

En vrais passionnés d'Histoire, Estelle et Henri avaient en commun d'oublier toute notion du temps une fois lancés dans des recherches. À cet égard, la bibliothèque du palais recelait de tels trésors en friche qu'ils auraient pu s'y perdre, en voguant d'une découverte à une autre. Mais aujourd'hui, leur but était précis, et il les empêchait de dériver.

– Tu m'as bien dit qu'il n'existait plus que deux arbres à poison dans le monde ? demanda Estelle, assise en équilibre sur une des hautes échelles de bois qui permettaient d'atteindre les rayonnages les plus élevés.

– Exact. Un à Dresde, en Allemagne, et celui du palais.

– Tout ça n'a aucun sens…

À moitié caché par la pile de vieux livres reliés de cuir qu'il compulsait depuis des heures, Henri leva la main par réflexe, attirant ainsi l'attention de sa nièce.

– Écoute… D'après ce registre, il existe une nature morte représentant l'arbre à poison de Jean XXII. Elle a été offerte par le Vatican au musée des Offices de Florence !

Henri avait déjà abandonné ses livres pour l'ordinateur portable d'Estelle.

– Connectons-nous sur Internet… Les œuvres des Offices sont consultables en ligne !

Quelques instants plus tard, un sourire éclaira son visage : Henri était toujours aussi enchanté de pouvoir obtenir en quelques clics ce qu'il mettait autrefois des jours, voire des mois, à trouver.

– Internet est *la* plus grande invention de tous les temps ! s'écria Henri, qui retourna l'écran pour permettre à Estelle de voir le tableau.

Il s'agissait en effet d'une nature morte. Sur une table de bois était posé l'arbre à poison de Jean XXII. La première chose qui sauta aux yeux d'Estelle fut la fameuse breloque en forme de patte de félin qui pendait à une des branches. La preuve qu'elle ne s'était pas trompée redonna du courage à la jeune femme, qui ressentit aussi un pincement au cœur en revoyant Olivier Royal acquiescer quant au choix à faire parmi les nombreux colliers de la vierge noire.

Sur le tableau, à côté de l'arbre à poison, se trouvait une pile de fruits. Mais ce qui attira l'attention d'Estelle fut la fenêtre de forme gothique représentée en arrière-plan. Par cette ouverture on découvrait un paysage d'où émergeaient plusieurs bâtiments.

– C'est étrange, cette nature morte… On dirait que quelque chose ne va pas.

Henri opina, plongé lui aussi dans l'étude du tableau. Les qualités picturales de l'œuvre étaient discutables ; seule la représentation de l'arbre à poison, unique en son genre, lui conférait une certaine valeur.

– Il est vrai qu'il n'y a pas de propos dans cette composition. Même la perspective est biaisée.

– En même temps cela m'évoque quelque chose. Comme si je connaissais déjà ce tableau…

– Posées à côté de l'arbre, des grenades : les fruits de la Connaissance.

– Et juste au-dessus, derrière la fenêtre… Je reconnais le paysage ! Je sais d'où a été peint ce tableau. Viens !

Estelle entraîna Henri dans les dédales secrets du palais. Ils empruntèrent des escaliers à vis sans fin, de petits couloirs où l'on distinguait, çà et là sur les murs, des graffitis datant de plus de cent ans, et ils atteignirent enfin le sommet de la tour de Trouillas à l'aide d'un ascenseur des plus modernes, qui détonnait au milieu de ces murs chargés d'Histoire.

– C'est incroyable : plus de six cents ans après, le paysage n'a quasiment pas changé ! s'exclama Estelle.

– Toutefois, ce n'est pas exactement le même angle. On dirait qu'on est plus bas…

Estelle acquiesça.

– C'est parce que la tour a été arasée d'un étage sous les vice-légats. Regarde, le tableau montre la chartreuse de Villeneuve, la tour de Philippe le Bel et le fort Saint-André.

Henri, qui avait pris avec lui l'ordinateur portable, se replongea dans l'étude du tableau.

– Les grenades. Ce sont elles qui biaisent la perspective. Mais on peut agrandir l'image. Regarde, là…

Les fruits étaient disposés en pyramide. Ils formaient comme une flèche qui pointait en direction du clocher de l'église de la Chartreuse.

– C'est là qu'il faut chercher !

Une fois de plus, Estelle sut qu'elle était sur le bon chemin. Et une fois de plus, l'émotion lui serra le cœur.

– Grand-père adorait s'y promener. Il était si près du but. Si près…

– C'est une sensation si extraordinaire, si formidable que de servir l'Histoire.

– Encore merci, Henri. Je ne sais pas si j'y serais arrivée sans toi.

– Je t'accompagne ! À nous deux, on est invincibles ! C'est ce que ton malheureux grand-père n'a jamais voulu comprendre.

– Désolée, mais c'est quelque chose que je dois faire seule.

Alors qu'elle allait partir, Henri se mit en travers de son chemin, soudain menaçant. Il lui attrapa l'avant-bras.

– Mais pour qui tu te prends ? C'est Louis qui t'a monté la tête avec ses histoires de « cœur pur », d'« élue » et autres conneries ? Mais moi aussi je suis un Esperanza ! Moi aussi je cherche la Prophétie ! Et depuis toujours !

– Lâche-moi, tu me fais mal.

– Ne sois pas ingrate, Estelle. Je t'ai aidée à chaque fois que tu as eu besoin de moi !

– Et je t'en suis infiniment reconnaissante, Henri. Mais je dois accomplir cette quête seule. Selon la légende, c'est…

– Je me fous de la légende !

Henri et Estelle avaient dérivé vers le bord de la tour et tous deux se tenaient maintenant à quelques centimètres du vide. Un bref instant, Estelle crut qu'Henri n'hésiterait pas à la pousser.

L'arrivée de Lucien, le gardien du palais, mit fin à ce doute terrifiant.

– Attention !

Instinctivement, Henri lâcha le bras de sa nièce, qui se dirigea aussitôt vers Lucien.

– Tout va bien, Lucien. Mon parrain et moi admirions le paysage…

Le gardien la dévisagea d'un air suspicieux.

– Ah. Vous n'avez pas débranché l'alarme, et comme c'est dangereux, par ici, sans garde-corps…

– Henri, je descends avec Lucien. Je te renvoie l'ascenseur tout de suite.

Et Estelle disparut, suivie de Lucien, qui ne put s'empêcher de lancer un dernier regard à Henri. Le sourire faussement amical de ce dernier ne suffit pas à convaincre le gardien. Que se passait-il ?

Estelle traversa la petite place bordée de platanes à l'extrémité de laquelle se trouvait l'entrée majestueuse de la chartreuse de Villeneuve-lès-Avignon.

Séduite par la quiétude de l'endroit, elle hésita un instant à se poser sur un des bancs pour écouter le clapotis mélodieux de la fontaine. Quelques semaines plus tôt, elle les aurait volontiers volées, ces quelques minutes de bonheur simple, se disait-elle.

– Salut Estelle !

Son sang se glaça quand elle reconnut la voix d'Olivier. Celui-ci devait se tenir à moins de deux mètres derrière elle. Estelle se fit violence pour ne rien laisser paraître de sa terreur et se retourna, l'arme de Jean dans la main.

– Tu ne me fais pas peur !

Quand il découvrit le minuscule revolver, Olivier leva les mains pour calmer le jeu.

– Il faut qu'on parle, tous les deux. On ne s'est pas tout dit…

– Tu m'as trahie, tout est dit.

Olivier regarda fixement Estelle et avança vers elle.

– Je ne suis pas un Frère de Judas, Estelle. Je suis flic, je les ai infiltrés.

– Et en plus tu me prends pour une conne !

– C'est pour ça que Renard nous a relâchés si vite.

– J'ai vu ta marque, ça ne trompe pas…

– La preuve que si : j'ai mis des mois à obtenir leur confiance et j'ai dû accepter de me faire marquer pour prouver mon allégeance.

– Ça sonne très vrai, ça semble cohérent… Bravo. Mais je ne te crois pas !

Comme Olivier ne s'arrêtait pas malgré ses sommations, Estelle leva l'arme en tremblant. La peur qu'elle ressentait lui nouait la gorge, des larmes de déception et de colère lui brûlaient les yeux.

Estelle pressait la détente quand elle entendit soudain des pleurs d'enfant.

Olivier se retourna.

– Qu'est-ce qu'elle fout là, cette gamine ?

Dès qu'il voulut s'en approcher, la petite s'enfuit et sembla s'évanouir dans les murs.

– Elle est où ? Elle ne peut pas s'être volatilisée !

Estelle n'avait pas bougé. Elle regardait Olivier comme si elle le découvrait.

– Toi aussi, tu l'as vue ? Tu as vu la petite fille ?

– Bien sûr !

– Et tu trouves ça normal ? Une petite fille qui apparaît et qui disparaît ?

– Ça n'a aucun sens !

– Si, il doit y en avoir un. Mais on ne le voit pas.

Olivier profita de ce moment d'inattention d'Estelle pour lui arracher son arme.

– Je ne t'ai jamais menti, Estelle. Je ne suis pas un salaud…

Il enleva le cran de sécurité et lui tendit l'arme.

– Sans sécurité c'est mieux si tu veux me tirer dessus.

Estelle le dévisagea un long, un très long moment, puis elle se déroba et se dirigea vers l'entrée de la chartreuse.

– Aide-moi. Je cherche un lien entre la chartreuse et Jean XXII…

Olivier lui emboîta le pas en souriant.

– En même temps, c'est toi, l'historienne !

Olivier se tenait debout au milieu d'une église dont la nef était grande ouverte et donnait sur la colline du fort

Saint-André. Il vint rejoindre Estelle devant le gisant d'Innocent VI, dont la jeune femme suivait du bout des doigts la dentelle de pierre.

– La chartreuse a été construite par Innocent VI trente ans après la mort de Jean XXII…

– Il n'y a plus rien ici, c'est une coquille vide, lança Olivier. Pas de tableaux, pas de statue à part le gisant.

Concentrée, Estelle poursuivait son étude minutieuse.

– Pour honorer la mémoire de son prédécesseur, Innocent VI a fait installer le trône en marbre de Jean XXII dans cette église où il aimait se recueillir…

Estelle indiqua à Olivier, sur le sol en pierre, exactement sous l'immense brèche de la nef, la trace rectangulaire d'un siège qui avait été arraché depuis.

– … Jusqu'à la Révolution, le trône est resté ici, dans l'église, mais en 1793, la chartreuse a été vendue comme bien national à un paysan.

– Qui y a installé son bétail, plaisanta Olivier.

– Tu ne crois pas si bien dire : comme il trouvait le porche d'entrée trop bas pour y faire passer ses charrettes de foin, il a voulu ouvrir une autre porte derrière le chœur. Et là, toute la façade et le clocher se sont effondrés !

Olivier observa le trou béant et sourit en imaginant la tête qu'avait faite le paysan devant l'ampleur de la catastrophe.

– Il a dû vivre un grand moment de solitude.

Il revint ensuite au cœur du propos d'Estelle.

– Tu parles de trône, mais je ne le vois pas…

– Parce qu'il n'est plus là ! Jusqu'à l'arrivée de Prosper Mérimée, en 1835, le premier à avoir dressé la liste des monuments historiques en France, le trône est resté sous les gravats.

– Et Prosper a fait retirer les gravats…

– Les ouvriers ont retrouvé le trône quasiment intact. Et on lui a fait retraverser le Rhône. Direction ?

– Le palais des Papes ?

– On y revient toujours…

Alors qu'Estelle et Olivier quittaient la chartreuse, heureux de s'être retrouvés, une voix grave les interpella.

– Vingt-Trois !

Deux silhouettes en imperméable surgirent d'une venelle perpendiculaire : deux Frères de Judas qui dissimulaient à peine leurs armes de poing. Estelle allait s'enfuir en courant, mais Olivier l'arrêta fermement.

– C'est trop tard, ma belle ! J'ai assez joué avec toi. Tu m'as dit tout ce que je voulais savoir.

– Espèce de salaud !

Un des Frères de Judas vint se planter devant eux, et s'adressa à Olivier comme si Estelle n'existait pas.

– Le Grand Chancelier de l'Ordre veut la fille, Vingt-Trois.

– OK, mais c'est moi qui fais la livraison.

– Comme tu voudras.

Estelle tenta à nouveau de se libérer de l'emprise d'Olivier.

– « Vingt-trois » ! Tu es vraiment une ordure !

– Ouais, c'est ça. Vas-y, mords-moi pendant que tu y es…

Estelle, qui cherchait toujours à échapper à la poigne d'Olivier, se débattit sans succès alors qu'il l'entraînait vers la venelle, encadré par les deux frères.

À mesure qu'ils approchaient d'un gros 4×4 noir, Olivier relâcha son étreinte, laissant assez de latitude à Estelle, qui lui balança un violent coup de pied dans les tibias. Il plia sous la douleur, entraînant la jeune femme dans son mouvement.

– Tu refais ça, je te bute !

Mais dès que son visage fut hors de portée des deux Frères, il lui glissa, à voix basse :

– À mon signal, tu cours et tu ne te retournes pas !

À cet instant, Estelle comprit qu'Olivier ne l'avait pas trahie. Elle lui adressa un clin d'œil en signe d'acquiescement.

Alors qu'un des deux Frères ouvrait la porte passager, Olivier le poussa violemment à l'intérieur, réussissant ainsi à le neutraliser.

– Cours, Estelle ! Cours !

Estelle prit la fuite en direction de la colline que surplombait le fort Saint-André tandis qu'Olivier assommait son adversaire avec la portière de la voiture. Royal n'eut pas le temps de se retourner que le contact froid d'un canon de revolver sur sa nuque l'immobilisa.

– Prends le volant ou tu es mort.

Estelle courait à perdre haleine sur le chemin ascendant quand le 4×4 apparut dans son champ de vision. Le véhicule fonçait droit sur elle. À son volant, Olivier, et, sur le siège passager, l'autre Frère de Judas.

Estelle trouva la force d'accélérer encore le rythme de sa course et réussit à atteindre l'entrée du fort, entre deux imposantes tours de garde. Quelques secondes plus tard, le 4×4 pénétrait lui aussi dans l'enceinte, rattrapant bientôt la jeune femme à bout de souffle.

Cernée par les hauts murs du fort, Estelle se retrouva piégée. Aucune issue possible. Elle se retourna et fit face au véhicule qui déboulait dans sa direction. Par réflexe, elle protégea son visage de ses avant-bras, comme si cette protection dérisoire pouvait la sauver.

Le 4×4 rugit de plus belle et Estelle sentit sa dernière heure venue. Avec le peu de forces qui lui restaient, elle ferma les paupières, se résignant à la mort qui l'attendait.

… Et qui ne vint pas. Au lieu du choc tant redouté, un grand calme envahit le fort. Un calme si surprenant qu'Estelle mit quelques instants avant d'oser ouvrir les yeux.

Ce qu'elle découvrit alors devait rester gravé dans sa mémoire : à quelques millimètres d'elle, la calandre du gros 4×4 semblait la fixer.

Le véhicule recula brusquement. La porte passager s'ouvrit et le corps du Frère de Judas tomba à terre. Olivier se précipita hors du 4×4.

– Ça va ?

Choquée, la jeune femme hésita un instant entre les larmes et le fou rire nerveux avant de se jeter dans les bras d'Olivier.

– J'ai cru… J'ai cru que…

– Ça va aller. Je suis là. Je t'ai dit que tu pouvais me faire confiance.

– Merci de ne pas être un des leurs. Je ne l'aurais pas supporté.

Pris de court par la déclaration de la jeune femme, Olivier ne sut que dire. Il se contenta d'afficher une petite mimique complice.

– Tu es libre ce soir ? poursuivit-elle.

– Un rencard ?

– Une remise de médaille… au palais des Papes.

Le sourire d'Olivier fit office de réponse.

⁂

Installé au calme dans la cuisine de la Mule du Pape, Gil était plongé dans l'exercice qu'il détestait le plus au monde : la comptabilité. Armé d'un crayon et d'une calculette, il se battait avec des colonnes de chiffres qui s'amusaient à rester incompréhensibles à ses yeux.

Comme prévenu par un sixième sens, Gil se retourna lentement et découvrit le fantôme de Nadège appuyé contre le piano de cuisson, les mains croisées devant elle, un sourire triste aux lèvres.

– Casse-toi, je veux pas te voir, je crois pas aux fantômes.

– Ils vont le lui dire. Il appartient à la lignée, il doit le savoir…

– Casse-toi, Nadège ! T'es morte, putain ! Je peux rien faire pour toi !

Nadège se détacha du piano de cuisson, se rapprochant de Gil, qui sentit un filet de sueur glacée lui parcourir l'échine.

– Tu dois m'aider, Gil, je n'ai pas terminé. Ils sont là maintenant, c'est bien, mais il faut que tu le protèges…

– Faut que ça s'arrête, là. Ça peut pas durer, lâcha Gil avant de quitter la cuisine en courant.

Au bar, derrière le comptoir, Mehdi s'en prit à Elsa, qui préparait les consommations. Déjà que sa présence dans le café lui pesait, la voir s'amuser à empiéter sciemment sur son territoire le rendait carrément hystérique. Dans ces moments, il détestait Gil et lui en voulait de ne pas voir plus clair dans le jeu d'Elsa. Elle était toxique et lui, Mehdi, le savait.

– Je t'ai déjà dit que t'avais pas à faire ça ! Le bar, c'est mon job !

– Excuse… Je cherchais juste à rendre service. C'est normal, vous m'hébergez si gentiment. Ah, au fait, j'ai une proposition pour la gargouille ! Deux mille euros. La classe, non ?

Mehdi ne répondit pas. Il sortit sur la terrasse, son plateau à la main, et se retrouva nez à nez avec ses parents, dont il ignorait totalement la présence à Avignon.

– Man ? Pa ? Qu'est-ce que vous faites là ?

– On te fait une surprise et toi tu râles ? Bonjour mon chéri !

– Vous auriez dû me prévenir, je me serais organisé.

– On est juste venus passer quelques jours, le rassura Hassan, son père, tandis qu'Amina, sa mère, l'auscultait plus qu'elle ne le regardait, s'assurant qu'il était en forme.

Mehdi blêmit quand il découvrit Gil, qui venait à leur rencontre. Autant il avait parlé de la Mule du Pape à ses parents, autant il avait occulté Gil et la place que le jeune homme occupait dans sa vie.

– Maman, papa, je vous présente Gil, mon… associé.

Curieuse comme à son habitude, Elsa s'amusait de la scène quand Mehdi la prit à partie.

– Et voilà Elsa… la femme de Gil.

L'intéressée afficha un sourire ambigu en serrant chaleureusement les mains d'Hassan et d'Amina.

– Eh oui, c'est moi, la femme de Gil !

– Enchanté, madame, fit galamment Hassan.

– Pas autant que moi, cher monsieur, pas autant que moi….

Perturbé par l'apparition de Nadège, Gil n'avait pas réagi. Maintenant il était trop tard pour rattraper la situation. Mais le regard douloureux qu'il jeta à Mehdi confirma à son compagnon qu'il ne goûtait guère cette situation.

⁂

La lune avait fait son apparition dans le ciel bleu profond de cette douce soirée d'été. Appuyé contre le chambranle de la porte, Henri regardait sa mère qui terminait de ranger la cuisine de la grande demeure. C'était là son domaine, l'endroit où elle se sentait bien. Embauchée comme petite bonne quand elle avait treize ans, elle y avait passé la fin de son enfance puis son adolescence et le début de sa vie de femme. Elle y était revenue des années plus tard quand son fils unique, Henri, avait racheté la propriété. Mais Odette n'avait jamais voulu, ou tout simplement jamais réussi, à devenir une patronne.

Depuis toutes ces années, elle vivait là avec les cuisinières successives que son fils lui imposait et qu'elle poussait à partir, ne voulant pas abandonner ce rôle qu'elle considérait comme le sien. Toute sa vie, Odette l'avait passée à nourrir son fils, au sens propre comme au sens figuré. Elle avait tout donné pour lui. Trop peut-être.

Quand elle découvrit la présence d'Henri, Odette sortit machinalement une tasse et lui prépara une infusion de sa composition.

– Je n'irai pas, tu sais. Je ne me sens pas la force. Non, c'est décidé, je n'irai pas à la cérémonie, téléphone pour dire que je suis souffrante.

– Maman, tu les as sauvés, ces enfants. Tu la mérites, cette médaille.

Amusé et ému par la réaction infantile de sa mère, Henri s'approcha et posa un écrin sur la table, juste devant elle.

– Oh non, il ne fallait pas. Je n'ai besoin de rien à mon âge.

– Ne dis pas de bêtises. Ouvre-le.

C'était un magnifique camée ancien. Les larmes aux yeux, Odette vint embrasser son fils.

– Tu as toujours été un bon fils, mon petit…

Henri accrocha le bijou au col de sa mère puis l'aida à retirer le tablier qui protégeait sa sobre robe de soirée, en soie noire.

– Allez viens, tout le monde t'attend au palais.

Descendant la dernière volée de marches du grand escalier d'honneur, somptueuse dans une tenue de gala qui mettait en valeur ses formes parfaites, Estelle rejoignit les invités dans l'immense salle de la Grande Audience. On y avait installé de nombreuses rangées de sièges à l'assise rouge sang et au dossier en forme de clé de voûte stylisée. Sur une scène légèrement surélevée trônaient un piano à queue et un simple pupitre derrière lequel s'installerait Sandra.

Estelle aperçut avec soulagement Olivier Royal, appuyé contre un pilier, très élégant dans un costume sombre à la coupe cintrée. Elle reconnut également Renard, un peu empruntée dans un ensemble chic. La commissaire jetait un regard réprobateur à Trihn, lequel se léchait les doigts avec gourmandise près du buffet.

– Commissaire, félicitations. Vous êtes très élégante…

– Oh, ce n'est rien. Un vieux truc, que je ne porte jamais.

Avant de s'éloigner, Estelle se pencha vers elle, amusée.

– Pensez à enlever l'étiquette.

Prise en flagrant délit de coquetterie, Renard rougit et arracha d'un coup sec l'étiquette qui pendait encore au bas de sa veste de tailleur.

La présence de Dona Flores à cette cérémonie qui allait rendre hommage à Louis ne surprit pas Estelle. Mais elle fut particulièrement émue de voir son père venir saluer la dame des Saintes-Maries-de-la-Mer. Peut-être les secrets familiaux allaient-ils enfin être levés, se dit-elle.

Pourtant elle n'eut pas le temps de méditer plus longtemps : Julien et Henri étaient à deux doigts d'en venir aux mains. Pour éviter l'esclandre, Estelle entraîna fermement son frère jusqu'à la loggia du premier étage.

– Mais qu'est-ce qui te prend ? Tu as pensé à ta mère ? C'est sa soirée, Julien ! Elle l'attend depuis des années…

Encore sous le coup de son altercation avec Henri, Julien n'arrivait pas à se calmer. Il serait même reparti à l'assaut si Estelle ne l'en avait empêché. Il avait décidé de régler ses comptes et de sauver la femme qu'il aimait plus que tout.

– Tu peux pas comprendre ! T'as jamais aimé, tu sais pas ce que c'est ! Tu crois que t'es un exemple, toi, avec tes histoires d'amour de merde ?

Estelle encaissa, blessée en son for intérieur, même s'il était évident que Julien n'était pas dans son état normal.

– Excuse-moi, Estelle, c'est pas ce que je voulais dire… Je suis raide dingue, Nadine dit qu'elle veut me larguer, mais c'est pas vrai. C'est parce qu'Henri la menace. J'arrive pas à imaginer ma vie sans elle, je te jure, j'y arrive pas…

– Elle est sincère, tu crois ?

– Bien sûr ! Et moi je suis tellement accro. Elle est tout pour moi ! Je dois l'emmener loin d'ici, loin d'Henri…

Estelle ne portait pas de jugement de valeur sur l'histoire que vivait son frère. En revanche, elle avait plus de difficultés avec Nadine en tant que personne, Nadine dont elle n'avait jamais compris le mode de fonctionnement. Jusqu'ici, cela ne l'avait pas dérangée outre mesure, mais maintenant que son petit frère était impliqué, ses doutes quant à la femme d'Henri ressurgissaient, bien réels.

– Nadine et Henri, c'est un couple. Étrange, d'accord, mais c'est un couple solide. Je ne suis pas sûre que tu gagnes la partie, et je n'ai pas envie de te voir souffrir…

– Mais ce type est toxique ! Il est fasciné par la Prophétie ! Je me suis renseigné, il rafle tout ce qu'il y a sur le marché en rapport avec elle ! Il nous jalouse, tous ! Toi la première !

Les paroles de Julien finirent de troubler Estelle, qui repensa à l'altercation qu'elle avait eue quelques heures auparavant avec Henri, ici même, au palais. Elle avait vu dans le regard de son parrain une lueur qui, l'espace d'un instant, lui avait fait entrevoir la noirceur de son âme. Elle s'était même demandé s'il n'était pas l'un des leurs…

– Tu ne comprends pas, il faut qu'elle parte ! Nadine est enceinte ! Elle porte mon enfant !

Estelle accusa le coup. Puis, réellement bouleversée par l'annonce de cette paternité, elle chercha à étreindre Julien pour le calmer quand une voix les prévint que la cérémonie allait bientôt débuter.

Avant de rejoindre la grande salle, Estelle adressa un sourire à son petit frère : elle avait décidé d'être de son côté et non contre lui en ces temps compliqués. Elle le soutiendrait, quelle que soit sa décision. Oui, Julien était son frère et elle serait toujours là pour lui.

– Mais ne fais rien dans la précipitation. Tu dois être responsable, agir comme un adulte…

Dans la salle de la Grande Audience, le brouhaha avait laissé place au silence. Sandra apparut sur la scène, hiératique dans sa longue robe de velours bleu nuit, accompagnée d'Odette, très impressionnée, et de Sylvain Epstein. Tous trois vinrent se placer derrière un micro à côté duquel on avait installé, sur un chevalet, un portrait de Louis.

Sandra parla la première, la voix cassée par l'émotion.

– Chers amis, nous sommes réunis ce soir pour rendre hommage au courage d'Odette Esperanza et de son frère, Louis Esperanza, qui nous a quittés trop tôt…

Le visage douloureux, Odette ferma les yeux.

– … De juin 1941 à août 1944, Odette et Louis ont caché, au péril de leur vie, sept enfants juifs que leur avaient confiés leurs parents avant d'être déportés. Parmi ces enfants qui tous ont survécu grâce à leur courage et à leur générosité, il y avait les petits Sarah Rosenthal et Jacques Kessler, qui allaient devenir quinze ans plus tard mes parents…

Sandra effaça une larme, tout comme Odette, très impressionnée et émue.

– … Odette, si je suis vivante aujourd'hui, si je peux aimer et être aimée, c'est grâce à toi et à Louis.

Sandra céda la place à Sylvain Epstein.

– Madame Odette Esperanza, au nom de tous ceux que vous avez sauvés, vous et votre frère Louis, de leurs enfants et petits-enfants, j'ai l'honneur et la très grande joie de vous demander d'accepter la médaille des Justes…

Odette essuya pudiquement ses yeux à l'aide d'un petit mouchoir brodé. Elle semblait chercher le courage de prendre la parole devant tous ces gens qui la regardaient, sa médaille à la main. Un instant, elle faillit prendre la fuite, mais elle avança d'un pas et se lança.

– Merci. Merci beaucoup. On a fait ce qu'il fallait faire, rien de plus. Je ne peux pas accepter cette médaille, pas moi.

Un murmure de surprise traversa l'assistance. Epstein et Sandra échangèrent un regard d'incompréhension tandis que, dans le rang de la famille Esperanza, c'était la consternation.

Odette reprit la parole, bouleversée, les yeux brillants.

– S'il vous plaît, je vous en prie. Ma décision est prise. Sandra, maître Epstein, ne m'en veuillez pas. Si quelqu'un la mérite, cette médaille des Justes, c'est Louis, mon cher frère. C'est lui qui m'a forcée à avoir du courage et je lui en serai toujours reconnaissante. Et c'est en son nom que j'accepte *sa* médaille.

Un tonnerre d'applaudissements retentit. Sandra vint prendre Odette dans ses bras et la serra contre son cœur. Jusqu'au bout, la vieille dame aurait fait preuve d'une admirable grandeur d'âme. Seul Henri baissa les yeux. Lui seul savait que si sa mère refusait cette décoration, ce n'était pas par modestie, mais par culpabilité.

Olivier profita du moment pour inviter discrètement Estelle à le rejoindre alors que l'assemblée s'était levée pour une standing ovation.

– Tout le palais est sécurisé. C'est maintenant ! glissa Olivier, entraînant la jeune femme avec lui.

Tandis que la mélodie au violon jouée par Sandra résonnait à travers les murs du palais, Estelle et Olivier s'enfoncèrent au cœur du monument. Alors qu'ils avançaient dans un couloir plongé dans la pénombre, Olivier se précipita vers une pièce latérale et y poussa Estelle avant de refermer la porte derrière eux.

– Chut !

Entre les planches de bois disjointes, ils aperçurent deux silhouettes habillées de noir. Des Frères de Judas. À peine ceux-ci eurent-ils disparu qu'Olivier, à l'aide d'un micro HF, s'en prit à Renard, lui reprochant d'avoir mal sécurisé le palais.

– Ça grouille de Frères de Judas ! Vous foutez quoi, merde ?

À l'autre bout de l'appareil, Renard donna de la voix :

– C'est pas possible ! Revenez ! REVENEZ ! C'est un ordre ! Je ne peux pas assurer votre sécurité dans ce putain de palais si c'est un vrai gruyère ! Royal ? Royal ! Oh le con ! Il a coupé son émetteur !

En retrait de la cérémonie, la commissaire passa ses nerfs sur le pauvre Trihn.

– Ben quoi ? Je m'y suis attachée, moi, à ce Royal… moins qu'à vous, mais quand même !

Et Renard s'éloigna, paniquée, cherchant à rassembler ses hommes disséminés dans le palais, laissant Trihn le visage cramoisi de gêne et de stupéfaction après l'aveu de sa patronne.

Estelle guidait Olivier à travers les escaliers et les couloirs toujours plus étroits.

– Tu sais où on va au moins ?

– J'emprunte un chemin secret. C'est mon grand-père qui me l'a indiqué. On est absolument sûrs de ne croiser personne comme ça.

Ils arrivèrent en bas d'un escalier à vis et s'arrêtèrent devant une impressionnante porte cloutée.

– C'est ici que sont stockées les pièces qui ne sont pas exposées, dont quelques souvenirs de Jean XXII.

La porte s'ouvrit dans un grincement lugubre, découvrant un espace plongé dans l'obscurité.

Alors qu'Olivier pestait en sortant un briquet, Estelle mit simplement la main sur un interrupteur et inonda l'endroit de lumière : une vaste salle souterraine où un pilier central reprenait la charge des croisées d'ogives. Des gisants, des moulages et, appuyé contre un mur, le trône pontifical de Jean XXII.

– Regarde, ici… Sur le montant du trône. On dirait un symbole : une patte d'animal qui tient une étoile !

Instinctivement, Estelle porta la main à son cou où le pendentif en forme d'étoile était accroché à sa chaîne. Olivier attira son attention sur les accoudoirs du trône.

– L'étoile est également sculptée ici !

– Et sur l'autre accoudoir, il y a une créature symbolique.

Quand il la découvrit à son tour, Olivier fut troublé. Il n'arrivait pas à croire à la coïncidence. Puis, se forçant à écarter des pensées qui remettaient en cause trop de certitudes, il s'adressa à Estelle d'un ton qu'il espéra neutre.

– On dirait un lion. Ça représente quoi ?

– Il ne s'agit pas d'un lion, mais d'un griffon. Tu vois : il a une paire d'ailes dans le dos. C'est un animal mythologique qui est censé être le gardien d'un trésor.

Estelle détacha le médaillon de sa chaîne et le montra à Olivier.

– Grand-père ne m'a jamais dit d'où il venait. Mais il y tenait plus que tout. C'est peut-être une sorte de clé…

Mû par son instinct, mais également pour se donner une contenance, Olivier s'installa sur le trône. Il se refusait à croire que la présence de ce griffon pouvait être liée à… Non, ce n'était pas possible.

– Un trône pontifical, c'est fait pour s'asseoir, non ? réagit-il face aux réserves d'Estelle. Laisse-moi voir !

Dans un geste d'autorité naturelle, ses bras vinrent se poser sur les accoudoirs de pierre, qu'il empoigna. Il en effleura la surface.

– Il y a un trou, là. Regarde !

Estelle se pencha et découvrit une cavité en forme d'étoile. Elle y inséra son médaillon, qui s'enclencha parfaitement.

Un craquement et un bruit de mécanisme se firent entendre. Estelle et Olivier échangèrent un regard fiévreux. Tout à coup l'accoudoir côté griffon laissa apparaître une cavité secrète, comme un tiroir dissimulé dans le marbre, dans lequel était déposé un cylindre d'or. Retenant sa respiration, Estelle retira le tube gravé d'armoiries. Ses mains se mirent à trembler d'excitation.

– Ce sont les armoiries de Jean XXII ! Et regarde : l'étoile est gravée ici ! Et là, le griffon !

Estelle commença à dévisser le tube, la respiration courte, emportée par l'émotion.

– Mon grand-père aurait donné sa vie pour ça…

Mais avant qu'elle ait pu ouvrir le cylindre, la porte se referma brutalement, et la lumière fut coupée.

– Ne bouge pas ! s'exclama Olivier.

Tétanisée, enveloppée dans le noir total dans lequel la pièce était plongée, Estelle perdit tout repère. Quand Olivier alluma son briquet, la jeune femme poussa un hurlement de terreur. À quelques mètres d'eux se tenaient trois Frères de Judas, armes au poing. Les hommes étaient munis de torches électriques qui éblouirent subitement Estelle et Olivier.

– Merci de nous faciliter le travail…

Les amants pris au piège s'étaient instinctivement rapprochés l'un de l'autre, impuissants face aux hommes armés qui les entraînèrent avec eux.

Dans la salle des Audiences, Trihn vint rejoindre Jean Esperanza et Renard, qui avait donné ses ordres. Jean s'était aperçu de la disparition de sa fille et ce que Trihn venait leur apprendre n'allait qu'amplifier son angoisse naissante : Estelle et Olivier demeuraient introuvables alors qu'il était impossible qu'ils aient quitté le palais...

– Vos flics chargés de surveiller ma fille n'ont servi à rien ! Des incapables, oui !

– Quelle chierie ! J'avais un joker pourtant : Royal, c'est pas un débutant ! Bon, Trihn, vous me bouclez toutes les issues et vous me quadrillez le palais.

Les applaudissements reprirent dans la salle, saluant la fin d'un morceau de musique magistralement interprété par Sandra. Renard planta son regard dans celui de Jean.

– Et vous, vous retournez vous asseoir comme si de rien n'était !

Un instant après, tandis que Sandra entamait l'adagio final, Jean se glissait auprès de Dona Flores, qui s'inquiétait elle aussi pour Estelle et Olivier Royal.

– Royal est un flic infiltré, vous le saviez ? lui demanda-t-il.

– Même après tant d'années, tu ne me crois toujours pas quand je te livre le cœur des gens...

Jean regarda fixement celle qu'on appelait l'Oracle. Puis ce regard se fit glacial.

– La seule erreur que vous ayez faite s'appelait Joyce et elle me hante encore vingt-cinq ans plus tard.

Dona Flores perdit son sourire légendaire.

Du fond du souterrain dans lequel les Frères de Judas avaient entraîné Estelle et Olivier émanait maintenant une rumeur qui enflait peu à peu, répétitive, envoûtante.

Estelle sentit sa gorge se nouer quand elle reconnut la mélopée, celle-là même qui l'avait envoûtée dans le jardin de Dona Flores !

– *In girum imus nocte et consumimur igni... In girum imus nocte et consumimur igni...*

C'est alors qu'Estelle et Olivier furent littéralement projetés au centre d'une chapelle violemment éclairée par un brasier gigantesque dont les étincelles voltigeaient jusqu'à la voûte.

Les voix des innombrables Frères de Judas présents résonnaient lugubrement, tandis que les regards convergeaient tous vers les prisonniers.

– *In girum imus nocte et consumimur igni... In girum imus nocte et consumimur igni...*

– Nous tournons en rond dans la nuit et nous sommes consumés par le feu, traduisit Estelle à Olivier, qui ne maîtrisait pas le latin dans le texte.

– Ouais, ben j'ai pas l'intention de les laisser nous brûler vifs, lâcha le jeune homme, qui cherchait à cacher la peur dont il ne parvenait plus à se défaire.

Désormais encerclés par une dizaine de Frères de Judas, Estelle et Olivier, menottés, virent leurs ennemis s'avancer vers eux, lentement, inéluctablement. À mesure que tous deux reculaient, paniqués, le brasier derrière eux se rapprochait dangereusement.

– Si tu as un plan pour nous sortir d'ici, c'est le moment...

À cet instant, le cercle des Frères s'ouvrit sur un passage qui menait jusqu'au chœur de la chapelle, où trônait un siège vide.

Celle que les frères nommaient Onze s'en approcha et s'inclina pieusement devant l'absent.

– Gloire à toi, Grand Chancelier de l'Ordre. Que ton nom soit vénéré.

Tous les frères présents reprirent la formule en chœur, avec une ferveur qui fit frissonner Estelle. Fascinée malgré elle par la sinistre mise en scène, celle-ci ne put retenir un cri de désespoir quand elle vit disparaître le précieux cylindre d'or dans la large manche de Onze, qui semblait la défier du regard.

– Nooooon !

Onze s'approcha d'Estelle, lui souriant avec une gentillesse qui détonnait dans cet endroit maléfique.

– Le Grand Chancelier de l'Ordre nous a prévenus de ta venue, Estelle Esperanza. Aujourd'hui est un jour important dans ta vie. Aujourd'hui tu vas enfin pouvoir rejoindre les tiens.

– Je ne suis pas des vôtres ! Et je ne le serai jamais !

Onze s'approcha encore d'Estelle ; son sourire ne l'avait pas quittée.

– Écoute ton cœur. C'est ton seul guide.

Estelle fut troublée par ce conseil. Olivier s'en rendit compte et tenta de détourner son attention.

– Estelle, ne les laisse pas te manipuler !

Il n'eut pas le temps de terminer sa phrase qu'un Frère lui assénait un coup de matraque dans le ventre pour le faire taire. Le souffle coupé, Olivier s'écroula tandis que Onze continuait à exercer son charme sur Estelle, lui parlant maintenant à l'oreille, rassurante.

– C'est notre sang qui coule dans tes veines, tu es l'une des nôtres, que tu le veuilles ou non. Tu as été marquée, Estelle, tu le sais.

Sonnée, la jeune femme accusa le coup. Elle croisa le regard d'Olivier, incrédule, qui semblait attendre qu'elle nie de toutes ses forces. Mais elle demeurait muette.

– C'est faux, Estelle ! Dis-leur que c'est faux !

Onze se tourna alors vers Olivier. Son regard se fit froid, coupant comme de l'acier.

– Tue-le, Estelle. Vingt-trois a trahi les tiens. Débarrasse-toi de ce traître.

L'un des deux hommes en tenue de commando libéra alors Estelle et glissa entre ses mains une dague marquée du sceau des Frères de Judas, une arme identique à celles qui avaient servi à tuer leurs précédentes victimes.

– C'est si simple, Estelle. Punis-le d'un coup, d'un seul, dans le cœur. Il t'a trahie.

Atterré, Olivier vit la raison s'échapper du regard de celle qu'il aimait alors que deux frères le plaquaient au sol avec fermeté. Estelle se pencha alors sur Olivier, et, d'un geste violent qui ne lui ressemblait pas, elle déchira sa chemise et dévoila son torse. Elle semblait comme possédée, sous l'emprise durable de la voix de Onze.

– Notre sang coule dans tes veines. Tu es des nôtres, Estelle. Royal, un traître…

– Ne fais pas ça, Estelle, je t'en prie !

L'espace d'un instant, la jeune femme parut retrouver un peu de volonté propre.

Pourtant, la dague se rapprochait toujours dangereusement de la peau d'Olivier, et la pointe se trouvait à présent juste au-dessus de son cœur. Le jeune flic retint son souffle, voyant sa dernière heure arriver.

Dans une dernière prière, alors que la lame commençait à entailler sa chair, il murmura, les yeux clos :

– Je t'aime, Estelle.

Puis il ne sentit plus rien, n'entendit plus rien. Le temps semblait soudain suspendu.

Quand il ouvrit à nouveau les yeux, Olivier découvrit Estelle qui contemplait, horrifiée, le mince filet de sang coulant sur son torse.

Puis la jeune femme lança de toutes ses forces la dague dans le brasier.

– Je suis une Esperanza ! Une Esperanza ! hurla-t-elle avant de s'effondrer sur le sol, à bout de forces.

⁂

La cour d'honneur était maintenant déserte. La cérémonie et le cocktail qui l'avait suivie étaient terminés depuis longtemps. Seuls restaient les policiers, dont deux maîtres chiens encadrés par Renard et Trihn. Jean était là également, aussi angoissé que furieux.

– Ils ne peuvent pas avoir quitté le palais. C'est impossible. Toutes les issues étaient gardées, répétait en boucle Renard, dépassée par la situation.

– Les chiens n'ont rien trouvé, ajouta Trihn, impuissant.

– Vous avez intérêt à la retrouver, commissaire.

Jean s'éloigna, laissant Renard désemparée. Trihn hésita avant de s'approcher de sa supérieure.

– Qu'est-ce qu'on fait ?

La commissaire inspira profondément puis retrouva son air conquérant.

– Je sais pas, moi ! On fouille tout ! Encore une fois ! Ils sont bons, vos caniches ? lâcha-t-elle à l'adresse des deux maîtres chiens qui tenaient fièrement en laisse leurs bergers allemands.

Trihn réprima un fou rire devant l'air pincé des deux balèzes qui n'osèrent répliquer.

⁂

Loin de l'agitation qu'avait connue le palais ce soir-là, Gil et Mehdi dormaient paisiblement, la fenêtre ouverte sur le croissant de lune qui veillait sur la cité des Papes.

La soirée avait été agréable. Après un service plutôt tranquille, ils avaient dîné avec les parents de Mehdi. Ceux-ci avaient été ravis de pouvoir enfin partager une tranche du quotidien de leur fils unique. Gil les avait tout de suite adoptés, charmé par leur enthousiasme.

– Tu ne m'as pas écoutée, elle est en danger.

La voix grave de Nadège s'immisça dans l'inconscient de Gil, qui préféra d'abord l'ignorer puis se réveilla en sursaut.

– Tu ne m'as pas écoutée, elle est en danger !

Gil ouvrit les yeux et découvrit Nadège assise sur le bord du lit, quasiment collée à lui.

– Elle est en danger, Estelle est en danger !

À moitié endormi, Gil n'avait pas pleinement conscience de s'adresser au fantôme qu'il redoutait tant.

– Estelle ? Mais où ?

Nadège se rapprocha et tendit son bras vers lui. Sentant un souffle glacial, Gil se recula brusquement, en hurlant, percutant Mehdi, qui était profondément endormi.

– Quoi ? Hein ? Qu'est-ce qui se passe ?

Gil se réfugia en larmes dans les bras de son compagnon, encore embrumé de sommeil, qui ne comprit pas la situation. C'est le moment que choisit Elsa pour débarquer dans leur chambre sans même prendre la peine de frapper.

– Ça va ? Gil, qu'est-ce qu'il y a ? On t'a entendu hurler du bout du couloir !

À moitié nu, Mehdi tira le drap à lui et entra dans une fureur noire.

Olivier prit son menton et l'obligea à le regarder.

– Je t'ai dit que je t'aimais.

Puis il approcha ses lèvres de celles d'Estelle et l'embrassa tendrement. Elle se laissa faire avant de répondre plus ardemment à son baiser.

Soudain, des pas résonnèrent dans le couloir, qui se rapprochaient de la cellule. Olivier et Estelle se redressèrent d'un bond, prêts à faire face à leurs adversaires.

– Je n'ai pas peur de mourir, pas avec toi, souffla la jeune femme à Olivier avant de se blottir contre lui.

La porte de la cellule s'ouvrit et apparut un Frère de Judas, seul.

– Suivez-moi ! leur lança une voix de femme autoritaire.

Dans le dédale des souterrains, elle leur indiqua le chemin. D'un regard, Olivier avait fait comprendre à Estelle qu'ils ne devaient rien tenter. Le fait que le Frère soit une femme et qu'elle soit venue seule ressemblait selon lui davantage à un piège qu'à une opportunité de s'enfuir plus facilement.

– Qui êtes-vous ?

Le Frère s'arrêta et leur fit face, sans dévoiler son visage dissimulé par une large capuche.

– Gardez le silence ! répliqua-t-elle sèchement.

Et elle reprit sa route.

Après plusieurs intersections, la femme ouvrit une porte scellée à même la paroi granitique.

– Voilà, c'est ici. Derrière, vous serez libres, déclara-t-elle sans rien ajouter.

Elle allait repartir en sens inverse quand Estelle l'interpella.

– Pourquoi faites-vous ça ? Pourquoi prendre ce risque ?

Un silence qui sembla durer une éternité accueillit la question d'Estelle. Puis le Frère fit tomber sa capuche et dévoila enfin son visage.

C'est alors qu'Estelle ressentit le plus grand choc de sa vie, un bouleversement de tout son être comme elle n'en connaîtrait jamais plus. Là, devant elle, comme ressurgi de son enfance, était apparu le visage d'une femme qu'elle aurait reconnue entre mille malgré les années passées loin d'elle. Sa mère. Joyce Esperanza.

– Maman ! lâcha Estelle, la voix brisée.

Joyce prit sur elle pour ne rien laisser paraître de l'émotion qui l'envahissait elle aussi.

– Je t'ai donné la vie, Estelle. Je ne pourrais pas assister à ta mise à mort. C'est au-delà de mes forces…

D'une main hésitante, presque malgré elle, elle caressa le visage de sa fille puis se reprit.

– Adieu.

Avant qu'Estelle ait pu réagir, Joyce avait déjà tourné les talons.

– Maman ? Maman…

Estelle voulut la suivre, mais Olivier l'en empêcha.

– Non, reste avec moi !

Tout se déroula très vite. Olivier poussa Estelle derrière la porte que Joyce avait ouverte et il la referma aussitôt. Ils se retrouvèrent dans une sorte de sas aux murs de parpaings peints en blanc. Royal entraîna ensuite la jeune femme vers une seconde porte surmontée d'un rassurant panneau « sortie », qu'il ouvrit d'un vaillant coup d'épaule. En une fraction de seconde, tous deux se retrouvèrent mêlés au brouhaha et à l'agitation de l'artère principale d'un grand centre commercial d'Avignon.

Indifférente à tout élément extérieur, Estelle échappa à l'emprise d'Olivier et se précipita sur la porte désormais close. Elle la cogna de toutes ses forces, en hurlant comme une enfant violemment arrachée à sa mère.

– Maman ! Mamaaaan !

VIII

Quelques heures plus tard, sous les ordres du commandant Olivier Royal, un groupe d'intervention de la police donna l'assaut, défonçant au bélier la porte coupe-feu qu'Estelle et lui avaient franchie.

À peine cette opération effectuée, Olivier se précipita dans le sas, bientôt rejoint par Renard, qui n'hésitait pas à jouer des coudes pour se frayer un passage.

– Bougez-vous, on laisse passer les dames ! On vous a pas appris la galanterie ?

Olivier donna ensuite l'ordre d'ouvrir la seconde porte, celle qui donnait sur les souterrains. Lorsque celle-ci céda enfin, ce que Royal découvrit derrière le laissa sans voix.

En lieu et place du souterrain se trouvait désormais un immense parking vide, encore en chantier. Cette fois, Renard en était persuadée : elle s'était une fois de plus fait balader par Royal.

– Vous vous foutez de moi, c'est ça ? D'abord vous disparaissez sans laisser de traces, maintenant vous me racontez des histoires de galeries souterraines et de base secrète ! Vous marchez à quoi au juste ?

Impassible, Olivier désigna les traces de sang sur la face intérieure de la porte qui venait d'être forcée.

– Ce sont des traces de *mon* sang. Demandez qu'on prélève les empreintes sur cette porte : il y aura celles d'Estelle et les miennes. Je doute qu'on en trouve d'autres mais on ne sait jamais…

– Un café et l'addition aussi, *commandant* ?

– Non, par contre, votre portable…, commissaire. J'en ai besoin.

Royal saisit l'appareil et s'éloigna en pianotant un numéro, abandonnant Renard, qui fulminait.

Confortablement installé derrière un impressionnant bureau de style Napoléon III, meuble inhérent à son statut de ministre d'État, Jacques Aubagnac décrocha le téléphone quand il vit une discrète diode rouge s'allumer. Impassible, il écouta avec attention le compte rendu complet que lui livra Olivier Royal.

⁂

– Tu savais que ma mère était en vie, n'est-ce pas ?

La question d'Estelle fut posée sur un ton tel que Jean ne chercha pas à démentir. Reculant d'un pas, il ne put cacher sa nervosité.

Dès qu'il avait vu débouler sa fille à l'hôpital où il avait été de garde toute la nuit, Jean avait compris que le moment tant redouté de la confrontation avec Estelle était venu.

Depuis qu'il lui avait menti sur la disparition de Joyce quelques vingt-cinq ans auparavant, Jean savait cette mise au point inéluctable. Il la redoutait, mais jamais, quoi qu'il ait pu imaginer, il n'avait regretté sa décision.

– Pourquoi m'avoir menti toutes ces années ?

– Pour toi comme pour moi, ta mère est morte il y a très longtemps, et c'est mieux ainsi. Je ne pouvais pas t'abandonner à une femme sous l'emprise de ces malades !

– Malgré tout, « cette femme », comme tu dis, c'est ma mère…

Jean explosa de colère, à nouveau assailli par ces souvenirs si douloureux.

– Elle est allée jusqu'à te marquer au fer rouge ! Il a fallu l'intervention du meilleur spécialiste en chirurgie réparatrice pour effacer ce signe dont tu portes encore la trace ! Ce jour-là, elle a cessé d'être ta mère, tu comprends ?

– Tu m'as menti, papa ! Pendant toutes ces années… C'était à moi de décider.

– À cinq ans ? Estelle, aucun enfant n'est capable de juger ses parents, même si ce sont les pires des tortionnaires ! J'ai pris cette décision pour toi !

Estelle tournait maintenant le dos à son père, cherchant vainement à dissimuler l'émotion qui la submergeait.

– Grand-père le savait, bien sûr…

Le silence de Jean le confirma.

Estelle demanda ensuite à son père s'il savait où elle pourrait trouver Joyce.

– Non, et même si je le savais je ne te le dirais pas.

– Tu sais, papa, je ne sais pas si je pourrai te pardonner.

Les larmes aux yeux, Estelle s'enfuit sans laisser à Jean la possibilité de s'expliquer davantage.

Elle trouva refuge dans les bras d'Olivier, qui l'attendait aux abords de la maison, appuyé sur sa moto.

– Emmène-moi loin d'ici, loin de tous ces secrets, loin de tous ces mensonges…

Olivier lui tendit un casque.

– Ça tombe bien. Il faut que je te présente quelqu'un. Un griffon un peu particulier.

Estelle dut se contenter du sourire énigmatique que lui offrit Royal. Elle se cala contre lui, trouvant dans ce contact physique un réconfort qui lui fit chaud au cœur.

Par la fenêtre de son bureau, accablé, Jean suivit du regard la moto qui emportait sa fille loin de lui. Quand il se retourna, Sandra lui faisait face et le fusillait du regard. Elle avait de toute évidence entendu la vérité sur Joyce.

À la défense, Jean préféra l'attaque.

– Mon ex-femme est morte ! Cette créature du diable n'existe plus pour moi ! Elle est le mal incarné : regarde, elle revient et notre famille se déchire !

– C'est toi et tes mensonges qui mettent notre famille en péril, pas elle. Ne te cache pas derrière elle, Jean. Assume tes propres erreurs.

– Tu ne peux pas comprendre, tu ne sais pas.

Sandra quitta sa réserve naturelle pour exploser d'une colère qu'elle retenait depuis trop longtemps.

– Mais réveille-toi ! Regarde autour de toi ! Tu ne vois pas qu'on s'éloigne, qu'on ne se parle quasiment plus ? Tu es obnubilé par cette histoire de Prophétie !

– Estelle est en danger ! Ma fille est en danger de mort ! Elle fait partie d'un plan qui nous dépasse et je ne peux rien faire ! J'ai peur pour elle, tu peux comprendre ça ?

C'était reparti. À nouveau Sandra allait tenter d'attirer l'attention de Jean sur le cas de Julien, qu'elle devinait fragile, et à nouveau son mari allait ignorer le problème, le considérant comme mineur.

Sandra baissa les bras, fatiguée de devoir se battre avec cet homme qu'elle avait porté à bout de bras si longtemps, fatiguée de le voir muré dans sa rancœur, prisonnier d'un passé qu'il n'arrivait toujours pas à assumer.

– Tu ne m'écoutes pas, tu ne me parles pas. Je suis là, Jean, j'ai toujours été là quand tu as eu besoin de moi. Mais aujourd'hui, je n'en peux plus, je suis fatiguée de tout ça.

Et Sandra quitta la pièce, laissant Jean désarmé face à la froideur inhabituelle dont sa femme venait de faire preuve. Puis il balaya d'une main rageuse toute la vaisselle du petit déjeuner qui était posée sur la table devant lui.

Joyce était de retour et elle allait une seconde fois tenter de détruire sa vie.

⁂

– Bonjour, je suis avec madame Esperanza, Nadine Esperanza, qui vient d'arriver.

Julien ne laissa pas le temps à la secrétaire du cabinet d'échographie de réagir. Il avait suivi Nadine jusqu'ici et était bien décidé à lui parler du bébé, de leur bébé, qu'il n'envisageait pas d'abandonner aux griffes d'Henri.

– Monsieur, s'il vous plaît… Attendez ! cria la secrétaire.

Mais déjà Julien pénétrait dans la salle d'attente, où il trouva Nadine. Et Henri, dont l'attitude devint menaçante dès qu'il le vit.

Un instant désarçonné, le jeune homme décida de l'ignorer et de ne s'adresser qu'à sa maîtresse.

– Pourquoi tu réponds plus à mes messages ? T'as même changé de numéro de portable, c'est dégueulasse ce que tu me fais ! Je t'aime, moi ! C'est notre enfant que tu portes, notre enfant ! C'est moi, son père !

Nadine n'eut pas l'occasion de répondre : Henri avait pris les devants d'un ton froid et sans appel.

– Nadine est ma femme, donc je suis le père. Que ça te plaise ou non. Alors maintenant tu es gentil, tu dégages.

– Nadine, t'as pas besoin de lui, renchérit Julien. Tu ne dois pas avoir peur de lui. Je suis là, je te protégerai ! Je veux élever cet enfant avec toi, c'est le nôtre, je ne suis pas un vieillard, moi !

Henri laissa apparaître un sourire ironique, voire méchant.

– Très bien. Puisque tu insistes… Nous allons donc laisser Nadine choisir entre toi et moi puisque c'est ce que tu veux. Nadine ?

Le temps sembla soudain suspendu. Julien sourit à Nadine, l'encourageant à se lancer, à laisser parler son cœur.

– Henri est mon mari et je vais élever mon enfant avec lui. C'est mon choix, c'est ce que je veux.

Sa réponse eut l'effet d'une gifle cinglante pour Julien. Le jeune homme sentit le monde s'effondrer autour de lui. Il tenta de faire changer Nadine d'avis, mais plus encore que les paroles de sa maîtresse, ce fut le sourire malin d'Henri qui finit de lui faire perdre ses moyens.

Détruit, il quitta la pièce, ne voulant pas offrir à Henri le spectacle d'un gosse en larmes.

⁂

La moto d'Olivier et Estelle avait roulé jusqu'aux abords de Montélimar. L'engin se rangea devant un garage à la devanture très sixties, aux lignes courbes et aérodynamiques. Un style qui avait fait les beaux jours des stations-service de la mythique nationale 7.

Sur la façade du Garage du Lion d'Or, une enseigne représentant une sorte de lion ailé d'un mètre de haut, rouge et or, au graphisme stylisé, clignotait bravement.

– Tu ne trouves pas que ce lion d'or ressemble drôlement au griffon du trône de Jean XXII ?

Très troublé, Olivier désignait l'enseigne à Estelle, interloquée, qui n'arrivait pas à croire qu'ils aient fait tout ce chemin pour ça.

– Si, peut-être. Celui qui l'a baptisé comme ça se sera trompé. Et alors ?

– Alors c'est le garage de mon père. J'ai grandi avec ce griffon devant les yeux toute mon enfance.

Un type débonnaire et vif d'une soixantaine d'années au look rappelant celui de Coluche dans *Ciao Pantin*, la tristesse en moins, s'approcha d'eux en essuyant vainement ses mains graisseuses sur un chiffon.

– Oh ! Jamais il prévient, l'Oliv', quand il vient nous voir !

Michel Royal, le père d'Olivier, donna l'accolade à son fils tout en regardant Estelle.

– Et jamais il présente son vieux père !

– Michel, mon père… Estelle Esperanza…

Estelle sourit, amusée de la gêne d'Olivier devant l'auteur de ses jours qui, de toute évidence, se trompait sur le but de leur visite.

– Et sa mère, elle va être tellement contente de vous rencontrer !

– Estelle est une amie, papa, une amie.

– Mais bien sûr ! T'inquiète, tu peux compter sur moi et ma discrétion légendaire…

Désormais focalisée sur le lion d'or, Estelle sourit à Michel.

– Vous savez pourquoi il y a ce… lion ici ?

– En fait c'est un griffon, une sorte de lion ailé si vous préférez. C'est le blason de notre famille.

Michel avait entraîné Estelle et Olivier au fond du garage. Il farfouillait dans un tas de ferraille et de vieilleries à la recherche d'un objet précis.

– Ce griffon, c'est notre patrimoine à nous. Mais jusqu'à aujourd'hui, Oliv', ça l'a jamais vraiment intéressé. Ah voilà, ils sont là !

Il brandit triomphalement de vieux outils de tailleur de pierre datant du siècle dernier.

– C'était à mon grand-père, ton arrière grand-père, Oliv'. Tu ne l'as pas connu, il taillait la pierre. Et en ce temps-là, quand on était fils de tailleur de pierre, on devenait soi-même tailleur de pierre. Alors, quand il a compris que je ne suivrais pas les traces familiales, mon grand-père en a été si chagriné que j'ai eu l'idée de mettre sa marque sur le garage. Pour moi, c'était un lion. Avec des ailes, mais un lion quand même…

Sur le burin et le maillet, Estelle retrouva le griffon, gravé dans le métal. Elle échangea un regard intrigué avec Olivier.

– Vous n'auriez pas une loupe ? Ou une bouteille d'eau ?

Michel rapporta une bouteille transparente qu'Estelle, sous une lampe d'établi, utilisa comme un verre grossissant. Là, sous ses yeux, des lettres partiellement effacées par le temps…

– Un R, un A, un L, un E. Il n'y a l'espace que pour une lettre entre le R et le A. Ça ne peut donc pas être Royal…

– C'est normal, c'est Reale, avec un « e ». Notre nom italien avant qu'il soit francisé.

Estelle le dévisagea.

– Reale ! L'architecte du pape Jean XXII s'appelait Reale. Serait-il possible que vous soyez les descendants de celui-là ?

Olivier resta sans voix. S'il y avait là autre chose qu'une simple coïncidence, cela remettrait tellement de certitudes en cause…

– Ben dites donc, architecte du pape ! Ça vous pose un ancêtre, ça ! lâcha Michel avec un grand sourire, loin de se douter du trouble qui s'était emparé de ses visiteurs.

⁂

Julien gara sa voiture à proximité de la grille du domaine d'Henri.

Plus rien ne lui semblait réel. Ni son histoire d'amour avec Nadine, ni la tournure que celle-ci avait prise depuis qu'il avait découvert que sa maîtresse était enceinte. Et maintenant il se retrouvait là, dans sa voiture, avec un flingue acheté sur les remparts d'Avignon, à tenter de charger celui-ci avec les balles que le vendeur avait glissées dans la poche de sa veste.

– Merde ! lâcha nerveusement Julien quand une des balles roula sous son siège.

Il se baissa pour la ramasser, mais resta en arrêt devant la scène qui se jouait plus loin, sur la terrasse de la propriété.

Au départ, Julien crut à une mise en scène quand il vit Henri enlacer Nadine, qui se laissait faire. Mais ils étaient seuls et n'avaient donc rien à prouver à personne.

Délicatement, Henri posa sa main sur le ventre de sa femme, qui posa à son tour la sienne sur celle de son mari. Tous deux souriaient, complices.

Julien fixa l'arme qu'il tenait dans ses mains. Son monde venait de s'effondrer.

⁂

– Julien ? Non ! Ne fais pas ça !

Sandra se tenait sur le seuil de la chambre de son fils, la main levée pour empêcher ce dernier, le pistolet contre sa tempe, de commettre l'irréparable.

Puis la peur quitta l'esprit de Sandra, qui se surprit à agir avec calme et détermination, comme si son rôle de mère se cristallisait là, maintenant, dans cette chambre. Elle avait donné la vie à Julien, il était de son devoir de l'empêcher de se tuer, de lui faire comprendre à quel point la vie était précieuse.

– Écoute-moi, mon chéri. Tu ne te tireras pas une balle dans la tête devant moi. Je suis ta mère, tu ne peux pas me faire ça. Tu ne peux pas arrêter ta vie. La vie est précieuse, elle est fragile…

– Je n'en peux plus, maman.

– Tu ne peux pas te tuer, Julien, parce qu'en toi vivent tous ceux qui n'ont pas eu le choix de vivre ou de mourir, parce que toi et moi nous vivons pour tous ceux qui nous ont précédés. Nous sommes en vie dans un monde en paix : nous devons nous battre pour eux, pour leur mémoire.

Julien éclata en sanglots, son doigt se crispant un peu plus sur la détente. Sandra s'approcha alors de son fils, dont les larmes traçaient deux sillons sur ses joues mal rasées, et elle écarta l'arme de sa tempe.

Comme un gamin, Julien s'effondra dans ses bras.

– Pardon. Je te demande pardon, je voulais pas. Je sais plus.

Sandra prit le visage de son enfant dans ses mains et planta son regard bienveillant dans le sien.

– C'est un si grand chagrin d'amour ?

⁂

Estelle et Olivier étaient attablés avec Michel et Dany, la mère d'Olivier, une jolie femme blonde à la soixantaine pétulante. Les deux jeunes gens devaient faire face aux questions incessantes du couple de garagistes, ravis du retour de l'enfant prodigue.

– Et comment vous vous êtes rencontrés, tous les deux ? Vous aussi, Estelle, vous travaillez dans l'Administration ? s'enquit Dany.

– Vous savez, l'Oliv', il nous a jamais vraiment présenté une « amie » avant vous, ajouta Michel.

Devant l'air faussement étonné d'Olivier, Estelle se mit à rire tandis que Michel et Dany échangeaient un sourire de connivence. La jeune femme finit par se lancer.

– Je suis conservatrice adjointe au palais des Papes…

Quelques heures plus tard, garés à proximité du garage du Lion d'Or, Trihn et Villers, un de ses collègues, en planque dans une voiture banalisée, regardaient les fenêtres du garage s'éteindre.

Trihn pianota sur son portable.

– Tout s'est éteint, ils ne repartiront plus avant demain matin…

La douce voix de Renard lui aboya dans l'oreille de rester en planque. « Aussi longtemps qu'il le faudra ! » précisa la commissaire.

Dans la nuit, le lion ailé rouge et or, au graphisme suranné, clignotait toujours.

⁂

À Avignon, la chaleur était étouffante et, malgré les fenêtres ouvertes en grand, pas un souffle d'air ne venait rafraîchir la chambre de Gil et Mehdi.

Réveillé par son compagnon, qui tournait et se retournait sans pouvoir trouver le sommeil, Gil lui caressa le torse, câlin. Mais Mehdi l'arrêta en prenant sa main dans la sienne.

– Mes parents ne m'ont toujours pas adressé la parole depuis qu'Elsa leur a balancé la vérité sur nous, sur moi.

– Laisse-leur du temps.

La main de Gil s'égara à nouveau vers Mehdi, mais ce dernier s'était à moitié redressé, la tête appuyée dans le creux de sa main.

– Tu vois, ce qui me fait le plus chier, c'est qu'ils l'aient appris par cette conne et pas par moi !

Gil se redressa à son tour. Lui qui avait en tête un câlin se voyait maintenant parti pour une discussion prise de tête.

– Excuse-moi, c'est pas une conne, reprit Mehdi. C'est juste une emmerdeuse.

Gil n'eut pas le temps de répondre qu'un bruit de verre brisé provenant du café attira leur attention. Un second suivit quelques instants plus tard.

– T'as entendu ? Ça recommence !

Gil et Mehdi enfilèrent aussitôt un jean, un T-shirt, et descendirent dans le café désert.

Après s'être assuré qu'il pouvait s'y engager en toute sécurité, Gil passa derrière le bar et récupéra dans une cachette une batte de base-ball qu'il gardait là, au cas où, et dont il n'avait jamais eu à se servir jusqu'à présent.

C'est alors que Mehdi lui fit signe : une lueur provenait de la cave, comme un faisceau de lampe torche. La batte dans les mains, Gil s'apprêtait donc à emprunter l'escalier lorsqu'une haute silhouette cagoulée en surgit et le repoussa violemment, lui faisant perdre l'équilibre.

– Qu'est-ce que vous foutez chez moi ? Arrêtez !

L'homme s'enfuit alors que Gil et Mehdi se précipitaient déjà vers la cave, où ils découvrirent un second individu, cagoulé lui aussi, qui tentait vainement de desceller la gargouille de son socle.

Brusquement, la lumière envahit le sous-sol, révélant l'homme qui tenait un poignard en forme de J, prêt à se défendre. Avec une dextérité effrayante, il fit virevolter son arme, faisant reculer Mehdi, qui prit peur tandis que Gil, sa batte à la main, tentait de faire bonne figure.

– Mehdi ! Couche-toi !

Le poignard vint siffler à quelques centimètres des oreilles du jeune homme, mais alors que celui-ci pensait sa dernière heure venue, l'agresseur s'effondra aux pieds de la gargouille, le poignard planté dans la gorge !

Mehdi découvrit Hassan, son père, dont le regard sans pitié le stupéfia. C'est lui qui avait récupéré le poignard et l'avait lancé pour neutraliser l'homme en noir.

Avec un calme olympien, Hassan s'approcha de sa victime.

– Ça fait un Frère de Judas en moins.

Il lui arracha sa capuche : il s'agissait d'une jeune femme d'une trentaine d'années que Gil et Mehdi reconnurent, stupéfaits. Sous leurs yeux, le cadavre d'une des représentantes en boisson avec laquelle ils traitaient depuis quelques semaines !

– Mais qu'est-ce qui se passe ici ? se lamenta Gil, qui repensa au fantôme de Nadège et à la présence de la gargouille.

La gargouille… Mehdi ne la quittait plus du regard, persuadé qu'elle l'avait à nouveau, l'espace d'un bref instant, transpercé de son regard acéré.

⁂

La nuit était tombée depuis longtemps sur Hong Kong. Seul dans les bureaux déserts de l'Asian International Liberty Bank, Trois observait le cylindre d'or que les Frères avaient repris à Estelle et Olivier.

La frustration se lut sur son visage quand il apprit par courrier électronique que l'opération menée à la Mule du Pape avait échoué. L'intervention d'un Serviteur de Sarah non identifié l'agaça en même temps qu'elle lui fit prendre vraiment conscience de la valeur de leurs adversaires.

La Prophétie ne se dévoilerait pas si facilement… La bataille serait difficile jusqu'à la révélation finale. Mais il n'avait aucun doute quant à son issue. Les Frères de Judas étaient aujourd'hui si influents et le Grand Chancelier de l'Ordre, leur guide suprême, si puissant qu'ils ne pouvaient pas échouer.

⁂

Jean avait prétexté une très lourde opération à l'hôpital pour ne pas rentrer chez lui cette nuit-là. Il avait bien vu que Sandra avait tenté de le joindre plusieurs fois, mais il n'avait pas répondu.

Comment aurait-il pu expliquer à sa femme qu'il avait en réalité passé la nuit à rôder dans Avignon, devinant la présence de Joyce dans les environs ? Il s'était trouvé pitoyable de rouler comme ça, au ralenti, dans les rues désertes, à la recherche d'un fantôme qui le hantait encore plus de vingt ans après sa disparition.

Finalement, Jean s'était assoupi au volant de sa voiture, réveillé en sursaut par la ville qui reprenait vie, par sa vie qui reprenait son cours avec les premiers rayons du soleil.

Quand il arriva dans le salon, Jean découvrit Sandra installée dans le canapé et Julien profondément endormi, blotti dans les bras de sa mère. Sandra lui fit signe de ne pas faire de bruit et le rejoignit dans l'entrée.

– Ton fils a tenté de… se tuer.

La voix de Sandra se cassa sous l'effet de l'émotion. Jean serra sa femme contre lui, sans doute davantage pour ne pas s'effondrer que pour la réconforter.

– Quoi ? Mais pourquoi ? Il t'a dit pourquoi ?

Et soudain Jean eut peur comme jamais. Il entrevit un futur dans lequel on lui enlevait ses enfants. Il vit sa famille détruite, tout ce qu'il avait mis des années à reconstruire balayé sans qu'il pût rien faire.

– Tout recommence. La Prophétie, le retour de Joyce…

– Arrête ça ! Je te parle de ton fils ! Je t'avais prévenu qu'il allait mal ! Où étais-tu quand il avait besoin de toi ?

– Je n'aurais rien pu changer, je n'ai pas ce pouvoir.

Sandra foudroya son mari du regard. C'était comme s'il lui apparaissait sous un jour nouveau. Comme si l'homme qu'elle avait épousé avait disparu.

– Tu es pathétique.

⁂

Henri détestait les visites surprises. Encore plus quand il s'agissait de gens qui travaillaient pour lui, dans l'ombre, avec la discrétion qu'il leur demandait de garder.

– Ne dites pas n'importe quoi, Elsa, je n'ai pas essayé de vous doubler, comme vous le laissez entendre ! Je n'ai pas organisé de casse pour voler cette gargouille. Et je vous interdis de vous présenter ici sans y avoir été invitée.

– Attention, monsieur Esperanza, votre ton devient insultant. Je ne demande qu'à vous aider… ou pas.

Henri suivit le regard d'Elsa et découvrit le lieutenant Trihn qui descendait de sa voiture banalisée. Tandis que Nadine sortait de la demeure pour accueillir le jeune flic, Henri pressa Elsa vers le jardin.

– C'est moi qui vous recontacterai, d'ici là je compte sur votre discrétion.

Elsa acquiesça, un sourire narquois aux lèvres, avant de s'éclipser.

– Pourquoi organiser un vol alors que j'ai les moyens de mes envies ?

Henri voulut empêcher Trihn de voir Elsa quitter le domaine, mais le flic aux aguets devina sa manœuvre et prit un malin plaisir à ne pas quitter la jeune femme des yeux jusqu'à ce que sa voiture disparaisse derrière la grille du parc.

– C'est drôle que vous parliez de vos « moyens », monsieur Esperanza. Figurez-vous que je suis justement tombé par hasard sur un rapport de la brigade financière concernant l'origine de votre fortune. Des bons du Trésor au porteur.

– Je n'ai rien à cacher. Tout est parfaitement légal.

– Les bons, oui. Leur provenance, j'en suis moins sûr, monsieur Esperanza.

– Attention, vous frôlez la diffamation.

– Oh, ne vous en faites pas, moi, le passé… Non, ce qui m'intéresse, c'est le présent, c'est ce qui se passe aujourd'hui, les crimes actuels qui s'accumulent !

Henri prit un cigare et l'alluma, réussissant à retrouver son calme.

– Désolé, mais je vous suis de moins en moins, jeune homme.

– C'est pourtant clair : mis à part votre oncle Louis et votre nièce Estelle, c'est vous qui en savez le plus sur la Prophétie et sur les Frères de Judas. Je sais ce que ma requête peut avoir d'étrange, mais j'aimerais voir votre omoplate droite.

Henri sourit au lieutenant Trihn avant de lui proposer un cigare.

Odette avait espionné Henri et Trihn et ce qu'elle avait entendu l'avait affolée. En prise à une peur panique, elle se rendit dans le grenier de la grande demeure. Là, dans le capharnaüm des meubles et des bibelots au rebut, entre les fauteuils cassés et les chaises bancales, elle traça son chemin jusqu'à une armoire très ancienne aux portes béantes. D'un geste sûr, elle actionna le mécanisme qui faisait glisser le fond de l'armoire et découvrait un passage vers une pièce secrète.

Au mur, des dessins colorés, et sur le sol, de vieux jouets témoignaient de la présence d'enfants en ces lieux… Dans les coins, des vieux vêtements étaient entassés. Là, des photos, une menora en cuivre terni, un poste de TSF d'avant-guerre et, dans un renfoncement, un antique violon enroulé dans un châle qu'Odette déballa soigneusement, observa quelques secondes et remit finalement en place.

Puis la vieille dame se laissa tomber à genoux et se perdit dans une prière sans fin qui ressemblait à une supplique. Une prière dans laquelle le nom d'Henri revenait sans cesse.

⁂

Grâce aux pressions exercées par Renard et Olivier, Estelle, comme elle l'avait indiqué aux parents d'Olivier, avait retrouvé son statut de conservatrice adjointe et pouvait à nouveau se promener librement dans le palais.

Ce matin-là, le monument était encore fermé aux visiteurs, et elle apprécia de retrouver le calme et la sérénité qu'elle avait toujours puisés en son sein. D'un pas décidé, elle entraîna Olivier dans une vaste salle meublée de statues Renaissance, de copies de gisants pontificaux, de saints, de gargouilles et autres monstres bibliques.

– Tu crois que tu vas trouver des infos sur la gargouille qu'on a tenté de voler à la Mule cette nuit ?

– Ce n'est pas la gargouille qui m'intéresse, c'est un symbole, rien qu'un symbole, et pour l'instant je ne sais pas lequel… Ce que je veux te montrer, c'est ça !

Estelle faisait face à un grand mur sur lequel étaient gravés des centaines de noms : ceux des artistes, artisans, compagnons, maçons et architectes ayant travaillé à la construction du palais. Elle en pointait un en particulier.

– Ici, regarde ! Massimo Reale !

Olivier se rapprocha. Le sentiment qu'il éprouva le surprit par son intensité. C'était comme s'il s'était rendu compte qu'il avait jusque-là essayé de se mentir alors qu'au fond il savait, alors qu'il sentait qu'il avait lui aussi un rôle à jouer dans la quête de la Prophétie. Et surtout, mais cela il n'était pas encore prêt à l'admettre, Olivier avait conscience qu'il n'avait pas rencontré Estelle par hasard.

Cette dernière l'avait entraîné dans la grande salle des archives. Autour d'eux, des rayonnages sans fin couraient le long des travées gothiques.

Une vieille bibliothécaire les rejoignit, un imposant recueil ancien relié de cuir dans les mains, et remit précautionneusement l'ouvrage à Estelle.

– Voilà ce que tu voulais, ma belle. Les comptes pontificaux de l'année 1325.

– Plutôt pointu comme littérature…

Avant de partir, la bibliothécaire s'approcha d'Estelle, l'air ému.

– Tu sais, il me manque beaucoup, ton grand-père. Je n'ai plus personne avec qui discuter de tout ça.

– Il vous aimait beaucoup.

– Allez, la vie continue. Je retourne à mon classement.

Tout en ouvrant avec délicatesse le gros livre, Estelle jeta un regard attendri à Olivier, qui suivait la vieille dame des yeux.

– Elle classe quoi au juste ?

La jeune femme désigna d'un air entendu les centaines de mètres d'archives qui les entouraient.

– Ah d'accord, vaut mieux aimer le classement ! chuchota Olivier.

Estelle s'était déjà replongée dans ses recherches.

– Voilà, c'est là ! s'exclama-t-elle au bout d'une minute. Les commandes que le pape a passées à Massimo Reale, architecte italien, pour la construction des appartements du pontife. Les sommes versées, les ouvrages réalisés et les hommes employés. Et regarde, on retrouve le griffon.

En effet, au bas de chaque commande se trouvaient le sceau de Jean XXII et un autre, plus petit, un griffon identique à celui qu'ils avaient vu sur les outils de l'ancêtre d'Olivier.

– Olivier, tu es bel et bien le descendant de l'architecte du pape Jean XXII !

– Et toi la descendante de Jean XXII…

Ils se regardèrent, troublés par cette découverte. Ni l'un ni l'autre ne se rendirent compte que la petite fille en rouge les observait en souriant depuis un rayonnage. Puis Estelle reprit sa lecture.

Sur l'interminable liste des travaux, son doigt s'arrêta sur les mots *Camera Reale.*

– *Camera Reale*… Oui, bien sûr, la « chambre du roi » ! On a toujours cru que c'était la chambre de pénitence des souverains qui venaient se faire confesser par le pape…

– Mais ça peut aussi être « la pièce construite par Reale » ou « la pièce de Reale ». Tu sais où elle se trouve ?

– D'après toi ?

Alors qu'Estelle reposait le lourd volume sur le comptoir désert, une enveloppe tomba, adressée à « Estelle Esperanza ». Étonnée, celle-ci tourna la tête de tous côtés, mais elle ne vit autour d'elle que de studieux lecteurs, et Olivier qui s'éloignait déjà vers la sortie. À l'autre bout de la salle, une porte massive claqua sur une silhouette furtive.

Estelle ouvrit l'enveloppe et étouffa un cri de surprise quand elle prit connaissance du contenu.

Sur une élégante carte vierge de velin blanc cassé, un mot était nerveusement griffonné : « Viens seule… Joyce. »

Estelle avait rejoint Olivier, sans lui parler du billet qu'elle avait trouvé. Tous deux franchirent la porte de pierre étroite et très basse surmontée des armoiries du pape Jean XXII et de l'inscription gravée Camera Reale.

– Je comprends pourquoi on a toujours pensé que cette pièce servait à la pénitence des rois. Ils étaient obligés de se prosterner devant les symboles de l'Église en guise de contrition, s'amusa Olivier.

Ils débouchèrent dans une pièce à l'exiguïté surprenante au regard des dimensions habituelles du palais. Les murs étaient nus, comme le plafond. L'endroit était totalement exempt de décoration. Malgré leurs recherches minutieuses, ils ne trouvèrent aucun indice. Rien qui attira leur attention.

La main d'Estelle se crispa tout à coup dans sa poche, serrant fort la carte trouvée dans la bibliothèque.

– Tu n'as pas l'air dans ton assiette, Estelle… Tu m'entends ? Estelle !

La jeune femme ne lui répondit pas. Elle s'effondra sur le sol, sans connaissance.

Au grand air de la cour d'honneur du palais, sous la rosace gothique toujours bâchée, Estelle reprenait peu à peu ses esprits auprès d'un Olivier inquiet.

– Je ne ressens plus rien. La Prophétie est censée nous guider jusqu'à elle, mais je me sens vide.

– On s'est peut-être trompés avec cette histoire de griffon et, du coup, la Camera Reale est une fausse piste…

Estelle se redressa soudain, en proie à une vive colère.

– Non ! J'ai une part de mal en moi, je le sais maintenant. Et je la sens qui lutte pour refaire surface.

– Tu crois ça, mais c'est faux. Tu es du bon côté, Estelle. Tu n'as rien en commun avec ta mère ! Tu ne m'as pas tué quand on te l'a demandé. Il te faut quoi, comme preuve supplémentaire ? J'ai une confiance absolue en toi.

– Je ne sais plus. Et puis il y a ça…

Estelle était sur le point de parler de la carte à Olivier, mais la sonnerie de portable de son ami l'en empêcha.

– Royal. Quoi ? Vous savez qui c'est ?

Olivier se tourna vers Estelle, mal à l'aise. Il venait de toute évidence d'apprendre une mauvaise nouvelle. La jeune femme remit la carte dans sa poche. Ça attendrait.

Royal lui expliqua qu'il devait rejoindre Renard de toute urgence et il lui fit promettre de rentrer directement chez Jean et Sandra. Il la mit lui-même dans un taxi, ennuyé de devoir la laisser seule.

Par la fenêtre ouverte, il se pencha et embrassa Estelle avec une émotion particulière.

– Moi aussi, je t'aime… lui murmura-t-elle tandis que la voiture démarrait.

Le taxi s'arrêta à un feu rouge situé sous les remparts fortifiés de la ville. Nerveuse, Estelle remarqua un véhicule de flics quelques mètres derrière eux.

– C'est marrant, on dirait qu'ils nous suivent, fit remarquer le chauffeur du taxi.

Estelle sortit un billet de sa poche et demanda au conducteur de les semer. L'homme lui sourit en empochant le généreux pourboire.

– Depuis le temps que j'attendais ce moment !

Le taxi accéléra, obligeant les flics à en faire autant s'ils ne voulaient pas perdre leur trace. Mais pourquoi diable la police en avait-elle encore après elle ? se demanda Estelle.

Au niveau d'une bifurcation, le taxi se rabattit au dernier moment sur la file de droite et quitta la nationale. Le temps que les flics s'arrêtent et tentent de repartir en marche arrière, il avait déjà disparu.

– Alors, on va où maintenant, ma petite dame ?

Estelle tendit au chauffeur le bristol.

– À cette adresse.

⁂

Sur les quais du Rhône, toutes sirènes hurlantes, quatre voitures de police, dont celle de Renard, se garèrent près du pont Saint-Bénezet. Des agents en uniforme en bloquèrent l'accès et déroulèrent un ruban de scène de crime. Renard l'enjamba, se prit les pieds dedans et pesta de plus belle. Elle était d'une humeur de dogue, ce matin.

Elle répondit à son portable. La voix, qui lui vrillait les oreilles, lui apprit qu'on venait de perdre la trace d'Estelle Esperanza.

– Alors là, c'est le pompon ! Déjà que les cadavres pleuvent comme vache qui pisse ! Bon, passez-moi Trihn ! Quoi ? Comment ça ? Non mais je rêve !

De rage, Renard raccrocha et s'en prit à Olivier, qui venait de la rejoindre. Elle était décidément entourée de bras cassés, de jeunes bleus qui ne suivaient aucune de ses directives. Olivier sourit quand il apprit qu'Estelle avait semé les flics. Lui savait pourquoi on la suivait, mais il ne pouvait pas le lui apprendre sous peine de compromettre un plan qui, si tout s'enclenchait bien, se révélerait finalement salutaire… Il n'écoutait déjà plus Renard, qui s'acharnait maintenant sur Trihn, accusant son adjoint absent de prendre « des initiatives à la con » et, du coup, de manquer à l'appel quand on avait besoin de lui.

– Je vous le donne en mille : mon cher et tendre lieutenant est encore parti à Pétaouchnok essayer de faire des étincelles !

Quand Renard entra dans la chapelle Saint-Bénezet pour les premières constatations, ses yeux la trahirent un instant avant de s'habituer à la pénombre. Ce qu'elle découvrit la laissa pour la première fois de sa vie sans voix ni réaction. Elle eut tout juste la force de mettre la main devant sa bouche, comme si ce geste dérisoire pouvait l'aider à encaisser le choc.

Devant eux, au beau milieu de la chapelle, gisait le corps sans vie de Trihn, allongé sur le dos, un poignard orné d'un J planté dans le cœur !

Olivier assistait à la scène sans rien dire, laissant Renard s'approcher du cadavre et faire son travail avant de craquer et de fondre en larmes.

– Quelle bande de salopards. Ils avaient pas le droit, pas lui ! Pas lui !

⁂

Face à la lourde porte d'un somptueux hôtel particulier à la façade austère, Estelle hésita un instant avant d'actionner l'imposant marteau.

Elle fut bientôt conduite dans un petit salon où l'employée de maison l'installa devant un service à thé en argent massif. Avant de quitter la pièce, la domestique la prévint qu'« on » allait la recevoir dans quelques minutes.

Une fois seule, Estelle hésita à prendre la fuite. Elle s'approcha de la fenêtre qui donnait directement sur la rue et se laissa une seconde gagner par la tentation de l'ouvrir et de l'enjamber.

Son attention fut alors captée par un chant cristallin qui provenait du jardin. Estelle s'approcha de la porte-fenêtre qui y donnait accès et découvrit avec stupeur une frêle jeune fille habillée d'une virginale robe blanche, assise sur un banc en pierre.

Telle une apparition, comme si le monde extérieur lui était inconnu, la demoiselle chantait accompagnée seulement par le doux bruit de l'eau qui s'échappait d'une fontaine voisine.

Estelle entrouvrit la porte-fenêtre et tenta de distinguer son visage. Une femme était assise à côté d'elle, qui lui tenait la main. Le cœur d'Estelle s'emballa quand elle découvrit que cette femme était sa mère. Elle s'attendait bien sûr à la revoir en venant ici, mais elle n'arrivait pas à contrôler ses émotions.

Quand la jeune fille cessa de chanter, Joyce la prit dans ses bras et la berça doucement, comme une enfant malade. C'est à cet instant qu'elle découvrit la présence d'Estelle.

– Tu n'aurais pas dû venir. Je t'avais dit de ne pas chercher à me revoir, tu es en danger.

– Alors pourquoi ce mot ?

Comme prise en faute, Estelle tendit le message à Joyce, qui le prit et le lut avec étonnement.

– Ce n'est pas mon écriture.

– J'ai besoin de comprendre, j'ai besoin de réponses !

– Ce n'est pas moi qui t'en donnerai. Maintenant va-t'en. S'il te plaît.

Estelle ne bougea pas. Elle regardait maintenant avec attention la jeune fille qui, l'air apeuré, se serrait contre Joyce.

– Maman…

Et soudain la vérité lui sauta aux yeux : la jeune fille lui ressemblait, comme une sœur !

– Maman ? Elle t'appelle maman ?

– Muriel est ta sœur cadette, j'étais enceinte quand Jean m'a chassée de votre vie. Elle était tout ce qui me restait.

J'avais peur, si ton père apprenait son existence, qu'il me l'enlève aussi. J'avais perdu une fille, je ne voulais pas en perdre une deuxième.

Sous le choc, Estelle ne pouvait détacher ses yeux de la jeune fille, qui s'était calmée et dégageait maintenant une aura de douceur.

– Muriel a toujours été différente. Mais c'est une enfant pleine d'amour et d'intelligence.

– Ma sœur, j'ai une sœur…

Après un moment d'observation, comme si elle avait sondé l'âme d'Estelle, Muriel se détacha de sa mère et vint prendre la main de sa grande sœur dans les siennes. Estelle hésita et finit par lui sourire.

Ce bref moment de répit, cette harmonie familiale si fragile vola en éclats quand des flics en uniforme firent leur apparition, devançant Renard, qui vint se poster devant Joyce, l'air mauvais.

– Madame, si vous voulez bien nous suivre.

Que se passait-il ? Joyce jeta à Estelle un regard plein de reproches.

– Tu es pire que ton père ! Tu m'as trahie !

– Je ne comprends pas ! Je suis venue seule. Lâchez-moi ! hurla-t-elle alors que les policiers tentaient de la mettre à l'écart, il faut que je lui parle… Maman !

Également présent, Olivier prit la relève pour retenir Estelle pendant qu'on emmenait sa mère. Plus loin, l'employée de maison s'occupait de Muriel et la rassurait du mieux qu'elle pouvait.

– Vous n'aviez pas le droit, vous m'avez piégée, lança Estelle à Renard, venue les rejoindre.

– Pourquoi moi ? rétorqua la commissaire, cynique.

Renard prit le sac d'Estelle, le fouilla, y trouva un émetteur miniature et le tendit à Olivier.

– C'est à vous, non ?

– Tu n'as pas fait ça ? Je te faisais confiance ! s'indigna Estelle.

– On l'embarque elle aussi. Allez hop, perdez pas de temps !

Deux flics en uniforme arrivèrent et menottèrent Estelle comme une vulgaire criminelle. La jeune femme se débattit, mais les deux hommes ne lui laissèrent pas d'autre choix que de les suivre.

– Vous n'étiez pas obligée, vous le savez très bien ! intervint Olivier, blessé d'avoir été ainsi piégé par Renard.

S'il avait mis ce mouchard, c'était pour protéger Estelle malgré elle, parce qu'il savait bien qu'elle n'en ferait qu'à sa tête.

– Mademoiselle Esperanza n'est pour rien dans tout ça !

Renard le fusilla d'un regard plein d'amertume et lui lança, la voix enrouée par la colère :

– Et je lui dis quoi, à Trihn, qu'il n'y était pour rien, lui non plus ? Maintenant, vous me laissez faire mon boulot.

L'ambiance au commissariat était tendue depuis l'annonce de la mort de Trihn. Des rumeurs circulaient selon lesquelles il était le second flic à perdre la vie en enquêtant de trop près sur ces mystérieux Frères de Judas. Le nom de Guillaume Lothaire, dont on avait retrouvé uniquement les mains, passait de bureau en bureau.

Renard aurait aimé parvenir à rassurer ses hommes, mais elle était dans un état épouvantable et devait déjà prendre sur elle pour ne pas craquer. C'était la première fois qu'elle perdait un homme, le petit Trihn qui plus est, auquel elle avait fini par s'attacher comme à un fils.

Renard remit son masque de commissaire dur à cuire, alluma un cigarillo et alla rejoindre Royal, à qui elle balança le dossier qu'elle venait de recevoir.

– Alors cette dame s'appelle Carla di Montefeltro, veuve du prince di Montefeltro, ancienne noblesse pontificale. D'ici qu'on nous cite Jean XXII…

– Vous commencez à suivre, je vois, lâcha Olivier avec une froideur étonnante.

Renard ne releva pas, poursuivant mécaniquement.

– Apparemment, Montefeltro est son vrai nom ; en tout cas ses papiers sont en règle. L'hôtel particulier est son pied-à-terre en France. Elle vivrait entre Londres, Zurich et Rome…

– Concrètement, vous comptez faire quoi ?

– D'après vous ? Je peux quand même pas la mettre en examen parce qu'elle porte un gothique gravé sur l'omoplate ! En plus, elle est défendue par un ténor du barreau qui me harcèle dès que je sors de ce bureau !

– Je vous avais prévenue, commissaire…

– Quoi, de ne rien faire et de laisser des flics se faire dézinguer par une bande de malades ? Vous avez déjà oublié ce qu'ils ont fait à votre prédécesseur !

– Les méthodes traditionnelles ne s'appliquent pas ici. En plus, je ne pense pas que le lieutenant Trihn ait été tué par les Frères de Judas.

– Ah ouais, et le poignard qui ornait sa poitrine, il est venu tout seul ?

Le lieutenant Villers, qui venait d'hériter des fonctions de Trihn, arriva, un fax à la main.

– Excusez-moi, mais on vient de recevoir les premières constatations du légiste : Trihn est mort des suites d'une rupture des cervicales, sans doute une chute. Le poignard a donc été enfoncé post mortem et le corps a été déplacé.

Olivier croisa le regard de Renard. Il avait vu juste.

– Merci, Villers. Mettez la scientifique sur le coup. Maintenant !

À peine la porte se fut-elle refermée que Renard s'effondra.

– C'est ma faute ! C'est moi qui l'ai envoyé au casse-pipe !

La commissaire se remit alors à pleurer à chaudes larmes.

– Ça vous fait marrer de me voir dans cet état, non ?

Olivier ne releva pas, et se contenta de lui donner un Kleenex. Dans lequel Renard se moucha bruyamment.

À quelques bureaux de là, assise dans une salle d'interrogatoire, Estelle rongeait son frein. Elle avait été embarquée de force, menottée et placée là sans pouvoir parler à quiconque. Quand la porte s'ouvrit sur Olivier, elle ne laissa même pas le temps à ce dernier d'ouvrir la bouche.

– Salaud ! Tu t'es bien servi de moi ! Tu me parlais d'amour, de confiance… Tout ça pour arrêter ma mère ! Tu es prêt à tout pour ta « mission », tu ne respectes rien, ni personne !

– C'est bon, tu t'es bien défoulée ?

– Ne joue pas à ça avec moi ! L'hystérique face au preux chevalier, ça ne marche pas !

– Je n'y suis pour rien, c'est toi qui ne m'as pas fait confiance. Et puis tu sais comme moi que ta mère est le seul Frère de Judas identifié, on ne pouvait pas la laisser en liberté.

– Elle nous a sauvé la vie, tu l'as déjà oublié ? La livrer à cette folle de Renard, c'est ta façon de la remercier ?

Olivier cachait mal son agacement.

– On a retrouvé le lieutenant Trihn un poignard en forme de J planté dans le cœur.

À cette annonce, Estelle accusa le coup, sans se calmer pour autant.

– Et je suis suspecte ?

– Non.

– Alors je peux partir…

Estelle adressa un regard glacial à Olivier, qui le soutint un moment avant d'ouvrir la porte.

– Tu es libre.

La jeune femme quitta la cellule sans un mot pour Olivier. C'est lui qui la retint par le bras.

– Estelle, ne te trompe pas d'adversaire. Tu me connais mieux que personne, tu le sais…

La jeune femme serra les dents, voulant rester le plus froide possible, et quitta la pièce en claquant violemment la porte.

***

Estelle avait trouvé refuge à la Mule du Pape, où Gil et Mehdi tentaient envers et contre tout de garder le moral après le drame de la cave, qui leur avait évidemment valu quelques explications avec la police. Ils s'efforçaient d'animer le café comme ils le faisaient habituellement. Une musique d'ambiance, des lumières chaudes et leur inaltérable sourire donnaient le change et leur permettaient de ne rien laisser paraître des émotions de ces derniers jours.

Sur la terrasse, Estelle trouvait dans le regard de Dona Flores, assise face à elle, le réconfort dont elle avait besoin.

– Aidez-moi, je vous en prie, Dona Flores, je ne vois plus rien, plus aucun signe. Que des échecs, des fausses pistes ou des impasses. Olivier m'a trahie. Je suis toute seule…

Dona Flores lui prit les mains et ferma les yeux un instant.

– Est-ce que tu crois que je suis l'Oracle, Estelle ?

– Je ne sais pas. Peut-être. Je ne sais plus en quoi croire ni en qui avoir confiance…

– Et pourtant tu avais besoin d'aide et tu m'as appelée.

– Vous êtes la seule à pouvoir m'aider.

– Tu oublies une personne. Très importante, essentielle même…

– Qui ?

Dona Flores sourit, énigmatique, laissant à Estelle l'espoir de voir apparaître une aide inespérée, celle à laquelle elle ne croyait plus. Qui ? Oui, qui pourrait l'aider ?

– Toi, Estelle ! Tu es une scientifique. Tu te dois de mener ta quête avec ton cœur, certes, mais aussi avec tout ce que tu as appris. On ne lutte pas contre le mal avec des bons sentiments mais avec sa raison, son intelligence et son courage.

Estelle baissa la tête, sensible à ce qui ressemblait autant à une admonestation qu'à un encouragement.

Son plateau à la main, Mehdi vint les servir. Le jeune homme était tendu, son regard fixé vers l'intérieur de la Mule du Pape, où ses parents étaient installés.

– Et voilà, deux thés à la vanille, lâcha-t-il distraitement.

– Merci, Mehdi.

Au moment où le jeune homme allait repartir, Dona Flores lui prit le poignet.

– Il est temps d'aller les voir, et de leur parler.

– Pardon ? réagit Mehdi. Je vous ai déjà vue, non ?

Dona Flores se contenta de sourire. Et Mehdi, tombé manifestement sous son charme, lui rendit la pareille.

Déconcertée par cet échange inexplicable, Estelle ne put que constater une nouvelle fois l'étrange pouvoir qu'exerçait la dame des Saintes sur les gens qu'elle croisait.

Quelques instants plus tard, c'est un Mehdi décidé qui vint se planter devant la table où ses parents jouaient aux cartes.

– Je ne voulais pas que vous l'appreniez comme ça, par cette peste, mais voilà, je suis homosexuel, c'est ma vie, c'est moi. J'aime Gil et je me suis pacsé avec lui.

– Mehdi, mon chéri, rassure-toi. On a beaucoup parlé, ton père et moi. Tu as l'air d'être heureux avec Gil, c'est le plus important pour nous.

– Elle a raison, ta mère. C'est juste que c'est difficile pour nous d'admettre que si tu n'as pas d'enfants, tu seras le dernier d'une très longue histoire…

Reprenant son souffle, Mehdi regardait ses parents, interloqué par leur réaction.

– Il est grand temps pour nous de te parler, mon fils. Nous aurions dû le faire depuis longtemps.

Cette fois Mehdi ouvrit des yeux ronds. Non seulement son coming-out ne se passait pas du tout comme il l'avait imaginé, mais là, la scène prenait carrément une tournure surréaliste.

– Me parler de quoi ? C'est moi qui vous ai caché ma vie et…

Il se laissa guider par son père, qui avait attrapé une chaise à une table voisine.

– Assieds-toi, mon fils.

Mehdi posa timidement une fesse sur le siège tandis que sa mère, qui lui avait pris la main, la serrait dans la sienne.

– Tu te souviens de l'histoire du noble chevalier que ton père te racontait le soir quand tu étais petit ? commença-t-elle.

– L'histoire de Saladin ?

– En son temps, au XIVe siècle, il lui fut donné d'entrer dans une puissante et honorable confrérie, celle des Serviteurs de Sarah l'égyptienne, reprit Hassan.

– Ce qu'on ne t'a jamais dit, mon chéri, c'est que Saladin était l'ancêtre de vos ancêtres, à ton père et à toi.

– Je ne vous suis pas bien, là…

Malgré ses efforts, Hassan cachait mal son enthousiasme, se montrant maintenant grandiloquent.

– Aujourd'hui, c'est ton tour d'entrer dans la Confrérie ! Tu as de la chance, le Temps est venu !

– Le temps de quoi, au juste ?

– Celui de la révélation de la Prophétie !

Affreusement mal à l'aise, persuadé que ses parents avaient bu en douce, Mehdi se leva, prêt à fuir. Mais son père le retint d'une main ferme.

– Pour une fois, écoute ton vieux père, mon fils.

⁂

Renard avait étudié en détail l'emploi du temps de Trihn et en était arrivée à la conclusion que le dernier à l'avoir vu vivant était Henri Esperanza. Ce nom apparu dans son raisonnement, la haine avait repris le dessus sur la tristesse et elle était partie au domaine dans l'idée d'en découdre avec le vieux cocu.

Renard posa avec brutalité sur le bureau d'Henri le poignard orné d'un J qui avait été planté dans le corps de Trihn. Emballé dans un sachet plastique, il était encore maculé du sang du jeune lieutenant.

– Vous connaissez ce poignard, n'est-ce pas ?

– C'est avec ça qu'on a tué le lieutenant Trihn ?

– Contentez-vous de répondre à mes questions, on gagnera du temps.

– J'en possède plusieurs de ce type en tant que collectionneur spécialisé dans le XIVe siècle et les papes d'Avignon.

– Et surtout Jean XXII, je sais ! Aucun ne manque ?

Pendant l'interrogatoire, Renard passait en revue les différents livres de la bibliothèque sous le regard inquiet d'Henri.

– Pas que je sache. Attention, commissaire, c'est une édition originale très fragile.

Renard renfonça avec brutalité l'ouvrage sur l'étagère, affrontant le regard d'Henri, qui s'abstint du moindre commentaire.

– Où étiez-vous à onze heures ce matin ?

– Vous me soupçonnez du meurtre de votre adjoint, rien que ça ?

– Je vous pose des questions pour le moment.

C'est à ce moment que Nadine fit son entrée dans la pièce. Elle se plaça à la droite d'Henri d'une façon si cérémonieuse qu'on eût dit qu'ils avaient répété la scène avant l'arrivée du commissaire. C'est en tout cas le sentiment qu'eut Renard quand la jeune épouse vint au secours de son mari.

– J'étais avec mon mari à onze heures, quand le lieutenant Trihn est parti. Après, nous ne nous sommes pas quittés.

– L'alibi qui tombe à pic. Vous êtes vraiment une épouse parfaite !

Quelque temps plus tard, alors qu'Henri et Nadine, libérés de la commissaire, soupaient avec Odette dans la vaste salle à manger, la sonnerie du téléphone résonna depuis la pièce voisine. Henri se leva pour répondre, laissant les deux femmes en tête à tête. Nadine adressa un sourire hypocrite à la vieille dame, qui se replongea dans l'étude détaillée de son assiette. S'il ne tenait qu'à elle, voilà bien longtemps qu'elle aurait abandonné ces pénibles dîners dits familiaux pour se préparer un petit frichti à la cuisine. Mais Henri y tenait, désireux que sa mère et son épouse partagent sa table. Une ultime illusion de ce qu'aurait dû être leur vie de famille, peut-être.

Henri revint, prétexta un rendez-vous urgent et quitta définitivement la table. À peine eut-il disparu qu'Odette se saisit de son assiette et se dirigea d'un pas lourd vers la cuisine sous le regard arrogant de Nadine.

Seule désormais, la jeune femme regarda autour d'elle d'un air las : il allait falloir faire repeindre cette salle à manger. Décidément, le parme n'avait pas du tout les vertus apaisantes que lui avait vantées le précédent décorateur.

Tandis que la lune étendait sur le parc un halo diaphane, Henri se dirigea énergiquement vers la roseraie où l'attendait Julien.

– Tu joues un jeu dangereux, mon garçon.

– Vraiment ? Pourtant c'est pas moi qui mens aux keufs sur mon emploi du temps…

Henri le foudroya du regard.

– De quoi parles-tu ?

– J'étais dans le parc. Je t'ai vu avec le flic.

Évidemment déstabilisé, Henri refusa pourtant de montrer la moindre faille.

– Combien tu veux ?

La proposition ne fit que déclencher un rire narquois chez Julien, jubilant d'avoir enfin le contrôle de la situation.

– Mais je me fous de ta thune ! La seule chose que je veux, c'est Nadine.

⁂

Il était minuit passé quand Joyce quitta le commissariat au bras de son avocat, un homme à la soixantaine grisonnante, sanglé dans un costume sur mesure.

Sur le seuil, Renard la regardait s'éloigner, un goût amer dans la bouche. Elle se tourna vers Olivier.

– C'est qui, ces gens ? À peine arrêtés, on les relâche ! Ils butent même des flics, et nous on reste là comme des cons !

– Ne croyez pas ça, commissaire, on marque des points. Mais le mal s'insinue partout.

Renard leva les yeux au ciel et reprit le chemin de son bureau, les bras ballants.

– Oh, ça va. Moi, le côté mystique, je m'en tape. Ce que je veux, c'est trouver qui a tué Trihn. Je lui dois bien ça !

À quelques mètres du commissariat, une berline aux fenêtres teintées attendait Joyce et son avocat, qui ouvrit avec empressement la porte passager à sa cliente.

Au moment de monter, celle-ci se figea : son regard venait de croiser celui de Jean, qui se tenait posté sur le trottoir d'en face et qui, de toute évidence, l'attendait.

– Venez, ne restons pas là, conseilla l'avocat.

Mais ses paroles demeurèrent lettre morte.

Impassible, Jean ne quittait pas Joyce des yeux. Il avait le temps. Voilà plus de vingt ans qu'il attendait ce moment. Il n'était plus pressé…

⁂

Au cœur du palais désert, Estelle avait entraîné Dona Flores dans la Camera Reale. Elle s'était équipée d'une lampe high-tech.

– Avant de faire leurs fresques définitives, les peintres du XIVe siècle traçaient une première esquisse pour étudier les proportions. Cette ébauche était appelée sinopie à cause de la pierre rouge qui était utilisée, la sinope. Et cette lampe devrait la faire apparaître.

L'appareil s'alluma dans un bourdonnement et émit un rayon bleuâtre qu'Estelle promena sur les murs. Soudain, elle commença à percevoir les premières esquisses recherchées.

– Là, regardez !

Dans le faisceau de lumière, Dona Flores discerna à son tour une fresque composée de motifs délicats qui s'évanouissaient dès qu'ils n'étaient plus éclairés.

Décomposée en plusieurs tableaux, la fresque mettait en scène deux personnages : une femme dont le front était orné d'une étoile et un chevalier qui portait un écu marqué d'un griffon.

– La dame à l'Étoile et le chevalier au Griffon, murmura Dona Flores.

La fresque représentait leur périple à travers différentes gravures qui apparaissaient et disparaissaient selon les mouvements de la lampe. Un instant, Estelle songea à la

Chanson de Roland et aux tapisseries qui en relataient l'épopée. Elle fut prise de vertige quand elle se rendit compte que, d'une certaine façon, avec plusieurs siècles d'avance, c'était leur histoire, à Olivier et à elle, qu'on narrait. Et plus elle faisait appel à son esprit cartésien, plus les représentations de l'étoile et du griffon s'imposaient à elle comme la Vérité révélée, celle qui avait influencé sa famille depuis des générations.

La voix de Dona Flores la sortit de sa torpeur. L'Oracle commentait avec excitation la fresque et ce qu'elle livrait enfin.

– Le chevalier au Griffon et la dame à l'Étoile vont tous deux séparément puis ils se rencontrent et se dirigent ensemble vers une source qui jaillit au milieu de rochers. Le chevalier tend à la femme un calice rempli de l'eau de cette source, qu'elle boit. Son corps irradie alors de lumière…

éclairée par les rayons bleutés, Dona Flores laissa s'épanouir un léger sourire énigmatique tandis qu'Estelle déchiffrait une légende écrite en ancien français.

– « Et tous deux, cœurs unis, trouveront la source du Temps. » La source du Temps… C'est Olivier et moi qui devons la trouver, c'est ça ?

Dona Flores se contenta de hocher la tête.

C'est alors que la lampe d'Estelle éclaira un nouveau pan de mur qui semblait révéler la fin de l'histoire. La dernière gravure représentait le chevalier au Griffon gisant paisiblement, les mains croisées sur la poitrine. Au-dessus, la légende énonçait : « Le chevalier occis à sa dame offrira sa vie. »

IX

Dans la cour d'honneur désolée du palais des Papes, les gargouilles observaient de leur œil de pierre Estelle, qui se tenait à présent devant la Rosace sacrée. Le regard perçant des créatures sondait jusqu'aux tréfonds de son âme, tandis qu'elle se débattait pour trouver un sens à cette quête et au rôle révoltant qu'elle devait tenir.

– Olivier va mourir. Je dois trouver la source du Temps et lui doit mourir !

Estelle se retourna et fit face à Dona Flores restée en retrait. La colère se lisait dans les yeux de la jeune femme, qui s'en prit à l'Oracle, comme si son devenir et celui d'Olivier dépendaient de cette femme énigmatique.

– Eh bien je refuse ! Je ne mettrai pas sa vie en danger ! J'arrête tout.

– Tu ne peux pas. Tu dois t'allier à lui…

Dans un élan protecteur, Dona Flores posa sa main sur le bras d'Estelle, qui se dégagea nerveusement.

– C'est votre destinée !

– Notre destinée ? Je n'en veux pas, moi, d'une destinée ! J'ai toujours décidé de ma vie et j'entends bien continuer !

– Calme-toi et écoute-moi.

Mais Estelle n'arrivait plus à contenir sa colère, elle repensait à ceux qui avaient déjà perdu la vie en recherchant ou en protégeant la Prophétie. Elle revit le sourire enfantin de Nadège, le regard à l'affût de son grand-père quand il parcourait le palais, inspectant le moindre recoin de l'immense vaisseau amiral. Et que dire de Trihn ?

– Non, c'est fini, tout ça : je n'écoute plus. Ni vous ni personne. Oubliez-moi ! Olivier ne mourra pas par ma faute. Jamais !

⁂

Olivier Royal gisait à terre, allongé de tout son long, ses mains inertes repliées sur sa poitrine.

Lorsqu'elle le découvrit, paniquée, le commissaire Renard dut venir le secouer pour s'assurer qu'il était bien vivant.

À peine Royal eut-il ouvert les yeux que Renard retrouva ses manières bourrues.

– On se pique un petit roupillon en douce ?

– Dix minutes de relaxation profonde et on rattrape une nuit de sommeil.

– Vu mes nuits dernièrement, faudrait que je passe directement à la lévitation !

À ce moment arriva Blondeau, un jeune flic. Il portait maladroitement deux cafés. Renard lui arracha littéralement le sien des mains en lui aboyant dessus.

– Vous avez mis trois sucres ?

Pétrifié, le policier bredouilla un faible *oui* et s'éloigna sans demander son reste.

– Bon, reprit Renard. On m'a demandé de ne pas vous lâcher d'une semelle, vous et la miss Esperanza, et de vous faire protéger vingt-quatre heures sur vingt-quatre.

– Moi, vous oubliez. Mais pour Estelle, je vous confirme l'ordre.

– Et moi, je vous confirme que les « arcanes du pouvoir », qui me balancent des ordres dans tous les sens, j'en ai ras le pompon !

– « Ras le pompon », rien que ça ! À ce point-là, je pensais pas.

Renard se força à sourire tout en soufflant sur son café brûlant.

– Bon, on parle boutique ou j'ai droit à un cours de yoga ?

– Carla di Montefeltro est l'épouse d'un diplomate milanais sur lequel on enquête depuis des mois. On le soupçonne d'être un Frère de Judas très influent. Jusqu'ici, sa femme n'avait aucun intérêt à nos yeux…

– Je peux vous assurer qu'ils ont des appuis plus que haut placés. Réussir à faire purement et simplement annuler une garde à vue ! Pour moi, j'avoue que c'est une première.

Olivier haussa les épaules, fataliste. Renard souffla à nouveau sur son café, savourant par avance l'effet de sa prochaine annonce.

– Si je vous dis que son ex-mari, le soi-disant veuf, l'attendait dehors et qu'ils sont repartis ensemble…

La surprise de Royal la mit en joie comme une enfant contente d'attirer sur elle l'attention. Eh oui, Jean Esperanza attendait son ex-femme et était parti en sa compagnie.

⁂

Dans la pénombre d'une chambre à l'ambiance de boudoir, Jean faisait l'amour avec Joyce comme si sa vie en dépendait. Comme s'il ne l'avait jamais quittée, il retrouvait une merveilleuse et enivrante sensation, tous ses sens exacerbés. Son odeur indescriptible, sa peau plus douce qu'aucune autre et sa façon de le rendre fou par un regard ou une caresse, tout en elle le réveillait après des années d'hibernation. Enfin il avait le sentiment de renaître à la vie et à l'amour.

Quand la jouissance le submergea, il songea un instant qu'il aurait voulu mourir, là, maintenant, plutôt que de devoir vivre à nouveau sans elle.

Jean roula sur le côté, enfin apaisé, tandis que Joyce le regardait avec intensité, éprouvant un sentiment de victoire et de toute-puissance sur le seul homme qui avait jamais compté à ses yeux.

– Avoue que je t'ai manqué…

– Les années passent et toi tu ne changes pas. Toujours aussi vénéneuse.

Joyce vint se lover contre Jean alors qu'il semblait prêt à fuir. Ce qu'il lui confirma d'ailleurs en se dégageant de son étreinte.

– Cette nuit ne signifiait rien, Joyce. Je suis marié à une femme formidable dont j'ai un grand fils. J'ai mis du temps, mais j'ai refait ma vie…

Joyce se redressa et le toisa avec insolence.

– Si tu le dis. Explique-moi alors ce que tu fais là.

Déstabilisé, Jean regretta de s'être à nouveau jeté dans les griffes de son ex-femme. Il ne pouvait pas lutter, il le savait. La seule issue pour lui était définitivement la fuite.

– Tu ne peux pas te passer de moi, Jean. Cette nuit en est la preuve. On est faits l'un pour l'autre, c'est comme ça. Inutile de se battre contre notre désir.

– Tu ne m'auras pas aussi facilement. Je te connais, je sais qui tu es réellement !

Mais Joyce était déjà debout, contre lui, lui murmurant à l'oreille.

– Toutes ces années, j'ai su qu'on se retrouverait...

Jean ne résista pas et l'embrassa avec une passion proche de la violence. Il voulait la posséder encore et encore, pour toujours cette fois. Il voulait qu'elle soit à lui et qu'elle ne parte plus, jamais !

Lui offrant son sourire le plus hypnotique, Joyce lui prit la main et l'entraîna avec elle.

– Suis-moi. Je dois te présenter quelqu'un.

Dans l'imposante salle à manger de l'hôtel particulier, installée au bout de l'interminable table, Muriel prenait son petit déjeuner, nourrie à la cuiller par une employée de maison.

Douce comme un ange, elle caressait avec tendresse la joue de cette femme qui s'occupait d'elle depuis sa naissance.

Dès qu'il la vit, Jean sut qui était Muriel. Envahi par l'émotion, il n'arrivait pas à détacher ses yeux de cette enfant qui s'offrait à lui en même temps que la femme qu'il n'avait jamais cessé d'aimer.

– Elle est magnifique...

Joyce glissa sa main dans celle de Jean et, comme à chaque fois qu'elle regardait sa fille, retrouva pour un instant sa candeur et sa bonté.

– Elle te ressemble tellement.

C'est alors que Muriel remarqua leur présence. Elle observa Jean avec une intensité étonnante. Tétanisé, celui-ci ne savait pas comment réagir. Ce fut Muriel qui se leva naturellement et vint lui prendre la main.

Elle l'attira vers elle et lui embrassa délicatement la joue en souriant.

– Papa.

Sous le charme, bouleversé, Jean se laissa entraîner par la jeune fille sous le regard triomphant de Joyce. Elle l'avait à nouveau conquis et était bien décidée à ne plus le laisser partir.

⁂

Miss Wou hésita un instant avant de pénétrer dans le bureau du chairman. Les nouvelles n'étaient pas satisfaisantes et elle craignait la réaction de son supérieur. Elle le savait capable d'une froide cruauté devant l'incapacité d'un Frère de répondre à la tâche qu'on lui avait confiée.

– Nous n'avons pas réussi à décrypter l'objet, sir. Même Cinq a échoué.

Concentré sur l'écran de son ordinateur portable, le chairman ne daigna pas même lever son regard vers elle. Il n'ignorait pas qu'une seule personne au monde pouvait comprendre et utiliser ce qu'ils avaient découvert à l'intérieur du cylindre d'or. Une personne au cœur pur.

– Renvoyez le cylindre en France, là où est sa véritable place.

Soulagée, Miss Wou enfila des gants de coton blanc, prit le lourd cylindre et le déposa avec précaution dans la mallette capitonnée réalisée à ses dimensions exactes.

Elle allait s'éloigner quand le chairman lui attrapa le poignet, la foudroyant de son regard d'acier.

– Cet objet est sacré, ne l'oubliez pas ! *It deserves respect !*

Miss Wou acquiesça docilement avant de quitter la pièce, laissant le chairman à nouveau absorbé par son ordinateur.

⁂

L'air soucieux, son portable collé à l'oreille, Olivier sortit du commissariat et se dirigea vers sa moto. Il raccrocha brusquement son téléphone, contrarié qu'une nouvelle fois Estelle ait refusé de répondre à son appel et l'ait fait basculer sur sa messagerie.

Olivier dut reconnaître qu'il s'inquiétait pour elle et que la présence discrète de deux hommes censés veiller sur elle ne lui suffisait pas. Le danger était partout autour d'eux, il le sentait, il le savait.

Tout en détachant la chaîne antivol de sa moto, Olivier inspecta d'un regard circulaire les alentours. Tout était calme. « Simple réflexe professionnel », se dit Olivier. Jusqu'à ce que le bruit de moteur d'une bécane lancée à pleine puissance lui fasse relever la tête.

C'est alors seulement qu'il vit les deux motards habillés intégralement de noir qui fonçaient dans sa direction. Le passager se leva sur ses cales et dégaina un poignard reconnaissable à sa forme effilée en forme de J. Il le lança avec une adresse hors du commun vers Olivier, qui l'esquiva de justesse.

Le poignard vint se planter dans le siège de sa moto avec une violence qui attestait la force de l'assaillant. Dégainant son arme, Olivier répliqua après avoir hurlé les sommations d'usage. Au troisième coup de feu, la moto tangua, menaçant de tomber, mais seul le passager, touché à l'épaule, en fut éjecté.

Sans même prendre la peine de se retourner, le conducteur s'enfuit, abandonnant derrière lui son complice.

Des flics, alertés par le planton de service qui avait donné l'alerte, sortirent précipitamment du commissariat. Parmi eux, Villers qui, son flingue à la main, se rua vers l'homme à terre et le retourna.

– Merde, c'est Blondeau ! Ben mon salaud ! T'étais moins nerveux quand tu bossais au commissariat ! lâcha Villers, sous le choc.

Olivier obligea Blondeau à mettre les mains derrière le dos et il le menotta nerveusement.

– Essaye pas de te barrer, sinon je tire, et cette fois, je ne viserai pas l'épaule.

Grimaçant de douleur, Blondeau trouva la force de lui faire face et de le regarder droit dans les yeux avec résignation.

– Je suis déjà mort. Et toi aussi, tu le sais très bien.

Tandis qu'Olivier encaissait les paroles du jeune flic, Renard arriva et découvrit à son tour l'identité de l'agresseur.

– Merde alors ! Le petit salopiaud ! Je te faisais confiance, moi !

Elle dénuda brutalement l'omoplate droite de Blondeau, déchirant d'un coup sec la chemise bleue de l'uniforme. Quand le J gothique apparut, Renard se recula instinctivement, avec effroi.

Le regard qu'elle échangea avec Royal trahissait son malaise grandissant. Et le commissaire ne put s'empêcher d'observer ses hommes qui l'encerclaient avec le sentiment soudain d'être épiée.

⁂

– Tout s'est encore accéléré depuis la mort du lieutenant Trihn. Les Frères de Judas prennent de plus en plus de risques.

Assis à l'arrière d'une imposante berline de fonction aux fauteuils de cuir sombre, Olivier faisait son rapport au ministre Aubagnac, sous les ordres duquel il agissait depuis le début de sa mission. Recruté par l'homme d'État lui-même alors qu'il était membre d'un groupe d'élite de la police, Olivier n'avait plus eu depuis ce moment que deux interlocuteurs officiels : Aubagnac et son directeur de cabinet, qui servait de « bouée de sauvetage » au flic infiltré en cas de gros pépin. Comme lorsqu'il lui avait fallu se dévoiler à Renard après l'arrestation aux Saintes-Maries-de-la-Mer.

Une confiance, voire un soupçon d'amitié, était née entre Aubagnac et Olivier, en qui le ministre semblait parfois voir le jeune aventurier qu'il aurait aimé être. C'était en tout cas ce qu'avait pensé Royal… jusque-là.

– Quelqu'un de très haut placé a fait libérer Carla di Montefeltro.

Comme Olivier s'y attendait, la nouvelle n'eut pas l'air d'étonner son interlocuteur, encore moins de l'impressionner.

– Ne vous engouffrez pas dans cette brèche, Royal. Vous êtes un homme de terrain, un excellent homme de terrain.

– À ne pas confondre avec un pion. Maintenant je sais que cette mission dépasse le cadre purement hiérarchique.

Cette fois, Aubagnac cilla, un très bref instant.

– C'est-à-dire ?

– Il semble que je fasse moi-même partie intégrante de cette quête.

– Et ?

– Vous le saviez depuis le début. Vous ne m'avez pas choisi par hasard.

Aubagnac sourit, évitant habilement de croiser le regard d'Olivier.

– Vous êtes en train de prendre conscience du pouvoir de la Prophétie, commandant Royal. C'est pourquoi on vous a confié cette mission : vous devez la trouver et la mettre à l'abri, pour l'empêcher à jamais de tomber entre des mains malveillantes.

– Épargnez-moi votre blabla ! Ce que je veux, c'est savoir jusqu'où je peux vous faire confiance.

Cette fois, Aubagnac se tourna vers lui et le dévisagea de ses yeux d'un vert translucide.

– Je n'ai que ma bonne foi à vous proposer. Espérons qu'elle suffise.

– J'imagine que votre présence à Avignon n'est pas non plus un hasard…

L'homme de la République lui sourit, toujours flegmatique, tandis que le chauffeur ouvrait la portière, ce qui signifiait que l'entretien était terminé. Alors qu'Olivier allait s'éloigner, la vitre électrique de la voiture s'ouvrit sur Aubagnac.

– Ne la perdez pas. Elle va avoir besoin de vous.

La vitre se referma aussitôt et l'imposante berline aux vitres teintées s'éloigna doucement, sans un bruit, semblant flotter sur les pavés historiques des rues d'Avignon.

⁂

Un sac de voyage posé à ses pieds, Estelle se recueillait sur la tombe de Louis, à qui elle était venue dire au revoir. Sa décision était prise. Elle allait quitter la ville, partir loin, le temps que le cycle lunaire se termine et que toute cette histoire se conclue.

Elle luttait pour ne pas se demander comment cela se terminerait. Elle luttait pour trouver la force d'abandonner Olivier et de lui sauver ainsi la vie.

Des images de son grand-père l'assaillirent alors. Elle le revoyait assis sous son cher tilleul, dans la petite cour de sa maison. Elle l'entendait à nouveau lui raconter la légende de la Prophétie d'Avignon, cette légende qui avait bercé son enfance et qui aujourd'hui résonnait si douloureusement dans son esprit.

– *Tu sais, ma chérie, la Prophétie est aussi une grande histoire d'amour. L'histoire d'un preux chevalier venu rendre hommage à une étoile.*

– *Une étoile comment, grand-père ?*

– *Les étoiles sont comme les fées, elles peuvent prendre diverses apparences...*

– *Elles se transforment quand elles viennent sur terre ?*

– *Tu as tout compris.*

– *Un chevalier et une étoile ! Raconte encore, grand-père...*

– Tu comptais partir sans dire au revoir ?

Estelle sursauta au son de la voix d'Olivier, qui se tenait à quelques mètres d'elle, l'enrobant d'un regard tendre. La jeune femme se ressaisit, décidée à ne pas dévoiler les véritables raisons de sa décision. Non, Olivier ne devait pas savoir.

– Je ne te dois rien !

– Tu oublies qu'on est liés, qu'on doit continuer ensemble.

Estelle soupira, attrapa son sac et se dirigea vers la sortie du cimetière.

– Ne me dis pas que tu crois à toutes ces foutaises maintenant. Allez, salut.

– Il faut qu'on reste ensemble. On est en danger, Estelle.

La jeune femme fut un instant troublée.

– De quoi tu parles ?

– Un des flics de Renard a essayé de me tuer. Il avait un J sur l'omoplate.

Estelle dut prendre sur elle pour ne pas craquer, pour ne pas laisser transparaître sa peur.

– Désolée, mais je peux rien pour toi et j'ai pas besoin d'ange gardien. Dis à tes hommes d'arrêter de me suivre et, par la même occasion, oublie-moi, toi aussi !

– Qu'est-ce qui se passe, putain ? C'est quoi, cette comédie de la nana solitaire ? À quoi tu joues ?

Estelle lui consentit un petit sourire désolé, et réussit à tenir son rôle encore quelques instants.

– Accepte juste que nous nous soyons trompés et que nous n'ayons rien à faire ensemble. C'est dur, mais c'est la vie…

Quelques instants seulement car, à peine avait-il tourné le dos qu'Estelle perdit tous ses moyens. Mais elle avait réussi, se consolait-elle : Olivier la regardait s'éloigner sans bouger.

Elle avait réussi et devait fuir loin de l'homme qu'elle aimait si elle voulait lui sauver la vie.

Avant de quitter définitivement Avignon, elle devait encore affronter une dernière personne. Sa mère, Joyce.

⁂

Épuisée, des cernes profonds sous les yeux, Sandra laissait un énième message à Julien. Elle était sans nouvelles de son fils depuis plusieurs heures.

– Julien, mon chéri, je suis morte d'inquiétude maintenant, appelle-moi s'il te plaît…

Son instinct de mère la prévenant qu'il était arrivé quelque chose de grave, Sandra avait tenté de joindre Jean par tous les moyens, allant même jusqu'à se rendre à l'hôpital, où une infirmière mal à l'aise avait proposé de prendre un message, couvrant du mieux qu'elle pouvait l'absence coupable de son patron.

À bout de nerfs, Sandra avait alors appelé Sylvain Epstein qui, malgré l'heure plus qu'indécente, était arrivé chez elle et l'avait aidée à surmonter sa panique grandissante.

– J'ai tellement peur qu'il ait réessayé de… et que cette fois il ait réussi.

– Ne dites pas ça. Il a peut-être simplement découché. C'est de son âge, non ?

– Bien sûr, mais il m'appelle tous les jours, même quand je suis au bout du monde. C'est notre façon de fonctionner. Je ne peux pas vous l'expliquer mais je sais qu'il lui est arrivé quelque chose !

Epstein l'attira à lui et la serra dans ses bras protecteurs.

Quand Jean les découvrit dans cette situation équivoque, son sang ne fit qu'un tour. Voir cet Epstein tenir contre sa poitrine son épouse lui donna des envies de meurtre, décuplées encore, paradoxalement, par le fait qu'il était plutôt mal placé pour se montrer jaloux.

– Enfin ! Ça fait des heures que je t'attends ! lâcha Sandra, prête à affronter son mari.

Jean avait déjà quitté la pièce.

– Jean ? Jean, s'il te plaît…

À l'abri dans son bureau, il tentait vainement de retrouver son calme. Tout se mélangeait dans son esprit : les bribes de souvenirs de sa nuit passée, la découverte de l'existence de Muriel, Sandra s'abandonnant dans les bras d'un autre homme.

– Je comprends mieux certaines choses ! lâcha-t-il avec véhémence, préférant l'attaque à la défense.

Mais Sandra n'était pas décidée à se laisser faire.

– Il n'y a rien à comprendre ! Sylvain est là parce que lui a répondu à mon appel !

– Sylvain ? Tu l'appelles Sylvain maintenant, c'est bien !

– Où étais-tu ? Ça fait des heures que je te cherche ! Tu as littéralement disparu, la nuit entière !

– Ce type te drague. Et ne dis pas que tu n'y es pas sensible !

– Cette crise de jalousie est ridicule ! S'il est là, c'est parce que Julien a disparu et que je ne savais plus quoi faire…

À ces mots, l'attitude de Jean changea du tout au tout. Comme si son esprit s'était subitement éclairci. Il comprit enfin la gravité de la situation. Il connaissait assez sa femme pour savoir que si elle était angoissée à ce point, c'est qu'elle devait avoir de sérieuses raisons.

– Comment ça, « Julien a disparu » ? Depuis quand ?

– Il ne répond pas à son portable depuis hier matin et… J'aurais dû t'en parler avant : il s'est confié à moi il y a quelques jours. Je ne t'ai pas tout dit, mais je pense qu'il est temps…

Tandis que Sandra lui racontait les secrets de Julien, Jean se répétait en boucle que tout recommençait. Il ne savait pas comment ni pourquoi, mais tout recommençait. En tout cas, une chose était sûre : le retour de Joyce à Avignon avait clairement sonné la fin de son fragile bonheur familial.

⁂

– Votre mère ne va plus tarder.

Votre mère. L'employée de maison disparut derrière une porte du petit salon, laissant Estelle sur le qui-vive.

Incapable de rester en place, celle-ci se dirigea vers une autre porte entrouverte derrière laquelle elle découvrit ce qui semblait être le bureau de Joyce.

La tentation était trop forte et elle s'intéressa aux quelques bibelots dont Joyce avait décoré son bureau où plusieurs malles à moitié défaites attestaient une existence de nomade.

Estelle s'arrêta, intriguée, devant un arbre généalogique des Esperanza, encadré et trônant au mur, qui remontait à Jean XXII. Une sphère armillaire attira également son attention. Mais elle fut littéralement aimantée par une console sur laquelle étaient posées plusieurs photographies encadrées. Des photographies la représentant elle à divers stades de sa vie : ses premiers pas hésitants, son entrée à l'école, un cartable flambant neuf sur le dos. Puis l'adolescente boudeuse qui fixait l'appareil, et la jeune fille radieuse qui tenait fièrement devant elle son diplôme universitaire.

Les larmes montèrent aux yeux de la jeune femme, sans qu'elle puisse détacher son regard de ces moments de vie volés. C'est alors que la voix envoûtante de sa mère résonna derrière elle.

– J'ai toujours suivi ta vie de très près, tu sais. Et ces photos ne me quittent jamais, où que je pose mes valises.

Cette fois, Estelle était bien décidée à ne pas se laisser manipuler.

– Tu savais que j'ouvrirais cette porte et que je les découvrirais.

– Je te les aurais montrées de toute façon. Je n'ai rien à te prouver, Estelle. Ton père m'a forcée à me tenir loin de toi toutes ces années. Ce n'est pas moi, la coupable.

Désarçonnée par l'assurance de Joyce, Estelle ne savait pas comment réagir.

– Je crois d'ailleurs que ton père ne s'est jamais vraiment remis de notre rupture. Il était là ce matin encore.

Joyce s'assit tranquillement sur un des petits fauteuils recouverts de soie précieuse et invita Estelle à faire de même. Mais la jeune femme choisit de rester debout, toujours sur la défensive.

– On t'a présenté les membres de la famille Esperanza comme étant tous des saints. Mais ils ne sont pas meilleurs que les Frères de Judas.

– Comment oses-tu dire cela ?

– Ce sont deux entités qui cherchent la Prophétie et qui sont prêtes à tout pour y parvenir. Laquelle est le bien ? Laquelle est le mal ? Tout est une question de point de vue.

Estelle faillit répondre, mais elle décida de prendre sur elle et de ne pas entrer dans le jeu de sa mère. Joyce s'en rendit compte et la regarda fixement, intensément.

– Pourquoi es-tu venue ?

Estelle savait que c'était maintenant que tout se jouait, qu'elle avait peut-être une chance d'obtenir ce qu'elle était venue chercher. Alors, sur un ton solennel, elle s'adressa à sa mère.

– Je suis venue pour vous demander d'épargner Olivier Royal.

Joyce la regarda longuement avant de répondre.

– Je n'ai pas le pouvoir de décider. Tout ce que je peux dire, c'est qu'il a trahi et qu'il connaissait à l'avance les conséquences de sa trahison.

– C'est la seule et unique chose que je te demanderai, insista Estelle.

Voyant sa mère déstabilisée, elle sentit l'espoir renaître. Mais Joyce lui sourit, l'air fataliste.

– Je te l'ai dit, Estelle, je n'ai pas ce pouvoir.

La jeune femme encaissa. Elle se dirigeait déjà vers la porte…

– Mais si tu veux vraiment le sauver, toi, tu le peux, ajouta Joyce, qui s'était levée.

– Et comment ?

– Une vie contre une vie. Rejoins-nous et il aura la vie sauve.

⁂

Une voiture de flics déboula à toute allure et stoppa au frein à main devant la demeure d'Henri et Nadine. Odette, totalement paniquée, apparut sur le seuil de la maison. Elle accueillit le commissaire Renard et Villers qui descendaient de la voiture.

– Dépêchez-vous, il va le tuer ! s'écria-t-elle.

– Ils sont où ?

Odette avait déjà regagné en courant l'intérieur de la demeure, menant les deux flics jusqu'à la bibliothèque. Renard fit signe à Villers de la laisser gérer l'urgence.

Dans l'imposante bibliothèque d'Henri, les livres qui jonchaient le sol et les bibelots éparpillés indiquaient le degré de violence de la scène. À l'autre bout de la pièce, Jean, un fusil à la main, menaçait Henri, coincé dans un fauteuil club.

– Pour la dernière fois, je te le demande : où est Julien ?

– Puisque je te dis que je n'en ai aucune idée !

Alors que Jean appuyait sur la détente, Renard se jeta sur lui et lui arracha le fusil des mains. En le déchargeant, elle entama une des poutres du plafond.

Jean fut ensuite neutralisé par Villers, qui l'obligea à se tenir en retrait. Renard les regardait, le fusil encore à la main, tel un shérif.

– Mais c'est quoi, cette famille ?

Nadine, restée à l'écart avec Sandra, profita du calme relatif pour s'en prendre à son tour à Henri.

– Qu'est-ce que tu lui as fait, hein ? Tu m'avais juré de ne pas lui faire de mal !

– Tu ne vas pas t'y mettre, toi aussi ! Je ne sais pas où il est !

– Vous ne servez pas d'alibi à votre mari, cette fois ? lança Renard avec un sourire ironique.

Devant Nadine qui baissait les yeux, mal à l'aise, Renard somma les képis qui venaient de les rejoindre d'embarquer Henri Esperanza pour complément d'enquête.

⁂

Encore déstabilisée par la rencontre avec sa mère, Estelle quittait l'hôtel particulier quand elle aperçut une silhouette familière qui lui tournait le dos, à califourchon sur une moto.

À peine eut-elle reconnu Olivier que ce dernier se retourna et lui offrit son plus beau sourire.

– Tu m'as suivie ? Tu me surveilles ? C'est bien des méthodes de flic, ça ! Ma mère est là, si tu veux l'embarquer.

– Non, pas aujourd'hui. Mais toi, je peux te faire coffrer quand je veux pour obstruction à la justice. Et je n'hésiterai pas. Alors soit on se parle vraiment…

– Soit quoi ? Tu me menaces maintenant ?

Olivier se redressa et lui attrapa le poignet pour la forcer à l'écouter. Il en avait plus qu'assez de cette comédie, de cet air indifférent qu'elle tentait de se donner. Il savait que le temps était compté et que la situation ne leur permettait pas de jouer plus longtemps au jeu du chat et de la souris.

– C'est nul ! C'est… C'est dégueulasse, s'indigna Estelle.

– Mais je *suis* dégueulasse. C'est bien ce que tu me reproches. C'est même pour ça que tu refuses de me parler, de me laisser une chance de m'expliquer. Je t'ai déjà demandé pardon pour ta mère. Je t'ai utilisée, c'est vrai, mais je n'avais pas le choix, et tu le sais !

– Allez, laisse-moi tranquille, s'il te plaît. Tu me lâches, c'est plus clair, là ?

Estelle s'était dégagée de son étreinte et s'éloigna, plus que jamais décidée à fuir. Loin, très loin.

– Pas avant que tu m'aies dit la vérité. Dis-moi…

Estelle plongea son regard dans celui d'Olivier. Elle y vit de l'inquiétude. Elle y vit aussi leur amour naissant et le sentiment si fort qu'ils partageaient face à la Prophétie qui les avait réunis et continuait inexorablement à les guider l'un vers l'autre.

– Les Frères de Judas sont trop dangereux, tu comprends ça ? Ils sont trop forts pour nous ! On ne peut plus rien faire !

– Bien sûr qu'ils sont dangereux. C'est bien pour ça qu'il faut les combattre.

– Si on continue, tu vas mourir, annonça Estelle, solennelle.

– Je n'ai pas peur de la mort, ça fait partie de mon boulot.

Olivier se méprenait évidemment sur le motif des craintes d'Estelle. Cartésien comme elle, il appréhendait le danger qu'il courait en fonction des situations et des adversaires qu'il devait affronter. La croirait-il quand elle lui parlerait de cette gravure prophétique représentant la mort du chevalier au Griffon ?

– J'ai vu ta mort, Olivier. Ta mort est annoncée sur la fresque que j'ai découverte dans la Camera Reale.

⁂

Hassan avait rejoint l'Oracle au belvédère du jardin des Doms. Il cherchait ses mots, écrasé par le poids de la culpabilité, conscient de ne pas avoir rempli le rôle qui était le sien et de risquer ainsi de mettre en danger la quête : malgré tous ses efforts et ceux de sa femme, Mehdi restait muet à ses appels ; il n'acceptait pas de prendre la place qui lui était réservée depuis des siècles, menaçait de ne pas tenir son rôle.

– Le cycle lunaire est sur le point de s'achever et je ne sais toujours pas si mon fils va accepter.

– Mettez-vous à sa place : il lui faut du temps, c'est normal.

Dona Flores sourit en imaginant Mehdi découvrant qui étaient en réalité ses parents et le secret qu'ils lui avaient révélé.

– J'en suis bien conscient, mais… tout ne se déroule pas comme nous l'avions prévu. Vraiment pas.

– C'est de la nature même de l'homme que vous me parlez.

Hassan songea à la découverte récente de l'homosexualité de son fils et apprécia l'ironie de la réponse. L'Oracle savait, elle. Peut-être même avait-elle su avant lui que Mehdi lui cachait une partie de sa vie.

– Faites-lui confiance, Hassan. C'est ainsi que vous lui transmettrez le relais. Les Serviteurs de Sarah n'ont jamais failli à leur devoir. Mehdi l'accomplira lui aussi.

Hassan acquiesça, malgré son profond malaise, tandis que Dona Flores glissait un objet entre ses doigts.

– C'est pour lui. Donnez-le-lui de ma part.

Dans la cave de la Mule où il remplissait un casier de bouteilles, Mehdi était évidemment perdu, lui aussi. Entre l'annonce faite à ses parents et la découverte de l'appartenance de sa famille à un groupe dont il n'avait pas encore très bien compris la nature ni les objectifs, il avait de sérieuses raisons de trouver sa vie un peu trop compliquée.

Il y avait aussi la présence d'Elsa, la gargouille qui le regardait, il en était convaincu, et Gil qui croisait feu Nadège ! Oui, décidément, il fallait que tout cela s'arrête, et rapidement !

– Elle a vraiment une sale tête…

Mehdi sursauta quand il découvrit la présence de son père, qui lui désignait la gargouille. À son regard, il sut tout de suite qu'Hassan était là pour lui parler. Et que, malheureusement, il n'arriverait pas à y échapper.

– Tu sais, Pa, depuis qu'on l'a trouvée, je suis pas à l'aise. Des fois, j'ai même envie de me barrer loin, très loin…

– Ça ne te servira à rien de fuir ! Que tu l'acceptes ou pas, c'était ton destin de venir à la Mule du Pape. Cet endroit est chargé de notre histoire et c'est ici que tu vas devoir remplir la mission qui est la tienne.

« Bingo ! » pensa Mehdi. C'était reparti pour une séance d'histoire familiale. Objectif motivation !

– Mais je ne pensais pas que tu y viendrais en tombant amoureux du patron, ajouta Hassan.

Mehdi baissa les yeux, gêné. Il ne vit donc pas Elsa qui, comme par hasard, s'était retrouvée dans l'escalier et écoutait le récit d'Hassan avec une attention grandissante…

À un moment, Mehdi remarqua que son père tenait quelque chose dans ses mains.

– C'est quoi, ça ?

– Une médaille représentant le chevalier Saladin terrassant le dragon. Elle est pour toi, l'Oracle m'a demandé de te la donner.

D'un court silence, Mehdi marqua son étonnement.

– L'Oracle ?

– Comme nous, elle compte sur toi. Elle sait que tu en es capable.

Le malaise du jeune homme était palpable. Il sembla chercher ses mots, puis finit par se lancer.

– Et si j'étais pas à la hauteur ? Si c'était pas mon destin, d'entrer dans cette confrérie ?

– Ça l'est, fils, assura Hassan en souriant.

– Non, je veux dire : si c'est vraiment pas mon truc, qu'est-ce qui va se passer ?

Le sourire de son père avait disparu. Et ce que Mehdi perçut dans son regard ne fit qu'accroître la pression qui se renforçait au fil des heures qui passaient.

⁂

À sa demande, Estelle avait emmené Olivier dans la Camera Reale. Ils se tenaient désormais tous deux devant le fameux mur. Elle hésitait encore à allumer la lampe qu'elle avait dans la main.

– Je dois voir, asséna Olivier.

Elle fit donc jaillir la lumière bleue, et la sinopie apparut, révélant le chevalier au Griffon gisant, les mains croisées sur la poitrine.

– « Le chevalier occis à sa dame offrira sa vie… »

Olivier eut beau prendre sur lui pour ne pas laisser le trouble le gagner, sa gorge se noua. Il essayait bien de se répéter en boucle que tout cela n'était qu'un dessin, qu'il était flic et non chevalier, mais la peur lui vrillait le ventre.

– La Prophétie nous a réunis, je sais qu'on doit la trouver ensemble. C'est tout.

Malgré les efforts déployés par le jeune homme, Estelle devina sa peur et cette sensation lui fut insupportable. À nouveau, la colère qu'elle avait éprouvée en découvrant le motif pour la première fois la submergea et, à nouveau, elle explosa, incapable de contenir cette colère plus longtemps.

Elle se précipita vers la fresque et se mit à l'effacer, n'hésitant pas à s'écorcher les doigts. La pierre très ancienne s'effritait comme de la peinture écaillée tandis qu'Estelle s'acharnait.

– Tu ne vas pas mourir, on va tout arrêter, on va partir ensemble ! C'est pas une fresque qui va décider de ta vie !

Olivier l'attira contre lui et la serra dans ses bras pour la calmer.

– Ensemble, on ne craint rien ni personne.

Leurs bouches se trouvèrent avec une violence qui les surprit autant qu'elle les réconforta. Oui, ensemble, ils n'avaient peur de personne. Ensemble, ils se sentaient capables de tout affronter.

Quand elle rouvrit les yeux, Estelle voulut regarder une nouvelle fois la fresque. Pour se prouver que celle-ci n'aurait désormais plus de pouvoir sur elle. Ce qu'elle découvrit alors lui arracha un cri de surprise.

– Regarde, là !

Sous les dessins tracés à la sinope qu'Estelle avait en partie effacés, on apercevait un second motif.

Avec l'aide d'Olivier, la jeune femme se remit à gratter le mur de pierre jusqu'à ce que deux cylindres encadrant un texte apparaissent.

– « Les piliers de la Vérité révélée mêleront le temps et l'espace »... Regarde, Olivier : le cylindre de gauche représente le cylindre d'or que les Frères de Judas nous ont volé. Il y en aurait donc un second.

Olivier sourit à Estelle, s'amusant de la retrouver égale à elle-même, déjà embarquée dans la résolution de cette nouvelle énigme.

– Tu vois, on n'a pas le choix, on doit continuer, fit-il.

– Reste à trouver le second cylindre et à récupérer le premier...

– T'as une idée ?

– Entre nous, pas la moindre.

⁂

Notre-Dame des Doms était réputée pour la richesse de sa décoration, qui rassemblait en un seul lieu la somptuosité du baroque le plus sophistiqué et l'épure d'une architecture remontant à l'origine de l'art roman. Juchée sur le rocher des Doms, la cathédrale dominait l'esplanade du palais des Papes et la statue de la Vierge dorée à l'or fin, point culminant de son clocher, bénissait la ville dans un geste maternel.

Un guide touristique à la main, un couple entra dans le lieu saint et, tandis que le mari s'avachissait sur un des bancs de la nef, la femme entreprit de faire le tour et de prendre quelques photos.

Dans une des chapelles, brillant dans la pénombre, un gisant de marbre noir dont le couvercle semblait être mal remis attira son attention. Intriguée, la touriste s'approcha et découvrit avec stupeur que le couvercle était effectivement entrouvert. Malgré son appréhension, elle décida de s'approcher, poussée par la curiosité.

Ce qu'elle vit lui arracha un hurlement si strident qu'il fit quasiment tomber de son banc son mari aux jambes fatiguées. L'homme se précipita pour rejoindre sa femme qui, terrorisée, lui désignait le gisant.

– Là, dans le tombeau !

Un jeune homme entièrement nu y était recroquevillé en position fœtale. C'était Julien Esperanza qui dormait du sommeil du juste.

Une fois l'alerte donnée, tout alla très vite et Julien fut rapidement conduit aux urgences, où Jean et son équipe le prirent en charge. Cependant, malgré tous leurs efforts, ils ne parvenaient pas à réveiller le jeune homme.

Plus étonnant encore, ils ne trouvèrent rien qui puisse expliquer son état dans les différents examens dont tous les résultats revenaient absolument normaux.

Quand elle arriva à l'hôpital, Estelle découvrit son père effondré de se voir totalement impuissant malgré ses compétences et une équipe si renommée. Son fils dormait, et il ne savait pas comment le réveiller !

Tout s'écroulait autour de lui. Même sa douce et tendre Sandra l'accusait d'être responsable de l'état de Julien. Elle avait tellement mal réagi qu'on avait dû lui administrer un sédatif.

Estelle entraîna alors Jean dans le parc de l'hôpital, l'obligeant à quitter le chevet de Julien, où il passait des heures à serrer la main de son fils dans la sienne.

Père et fille restèrent blottis l'un contre l'autre un long moment.

– Je sais que tu as revu ma mère, murmura Estelle. Elle me l'a dit.

Jean marqua le coup, puis finit par afficher un sourire fataliste.

– Elle m'a envoûté au moment où elle a posé son regard sur moi. Je lutte, je tente de la haïr et voilà le résultat.

– Je ne te juge pas. Je ne veux plus que tu me mentes, jamais.

– Tu es si forte, si déterminée. Je suis fier de toi, tu sais.

La petite moue dubitative d'Estelle trahit alors chez elle un manque certain d'assurance.

– Ma mère m'a tellement manqué. Toutes ces années où je la croyais disparue, pour toujours. Encore maintenant, je n'ai qu'une envie : qu'elle me prenne dans ses bras comme quand j'étais petite fille.

Jean secoua négativement la tête, inquiet tout à coup.

– On doit rester loin d'elle ! Elle est dangereuse, et elle ne changera jamais !

Estelle acquiesça. Malheureusement, elle savait que son père comme elle resteraient à jamais vulnérables face à Joyce.

⁂

Renard entra dans le bureau des inspecteurs, décidée à en découdre avec Blondeau, qui l'attendait, prostré sur une chaise, lui tournant le dos. Elle se dirigea droit vers lui en brandissant un dossier.

– À nous deux, mon gars ! C'est pas ton grigri sur l'épaule qui va m'impressionner, tu peux me croire !

Mais la commissaire blêmit quand elle découvrit que Blondeau avait été tué, un poignard en forme de J gothique planté dans le cœur.

Ce fut la panique au commissariat. Après Trihn, mort dans l'exercice de ses fonctions, c'était maintenant Blondeau qu'on retrouvait assassiné dans un bureau sans que personne ait remarqué quoi que ce soit. Blondeau, démasqué comme Frère de Judas, avait certainement été tué pour assurer la tranquillité du reste de la communauté. Il aurait donc été poignardé par un autre Frère de Judas… infiltré au sein du commissariat.

Réfugiée dans son bureau, Renard faisait face à Olivier et Estelle. La présence de cette dernière la dérangeait de toute évidence.

– C'est le dossier de Blondeau. Sa vie, son œuvre, pendant les cinq années qu'il a passées chez nous. Cinq ans, vous vous rendez compte ? Un brave fonctionnaire de police sans une ombre sur son CV.

Renard poursuivit, ironique, tout en scrutant son équipe derrière les rideaux à lames de son bureau.

– J'ai demandé les dossiers de tout le monde à l'IGS. Rien, sauf un type qui s'est fait choper alors qu'il dévalisait la réserve de fournitures de bureau. Tous clean ! Tu parles, Charles…

– Ne devenez pas parano, commissaire, grinça Estelle. Avec un peu de chance, la moitié seulement a une jolie marque sur l'omoplate !

– Je peux vous dire que, sans les syndicats, c'était tous à poil le long du mur !

La fureur mêlée de crainte de Renard déconcerta Olivier. Jusqu'à ce jour, le mordant et l'aplomb sans faille de la commissaire l'avaient aidée à garder une certaine distante avec les Frères de Judas, qu'elle considérait comme des « gugusses frapadingues ». Maintenant, elle savait qu'ils étaient partout et qu'ils étaient capables du pire.

Olivier vit passer Henri entre deux flics en civil qui le conduisaient sur ordre de Renard dans une des salles d'interrogatoire.

– Il faut qu'il parle, commissaire, qu'il nous dise ce qu'ils ont fait à Julien. Les médecins ne peuvent rien pour lui.

– Quand vous dites « ils », c'est parce que vous pensez que lui aussi…

– Que c'est un Frère de Judas ? Certainement, confirma Olivier. C'est peut-être même leur chef, celui qu'ils appellent le Grand Chancelier.

– Le Grand Chancelier, rien que ça ! Eh ben dites donc, ils sont partis loin vos zozos…

– Une société secrète qui survit depuis sept siècles et qui a un tel pouvoir de nuisance, croyez-moi, ils sont encore plus loin que vous pensez.

À aucun moment Estelle n'avait cherché à contredire Olivier en ce qui concernait les accusations qu'il venait de formuler contre son parrain, car elle savait au plus profond d'elle-même qu'Henri cachait quelque chose. L'aventure entre Julien et Nadine, le fait que la jeune femme se retrouve enceinte et qu'Henri accepte cette grossesse ne pouvait être que la partie visible d'un secret bien gardé.

– Je voudrais lui parler, commissaire, demanda-t-elle à Renard, prête à affronter Henri et à lui faire cracher la vérité.

– Et moi, je veux faire mon boulot. Vous, c'est les papes, moi, c'est les criminels, si ça vous embête pas. Surtout que j'ai un compte personnel à régler avec monsieur Esperanza…

Henri avait les traits tirés et le regard fatigué d'un accusé qui se sait acculé. Il sursauta, aux abois, quand la porte s'ouvrit brusquement sur Renard, remontée comme jamais.

– Qu'avez-vous fait à Julien Esperanza ? De quoi souffre-t-il ?

– Vous l'avez retrouvé ?

– Pourquoi, nous n'aurions pas dû ?

Henri leva les yeux au ciel.

– Vous savez ce que c'est, ça, monsieur Esperanza ?

Renard fit glisser devant lui un papier au bas duquel il reconnut la signature de sa femme.

– C'est un PV d'audition, reprit la commissaire. Votre femme est revenue sur son témoignage, celui qui vous donnait un alibi au moment où mon collègue l'inspecteur Trihn a été tué.

Henri eut beaucoup de mal à garder son flegme. Il fallait gagner du temps, le plus de temps possible. C'était la seule issue qui s'offrait à lui pour le moment.

– Je vais vous demander de me montrer votre omoplate droite, monsieur Esperanza.

– Dès que vous aurez un ordre du juge, je le ferai avec plaisir.

– J'attends la commission rogatoire d'un instant à l'autre.

Henri hocha la tête et trouva même la force d'afficher un rictus arrogant.

⁂

Au domaine, Odette venait d'apprendre la nouvelle de l'inculpation d'Henri dans l'affaire du meurtre du lieutenant Trihn. Renard s'était même arrangée pour que la vieille dame apprenne ce qui avait précipité cette décision, à savoir les aveux de Nadine. La commissaire était bien décidée à mettre un grand coup de pied dans la fourmilière pour voir ce qui allait en sortir.

Les effets ne se firent pas attendre. À peine Odette eut-elle raccroché avec la police qu'elle se précipita, la rage au ventre, sur la terrasse où sa belle-fille dînait paisiblement.

– Rien ne te coupe l'appétit, toi ! Comment as-tu pu témoigner contre ton mari après tout ce qu'il a fait pour toi ?

Insolente, la jeune femme ne leva même pas les yeux vers Odette et poursuivit son repas.

– Il n'a que ce qu'il mérite, ni plus ni moins.

– Tu t'es servie de lui. Il t'a tout donné et toi, tu l'as trahi ! C'est sacré, la famille. Tu ne respectes rien ?

– Eh oh ! Ça va bien de me faire la morale quand on a bâti sa fortune sur de l'argent volé aux juifs pendant la guerre !

À ces mots, Odette se calma instantanément. C'était la première fois qu'une autre personne qu'Henri évoquait ce douloureux sujet devant elle.

– Ne dis pas ça. Je m'en suis toujours fichée, de l'argent. Ce n'est pas la richesse que je voulais, c'était une vie décente.

– Ah çà, quand on voit le domaine, c'est plus que décent !

– Mais je ne l'ai jamais aimé, moi, ce domaine ! C'est Henri qui l'a acheté. Il a voulu m'offrir la maison dans laquelle j'étais bonne, avant.

Nadine leva les yeux au ciel, repoussant son assiette d'un air ostensiblement dégoûté.

– Vous n'avez vraiment honte de rien !

Tournant le dos à la maison, Odette ne vit pas Sandra qui se tenait sur le seuil, tétanisée par ce qu'elle venait d'entendre. Nadine se garda bien de révéler sa présence, préférant pousser Odette dans ses retranchements.

– Je t'interdis ! Je ne l'ai pas volé, l'argent des Rosenthal et des Kessler ! Ce n'était pas pour moi, c'était pour mon enfant, celui que je portais quand Augustin est mort ! J'ai tout perdu, moi, pendant la guerre : mes parents, mon fiancé et même mes patrons !

– Comment avez-vous pu ?

– Je me suis retrouvée seule avec mon bébé dans le ventre et tout le monde qui tournait le dos à la fille-mère. Si tu savais ce que j'ai entendu…

Nadine offrait maintenant un visage ravagé par la tristesse. Elle posa une main protectrice sur son ventre.

– Ne comptez pas sur ma compréhension. Ce que vous avez fait est inexcusable.

Surprise par le changement d'attitude si brutal de sa bru, Odette suivit son regard et découvrit avec horreur Sandra. Sandra, qui venait de prendre de plein fouet la confession de celle qu'elle avait toujours considérée comme sa grand-mère de cœur.

Avant même qu'Odette ait pu esquisser un geste vers elle, Sandra prit la fuite, disparaissant dans la maison tandis que Nadine s'amusait de la situation, telle une enfant malicieuse qui a fait une bonne farce.

– Tu le savais, qu'elle était là ? Oh oui, tu l'as vue arriver ! Tu es un monstre ! hurla Odette.

Nadine continuait à lui sourire, reprenant ses couverts et se remettant à manger comme si rien ne s'était passé.

– N'inversez pas les rôles. Un peu de dignité, tout de même…

⁂

Julien dormait toujours aussi paisiblement. Assoupi dans un fauteuil, Jean lui tenait la main. Quand Sandra arriva et les découvrit tous les deux, si tranquilles dans leur sommeil, elle fut prise d'une bouffée d'espoir et hésita à aller se réfugier dans les bras de son mari.

Alerté par le bruit, Jean se réveilla et la vit, l'air totalement perdu. Il voulut se lever, mais elle lui fit signe de ne pas bouger. Elle ne voulait pas se confier à son mari. Elle ne voulait plus espérer qu'il la comprenne, qu'il l'aime comme elle aurait voulu qu'il le fasse.

– Tu veux aller faire un tour ? Je crois qu'on devrait se parler un peu, proposa-t-il.

Sandra prit sur elle pour ne pas montrer la détresse dans laquelle elle se trouvait et elle finit par secouer la tête en signe de dénégation.

– C'est trop tard.

Jean marqua le coup, mais il se ressaisit presque aussitôt, préférant ignorer le double sens qu'avait la réponse de Sandra. Il s'adossa à son fauteuil et s'obligea, lui aussi, à donner le change.

– Tu as raison, on verra demain. Rentre, repose-toi, tu en as besoin. Je t'appelle s'il y a quoi que ce soit…

Tous deux échangèrent un long regard et Sandra s'éloigna, seule.

C'est contre l'épaule de Sylvain Epstein que Sandra trouva naturellement le réconfort dont elle avait tant besoin. Il avait répondu à son appel malgré l'heure tardive et l'avait rejointe chez elle, dans cette grande maison si vide où résonnaient les absences des autres membres d'une famille aujourd'hui disloquée.

– Ça a dû être si violent pour vous d'apprendre la trahison d'Odette. J'aurais aimé être là et vous soutenir.

– C'est ce que vous faites depuis qu'on se connaît. Et je vous en remercie.

Comme pris en faute, Sylvain rougit comme un enfant.

– C'est égoïste de ma part.

Espérant que le silence de Sandra n'était autre qu'un encouragement à l'aveu qu'il voulait lui faire depuis si longtemps, il décida de se lancer.

– Vous le savez, je sais que vous le savez, mais je dois vous le dire : je vous aime, Sandra. Je croyais être tombé amoureux de la virtuose, mais la femme que j'ai découverte m'a définitivement conquis.

Sandra acquiesça sans oser le regarder dans les yeux. Lentement, un faible sourire vint se mêler aux larmes qui ne cessaient de couler depuis qu'elle avait enfin réussi à partager ses peines et ses angoisses de mère.

Puis elle se tourna vers Sylvain et posa délicatement sa main sur sa joue avant de l'embrasser chastement sur les lèvres. L'homme goûta à ce baiser avec un bonheur non dissimulé.

– Je ne vous demanderai pas de m'attendre, Sylvain, mais je sais que nous nous reverrons.

Et Sandra disparut dans la maison, laissant Epstein forcément déçu par sa réponse, qu'il connaissait pourtant à l'avance.

⁂

Au commissariat, Olivier examinait et réexaminait les affaires de Blondeau provenant de la perquisition à son domicile.

– Rien, y a rien là-dedans ! Putain, et c'est le seul Frère de Judas qu'on connaît…

– En dehors de ma mère, lâcha amèrement Estelle, qui arpentait la pièce, abîmée dans ses craintes pour Julien.

– Sa voiture ! s'exclama Olivier, un trousseau de clés à la main. Personne n'a pensé à sa voiture !

Quelques minutes plus tard, tous deux se retrouvèrent à fouiller dans le détail une petite cylindrée passe-partout.

Assis à la place du conducteur, Olivier ne découvrit dans la portière et dans la boîte à gants que des emballages de bonbons. Un sentiment d'impuissance et d'injustice le saisit.

– Regarde-moi ça. Des bonbons ! Comme un môme ! C'était encore un môme, d'ailleurs…

– Olivier, viens voir !

Estelle avait inspecté le coffre et trouvé, cachés sous la roue de secours, deux poignards portant le J gothique qu'ils reconnurent au premier coup d'œil.

– Pour eux la vie ne compte pas, seule la quête importe. Ce petit gars, ils s'en sont servis, et aujourd'hui personne ne pleure sa disparition.

– Comment as-tu fait pour devenir l'un d'entre eux ?

Olivier se raidit et lui répondit sèchement.

– Je ne suis pas devenu l'un d'entre eux, j'ai fait mon boulot de flic !

– Excuse-moi. Ma question était maladroite.

– Non, c'est moi qui m'excuse. Je comprends que tu la poses. Je les ai approchés grâce aux infos collectées par

Lothaire, le flic qu'ils ont… dont on a retrouvé les mains. Je savais quel profil les intéressait.

Mais le moment était mal choisi pour le récit détaillé de cette expérience traumatisante. L'urgence du moment, c'était la fouille.

Alors qu'il commençait à perdre espoir de dénicher quoi que ce soit d'autre dans la voiture du jeune flic, Olivier découvrit un objet entre le siège passager et l'attache de la ceinture de sécurité.

– Je crois que j'ai trouvé.

Il tendit à Estelle un sous-bock de bière derrière lequel étaient griffonnés d'énigmatiques chiffres.

– Ce sont des coordonnées GPS. Certainement l'adresse codée d'une de leurs caches. Ils te les donnent au hasard de la vie quotidienne : sur un sous-bock comme ici, derrière un ticket de caisse… Une fois, j'en ai même trouvé un dans ma poche de veste.

– Et vous ne savez pas qui vous les donne ni comment ?

– C'est leur façon de te faire comprendre que tu es toujours sous surveillance.

Cette remarque fit frissonner Estelle. Les Frères de Judas étaient donc partout, tapis dans l'ombre. À l'affût.

– Plutôt efficace comme méthode.

Elle vint enlacer Olivier, qu'elle devinait mal à l'aise à l'évocation de tous ces souvenirs.

– Tu vois que cela a servi à quelque chose, toutes ces semaines passées parmi eux, lui fit-elle remarquer.

Olivier acquiesça et l'embrassa rapidement sur les lèvres avant de sortir son Blackberry et d'enclencher la fonction GPS.

Quelques instants plus tard apparut sur l'écran de l'ordinateur miniature une carte de la région sur laquelle clignotait une croix indiquant l'emplacement en question.

– Lieu-dit du Moulin de la Vierge, moulin ayant appartenu à Nostradamus.

Estelle se figea à l'évocation de ce nom. Encore lui.

– Je ne crois pas aux coïncidences, déclara-t-elle. Toi non plus d'ailleurs.

Olivier le lui confirma d'un regard. Ils savaient maintenant que rien n'était le fruit du hasard et que ce lieu chargé d'Histoire les attendait depuis des siècles.

⁂

Le Petit Palais était une des boîtes de nuit branchées d'Avignon. Une ambiance festive, une clientèle très mélangée de jeunes, garçons et filles, hétéros ou homos. Tous s'y retrouvaient pour s'éclater sur les derniers mix à la mode.

Ce soir-là, Mehdi était ravi d'avoir réussi à entraîner Gil dans ce qu'il voulait être une soirée « relâche ». Il avait coincé Elsa à son propre jeu de gentille fille pleine de bonne volonté, toujours prête à aider, et lui avait innocemment demandé de s'occuper de la fin de service à la Mule. Il riait encore de la tête qu'elle avait faite quand elle les avait vus partir tous les deux, Gil et lui, bras dessus bras dessous, en route vers une soirée qui promettait d'être animée.

Gil avait un peu traîné le pas mais, une fois sur place, il s'avoua enchanté de l'idée de son ami : il pourrait enfin se détendre et apprécia de pouvoir commander un verre au lieu de le servir. Mehdi se mit à l'embrasser dans le cou, déjà pris par le rythme entraînant de la musique. Il adorait danser et avait même failli en faire son métier quelques années auparavant.

– Tu vas voir, ça va nous faire du bien ! On va faire la fête. Comme avant.

– C'est pas l'île déserte dont je rêve en ce moment, mais c'est un début, dit Gil en souriant avant de lui rendre son baiser.

– Trop fort ! C'est génial que vous soyez là, j'y crois même pas ! Avec ce que vous traversez en ce moment, ces drames à la Mule et tout…

C'était Bertrand, un vieux copain de Gil qui avait réussi à se faufiler parmi la foule et arrivait pour trinquer avec eux.

– Justement, ce soir, on oublie tout ! s'exclama Mehdi. Allez Bertrand, je te le confie. Reste là, bébé, j'ai une surprise pour toi. Tu bouges pas, OK ?

Gil regarda Mehdi s'éloigner tandis que Bertrand lui tendait un verre rempli d'un mélange turquoise assez surprenant.

– Tiens, bois ça. Tu vas voir, c'est de la bombe ! Regarde, tout le monde est là ! Eh, mate mon jules.

Gil se retourna et découvrit un jeune mec très beau, très athlétique qui portait un débardeur moulant duquel dépassaient deux ailes tatouées dans le dos. Le garçon sourit à Bertrand et à Gil.

– Angel, le nouvel homme de ma vie.

– Assez craquant, je dois reconnaître.

– Et encore, t'as rien vu ! Il a des tatouages… auch !

Bertrand fit un clin d'œil à Angel qui, complice, retira son tee-shirt. Sur sa poitrine était tatoué Angel en lettres gothiques. Gil put également apprécier dans leur globalité les ailes qu'il avait dans le dos… sans distinguer dans le dessin le J gothique marqué à même la peau, sur l'omoplate droite.

Tout à coup, le niveau de la musique monta d'un cran et les danseurs s'écartèrent pour laisser la place à Mehdi, qui avait revêtu un pantalon et un débardeur blancs qui mettaient sa peau mate en valeur. Le jeune homme se lança dans un solo qui mit le feu à la piste.

Dans sa chorégraphie, Mehdi n'oublia pas de venir frôler Gil et de lui adresser son sourire le plus ravageur. Il savait que son ami aimait le voir danser et ce show à moitié improvisé était destiné en grande partie à le divertir et à lui faire oublier leur quotidien actuel.

Alors que la foule applaudissait Mehdi à tout rompre, Gil vit soudain le visage de son compagnon se figer. Il suivit son regard et découvrit, quelques mètres derrière lui, Angel, les yeux fixés sur Mehdi, un poignard en forme de J dans la main qu'il s'apprêtait à lancer dans la direction du danseur.

– Nooooon ! Mehdi, attention !

Gil bondit en avant et, sans même avoir le temps de comprendre ce qui se passait, il vit le poignard lancé à pleine puissance venir s'enfoncer dans sa poitrine. Le choc fut violent mais ce fut le goût métallique du sang dans sa bouche qui lui fit prendre conscience de ce qui venait de se produire.

L'instant d'après, Gil gisait à terre. Il sentait sa vie lui échapper et cherchait désespérément Mehdi du regard. Celui-ci s'était précipité pour chercher du secours, hurlant pour qu'on appelle une ambulance. Un jeune interne en médecine se fraya tant bien que mal un chemin dans la foule pour prodiguer les premiers soins. Mais il était déjà trop tard : le sang qui s'écoulait de la blessure et le regard vitreux de Gil lui firent comprendre qu'il ne pouvait rien faire sinon laisser Mehdi dire adieu à l'homme de sa vie.

À la façon dont le jeune interne se mit en retrait, Mehdi comprit. Il s'approcha calmement de celui qu'il aimait et se mit à caresser ses cheveux avec tendresse. Gil avait enfin trouvé son regard et serrait sa main du plus fort qu'il le pouvait encore.

– T'inquiète pas, je suis là. Bouge pas, bébé, ça va aller… murmurait Mehdi.

Apparut alors Nadège, qui adressa à Gil comme un remerciement muet. Il avait rempli sa mission et sauvé la vie de Mehdi. Il l'avait remplacée dans son rôle de gardienne du descendant du chevalier Saladin.

– N'aie pas peur, Gil. Tout va bien maintenant, souffla Nadège avant de disparaître, enfin délivrée de sa tâche.

Mehdi, étranger à cet échange, le serrait toujours contre lui. Les dernières paroles et le dernier sourire de Gil furent pour lui, qui avait été l'amour de sa vie. Pour lui, il n'avait pas hésité à sacrifier sa vie.

– Mon chevalier. Je t'aime…

Et Gil ferma les yeux, sa tête basculant contre le torse de Mehdi, qui fondit en larmes, incapable de tenir le coup plus longtemps.

– Gil ! Non, me laisse pas. Gil… Pourquoi ? Pourquoi toi ? Ce n'était pas à toi de mourir ! Bande de salauds !

La musique s'était tue, les spots avaient été remplacés par les gyrophares des voitures de flics garées devant les portes du Petit Palais.

Les clients, encore en état de choc, répondaient aux questions des hommes de Renard, laquelle interrogeait Mehdi, dont la tenue blanche était tachée du sang de son compagnon. La tristesse renforçait encore la finesse de ses traits, le rendant tragiquement beau.

– Laissez-moi passer, je suis sa femme ! Il est où ? Gil, réponds-moi, Gil !

Ravagée par la douleur, Elsa poussait ceux qui se trouvaient sur son chemin. Elle vit Mehdi et se précipita vers lui. Lorsque le jeune homme l'accueillit, il n'avait plus de larmes pour pleurer.

– Viens là, on ne peut plus rien faire. Elsa…

Mehdi voulut la serrer contre lui, mais elle le repoussa avec une violence inouïe, le fusillant du regard, prête à lui sauter à la gorge.

– C'est de ta faute ! C'est toi qui l'a traîné dans cette soirée ! Il était fatigué, il voulait pas venir ! C'est toi, le responsable ! C'est toi qui devrais être à sa place !

Mehdi encaissa, livide, tandis qu'une femme flic vint prendre Elsa en charge. Elsa qui se débattait, incapable de retrouver son sang-froid.

– Tu l'as tué, c'est toi qui l'as tué…

Touchée par la détresse du jeune homme, Renard s'approcha alors, maladroite.

– Elle est cintrée, vous n'y êtes pour rien.

– Je ne sais pas, lâcha Mehdi d'une voix blanche. Je ne sais plus…

Quelques heures plus tard, quand Mehdi arriva à la Mule du Pape, il vint s'asseoir en face de son père, attablé devant son petit déjeuner. La fatigue et le désespoir avaient fini de façonner ses traits de sorte qu'il ressemblait maintenant étrangement au chevalier Saladin tel qu'il était représenté sur la médaille que lui avait remise Dona Flores.

Hassan remarqua avec tristesse que Mehdi et le chevalier affichaient désormais la même gravité. Il était temps pour le jeune homme de connaître la vérité.

– Apprends-moi tout ce que tu sais… Tout.

Hassan lui prit la main dans un élan de tendresse. Il avait tant attendu ce moment. Pourquoi avait-il fallu qu'il arrive dans des circonstances aussi cruelles ?

⁂

Le lieu-dit du Moulin de la Vierge était un champ à flanc de colline exposé de plein fouet au mistral. Du moulin à proprement parler, il ne restait que quelques vestiges sous forme de murets de pierre sèche pluriséculaires. Aujourd'hui encore, l'homme tentait de s'approprier les forces du dieu des vents et avait installé une douzaine d'éoliennes de plus de vingt mètres de hauteur.

Postée au pied de l'une d'elles, Estelle attendait le retour d'Olivier, parti en reconnaissance, subjuguée par ces imposants édifices dont le bruit des pales résonnait jusque dans la vallée.

Enfin Olivier surgit à ses côtés, mais ce fut pour la plaquer aussitôt au sol, lui indiquant trois silhouettes inquiétantes qui se dirigeaient vers eux et disparurent en un éclair comme si la terre les avait avalées. Une planque ?

Estelle et Olivier s'approchèrent avec précaution et distinguèrent un puits en ciment fermé par une grille en métal. En faction, un homme gardait l'entrée.

Olivier fit signe à Estelle de l'attendre, de ne surtout pas bouger, et il l'abandonna pour ressurgir quelques mètres plus loin, derrière le garde, qu'il réussit à assommer. Estelle le rejoignit tandis qu'il menottait l'homme avec un filin en plastique.

– Passe-moi ton foulard, il faut le bâillonner.

Une fois le planton hors d'état de nuire, ils s'approchèrent de la trappe, qu'ils ouvrirent.

– Je ne te dis pas de m'attendre ici…

Estelle répondit d'un sourire entendu à Olivier, qui s'assura que le puits était désert sur les premiers mètres pour l'inviter à descendre.

– Alors on fonce. Maintenant !

Une fois en bas, ils découvrirent des couloirs où des inscriptions et autres graffitis sur les murs en béton brut confirmèrent tout de suite à Olivier l'intuition qui était la sienne.

– C'est certainement une des bases militaires américaines abandonnées dans les années soixante quand la France a quitté l'Otan.

– On est descendus par un puits d'aération ?

Olivier acquiesça tandis qu'ils s'aventuraient à pas de loup dans l'un des boyaux. Brusquement, Estelle retint un cri : un imposant J gothique était peint sur la paroi.

– Reste à couvert derrière moi.

Olivier poussa la porte de ce qui ressemblait à un cachot. Ce fut à son tour de réprimer un cri lorsqu'il aperçut, blotti dans un coin de la cellule, le corps embaumé d'une victime dont on avait coupé les mains.

– C'est Lothaire. Bande d'enfoirés ! Ils l'ont gardé comme un trophée de chasse !

Estelle l'attendit dans le couloir tandis qu'il se recueillait quelques instants devant la dépouille de son défunt collègue.

– Ça va aller ?

Olivier n'eut pas le temps de répondre : un bruit de pas au loin les obligea à se replier.

– Vite, ils arrivent !

– Il n'y a pas d'issue.

– Si, malheureusement.

Olivier rouvrit la porte du cachot. Avec horreur, Estelle le suivit dans la pièce exiguë.

– Ne regarde pas.

Après quelques instants, ils purent ressortir, ayant évité de justesse la ronde de deux Frères en treillis noir.

Poursuivant leurs recherches, Olivier et Estelle débouchèrent ensuite sur une grande salle au sol en béton. Là, devant une sorte d'estrade, un autre J gothique était peint à même la matière brute. Il s'agissait de toute évidence d'une salle de cérémonie.

– Regarde, là !

Olivier désigna à Estelle une châsse de Plexiglas transparent posée derrière un autel. Dedans luisait, faiblement éclairé par une lumière mystérieuse, le cylindre d'or que les Frères leur avaient volé au palais.

Estelle s'approcha et l'examina longuement à travers la paroi. Quand elle entendit des bruits de pas se rapprocher, elle n'hésita pas une seconde et prit le risque de déclencher une alarme en ouvrant la châsse.

– On n'a pas le choix, il faut le leur reprendre !

Elle eut à peine le temps de se saisir du cylindre que déjà des coups de feu éclataient, tirés par les Frères de Judas, qui venaient de découvrir leur présence.

Tout en ripostant, Olivier entraîna Estelle vers la seconde sortie de la pièce.

– Vite, viens, suis-moi par là… Estelle ? Estelle, reste avec moi, s'il te plaît ! Estelle !

Elle ne le suivait plus. Elle s'était effondrée dans ses bras, une tache de sang grandissant sur son chemisier.

⁂

Au commissariat, Renard, épuisée par sa nuit blanche, raccrocha son portable avec agacement. Voilà des heures qu'elle n'avait plus de nouvelles de Royal. Et avec tout ce qui se passait en ce moment, elle pressentait que ce n'était pas seulement parce qu'il n'avait plus de batterie !

Inquiète, elle revint dans la salle où l'attendait Henri, les traits tirés par sa nuit de garde à vue et les heures d'interrogatoire qu'il avait déjà subies.

– Allez, on reprend. Je vous écoute.

– Pour la dernière fois, je vous le répète : j'ai utilisé un poignard de ma collection pour brouiller les pistes. Mais je vous jure, je ne voulais pas tuer votre lieutenant, je voulais le faire taire et… C'était un accident. Je l'ai poussé et il s'est brisé le cou sur mon bureau.

Renard opina, les dents serrées, se retenant pour ne pas le gifler.

– Par contre, vous maintenez que vous ne savez pas ce qui est arrivé à Julien Esperanza ?

Henri secoua négativement la tête.

– Vous reconnaissez avoir tué l'inspecteur Trihn parce qu'il avait découvert l'origine de votre fortune ? La spoliation des biens des juifs dont votre mère a sauvé les enfants ?

– C'est faux, je vous interdis ! Laissez ma mère en dehors de tout ça !

– C'est à nouveau votre femme qui vous accuse. Elle est venue de son plein gré faire une déposition ce matin.

Ce dernier coup acheva Henri.

– Pourquoi, mais pourquoi ? Elle ment, je ne comprends pas…

– Vous expliquerez tout cela au juge d'instruction, moi je ne tiens pas à vous garder une minute de plus dans mes locaux ! Allez hop, on me le dégage de là !

Renard quitta la pièce tandis que le flic en uniforme qui avait assisté à l'interrogatoire passait les menottes à Henri.

Dans le couloir du commissariat, celui-ci se retrouva nez à nez avec Nadine, qui quittait le bureau de Villers. Quand elle découvrit son mari, elle devint hystérique et se précipita sur lui.

– Salaud ! Ordure ! Tu es encore plus pourri que je le pensais !

Un bref instant, Henri sembla totalement perdu, puis, à la stupeur générale, il s'élança et se jeta de toutes ses forces contre la fenêtre du couloir.

– Villers, attention ! hurla Renard, qui le vit traverser la vitre, faisant voler le verre en éclats avant de disparaître brutalement de son champ de vision.

Henri alla s'écraser lourdement trois étages plus bas. Mort sur le coup, le crâne fracassé.

Le cadavre reposait déjà dans une mare de sang. Renard n'hésita pas et déchira la chemise d'Henri pour dévoiler une omoplate droite… vierge de tout J gothique.

Aussitôt la commissaire se figea. Décidément elle n'y comprenait rien. Et plus elle avait le sentiment d'avancer, plus elle perdait ses repères.

– Il est où, Royal, merde !

⁂

Ayant trouvé refuge dans une galerie secondaire de la base désaffectée, Olivier tenta sans succès de ranimer Estelle. La jeune femme restait inconsciente et sa blessure au bras saignait toujours aussi abondamment.

– Estelle. Parle-moi ! Estelle, s'il te plaît, mon amour…

Il serrait la jeune femme contre lui quand tout à coup elle ouvrit péniblement les yeux, grimaçant de douleur.

– J'ai mal…

Soulagé, Olivier la prit dans ses bras. Il fallait absolument partir, il la porterait. Quelques instants plus tard, une sirène retentit sur un mode strident qui leur vrilla les tympans et désorienta Royal dans sa fuite.

Des hommes en treillis surgirent d'une autre issue, forçant Olivier à accélérer encore sa course.

Malgré ses efforts, les hommes en kaki gagnaient du terrain et allaient les rattraper lorsque soudain, au détour d'un couloir, alors qu'ils pénétraient dans une vaste pièce à l'abandon, tout s'arrêta. Plus de sirène, plus un bruit, plus de cris. Estelle s'en rendit compte et se raidit.

– Le cylindre, Olivier. Regarde le cylindre…

Olivier s'arrêta et déposa la jeune femme qui, dans l'urgence, avait repris ses esprits et quelques forces. Il découvrit alors que le tube en or que tenait Estelle scintillait, comme animé de l'intérieur. Tous deux le regardèrent, hypnotisés. Un sentiment de paix indescriptible les envahit pendant un bref instant.

Mais le répit fut de courte durée. La sirène reprit, plus angoissante encore. Les Frères de Judas tentaient maintenant d'enfoncer la porte qu'Olivier avait refermée derrière eux. Le jeune homme s'empara du cylindre et Estelle et lui reprirent le plus rapidement possible le chemin vers la sortie. Quand ils arrivèrent enfin en bas de l'échelle par laquelle ils étaient descendus à l'aller, Olivier aida sa complice à s'accrocher aux premiers barreaux.

– Tu vas y arriver ?

Estelle lui sourit bravement et, malgré la douleur, commença à grimper en s'aidant de son unique bras valide.

Après quelques minutes qui lui avaient semblé des heures, elle réussit enfin à se hisser à l'extérieur du conduit d'aération. À bout de forces, elle s'écroula à terre, roulant sur le flanc. La douleur dans son bras était devenue difficilement supportable tant la jeune femme avait dû forcer pour gravir les échelons.

Olivier s'apprêtait à inspecter plus précisément la blessure lorsqu'il se figea : l'homme qu'il avait neutralisé avant de pénétrer dans la base avait disparu.

Il n'eut pas le temps de prévenir Estelle qu'un hélicoptère apparut entre deux éoliennes et s'approcha dangereusement de l'emplacement où ils avaient trouvé refuge.

Le lourd insecte s'immobilisa à quelques mètres seulement au-dessus de leurs têtes et, sans la moindre sommation, ouvrit le feu sur eux.

X

Des balles d'armes automatiques percutaient le sol en rafales autour d'Olivier et Estelle. Ces derniers profitèrent d'une trêve pour courir vers les ruines du moulin de Nostradamus, espérant ainsi se mettre à couvert.

Leur sursis ne dura que quelques instants, le temps que l'hélicoptère effectue une large boucle et contourne les éoliennes pour avoir à nouveau le couple dans sa ligne de mire. À cet instant, Olivier crut que tout était fini. Il ne voyait plus d'issue : des Frères de Judas qui déboulaient du conduit d'aération menant à la base ne leur laissaient aucune chance de retraite.

Soudain, comme sortie de nulle part, une voiture apparut et pila à côté d'eux.

– Montez, vite !

C'était Renard, qui redémarra à peine ses deux passagers embarqués. La commissaire commença à slalomer pour éviter les rafales de tirs, mais bientôt deux véhicules de police arrivèrent à la rescousse. L'hélicoptère sembla suspendre son vol quelques instants avant de disparaître derrière la colline.

Les voitures de flics s'étaient garées aux alentours de la base. Renard s'approcha d'Olivier en souriant.

– J'avais placé un mouchard sur votre moto, des fois que vous disparaîtriez subitement. Vous ne m'en voulez pas ?

– Au contraire, c'est bien pour ça que je l'ai laissé après l'avoir trouvé.

Renard ne put s'empêcher de réagir, vexée.

– Ça vous arracherait la bouche, un petit merci ?

– Merci, commissaire. Sans vous…

Elle lui coupa la parole avec brusquerie.

– Ouais, bon, on va pas s'attendrir, hein ? Alors, vous avez trouvé quoi dans cette base souterraine ?

– Le cadavre embaumé de Guillaume Lothaire, le flic qui a infiltré les Frères de Judas avant moi.

Renard sourit avec une certaine émotion.

– Il va enfin retrouver ses mains. Ça aurait fait plaisir à Trihn.

– Cette base, c'est une preuve supplémentaire de leur pouvoir. On ne squatte pas une ancienne base de l'Otan sans appuis très haut placés.

Renard acquiesça, puis regarda un instant Estelle avant de se diriger vers elle. Un flic terminait de panser sa blessure au bras.

– Ça va aller ?

– Ce n'est rien. Une balle m'a effleurée. J'ai eu de la chance.

– Comment vous dire, Estelle… En fait, j'ai une mauvaise nouvelle à vous annoncer.

Au regard que lui adressa Renard, Estelle comprit qu'il était arrivé un drame.

⁂

Devant la Mule du Pape encore fermée, un livreur terminait d'entasser ses caisses devant la porte, agacé que personne ne réponde à ses appels répétés.

– Oh ! Y a quelqu'un ? Je vais pas y passer la matinée ! J'ai du taf, moi, hein !

Il recommença à frapper, si fort que Mehdi apparut finalement devant la porte. Blême, les yeux rougis d'avoir tant pleuré, le jeune homme avait l'air au bord de l'explosion.

– Ah ben quand même ! fit le livreur.

– C'est fermé.

– Comment ça, fermé ? J'en fais quoi, moi, du matos ?

– C'est fermé, c'est tout.

– Déconne pas, j'ai tout déchargé ! Il est où, le Gil ?

Cette fois, Mehdi craqua et balança un coup de pied nerveux dans une des caisses, dont les bouteilles se brisèrent en tombant au sol.

– Il est mort, Gil ! Ça te va, ça, comme réponse ?

– Oh putain…

Olivier et Estelle arrivèrent au moment où Mehdi hésitait entre colère et larmes et où le livreur se grattait la tête, déconcerté.

– Je vais vous aider, proposa Olivier à ce dernier tandis qu'Estelle entraînait Mehdi à l'intérieur.

Installé au bar côté clientèle devant un café préparé par Estelle, Mehdi s'était un peu repris. Il remplit deux verres de vin blanc et en tendit un à Estelle.

– J'ai jamais compris les clients qui attaquaient leur journée par un petit blanc. Maintenant je sais. C'est pour oublier…

Il plongea son regard dans celui d'Estelle.

– Il est mort en me sauvant la vie. C'est moi qu'on visait. Je veux comprendre, Estelle. Je veux comprendre pour leur faire payer.

– Tu n'en as pas conscience, mais tu sais déjà beaucoup de choses. C'est comme les pièces d'un puzzle.

– Vas-y, je t'écoute.

Estelle hésita un instant, ne sachant trop par où commencer.

– Tout a commencé sous le règne du pape Jean XXII. Depuis cette époque, les Frères de Judas et ma famille, aidée par les Serviteurs de Sarah, se battent pour retrouver la Prophétie d'Avignon…

– Toi, tu y crois ? Tu penses qu'elle existe ?

– Maintenant, j'en suis absolument convaincue. La posséder, c'est connaître l'avenir et exercer un pouvoir absolu sur l'humanité. C'est pour ça qu'ils la veulent, qu'ils sont prêts à tout pour l'avoir. Y compris à tuer.

Mehdi se leva, troublé, et se passa les deux mains dans les cheveux.

– C'est un truc dément, ton histoire !

– Dona Flores et mon grand-père ont toujours pensé que la Prophétie nous guidait jusqu'à elle.

– Alors rien n'est dû au hasard, c'est ça ? C'est toi qui m'as présenté Gil. Toi, une Esperanza, qui m'as mené jusqu'ici, à la Mule du Pape.

Estelle acquiesça, soudain consciente de ce qui apparaissait aujourd'hui comme une évidence. Une nouvelle preuve que, dans sa vie, les coïncidences n'existaient pas. Et il en était de même pour Mehdi, elle le savait à présent.

– Ils ont voulu te tuer car tu as, toi aussi, un rôle à jouer dans la Prophétie. Au même titre qu'Olivier et moi. C'est comme ça, tu n'y peux rien.

– Mais j'ai rien demandé, moi ! J'ai jamais voulu être le descendant d'un chevalier maure, ni un Serviteur de Sarah comme mes parents. Je voulais juste être heureux avec Gil…

Estelle serra la main de Mehdi dans la sienne, pour l'apaiser. Il reprit :

– Ces fils de pute n'auront jamais la Prophétie ! Je suis avec toi, Estelle. Qu'est-ce qu'on fait maintenant ?

– Le seul indice qu'on a, c'est ça.

Elle sortit de son sac le cylindre d'or qu'elle avait repris dans la cache des Frères de Judas. Elle le regarda avec attention avant de l'ouvrir et d'en sortir un dé très particulier qui ne présentait que quatre chiffres : le 2, le 5, le 6 et le 7. Sur les deux faces restantes étaient gravés une étoile et un griffon.

– C'est quoi, les symboles ? demanda Mehdi, qui les voyait pour la première fois. On dirait une étoile et…

– Un griffon, compléta Olivier, qui les avait rejoints. Ça nous représente, Estelle et moi.

Mehdi perçut la lueur teintée d'ironie dans le regard d'Olivier. Il ne put réprimer un sourire devant l'énormité de la situation. Et pourtant, il savait au fond de lui, comme Olivier d'ailleurs, que leur destin à tous trois était inexorablement lié à la Prophétie. Oui, cette vérité-là, il ne pouvait pas encore l'accepter mais il l'avait toujours connue.

La sonnerie du téléphone d'Olivier retentit. À l'aube bout du fil, Renard…

⁂

Autour d'un J gothique inscrit sur la pierre d'une immense carrière souterraine, une vingtaine de Frères, vêtus de leur aube, vinrent se placer en cercles concentriques. L'un d'eux s'avança et s'adressa au groupe. Il s'agissait d'Aubagnac, le représentant de l'État français. Celui-là même qui avait recruté Olivier Royal et l'avait lancé dans l'aventure !

– Frères, le cycle lunaire ultime touche à sa fin. Comme le souhaitait le Grand Chancelier, Estelle Esperanza est à nouveau en possession du Pilier de la Vérité révélée.

Le ministre s'approcha ensuite de Joyce, qui assistait à la cérémonie.

– Vous seule pouvez la faire revenir vers nous de son plein gré et lui faire prendre la place qui lui est due.

– Elle refusera, comme elle l'a déjà fait.

– Alors elle mourra.

Joyce fit un effort surhumain pour ne pas chanceler. Pourtant le regard perçant d'Aubagnac, qui ne la quittait pas, l'obligea à baisser les yeux.

⁂

Assis sur les marches de l'escalier qui menait à la cave, Olivier était en pleine cogitation. Dans le fond, cachée dans l'obscurité, la gargouille l'observait de son regard minéral mais menaçant. Un bref instant, il lui sembla même déceler un éclair de vie dans les pupilles du monstre.

Olivier se rapprocha et l'étudia de plus près.

– Tu perds ton temps avec elle, lâcha Estelle, qui l'avait rejoint.

– T'as raison, c'est vraiment pas mon genre…

Estelle s'assit à son tour sur les marches et lui montra le dé d'or.

– Je ne comprends pas sa signification.

Olivier le prit dans sa main, le fit sauter en l'air et le rattrapa avec vivacité.

– Ce que nous voyons n'est pas forcément la réalité. Ce que nous voyons n'est que notre perception du monde ou ce qu'on veut bien nous montrer.

Estelle sourit, dubitative.

– Tu cherches à faire passer un message ?

– Non, c'était juste une réflexion.

Mais l'air emprunté d'Olivier n'échappa pas à la jeune femme.

– Le coup de téléphone de Renard… Il y a du nouveau ? Vas-y, dis-moi…

De toute évidence Estelle avait vu juste. C'était bien le coup de fil de la commissaire qui posait problème.

– Renard est retournée à la base avec des renforts, mais trop tard, tout avait sauté.

– Et ? Ce n'est pas ça qui te contrarie, n'est-ce pas ?

Olivier soupira, puis décida de se lancer. Après tout, il ne pourrait pas lui mentir indéfiniment.

– Le champ du Moulin de la Vierge… Le propriétaire du terrain, c'est ton père.

Estelle sursauta. À nouveau, la vision qu'elle avait de son père se troubla, la jetant dans un brouillard plus épais que jamais.

⁂

Quand Estelle arriva à l'hôpital, Jean terminait d'ausculter Julien, toujours endormi. Il adressa un regard impuissant à Sandra, qui se tenait au pied du lit, paralysée par l'inquiétude. Alors seulement il découvrit la présence de sa fille.

– Son état est stationnaire. Un de mes amis spécialisé en narcolepsie est venu l'examiner. Rien. Personne n'y comprend rien.

Sandra étouffa un sanglot et s'enfuit sans que Jean tente même de la rattraper : il était trop tard pour eux et sa présence était plus douloureuse que consolatrice.

Cherchant du réconfort auprès de sa fille, Jean voulut la prendre dans ses bras mais elle se déroba instinctivement, brutalement.

– Depuis quand tu es des leurs ? À quel moment tu nous as trahis ? Je suis au courant pour le Moulin de la Vierge !

Jean écouta patiemment Estelle, avant de s'expliquer.

– Ta mère était fascinée par ce lieu, cette colline. Elle disait qu'autrefois Nostradamus y avait construit un moulin à vent. Elle trouvait cet endroit très romantique. De mon côté, j'avais fait partie, quelques années plus tôt, de ceux qui s'étaient battus pour que l'armée française ne reprenne pas la base souterraine américaine. On voulait que l'endroit devienne une sorte de réserve naturelle. C'était le début des années soixante-dix. Alors je l'ai acheté, voilà…

– C'est tout ? C'est ça, ton explication ? Et tu ne t'en es jamais occupé depuis ?

– Non. Je n'ai jamais pu y retourner après ma séparation d'avec ta mère. J'avais été si heureux là-bas.

Un temps de silence, puis il ajouta :

– Nous t'avons conçue sur cette colline.

Estelle tressaillit avant de tourner les talons et de fuir au plus loin ce père dont elle redoutait la part d'ombre.

– Je ne te fais plus confiance.

⁂

Ce matin-là, alors qu'une brume de chaleur commençait à recouvrir les collines déjà écrasées de soleil, une foule bigarrée se rassemblait dans le petit cimetière de campagne où l'on allait inhumer Gil.

Le regard suspicieux, Estelle observait l'un après l'autre ceux qui faisaient partie de son quotidien : son père, en froid polaire avec Sandra, qui se tenait stoïque, cachée derrière de grandes lunettes noires ; Mehdi, très digne dans son costume noir, au côté d'Elsa ; Dona Flores…

Une main se posa sur son épaule, qui la fit sursauter : celle d'Olivier, qui lui souriait avec une compassion sincère.

Mehdi fut le premier à poser sa rose sur le cercueil. Il se recueillit un long moment avant de céder la place à Elsa. Tous deux semblaient s'être réconciliés dans la douleur et se soutenaient dans l'épreuve.

Odette était là aussi et se tenait un peu à l'écart, jetant quelques regards à Sandra qui, déjà sur le départ, refusa le moindre contact. La vieille dame baissa les yeux avec fatalisme.

Alors qu'elle venait de déposer à son tour une rose sur le cercueil de Gil, Estelle découvrit la silhouette de sa mère qui arpentait le cimetière. Elle croisa son regard et s'apprêtait à la rejoindre quand Olivier lui emboîta le pas pour l'accompagner.

– Non. J'y vais seule. S'il te plaît.

Et Estelle se dirigea vers Joyce sous les regards inquiets de Royal et de Dona Flores.

– On enterre Gil. Ce sont les tiens qui l'ont tué ! Tu n'as rien à faire ici !

La gorge nouée par l'émotion, Estelle s'était plantée devant sa mère, la toisant avec une défiance qu'elle espérait assurée.

– Pour lui, il est trop tard, mais toi, je peux encore te sauver, déclara Joyce.

– Me sauver ? Tu plaisantes, j'espère !

– Écoute-moi : tu es l'une des nôtres ! Tu dois obéir à nos règles ! C'est ta seule chance !

– Ma seule chance de quoi ? De vivre ? Mais tu crois qu'une vie comme la tienne vaut la peine d'être vécue ? Tu es leur esclave depuis toujours ! Tu m'as même vendue aux Frères de Judas !

Joyce encaissa avec un sourire forcé. On devinait sous sa carapace une volonté de se justifier malgré tout aux yeux d'Estelle.

– J'ai fait ce qu'il y avait de mieux à faire pour toi. Je voulais pour ma fille le plus glorieux des destins. Écoute-moi, Estelle, et tu auras le pouvoir, plus de pouvoir que personne n'en a jamais eu.

– Tu es complètement folle !

Estelle tourna les talons et s'éloigna, mais Joyce la rattrapa.

– Estelle, attends ! Je t'en prie !

– Lâche-moi !

– Tu dois comprendre qu'en refusant le destin que nous avons tracé pour toi, tu deviens un obstacle !

– Il y a une chose que j'aimerais comprendre : ça t'a apporté quoi, de leur obéir corps et âme pendant toutes ces années ? L'argent ? Le pouvoir ? Tu as obtenu quoi en échange de ta fidélité ?

– Tu me détestes, tu me juges, mais je ne mens pas, je ne triche pas avec toi. Qui est assez intime pour tout savoir de toi ? Pour devancer tes actes, tes pensées, tes raisonnements ? demanda Joyce avec un air sincère qui troubla Estelle.

– Qu'est-ce que tu essayes de me dire ?

– Notre Maître est près de toi. Et il a besoin de toi, car tu es le Cœur pur.

Estelle ne put répondre aussi vivement qu'elle l'aurait voulu : les mots de sa mère faisaient peu à peu leur chemin.

– Dis-moi qui…

– Quoi que tu fasses, tu seras toujours ma fille. Je veux que tu vives, Estelle.

La jeune femme comprit que sa mère en avait déjà trop dit. Elle la regarda s'éloigner, hésitant à la détester ou à courir se jeter dans ses bras. Elle aurait tellement aimé pouvoir y trouver refuge, redevenir une petite fille et retrouver son innocence dans le giron maternel.

⁂

Encore habillée de ses vêtements noirs de deuil, Odette s'était réfugiée dans la chapelle du domaine et priait. Devant le petit autel, la photo d'Henri avait rejoint celles de Louis et d'Augustin.

Avec dévotion, la vieille dame alluma une petite bougie et la posa à côté d'autres devant la photo de son fils qu'elle ne quittait pas de ses yeux brouillés de larmes. Puis, avec une tendresse infinie, Odette porta sa main à ses lèvres, et déposa ce baiser sur le visage de son fils.

– Mon petit, mon tout petit…

Elle sembla hésiter un instant, puis elle se releva et quitta la chapelle d'un pas décidé.

Dans le grenier où elle avait caché les enfants pendant la guerre, Odette se saisit avec précaution du violon qui avait appartenu au grand-père de Sandra.

– Seigneur, aide-moi à obtenir le pardon de Sandra… Qu'elle ne me repousse pas… Qu'elle accepte ce violon…

La vieille dame regardait l'instrument avec appréhension et son attention fut soudain attirée par des papiers jaunis cachés sous le capitonnage de velours de l'étui. Il y avait là des articles de journaux datant de la guerre, des plans utiles à la Résistance, des photos… Une forte émotion s'empara d'Odette : le dernier à avoir touché ces documents était Augustin, l'amour de sa vie. Elle imaginait son fiancé cachant avec fébrilité ce qui aurait pu les conduire à la mort et une larme coula sur sa peau fripée. Cependant, une des photos l'intriguait particulièrement et, après un examen plus détaillé du cliché, son sang se glaça.

– Oh mon Dieu…

C'était la photo de mariage d'un nazi en grand uniforme dans une immense pièce de réception où l'on avait tendu deux bannières facilement identifiables : le symbole nazi, la croix gammée, et celui des Frères de Judas, le J gothique.

Mais ce qui avait fait pousser ce cri d'horreur à Odette, ç'avait été de découvrir que la mariée… c'était Nadine.

Prévenue par une Odette au bord de l'apoplexie, Estelle avait accouru pour constater à son tour ce que révélait l'improbable cliché. Décidée à affronter Nadine, elle se dirigeait d'un pas décidé vers l'atelier de peinture suivie de la vieille dame terrorisée.

– Et moi je te dis que c'est elle, c'est plus que de la ressemblance.

– C'est certainement sa mère.

– Non, c'est Nadine, c'est elle ! C'est un démon !

– Odette, c'est impossible.

– C'est un démon, je te dis ! Elle les a tous ensorcelés : mon Henri, Julien… Regarde ce qu'elle leur a fait !

Estelle s'arrêta devant la porte de l'atelier.

– Laisse-moi lui parler. Seule à seule.

Odette parut hésiter puis acquiesça finalement, en se signant.

Loin de toute cette agitation, Nadine mélangeait ses peintures pour mettre la dernière touche à un portrait de Julien. À côté des tubes et des pinceaux, une cigarette fine se consumait dans un cendrier.

– Tu as fait quoi à Julien pour le plonger dans cet état végétatif ?

Ne manifestant aucune surprise, Nadine se contenta de sourire. Estelle poursuivit.

– Il t'a pourtant donné ce que tu voulais : un enfant issu des Esperanza…

Nadine sourit à nouveau, et se retourna vers son interlocutrice en affichant un petit air admiratif. Ce regard démoniaque qu'avait déjà croisé Odette était revenu.

– Tu es très forte, trop peut-être…

Estelle secoua négativement la tête et tendit à Nadine la photo que sa grand-tante lui avait donnée.

– Elle était cachée parmi les papiers les plus précieux d'Augustin, le fiancé d'Odette tué par les nazis. Qui est cette femme ? Ça ne peut pas être toi.

– Moi ou ma mère, quelle importance ? Ils sont beaux tous les deux, non ? Ils ont une allure folle !

– Vous êtes Frères de Judas de génération en génération ?

– Pour toi, tout est noir ou blanc, c'est tellement décevant. Oui, j'appartiens aux Frères de Judas, et oui, ma destinée était d'avoir un enfant d'un Esperanza. Mais ce que tu ne veux pas accepter, c'est que j'ai aimé Julien, tout comme ta mère a aimé ton père et comme Olivier Royal est amoureux de toi.

– Olivier n'est pas un Frère de Judas !

Nadine, narquoise, se rapprocha d'Estelle, qui se raidit. À nouveau un terrible doute assaillait la jeune femme. Elle sentait le danger autour d'elle, présent, tapi dans l'ombre, et la mise en garde de sa mère n'avait fait que renforcer ses doutes.

– Les Esperanza et les Frères de Judas sont liés, et tu le sais : tu en es la preuve vivante ! La parfaite synthèse du meilleur des deux lignées !

De l'extérieur leur parvint un bruit de sirènes.

– Tu as prévenu la police ? demanda Nadine sur un ton étonnamment détaché. Quel ennui ! Ils sont si loin de comprendre quoi que ce soit…

Quelques minutes plus tard, la veuve d'Henri Esperanza, menottes au poignet, était encadrée par Villers et un autre flic. Renard, elle, savourait le moment.

– Faux témoignage, complicité dans le meurtre de Trihn et dans l'enlèvement de Julien Esperanza : tu en as au bas mot pour dix ans, ma belle !

Nadine haussa les épaules, insolente, inquiétante tant la justice des hommes ne semblait pas l'atteindre.

À quelques mètres de là, Olivier faisait face à Estelle, qui restait étrangement silencieuse.

– Tu as été complètement inconsciente. Pourquoi voulais-tu l'affronter seule ?

Estelle ne répondait pas. Elle se répétait en boucle les avertissements de Joyce. « Qui est assez intime pour tout savoir de toi ? Pour devancer tes actes, tes pensées, tes raisonnements ? »

– Estelle ! Pourquoi tu ne m'as pas appelé ?

Elle ne répondait toujours pas.

– Qu'est-ce que je dois faire pour que tu me fasses confiance ?

La jeune femme le regarda avec tristesse.

– Tu as un J tatoué sur l'épaule, tu sais tout ce que je sais, je suis tombée amoureuse de toi.

– Et moi de toi…

Estelle acquiesça avec fatalisme.

– Les Esperanza et les Frères de Judas sont liés depuis toujours.

– Ça n'a pas de sens.

– Si, au contraire. Ma mère m'a avertie. Leur chef est près de moi. C'est un proche. Qui sait tout de moi.

Elle tourna les talons et s'éloigna, laissant Olivier sous le choc. Mais celui-ci était bien décidé à ne pas lâcher prise.

– Tu ne vois pas que ta mère t'a manipulée, encore une fois ?

Estelle planta son regard dans le sien.

– Vous l'avez tous fait, à un moment ou à un autre. Toi le premier !

⁂

La voiture de Villers fut retrouvée peu après, abandonnée dans une petite rue calme d'Avignon. Le jeune flic et Nadine avaient disparu en laissant derrière eux le cadavre du policier qui avait eu la malchance de servir d'équipier à Villers ce jour-là.

⁂

La chambre de Julien était baignée de calme. Allongé dans son lit d'hôpital, la tête calée contre un moelleux oreiller, Julien était toujours aussi profondément endormi.

Et Nadine se tenait là, à côté de lui, telle une apparition. Sur le visage de la jeune femme, toute trace maligne avait disparu, et l'on n'y lisait plus qu'une réelle douceur. Elle l'observait avec amour, lui caressant la joue. Ensuite, elle se pencha très lentement vers son visage. Ses lèvres s'approchèrent de celles de son amant…

Et, dans un baiser, la belle réveilla Julien.

Comme s'il sortait d'un agréable songe, Julien Esperanza sourit à celle qu'il aimait. Puis Nadine mit avec grâce son doigt sur sa bouche pour faire promettre à Julien de garder secrète sa visite.

La vision du jeune homme se brouilla. Nadine avait disparu.

⁂

Sandra se dirigea vers la porte d'entrée, dont le carillon venait de retentir. Elle se retrouva face à Joyce, qui affichait un visage étrangement calme et conquérant. Sandra l'affronta avec dignité.

– Estelle vous ressemble beaucoup.

– Je suis venue voir Jean.

– Il n'est pas ici.

Joyce prenait de toute évidence un malin plaisir à exploiter le malaise de Sandra.

– Je vous imaginais autrement. Il faut croire que la célébrité donne un certain charisme et que la réalité est parfois décevante.

– J'en suis désolée. Vous, en revanche, vous êtes exactement telle que je vous imaginais. Vous avez fait tant de mal à Jean et à votre fille…

L'aplomb inattendu de Sandra et sa repartie agacèrent Joyce, qui abandonna sa sérénité au profit d'un sourire menaçant.

– Jean ne m'a jamais oubliée. Nous sommes liés par quelque chose que vous ne partagerez jamais, lui et vous : la passion.

– Au point que vous l'avez détourné de ses enfants et que vous avez ruiné sa vie. Vous avez gagné, Joyce. Reprenez Jean, il n'attend que cela. Reprenez-le et continuez à vous détruire tous les deux.

– Finalement, vous avez du cran…

La sincérité de Sandra déstabilisait son interlocutrice.

– Contrairement à vous, je ne joue pas, dit-elle.

À ce moment, l'employée de maison arriva en courant.

– Julien est réveillé ! L'hôpital a appelé. Il est réveillé, il va bien !

À son sourire, Sandra mêla des larmes de soulagement.

– Mon fils, c'est désormais ce qu'il y a de plus important pour moi. Faites ce que vous voulez.

Sans plus se soucier de la présence hostile, Sandra attrapa son sac à main et contourna Joyce pour quitter la maison. Aussitôt, le regard de la visiteuse se voila d'amertume.

⁂

À peine arrivée dans la chambre de son frère, Estelle se précipita pour le prendre dans ses bras et le serrer contre elle. Julien était en pleine forme, comme s'il se réveillait d'un bon sommeil réparateur.

– Hé, tu m'étouffes.

– Nous étions si inquiets ! Et toi, tu te réveilles tout frais…

Jean s'approcha du lit, le dossier médical de Julien entre les mains.

– Il est en excellente santé ! Aucune séquelle, constantes parfaites. Mais je te garde encore quarante-huit heures en observation. Ta mère m'en voudrait terriblement si je te laissais sortir comme ça !

Sandra refusa le contact visuel avec Jean, se contentant de prendre la main de son fils dans la sienne.

– Je ne te quitte plus, de toute façon.

– Tu te souviens de ce qui s'est passé avant ton coma ?

– Non, c'est le trou noir.

Le regard de Julien faillit trahir le fait qu'il mentait à ses parents et à sa demi-sœur. Mais, tout à leur joie, ceux-ci ne s'en rendirent pas compte.

Estelle avait quitté l'hôpital sans laisser à son père l'occasion d'un tête-à-tête. Elle ne savait plus quoi penser, ni quoi dire. Elle ne se sentait en confiance qu'auprès de Mehdi, avec qui elle cherchait sans relâche la signification du dé mystérieux censé les conduire jusqu'à la prochaine étape. Un bref accès de découragement la saisit alors qu'elle marchait dans les rues d'Avignon. Elle regarda les gens qui la frôlaient sans faire attention à elle et envia soudain leur détachement apparent, leur vie quotidienne.

La sonnerie de son téléphone portable l'arracha brutalement à ses songes. A fortiori quand elle reconnut la voix de Joyce.

– Maman ? Qu'est-ce que tu veux ?

– Je dois te parler, maintenant, c'est urgent.

Puis Joyce marqua un temps et sembla s'adresser à un tiers.

– Toi ? Qu'est-ce que tu fais ici ?

Le coup de fil fut brutalement interrompu, comme si on s'était saisi du téléphone et qu'on l'avait fracassé sur le sol.

– Maman ? Maman, tu m'entends ? Qu'est-ce qui se passe ?

Bousculant les passants qui se trouvaient sur son chemin, Estelle se mit à courir en direction de l'hôtel particulier de sa mère. Elle ne réfléchissait plus, ne pensant qu'à aller de plus en plus vite. Si elle arrivait trop tard, elle ne se le pardonnerait jamais.

Quand elle fit enfin irruption chez sa mère, le lourd silence qui régnait dans l'hôtel particulier la saisit et sa peur se cristallisa. Elle traversa les pièces en enfilade, gagna le bureau… Là régnait le chaos. Le téléphone était effectivement à terre, le fil violemment arraché.

Estelle découvrit alors avec horreur, cachée derrière un fauteuil renversé, Joyce qui gisait dans son sang. Agenouillée à côté d'elle, sa robe blanche tachée de sang, Muriel, affolée, impuissante, pleurait en se balançant d'avant en arrière.

– Maman ! Non !

Lorsqu'elle aperçut Estelle, Joyce réussit à laisser poindre un faible sourire. Elle lui caressa tendrement la joue puis sa main alla se poser sur le visage de Muriel.

– Mes deux filles, mes vies…

Et elle ferma les yeux. Estelle fondit en larmes. Elle ne voulait pas se résoudre à dire adieu à celle qui lui avait appris à guetter les premiers rayons du soleil, durant ces rares moments de bonheur qu'elles avaient autrefois partagés.

– Maman ! Non ! Ne pars pas. Ne nous quitte pas. Ne nous laisse pas. Pas maintenant ! Maman !

Muriel se recroquevilla davantage sur elle-même, continuant à se balancer tandis qu'Estelle se recueillait devant sa mère. Tout à coup elle devina une présence, et se retourna : Olivier Royal.

– Qu'est-ce que tu fais là ? Qui t'a prévenu ?

– J'ai reçu un appel anonyme.

– Bien sûr, un appel anonyme !

– Je n'ai rien à voir avec la mort de ta mère. Je suis désolé.

Affolée, Muriel se mit à s'agiter, ajoutant encore aux soupçons d'Estelle concernant Olivier. D'un geste protecteur, sa grande sœur la prit par les épaules et se dirigea vers la porte.

– Viens, Muriel. Viens avec moi…

Estelle avait emmené Muriel auprès de la seule personne en qui elle avait encore une confiance aveugle : Odette. Paisiblement endormie dans une des nombreuses chambres du domaine, reposant sur du linge blanc, Muriel ressemblait plus que jamais à un ange.

– Personne ne sait qu'elle est là et personne ne doit l'apprendre. Pas même papa, tu m'entends, Odette ? Je ne peux avoir confiance en personne, murmura Estelle au chevet de sa sœur.

– Pourquoi tu me fais confiance à moi, alors ?

Estelle planta son regard dans celui de la vieille dame.

– Parce que tu as fait plus de bien que de mal dans ta vie.

Odette la remercia d'un regard brillant d'émotion avant de prendre sa place auprès de Muriel. Elle veillerait sur elle le temps qu'il faudrait, Estelle pouvait partir tranquille.

⁂

Depuis la mort de Gil, Elsa avait le sentiment de vivre un cauchemar éveillé. Au moment où elle pensait avoir enfin une chance de récupérer son ex-mari, elle l'avait perdu à jamais. Et à nouveau, dans son esprit malade, deux fautifs apparaissaient : Estelle et Mehdi qui, comme par hasard, ne se quittaient plus depuis le drame. Fragilisée, Elsa en venait à échafauder les pires des scénarios possibles.

Elle essuya ses yeux rougis et sourit à Bruno, le garçon qu'elle avait rencontré en se faisant passer pour Estelle. À sa grande surprise, il l'avait rappelée, malgré l'altercation avec les flics, et il était toujours là quand elle se sentait seule depuis la mort de Gil. Bruno était gentil et semblait réellement l'apprécier.

– Tu es quelqu'un de formidable, Elsa. Et je te trouve très courageuse.

– Bof, je suis qu'une chieuse qui a tout gâché et qui…

Sa voix se brisa.

– Maintenant c'est trop tard, Gil est parti…

– Mais la vie continue malgré tout et tu mérites d'être heureuse.

Il se rapprocha, et l'enlaça.

– Tu m'as plu tout de suite, dès que je t'ai vue.

– Et je t'ai raconté des craques, comme d'habitude.

– Et alors, c'est toi, tu es comme ça ! Moi, ça me plaît. Je vais t'aider à aller mieux, je te le promets. Si tu es d'accord, bien sûr.

Bruno l'embrassa tendrement dans le cou, elle se laissa faire.

– Qu'est-ce qui t'aiderait ? Tu peux tout me demander, lui susurra Bruno, enjôleur.

⁂

Dans la cave de la Mule du Pape, Hassan poursuivait la formation de son fils, lui montrant comment lancer un poignard.

– Tu ne dois pas penser à l'arme, ni à ton geste. Tu dois penser à la cible ! Rien qu'à la cible. C'est elle, ton objectif.

Mehdi se saisit du poignard et le lança avec une maladresse déconcertante. Évidemment le couteau rata sa cible et tomba à terre.

– Putain ! Ça fait chier !

– Recommence !

La deuxième tentative se solda par un nouvel échec.

– Ça sert à rien, de toute façon ! Même pour tuer le meurtrier de Gil, je n'y arriverais pas. Je suis pas fait pour ça.

Hassan planta son regard dans celui de son fils.

– Tu as raison sur un point : la vengeance ne peut pas être ta motivation. Seule une cause juste peut justifier l'utilisation d'une arme.

– Et c'est à moi d'évaluer si une cause est juste ou pas ?

– Tu es un sage, mon fils !

Amina surprit la fin de la conversation.

– J'ai toujours su qu'un jour tu serais le digne héritier de notre ancêtre Saladin… Ton père va tout t'apprendre et, tu verras, tu seras un chevalier toi aussi !

– Oui, ben c'est pas gagné…

Il reprit le poignard par la lame et se blessa légèrement.

– Merde, ça coupe en plus !

À l'étage supérieur, dans la salle du café toujours fermé à la clientèle, l'ambiance qui régnait était étrange, comme hors du temps. Toute la joie du lieu semblait avoir disparu, aspirée par cette avalanche de malheurs.

– Le temps presse, le cycle lunaire s'achève très bientôt. Nous n'avons plus que vingt-quatre heures pour trouver la Prophétie.

Dona Flores s'adressait à Estelle sur un ton grave. Son beau regard trahissait une inquiétude nouvelle quant à la détermination de sa jeune protégée.

– Je ne ressens plus rien. Elle ne me guide plus.

– Tu ne dois pas te laisser influencer par ce que t'a dit ta mère.

– Elle m'a mise en garde. Elle m'aimait. Je sais qu'elle ne m'a pas menti.

– Lorsque tu étais enfant, elle était prête à te sacrifier quand son Maître lui a demandé de lui offrir ce qu'elle avait de plus cher. Pour moi, ce n'était pas une mère aimante.

– C'était ma mère ! Et ils l'ont tuée.

L'émotion submergea Estelle, qui inspira profondément.

– Il faut m'aider, Dona Flores, je ne veux pas servir les Frères de Judas malgré moi. Comment être certaine que je ne suis pas manipulée ?

– Écoute ton cœur et tout ira bien.

– Mon cœur ? Je ne sais même pas si j'en ai encore un. La peine, la souffrance, la colère l'ont étouffé.

– Tu te trompes.

– Non ! J'ai l'impression d'être devenue comme ces monstres : aucune émotion, seulement la conscience d'un but à atteindre, et rien d'autre !

Dona Flores prit les mains d'Estelle dans un geste de réconfort.

– Lorsque tu auras trouvé la Prophétie, tout ira bien, tu verras.

– Pourquoi personne ne sait qui est le Maître ? Pourquoi ne le voyez-vous pas ? Vous êtes l'Oracle !

– Son pouvoir est trop fort. Une seule personne est aussi puissante que lui : c'est toi, Estelle.

Garée devant la maison, l'imposante berline de Sandra attendait, moteur au ralenti, coffre ouvert sur une multitude de valises que le chauffeur terminait de charger en silence.

Quand il rentra de l'hôpital, Jean découvrit la scène, pour le moins surpris. En quelques pas fébriles, il rejoignit le perron et tomba sur sa femme qui quittait la maison, chargée de deux bagages légers.

– Tu pars ?

– J'ai accepté une tournée en Asie.

Jean sembla soulagé par la réponse.

– C'est bien. Tu as eu raison.

– Je ne reviendrai pas.

– Quoi ?

Jean voulut retenir Sandra, mais cette dernière était déjà en route vers la voiture.

– Je te quitte. Je souhaite divorcer. Le plus vite possible.

– Écoute, Sandra, je sais qu'on traverse des moments difficiles, mais c'est passager. On en a eu d'autres dans le passé. On s'est retrouvés. On finit toujours pas se retrouver !

Sandra aurait aimé éviter cette dernière scène. Elle pensait d'ailleurs être déjà partie au retour de Jean. Oui, elle se serait bien passée de cet ultime affrontement. Alors elle prit sur elle et planta son regard, très las, dans celui de son mari.

– J'aurais pu lutter quand Joyce était vivante ; maintenant qu'elle est morte, tu ne pourras jamais l'oublier et je ne pourrai pas me battre contre un fantôme.

– C'est faux !

– Non. Tu n'as jamais cessé de l'aimer. Jamais. Malgré tout le mal qu'elle vous a fait, à Estelle et toi.

Avant de monter dans la voiture, elle ajouta :

– Julien m'accompagne. Il a besoin de changer d'air.

Jean ne dit rien. La bataille était perdue. Il le savait.

⁂

Dans la grande maison plongée dans un silence profond que seul le chant des cigales venait troubler, Odette faisait déjeuner Muriel. La jeune fille, stoïque, demeurait immobile, se contentant d'ouvrir la bouche à chaque fourchette tendue par Odette.

– Allez, ma grande. Il faut manger. C'est des légumes du jardin…

Soudain, Odette entendit un crissement des pneus sur le gravier de l'allée. Elle fut aussitôt en alerte.

– Lève-toi, cocotte. Vite ! Tu vas rester dans l'arrière-cuisine, d'accord ? Tu bouges pas, hein ?

Odette poussa gentiment Muriel dans la pièce en question, dont elle referma la porte, puis elle fit prestement disparaître toute trace de la présence de la jeune fille.

Un coup d'œil à la fenêtre et Odette reconnut la voiture qui s'était immobilisée devant la porte de l'atelier de Nadine. C'était celle de Sandra.

Julien en descendit et, tandis que sa mère restait à l'attendre dans le véhicule, il se dirigea d'un pas hésitant vers l'atelier.

Une fois seul dans ce lieu si chargé de sa propre histoire, Julien fut pris d'un accès de mélancolie. Il ne pouvait détacher son regard du vieux canapé, du lit aux draps froissés sur lequel Nadine et lui avaient si souvent fait l'amour, où il avait posé nu.

Il prit un des foulards de sa maîtresse et s'enivra de son odeur restée captive dans la frêle étoffe. Puis il repéra ce qu'il était venu chercher. Dans un amas de toiles peintes posées à même le mur, il avait reconnu un petit format qu'il dégagea et admira : c'était un autoportrait de Nadine, dans l'esprit de Lucian Freud, où elle apparaissait aussi belle que torturée.

Un bruit sourd l'arracha à sa contemplation et l'obligea à tourner la tête vers le fond de l'atelier. Il y remarqua alors une cigarette qui se consumait dans le cendrier. C'était une fine menthol.

Julien regarda autour de lui en souriant. La tristesse avait quitté son visage, l'espoir était revenu.

Pendant que Julien explorait l'atelier, Odette était venue frapper à la vitre de la berline. La glace descendit lentement et Sandra croisa le regard de la vieille femme qui tenait un étui à violon.

– J'ai quelque chose pour toi. Je ne peux pas le garder : c'est un souvenir de ton grand-père.

Sandra descendit de voiture et se saisit délicatement de l'objet qu'Odette lui remit. Le cuir fauve avait été patiné par les ans. En ouvrant l'étui, elle contempla avec émotion l'instrument, qu'elle effleura de la main.

– Un Amati… Un vrai chef-d'œuvre, murmura-t-elle.

– Il est à toi, Sandra, comme tout ce qui est ici. Tout te sera rendu. Je ne garde rien. Tu feras ce que tu veux de cette maison.

Et Odette s'éloigna avec dignité.

– Odette ?

La vieille dame se retourna.

– … Je n'oublierai jamais que tu as sauvé mes parents.

Instinctivement, Sandra prit l'archet et joua quelques notes d'un air klezmer.

En entendant cette musique juive qui lui rendait hommage, Odette eut un pâle sourire de remerciement.

⁂

Le matin suivant, du haut de la tour de Trouillas, Dona Flores assistait au majestueux lever du soleil sur la cité des Papes. Elle savait qu'aujourd'hui était un jour particulier. D'ici quelques heures, la Prophétie allait se révéler…

⁂

Installée dans la cuisine, devant un café, Estelle lançait inlassablement le dé en or, un bloc-notes à côté d'elle. Mehdi la rejoignit. Pour lui aussi la nuit avait été longue.

– Ça va ? s'enquit-elle.

– Super ! Mon père se prend pour Obi-Wan Kenobi mais moi je suis pas Luke Skywalker ! La princesse Leïa, à la rigueur, bien maquillé…

– Tu perds pas ton sens de l'humour, c'est déjà ça.

– L'humour, c'est la politesse des désespérés. Ça ferait bien marrer Gil de me voir m'évertuer à démonter et remonter un flingue ou à lancer des poignards dans des cibles !

Estelle posa sa main sur celle de Mehdi qui, elle le voyait bien, serrait les dents pour ne pas pleurer.

– Tu veux bien m'aider ? Lance le dé, s'il te plaît. Six fois.

Mehdi obéit machinalement.

– 5, 6, 5, 7, 2, 7.

– Encore six fois.

– 6, 7, 2, 6, 2, 6… Ça veut rien dire. C'est une série de chiffres sans queue ni tête. Pourquoi tu me demandes ça ?

Estelle lui tendit alors le bloc de papier sur lequel figurait une série de chiffres, « 2, 5, 5, 6, 6, 7 », écrite une bonne centaine de fois. D'une voix qu'elle voulut neutre, elle commenta cette séquence.

– Quand c'est moi qui lance le dé, j'obtiens toujours la même séquence de chiffres.

Devant le scepticisme de Mehdi, Estelle en fit la démonstration :

– 2… 5… 5… 6… 6…

– Et 7 ! C'est dément ! Comment tu fais ça ! Y a un truc ?

Estelle leva les yeux au ciel, fataliste.

– J'en sais rien. En plus, ces chiffres n'évoquent rien pour moi.

– Vas-y, refais-le !

Elle s'exécuta.

– 2… 5… 5… 6… 6… 7… C'est un truc de ouf !

– C'est tout sauf rationnel ! En termes de probabilités, ça n'existe pas ! C'est impossible.

Mehdi lui sourit.

– Y a tellement de choses que je croyais impossibles il y a moins d'une semaine…

Puis il quitta la table pour aller répondre à son portable : c'était Elsa, totalement paniquée.

– Salut Elsa. Quoi ? Mais non, pleure pas. C'est pas grave… Oui ? Ah. Mais non, j'en parle à personne, promis. Flippe pas, j'arrive.

Mehdi jeta un coup d'œil vers Estelle, l'air embarrassé, puis raccrocha.

– Elsa a une grosse galère. Je suis pas sûr d'avoir tout capté. Elle a parlé d'effraction…

– Je viens avec toi.

– Elle a dit qu'elle ne voulait pas que je t'en parle.

Estelle rassemblait déjà ses affaires, indifférente à la gêne de Mehdi.

– On y va ensemble. Elle ne peut pas m'en vouloir de lui venir en aide.

Quelques minutes plus tard, Mehdi et Estelle se garaient devant chez Elsa.

Mehdi s'engagea le premier dans le vaste entrepôt qui servait de boutique-atelier à la jeune femme. Celle-ci apparaissait justement sur le seuil, comme pour vérifier qu'il était bien seul. Elle découvrit alors Estelle.

– Qu'est-ce que tu fais là ? Non, ne rentre pas ! Ça te regarde pas ! Il faut pas y aller. C'était que lui…

Estelle comprit brusquement : ils étaient tombés dans un traquenard ! Elle poussa Elsa, qui lui barrait la route et se rua à l'intérieur de l'entrepôt en hurlant :

– Attention, Mehdi ! C'est un piège !

Aussitôt des coups de feu éclatèrent. Elsa se jeta littéralement sur Estelle, l'empêchant d'avancer.

– Mais qu'est-ce que tu as fait ? Elsa !

Celle-ci, une étincelle de folie dans le regard, répondit, laconique :

– Il m'a promis de m'aider…

Quelques mètres plus loin, à l'intérieur de l'atelier, Mehdi s'était réfugié derrière un buffet et essuyait des coups de feu tirés de deux directions.

Dans un sursaut, il changea de planque et plongea derrière un canapé. Il n'eut qu'un instant de répit et découvrit qu'Estelle avait été prise en otage par Angel, l'Anglais qui avait tué Gil. Elsa, elle, était retenue par Bruno, son gentil prétendant.

– Hello, Mehdi ! s'exclama Angel. Sorry pour ton boyfriend. C'était toi que je devais tuer.

– Espèce de salaud !

– Je vais finir le job, OK ?

Bruno resserra son étreinte autour du cou d'Elsa.

– Lâche-moi ! s'écria cette dernière. Vous deviez simplement le faire sortir de ma vie ! Bruno ! Tu m'avais promis…

En une fraction de seconde, Mehdi saisit un poignard caché dans son dos, qui ne le quittait plus depuis ses séances d'entraînement, et le lança droit sur Bruno, qui tenait Elsa en joue. L'homme reçut l'arme en plein biceps et lâcha aussitôt son revolver. Angel, lui, maîtrisait toujours Estelle et ouvrit le feu sur Mehdi. Celui-ci évita de justesse les balles, sauf une, qui lui effleura douloureusement la cuisse.

Blessé, le jeune homme rampa derrière un meuble et, tout en se faisant un garrot sommaire avec du linge ancien, il découvrit, accroché sur le mur au-dessus de lui, un rayonnage d'armes anciennes dont un cimeterre. Il y vit un signe de son ancêtre, le chevalier Saladin, et il s'en empara. À sa grande surprise, ses mains trouvèrent instinctivement leur place sur le manche de l'arme. Et une étrange exaltation s'empara de lui lorsqu'il se vit totalement à l'aise dans le maniement du cimeterre.

Au même moment, ayant réussi à se dégager vivement de l'emprise d'Angel, qu'elle envoya valser contre une commode ancienne, Estelle se jeta sur l'arme abandonnée par Bruno… Mais Elsa voulut la devancer.

– Lâche ça ! C'est à cause de Mehdi si Gil est mort ! Il peut pas s'en tirer comme ça !

D'un coup de pied violent, Estelle écarta le revolver des mains d'Elsa, n'éprouvant plus la moindre compassion pour cette fille névrosée.

Angel eut un mauvais sourire. Il s'apprêtait à tirer sur Estelle quand Mehdi surgit face à lui et lui planta le cimeterre en plein cœur. Le sourire s'éteignit sur le visage du tueur qui s'effondra à genoux, comme pour implorer un pardon que Mehdi ne lui accorderait pas. Puis il s'effondra à terre, mort.

Estelle se précipita dans les bras de Mehdi. L'attitude de celui-ci avait changé. Il pensa un bref instant à Hassan et à la fierté que son père ressentirait en le voyant ainsi, si téméraire, si sûr de lui.

Aucun des deux n'eut un geste pour Elsa, qui se tenait recroquevillée dans un coin. Elsa qui semblait avoir définitivement perdu la raison.

⁂

Presque au même moment, deux Frères en tenue de commando traînèrent Olivier Royal par les bras et le lâchèrent au centre du J gothique peint sur le sol de leur lieu de cérémonie.

Les deux frères s'écartèrent et Aubagnac apparut, dévoilant à Olivier son appartenance à la communauté. Assommé par les drogues qu'on lui avait injectées, celui-ci chercha en vain à se remettre debout. Il titubait, tombait à genoux, essayait tant bien que mal d'affronter son interlocuteur, sans succès.

– Merci d'avoir répondu à mon invitation.

– Espèce de fumier !

– Royal, ne me décevez pas. J'ai placé tellement d'espoir en vous. Vous êtes le plus brillant de mes poulains.

– Je ne suis pas votre poulain !

– Considérez-moi comme votre parrain alors ! Vous avez encore tant à accomplir au sein de notre ordre.

– Allez vous faire foutre !

Aubagnac soupira, agacé par la véhémence de Royal.

– Allons, vous êtes d'une autre trempe qu'un Guillaume Lothaire et vous le savez ! Vous avez votre place parmi nous.

– Jamais.

– Soyez honnête avec vous-même, pour une fois. Vous avez une part de cruauté en vous. La souffrance vous fascine.

D'un geste brusque, Aubagnac attrapa la manche de chemise d'Olivier et la déchira, révélant le J gothique sur son omoplate.

– La souffrance, vous aimez la donner et la subir, Royal !

Olivier réussit enfin à se maintenir debout, à défier Aubagnac du regard.

– Peu d'hommes sont capables de garder l'équilibre dans votre état. Je vous admire, reprit le ministre.

– Et moi, je vous méprise, vous et vos ambitions démentes ! Vous allez faire quoi ? Me tuer ? Ma mort est écrite, programmée depuis la nuit des temps ! Je n'ai pas peur.

Le jeune homme sentit soudain une douleur intolérable lui vriller le cerveau. Il n'eut pas le temps de voir le visage de la personne qui venait de lui transpercer la nuque avec une seringue.

Quelques minutes plus tard, un gros 4×4 noir s'immobilisait au bord d'une route de campagne et le corps d'Olivier était poussé sur l'accotement.

⁂

Sur le sol du salon, l'emplacement du corps de Joyce était marqué à la craie blanche.

Jean arpentait la pièce comme s'il cherchait quelque chose. Il s'arrêta un instant devant les photos encadrées d'argent représentant son ex-femme et ses deux filles.

– Bonjour, Jean.

Il se retourna et découvrit Dona Flores. Sans paraître surpris de la trouver là, il lui sourit, menaçant.

– Joyce avait si peur de vous. Elle disait que vous étiez la seule à voir à travers elle.

– C'est pour ça qu'on m'appelle l'Oracle, parce que je vois ce que personne ne voit.

Jean s'avança dans sa direction.

– Ce temps est fini…

⁂

Plusieurs voitures de police et une ambulance stationnaient maintenant devant la brocante d'Elsa. Renard dirigeait ses hommes alors que deux brancardiers, encadrés de policiers, évacuaient Bruno, inconscient, sous perfusion, et que deux autres emmenaient le corps inerte d'Angel.

Renard s'approcha, arrêta d'un geste les brancardiers, et observa le jeune Anglais un long moment.

– On lui aurait donné le bon Dieu sans confession. Un vrai tueur, pourtant. Allez-y !

Près d'un fourgon, alors qu'on pansait leurs blessures, Mehdi et Estelle faisaient face à Elsa, qui n'en menait pas large, quasiment hagarde.

– Qu'est-ce que tu foutais avec ces mecs ? Tu lui as raconté quoi, à ce Bruno ? l'interrogea Mehdi.

– Que tu m'as volé Gil, que tu as pris ma place à la Mule du Pape. Que Gil est mort par ta faute…

Le jeune homme bondit, prêt à se ruer sur elle.

– C'est à cause de toi que Gil est mort, pauvre folle. À cause de toi ! Ton Bruno et son copain, c'est des Frères de Judas !

– Tu dis n'importe quoi !

Le regard fiévreux d'Elsa allait maintenant d'Estelle à Mehdi. Elle semblait à nouveau avoir perdu toute trace de raison. Ce fut insoutenable pour Estelle. Surtout quand celle qu'elle considérait comme sa meilleure amie se leva et se mit à délirer.

– Je veux voir Gil, dites-lui que je dois lui parler, que je lui ai tout pardonné !

Un pompier tenta de la calmer et de l'entraîner avec lui. Elsa lui adressa un sourire de démente.

– On va voir Gil, vous m'emmenez le voir ?

Elle se laissa faire comme une enfant docile. Renard, qui avait assisté à la scène, se planta devant Mehdi et Estelle, cherchant à détourner leur attention de cette vision douloureuse.

– Bon, la légitime défense est avérée. On va vous foutre la paix…

– Merci. Je peux récupérer mon cimeterre ? Il m'a sauvé la vie.

– Vous blessez pas avec.

Renard dégaina son portable qui sonnait.

– Renard. Quoi ? Mais quand ?

La commissaire lança un regard atterré à Estelle.

Dans les couloirs des urgences, Estelle courait de toutes ses forces. Renard la suivait du mieux qu'elle pouvait, regrettant ses trente années de cigarillos.

Un corps apparut sur une civière, le drap tiré sur le visage. Estelle s'arrêta net. Elle s'apprêtait à retirer le linge médical mais elle hésita, terrifiée par ce qu'elle allait découvrir.

On avait prévenu Renard qu'Olivier Royal avait été retrouvé sur le bas-côté d'une route. La commissaire n'avait pas pu obtenir de détails, sinon que le cas de Royal était critique. Et maintenant Estelle se tenait face à un cadavre, paralysée par la peur.

– Estelle ?

La jeune femme sursauta et vit, derrière elle, Olivier, tout sourire, étonné de la voir si inquiète.

– Ben quoi ? T'en fais une tête !

Il n'eut pas le temps de terminer sa phrase qu'Estelle s'était déjà jetée à son cou, toute à sa joie et à son soulagement.

– Renard m'a dit que… tu étais gravement blessé… qu'ils ne savaient pas si tu allais t'en sortir… Je ne veux pas te perdre, Olivier.

– Allons, ils ne pouvaient pas me tuer, ils ont besoin de moi. Ils vont essayer de nous manipuler jusqu'au bout.

– Je sais. Et c'est ensemble que nous les vaincrons.

Estelle approcha ses lèvres de celles d'Olivier et ils s'oublièrent dans un baiser.

C'est le moment que choisit Renard pour tourner les talons. Elle avait réussi son coup en les réconciliant et ne cachait pas sa satisfaction. Elle alluma son petit cigarillo alors qu'elle passait sous un panneau « Interdiction de fumer ». Une infirmière la regarda faire, l'air courroucé.

⁂

Dans la cave de la Mule, Mehdi était debout devant la gargouille, qui arborait comme toujours son cruel rictus. Il eut à nouveau la sensation bizarre que la bête était vivante et qu'elle l'observait, menaçante.

Mais cette fois elle ne lui faisait plus peur. Le jeune homme attrapa son cimeterre et fit face à la bête.

– À nous deux, ma belle ! Je ne sais pas si tu es mon dragon, mais je sais que tu vas passer un sale quart d'heure…

Et Mehdi leva son arme, qui s'abattit sur la gargouille, faisant exploser la pierre en éclats dans un feu d'artifice d'étincelles.

La bête, comme blessée, laissa échapper un liquide rougeâtre semblable à du sang. Un instant interloqué, Mehdi se ressaisit et continua à frapper. D'un dernier coup, il trancha la tête, qui vint s'écraser lourdement sur le sol en l'éclaboussant de la substance rouge qu'elle avait libérée en masse.

Dans sa gorge, tel un trésor caché au fond de la gueule du monstre, scintillait un cylindre d'or identique à celui qui leur avait délivré le dé.

Triomphant, Mehdi ramassa le cylindre et le brandit devant lui en l'honneur de Gil.

⁂

La nuit était tombée sur Avignon. Ce soir-là, la pleine lune paraissait phosphorescente et enrobait d'un halo blanc la majestueuse silhouette du palais des Papes.

La Rosace sacrée luisait également de façon surnaturelle ; elle illuminait la cour d'honneur à l'unisson de la pleine lune. Les gargouilles s'étaient réveillées et observaient en silence ce qui se déroulait en ces lieux chargés d'histoire. L'une d'elle, la plus ancienne, alla même jusqu'à bondir avec agilité jusqu'au sommet de la tour du Pape, surplombant ainsi le palais, prête à l'attaque. Sa maîtresse, la Prophétie, allait se révéler, et il était de son devoir de la protéger jusqu'au bout, comme elle le faisait depuis plusieurs siècles.

Sous la rosace, Mehdi tendit solennellement le cylindre d'or à Estelle et à Olivier.

– En vous remettant ce cylindre d'or, je remplis le rôle des Serviteurs de Sarah dans la quête de la Prophétie…

– Merci… C'est toi qui as trouvé le deuxième pilier.

Mehdi poussa un soupir de soulagement et sourit à son amie tandis qu'Olivier dévissait le cylindre et dévoilait son contenu : un parchemin. Il le donna à Estelle.

– C'est à toi de le déchiffrer.

Les mains tremblantes, elle le déroula sous leurs regards impatients. Il s'agissait d'une enluminure digne des *Très Riches Heures du duc de Berry* : elle représentait un olivier plusieurs fois centenaire qui abritait une vasque en pierre.

Sous l'olivier, la dame à l'Étoile tendait la main vers la vasque, à sa droite. Derrière elle, le chevalier au Griffon regardait également en direction de l'objet, son épée levée, comme s'il défendait la dame d'un grand danger…

– Ça vous représente tous les deux, non ? La dame à l'Étoile, c'est toi, Estelle, et le chevalier au Griffon, c'est toi, Olivier.

Estelle leva les yeux vers Olivier. L'émotion qui la gagnait était si intense que des larmes perlaient aux coins de ses yeux.

– Je connais cette fontaine. Je sais où se trouve la Prophétie.

Mehdi s'inclina, les saluant tous les deux.

– Je crois que c'est ici que s'arrête ma mission. D'après le parchemin, vous devez y aller seuls. C'est à vous de jouer, maintenant.

Dans le palais désert en cette heure tardive, Estelle guidait Olivier tandis que plusieurs étoiles filantes déchiraient un ciel sans nuages. Le couple déboucha dans le jardin où, sur un cercle herbeux légèrement surélevé, enchâssé entre les bâtiments, trônait une vasque de pierre, celle-là même que Louis avait attaquée à coups de barre à mine, ce qui lui avait valu son éviction du palais.

– Il n'y a pas l'arbre ? s'étonna Olivier.

– Il a été abattu par une tempête il y a deux ans. Il avait été planté sous le pontificat de Jean XXII et…

Surgie tout à coup de l'ombre, la silhouette d'un Frère de Judas se profila, laissant deviner un manteau de cérémonie rehaussé de somptueux attributs. Le Grand Chancelier, assurément. Estelle et Olivier poussèrent un cri étranglé lorsqu'un rayon de lune éclaira son visage.

Dona Flores. À ses pieds, ils découvrirent un corps recroquevillé sur lui-même, inanimé : Jean, une blessure béante à l'abdomen.

– Papa !

Estelle s'agenouilla près de son père qui gisait sur le sol et perdait beaucoup de sang. Elle jeta un regard éperdu à Dona Flores.

– Pourquoi ?

– Si tu veux sauver ton père, ouvre la source du temps. Et vite ! Il ne faut pas laisser passer minuit. La lune va sombrer.

– Je m'occupe de lui, lança Olivier tandis qu'Estelle se redressa et fit face à Dona Flores, qui lui souriait, triomphante.

– Tu es arrivée au-delà de tout ce dont j'ai pu rêver. Tu es ma création parfaite !

– Je ne suis pas votre création !

– J'ai commencé à m'occuper de toi avant même ta conception. C'est moi qui ai organisé la rencontre entre ton père et ta mère. Et ton cher grand-père, ce bon vieux Louis, m'a aimée à l'instant où il a posé son regard sur moi, sans jamais se douter de quoi que ce soit !

– Ce n'est pas possible... Pas grand-père ! Vous mentez !

– Pour lui j'étais Servante de Sarah, j'étais du bon côté, du vôtre, celui des Esperanza. Et grâce à lui, j'ai pu veiller sur toi, pour que tu deviennes une Esperanza au cœur pur, celle que nous attendions depuis des siècles.

– Je refuse. Plutôt mourir.

Dona Flores secoua la tête, l'air chagrin. Elle prenait de toute évidence un malin plaisir aux réactions d'Estelle, heureuse de pouvoir enfin sortir de l'ombre.

– Oh, Estelle, tu me déçois. Ce n'est pas ta vie qui est en jeu, mais celles de ton père et de ton amant. Fais ce que je t'ordonne, ou ils vont mourir, ensemble.

– Ne cède pas au chantage, Estelle ! cria Olivier, qui comprimait toujours la blessure de Jean.

Dona Flores dégaina alors une arme, visa froidement Olivier et lui tira une balle dans la jambe. Celui-ci s'effondra en hurlant de douleur.

– Nooon !

Estelle sentit sa combativité disparaître à la vue d'Olivier et de son père soudain si vulnérables. Dona Flores s'en rendit compte et braqua à nouveau son arme vers eux.

– Le temps passe, Estelle, décide-toi.

La jeune femme se figea un instant, avant de céder finalement et de s'approcher de la vasque.

– Que vois-tu ?

– Il y a des chiffres romains de un à douze en arc de cercle. Ce n'est pas une fontaine, en fait, mais un cadran solaire. Ou plutôt un cadran lunaire.

Effectivement, la clarté de la lune projetait, via une aiguille en métal plantée dans le mur de la tour du Pape, une ombre fine sur la vasque de pierre. Olivier eut un sursaut de douleur qui poussa Estelle à accélérer ses recherches.

Dans son esprit, les moindres éléments recueillis au cours de cette longue quête s'agrégeaient, se mêlant les uns aux autres, rebondissant sans fin jusqu'à ce que l'un d'entre eux surgisse, évident.

– La clé, ce sont les chiffres ! Les chiffres du dé d'or. 2, 5, 5, 6, 6, et 7.

– Vite, Estelle, la lune va sombrer ! L'heure de la révélation est venue.

Dans l'ordre, Estelle effleura les chiffres choisis, qui s'enfoncèrent légèrement.

– Une fois le chiffre 2, c'est II. Deux fois le chiffre 5, c'est X. Deux fois le chiffre 6, c'est XII et une fois le chiffre 7, c'est VII.

Au moment où Estelle appuya sur le VII, dans le palais toutes les portes se fermèrent, même les plus monumentales. Puis, alors qu'un grondement souterrain d'une puissance inimaginable montait vers la surface, la pierre devint transparente et une colonne de lumière jaillit de la vasque de pierre, tel un puissant geyser.

Au milieu de l'éblouissant faisceau apparurent des images de l'histoire du monde, mêlant les plus beaux chefs-d'œuvre de l'humanité aux plus sanglantes périodes. Passé, présent et avenir étaient réunis dans ce vortex qui semblait tout aspirer sur son passage.

– Tu as réussi, Estelle, tu as ouvert la source du temps !

Émerveillée, Dona Flores tournait autour de la fontaine, n'arrivant pas à détacher les yeux de cette merveille qui l'hypnotisait et l'attirait à elle.

Olivier en profita pour sortir une arme d'un étui de cheville. Il la braqua en direction de Dona Flores, mais trop tard : celle-ci l'avait remarqué et ripostait déjà.

Témoin de la scène, comme transfigurée, Estelle approcha alors, dans un réflexe vital, son bras de la colonne de lumière. Sa main y disparut, comme engloutie, et la lumière se propagea dans tout son corps.

Le temps sembla se distordre. Estelle vit la balle tirée par l'Oracle se diriger droit vers le cœur d'Olivier. Elle vit la mort de son amant avant que celle-ci ne survienne.

– Nooooon !

Son cri lui parut lointain, comme étouffé. Et soudain le silence total se fit autour d'elle, l'obscurité l'entoura.

Estelle était désormais dans un endroit sombre, mais apaisant.

– Olivier ? Olivier ?

Elle aperçut une sorte de lueur, semblable à un filet de lumière extérieure qui filtrerait dans une pièce sombre. Seulement cette lumière n'éclairait pas la pièce, qui restait dans la pénombre la plus totale...

Estelle se dirigea vers ce rayon qui semblait à la fois fort lointain et fort proche. Plus elle s'en approchait, plus un sentiment de bien-être l'envahissait.

Arrivée à la source, aveuglée, Estelle dut se protéger les yeux avant de pouvoir pénétrer sans la moindre appréhension dans ce qui lui fit penser à un sas scintillant. C'est alors qu'elle découvrit qu'elle se trouvait dans la cour de la maison de son grand-père, sous le tilleul centenaire. Seule la luminosité était plus forte que dans le monde réel.

Elle aperçut, comme émanant de cette éclatante lumière, la silhouette d'un homme qui marchait vers elle. L'homme tenait une petite fille par la main.

– Grand-père, c'est toi ?

Et Estelle se retrouva face à Louis, qui lui souriait, Louis qui tenait la petite fille à la robe rouge par la main !

– Qu'est-ce qui se passe, je suis morte ?

Louis secoua négativement la tête, la rassurant.

– Je suis là uniquement parce que tu m'as choisi pour te révéler la Prophétie.

Il lâcha la main de la petite fille et vint enlacer tendrement Estelle. Celle-ci se blottit contre lui et trouva enfin le réconfort qu'elle avait tant cherché dernièrement. Ses craintes, ses peurs, la tristesse qui avaient émaillé cette quête disparurent, comme si enfin elle acceptait de ne pas être responsable de tout ce qui s'était passé.

– Tu m'as tellement manqué, grand-père. À chaque découverte, j'ai pensé à toi et à la joie que tu aurais eue à être là.

Louis effaça les larmes d'apaisement qui coulaient le long des joues d'Estelle et il la serra à nouveau contre son cœur. Par-dessus l'épaule de son grand-père, Estelle se mit à observer la petite fille qui jouait maintenant avec des petits cailloux qu'elle ramassait.

– Qui est cette petite fille ? Je la connais, mais je ne sais pas qui elle est.

Louis sourit.

– C'est sa venue que la Prophétie annonce. Elle est le nouveau messager, l'ultime prophète, l'être de lumière qui sauvera le monde. Elle est l'enfant né d'une étoile et d'un griffon. Votre fille, à Olivier et à toi.

– Notre fille ?

– Oui, la Prophétie a les traits de ton enfant, Estelle. Elle représente l'Avenir. L'avenir du monde.

Les yeux brouillés par l'émotion, Estelle regarda à nouveau la fillette, qui lui sourit et vint lui donner quelques cailloux ; elle tendit la main pour la toucher, mais la petite fille était déjà repartie à sa récolte.

– Olivier va vivre alors. Il ne va pas mourir s'il doit devenir père !

Le doux sourire de Louis s'effaça, laissant soudain place à un air fataliste.

– Mais grand-père, il ne peut pas mourir si on doit avoir un enfant ensemble !

L'expression de Louis éclaira Estelle, qui porta instinctivement la main à son ventre.

– Je suis enceinte ? Non ! Nooon ! Je refuse ! Nooon !

Soudain, comme si elle avait été attrapée par une main géante, Estelle se sentit tirée en arrière : elle quitta la cour de la maison de Louis et retourna vers l'obscurité avant de se retrouver projetée au palais des Papes, à l'instant même où elle l'avait quitté.

Dona Flores ripostait en direction d'Olivier, qui venait de lui tirer dessus. Estelle se jeta entre eux et la balle destinée à son amant vint se loger dans sa poitrine.

Au moment de l'impact, Estelle perdit instantanément connaissance, tandis que Dona Flores, touchée par la balle d'Olivier, s'effondrait, morte.

Et le faisceau de la Prophétie disparut, comme avalé par la vasque. Le jardin fut brutalement plongé dans un grand calme. Les gargouilles se statufièrent, reprenant leur rôle de gardiennes passives du palais.

Quand Jean reprit conscience, vrillé par la douleur de sa blessure, il découvrit Olivier, désespéré, qui berçait Estelle dans ses bras.

– Non, pas toi. Tu ne peux pas mourir, Estelle, pas toi.

Jean réussit à se traîner jusqu'à sa fille. Les deux hommes tentèrent de lui parler, de la ramener à eux. Mais Estelle ne reprit pas conscience.

Quelques mois plus tard…

Olivier arpentait le couloir d'un hôpital, fébrile, quand soudain la porte qu'il n'avait pas quittée des yeux depuis de longues heures s'ouvrit sur Jean, en tenue de chirurgien.

Celui-ci s'approcha d'Olivier, qui s'était figé à la vue du nouveau-né emmitouflé dans une couverture qu'il portait contre lui.

– Félicitations, c'est une très jolie petite fille.

Olivier découvrit le bébé avec émerveillement, hypnotisé par cette nouvelle vie qui était aussi le prolongement de la sienne. Il lança à Jean un regard plein d'espoir, mais ce dernier secoua négativement la tête.

– Tu peux aller la voir.

Tous deux se rendirent dans la chambre où l'on venait d'installer Estelle, qui dormait paisiblement. Olivier s'approcha d'elle et vint s'asseoir délicatement à ses côtés, le bébé serré contre lui.

– Regarde, mon amour, c'est notre fille, elle est magnifique.

Estelle ne se réveillait pas. Olivier continuait à parler sous le regard très ému de Jean, qui se retenait pour ne pas pleurer.

– Elle pèse trois kilos et deux cent cinquante grammes et mesure quarante-huit centimètres...

La voix d'Olivier s'enroua d'émotion. Jean dut prendre le relais auprès d'Estelle.

– Elle te ressemble tellement, ma chérie, c'est saisissant. Elle est splendide.

Tous deux avaient espéré que l'accouchement créerait chez Estelle un choc qui la ramènerait enfin à la vie. Gravement touchée par la balle que Dona Flores avait destinée à Olivier, elle s'était effondrée pour ne plus se réveiller. Plongée dans un coma de stade dépassé, elle avait poursuivi sa grossesse, son corps s'étant remis de façon spectaculaire, contrairement à son esprit qui semblait parti à jamais.

Olivier se reprit, se forçant à sourire à sa fille, qu'il posa délicatement contre sa mère.

– Je te présente ta maman, princesse. Elle s'appelle Estelle.

Pelotonné contre le ventre maternel, le bébé attrapa dans un réflexe inné un des doigts d'Estelle, qu'il serra de toutes ses forces. Ce geste, si symbolique et pourtant si naturel chez un nouveau-né, vint à bout des dernières forces d'Olivier, qui se mit à pleurer. Pudiquement, il s'éloigna du lit, et fut bientôt rejoint par Jean, qui tenta comme il le pouvait de le réconforter.

C'est alors que le miracle se produisit. Soudain, le doigt d'Estelle que serrait toujours le bébé dans sa petite main se mit à bouger. Puis ce fut sa main. La vie se propagea à nouveau dans le corps de la jeune femme, comme si celle-ci se réveillait après une longue nuit de sommeil.

Quand Estelle ouvrit les yeux, la première chose qu'elle vit fut ce nouveau-né qui la regardait fixement de ses yeux étonnés. Il se demandait certainement ce qu'il faisait là, soudain projeté hors d'un monde chaud et douillet, mais il semblait déjà curieux de tout découvrir. Estelle sourit pour rassurer sa fille : elle serait toujours là pour elle.

Puis Estelle prit conscience de la présence d'Olivier et de son père, qui se tenaient à l'écart du lit. Elle voulut les appeler mais sa voix était faible, si faible. Elle réussit finalement à murmurer, d'une voix cassée de ne pas avoir parlé pendant de longs mois :

– Elle est jolie…

Olivier fut le premier à se retourner. Il crut un instant que son imagination lui jouait un mauvais tour, mais ses craintes s'évanouirent à l'instant où il croisa le regard d'Estelle et y retrouva celle qu'il aimait.

Fou de bonheur, il vint la serrer dans ses bras tandis que Jean se vit remercier le Ciel, lui qui n'avait jamais cru en Dieu.

– J'ai l'impression d'avoir dormi si longtemps…

– Tu as été dans le coma pendant toute ta grossesse.

Estelle regarda le bébé avec inquiétude, mais Jean devança ses questions.

– Elle va bien, rassure-toi. Nous avons tout fait pour qu'elle ne souffre pas de ton état. Olivier a passé énormément de temps près de toi à lui parler, à te parler…

– Je lui ai raconté notre histoire et j'ai espéré, à chaque seconde, que tu te réveilles. Tu m'as manqué, tu ne peux pas savoir à quel point.

Olivier serra Estelle dans ses bras. Entre eux, le bébé s'était paisiblement endormi, souriant aux anges.

ÉPILOGUE

Louise, la fille d'Estelle et d'Olivier, avait maintenant cinq ans. Assis dans l'herbe, sur une colline qui dominait toute la région, ses parents la regardaient jouer, courir après les papillons puis cueillir des fleurs des champs. Elle portait une robe rouge, identique à celle qu'elle avait quand elle était apparue à ses parents des années plus tôt. Déjà coquette, comme toutes les petites filles de son âge, c'est elle qui l'avait vue et choisie dans une boutique. Estelle, troublée par le souvenir de cette petite robe, n'avait pas pu résister à la lui offrir.

Quand Louise vint lui tendre un petit bouquet de fleurs et se jeter à son cou, Estelle ressentit une bouffée d'amour sans pareille. Elle avait souvent peur de l'avenir qui attendait sa fille. Elle savait qu'un jour elle devrait affronter des forces obscures, que le mal était encore là, tapi, à attendre patiemment l'heure pour ressurgir, toujours plus fort. En perdant la première d'entre eux, les Frères de Judas avaient aussi perdu leur tête pensante et la redoutable efficacité de leur organisation. Mais ils n'avaient pas disparu ; ils reviendraient, Estelle le savait. À cet égard, l'enfant de Nadine aurait-il un rôle à jouer dans le futur ?

Comme s'il devinait ses peurs, Olivier serra sa femme contre lui, l'embrassant tendrement dans les cheveux.

– Un jour nous ne serons plus là pour la protéger, lâcha Estelle.

– Elle ne sera jamais ni seule ni abandonnée. Parce qu'un jour, dans dix ou quinze ans, deux personnes la suivront, puis vingt, puis cent, puis un million, et plus encore.

– Tu es si confiant…

– C'est parce qu'on est heureux.

Olivier prit le visage d'Estelle dans ses mains et lui sourit, radieux.

Direction littéraire
Huguette Maure

assistée de
Édouard Boulon-Cluzel
et
Sophie Renoul

MERLIN
PRODUCTIONS

Composition et mise en pages : FACOMPO, LISIEUX

Impression réalisée sur CAMERON par

CPI
Brodard & Taupin

La Flèche

pour le compte des Éditions Michel Lafon
en juin 2007

Imprimé en France
Dépôt légal : juin 2007
N° d'impression : 42277
ISBN 13 : 978-2-7499-0653-9
LAF : 977